Dietmar Lykk, Jahrgang 1949, wurde in Kiel geboren und studierte Rechtswissenschaften, Soziologie und Philosophie in Kiel und Hamburg. Forschungstätigkeit und Veröffentlichungen zur Sprachsoziologie mit mehreren Auslandsaufenthalten in London. Lebt und arbeitet bei Flensburg. Im Emons Verlag erschienen »Totenschlüssel« und »Totenuhr«.

DIETMAR LYKK

Totensand

KÜSTEN KRIMI

emons:

MIX
Papier aus verantwortungsvollen Quellen
FSC
www.fsc.org
FSC® C083411

Umschlagzeichnung: Heribert Stragholz
Umschlaggestaltung: Tobias Doetsch
Druck und Bindung: CPI – Clausen & Bosse, Leck
Printed in Germany 2010
ISBN 978-3-89705-749-4
Küsten Krimi
Originalausgabe

»… aber wenn die Schar in die Erde geht,
schafft sie die Trennung, und wenn es an der Sode schiebt,
die Scholle kippt, dann muss nicht nur der Wurm sehen,
dass er wegkommt, weg vom gebogenen Stahl und
dem Ächzen der Achse am eisernen Rad.«

Petersens Meerfahrt
Gerrit Bekker

1. Tag

Kriminalhauptkommissar Lüthje wusste, dass Möwen nur dann länger über Land flogen, wenn sie das Herannahen eines schweren Sturmes spürten. Er hatte aber noch nie gehört, dass auch nur eine von ihnen unter dem kathedralen Gewölbe des Hauptbahnhofs Kiel Schutz gesucht hätte. Er hatte diese eine Möwe entdeckt, als er zur Bahnsteiguhr sehen wollte. Wenn sie denn überhaupt Schutz gesucht hatte. Vielleicht suchte sie ja etwas ganz anderes. Elegant umflog sie die Bogenpfeiler, den Blick dabei nach unten in das Bahnhofsgewühl gerichtet, als suche sie einen Menschen. Möwen pflegten gern und oft zu kreischen. Diese zog schweigend ihre Runden. Lüthje hatte den Eindruck, dass er der Einzige war, der die Möwe im Bahnhof entdeckt hatte. Wer sah hier schon nach oben.

Er lehnte sich seufzend in die Sitzpolster der Regionalbahn nach Flensburg. Noch fünfzehn Minuten bis zur Abfahrt. Er hätte Hilly lieber mit dem Dienstwagen zum Flughafen gebracht. Flensburg–Hamburg und zurück, in fünf Stunden hätte er wieder am Schreibtisch sitzen können, einschließlich der Wartezeit bis zu Hillys Abflug. Den Take-off ihrer Maschine verfolgte er immer von den Aussichtsterrassen in Terminal 1. Schließlich hatten sie sich nach vierzig Jahren wiedergefunden, da fiel beiden der Abschied jedesmal schwer, auch wenn es nur für ein paar Tage war.

Aber gestern Nachmittag hatte in der Armaturentafel seines Dienstwagens dieses verdammte rote Warnlämpchen mit dem Symbol für den Motor aufgeleuchtet. In der Betriebsanleitung las er, dass die Elektronik mit dieser Leuchtdiode einen Fehler meldete und man umgehend eine Werkstatt aufsuchen sollte. Er hatte den Wagen in die Werkstatt gebracht, und der diensthabende Meister hatte ihm großkotzig gesagt, dass man das am nächsten Tag im Griff haben werde. Am Morgen hieß es, man sei noch nicht dazu gekommen. Als er wieder zum Telefon griff, um nach einem Ersatzwagen zu fragen, war ihm Hilly in den Arm gefallen, hatte ihn angestrahlt und gesagt: »Oh, Eric, das ist ein Zeichen! Wir sollen wieder wie damals mit dem Zug fahren. Wir suchen uns ein freies Abteil, nur für uns ganz allein. Dann kannst du schon mal ein bisschen üben, wie sich Urlaub anfühlt. Ich glaube, das hast du ein bisschen verlernt.« Und kniff ihn in die unrasierte Backe.

Eine Stunde später hatten sie in einem der klappernden Waggons des Schleswig-Holstein-Express nach Hamburg gesessen. Für die nostalgischen und sonstigen Gefühle ging das in Ordnung. Aber auf der einsamen Rückfahrt nahm er lieber die Route über Kiel mit den klimatisierten Waggons. Den Nachteil des Umsteigens in Kiel nahm er dafür gern in Kauf. Er hatte eine ganze halbe Stunde auf dem Kieler Hauptbahnhof mit den Händen in den Hosentaschen und dem Rucksack auf der Schulter ein bisschen Urlaub geübt. Er hatte Hilly am Flughafen noch einmal versprechen müssen, langsam herunterzufahren. Dann sei er schon am ersten Urlaubstag ohne Verspannungen im Nackenbereich und diesen polizeilichen Blick.

Er war durch das CAP, die Kneipen- und Fressmeile des Hauptbahnhofs, geschlendert, die als Einbahnstraße ins Kinocenter gedacht war. Im Sushi-Shop, an einem Tisch nahe dem Ausgang, hatte ein Mann genau in dem Moment aufgeblickt, als Lüthje hinsah. Ihre Augen hatten sich für eine Sekunde getroffen, dann hatte der Mann angestrengt auf sein leeres Sushi-Brett gesehen. Das Gefühl sagte Lüthje, dass es ein alter Kunde war. Irgendein sehr unangenehmer Kunde. Die Gesichtshaut hatte die dunkle Färbung einer geräucherten Schweineschwarte, Pickel, aus denen Haare zu sprießen schienen. Aber vielleicht waren es ja nur Lichter und Schatten, die in der Glitzerwelt einer Gastro-Passage ein eigenwilliges Äußeres auf ein nicht gerade attraktives, aber stinknormales Einheitsgesicht projiziert hatten.

Auf dem Nachbargleis war ein Intercity aus Hamburg eingefahren und spuckte Menschenmassen aus, die sich mit den auf dem Bahnsteig Wartenden wie Ameisenvölker vermischten, und trotzdem fand jeder einzelne von ihnen auf wundersame Weise wieder zu seinem Volk zurück. Man drängelte an den Aussteigenden vorbei in die gerade erst geleerten Waggons oder suchte den nächsten Bahnhofsausgang, der zum Parkhaus oder zum Bus führte. Man eilte, rannte, stolperte, mit leerem Blick, kramte hektisch in Jacken oder Handtaschen, hielt sich lachend oder weinend in den Armen.

Lüthje, der Lupenkieker, war fasziniert von dieser geballten Ladung wirklich gewordener Unwahrscheinlichkeiten. Sogenannte totale Zufälle sind eigentlich nichts weiter als reale Unwahrscheinlichkeiten, dachte Lüthje. Menschen, die sich noch nie vorher gesehen hatten und auch nie wieder sehen würden, sahen sich für einen kurzen Moment in die Augen, flüchtig, irritiert, freundlich. Jede der Begegnungen, die er registrierte, konnte schicksalhaft sein, einem Verbrechen zugrunde liegen oder es auslösen. Man müsste in die Köpfe sehen können, das würde die Arbeit sehr erleichtern. Das hatte er sich schon als kleiner Junge gewünscht. Komisch eigentlich, dass es jetzt sein Beruf war, die Gedanken herauszukramen, die zu Verbrechen geführt hatten.

Wer weiß, woran diese beiden ernsten Männer dachten, die sich gerade mit einem festen Händeschütteln verabschiedeten. Oder der Mann, der wild mit den Armen gestikulierte, und die Frau, die vor ihm zurückwich. Oder das Pärchen, das sich leidenschaftlich und hemmungslos in der Waggontür zum Abschied küsste. Na ja, bei denen glaubte er es zu wissen. Aber auch da konnte man nicht sicher sein, vielleicht war Berechnung im Spiel.

Sein seit Jahrzehnten geschulter polizeilicher Blick, den konnte er nie aus der Verantwortung entlassen, obwohl er wusste, dass man in diesem Durcheinander nichts Verdächtiges, polizeilich Relevantes entdecken würde. Hilly hatte recht, einen Urlaub, *away from it all*, brauchte er dringend. Auch sein Arzt hatte ihn gewarnt. Diese ständige manische Suche, dieses unermüdliche Verknüpfen verschiedener Beobachtungen, um etwas Verdächtiges zu finden, war nur ein Symptom für psychovegetative Dekompensation. Auf Deutsch: Er war ausgebrannt und urlaubsreif. Er wollte sich ein paar Wochen nur auf Hillys schönes Antlitz konzentrieren. Garantiert ohne polizeilichen Blick. Hilly hatte übermütig eine Kreuzfahrt mit den Hurtigruten entlang der norwegischen Küste vorgeschlagen. Er hatte von einem dänischen Ferienhaus an der Ostseeküste geschwärmt, mit Kamin. In beiden Fällen wäre wohl kein Duborger Bock, aber ein dunkles Carlsberg sicherlich greifbar.

Noch zehn Minuten bis zur Abfahrt. Es gab in diesen modernen, klimatisierten, laufruhigen Regionalbahnen auf der Strecke Kiel–Flensburg für den ganzen Zug nur eine Toilettenkabine. Es war besser, jetzt pinkeln zu gehen, denn nach der Abfahrt entschlossen sich alle wie auf ein geheimes Signal, gleichzeitig die Toilette zu besuchen.

Er überlegte, seinen Rucksack mit auf die Toilette zu nehmen. Lüthje entschuldigte sich bei seinem Sitznachbarn, zog den Bauch ein und ging durch die Sitzreihen nach vorn. Im Augenwinkel sah er, wie ein Mann am Zug entlanglief, und stieß fast mit ihm zusammen, als der durch die offen stehende Waggontür sprang und direkt neben Lüthje vor der Toilettentür stehen blieb. Besser gesagt, er fror in der Bewegung ein. Mit gesenktem Kopf, so als ob er sein Gesicht verbergen wollte. Drehte sich dann elegant auf einem Fuß um, sprang aus der Zugtür und verschwand. So sicher und geschickt, als ob er den ganzen Tag nichts anderes täte. Jeder Handgriff, jede Bewegung hatte gesessen.

Als Lüthje sich wieder auf seinen Platz gezwängt hatte, sah er suchend aus dem Fenster. Der Mann war verschwunden. Es musste sehr dringend gewesen sein, sonst hätte er gewartet, bis Lüthje fertig war.

Plötzlich tauchte er wieder auf dem Bahnsteig auf und verschwand in der jetzt freien Toilettenkabine. Nach höchstens fünf Sekunden riss er die Toilettentür wieder auf und war auf dem Bahnsteig verschwunden. Hinter dem Schaukasten mit den Fahrplänen tauchte ein anderer junger Mann auf, wie auf Stichwort eines Souffleurs, in heller Sommerjacke, wie ein Schatten, verschwand er vom Bahnsteig in der Toilettenkabine, kurz danach riss er die Tür wieder auf und lief tänzelnd in Richtung Bahnhofsvorhalle. Ein gedopter Sportler und ein bekiffter Balletttänzer.

Es war wie immer alles eine Frage der Perspektive. Lüthje stand wieder auf, quetschte sich an seinem genervten Sitznachbarn vorbei, lief zwischen den Sitzreihen durch und sah durch die Fenster zum benachbarten Bahnsteig. Dort lief die gleiche Vorstellung, Traumtänzer zwischen den Zugtoiletten. Wer nicht das

Detail im Auge hatte, sah nicht das kriminelle Muster im Chaos. Es war eine perfekte Tarnung.

Lüthje ging wieder zur Toilette. Sie war besetzt. Ausgerechnet jetzt. Er klopfte.

»Ja doch, Moment«, hörte er eine ärgerliche Frauenstimme rufen. Nichts passierte. Er klopfte nachdrücklich. Kurz danach öffnete sich die Tür, und eine junge Frau sah ihn ärgerlich an, während sie einen kleinen Jungen mit beiden Händen herausschob, der versuchte, sich einen Hosenknopf zu schließen. Lüthje zuckte entschuldigend mit den Schultern und bemühte sich, ein verlegenes Gesicht zu machen. Er schob mit sanfter Gewalt Frau und Kind beiseite, die sich nun beide um den Hosenknopf bemühten.

Lüthje schloss die Toilettentür hinter sich und zog das Handy aus dem Rucksack. Stöver vom Sachgebiet Drogen war in Pension, den Nachfolger kannte er nicht, jedenfalls nicht persönlich, geschweige denn die Telefonnummer. Seit Lüthjes selbst betriebener Versetzung nach Flensburg hatte sich in Kiel personell einiges verändert. Er musste einen Kollegen aus Kiel an die Strippe bekommen, nicht die Leitstelle der Bundespolizei. Da waren zu viele Umwege eingebaut, es musste ja schnell gehen. Der einzige richtige Mann für ihn war sein Freund und Kollege Kriminalhauptkommissar Gerson Malbek, Leiter der Kieler Mordkommission. Der würde den richtigen Mann kennen, der mit ein paar Leuten innerhalb von Minuten hier auf dem Bahnhof das Ballett beobachten und über das weitere Vorgehen entscheiden könnte. Vielleicht waren für die Kollegen vom Sachgebiet Drogen ein paar bekannte Gesichter unter den Traumtänzern.

Er erreichte Malbek in seinem Büro in Kiel. »Hallo, Lüthje, wie war das Händchenhalten im Zug?«, fragte Malbek.

»Du bist schon wieder bestens informiert. Lass mich raten. Hilly hat noch schnell Jette angerufen, und die hat es dir entzückt mitgeteilt, ›wie süß, die beiden‹ und so weiter. Ich wollte dir erzählen, dass ich soeben auf dem Kieler Bahnhof mitten im Feierabendtrubel Gast einer mitreißenden Ballettaufführung war. Der Titel ist ›Stille Post im lauten Bahnhof‹. Ich nehme an, es war eine Generalprobe oder Premiere, denn sonst müssten die Kollegen vom BGS die Inszenierung schon gesehen haben.«

Während er Malbek sein Treffen mit dem Kurier vor der Toilettentür und die nachfolgenden Beobachtungen schilderte, sah er sich in der Kabine nach möglichen Verstecken um. Eine Spurensicherung war hier überflüssig. Es war eine öffentliche Toilette. Selbst wenn sie heute Morgen gereinigt worden war, konnten hier seitdem inzwischen hundert Menschen alle möglichen Körperflüssigkeiten verteilt haben. Es roch ganz danach.

»Mach deinen Kollegen Dampf, vielleicht ist die Vorstellung bald zu Ende, und niemand weiß, wann sie wieder auf dem Spielplan steht. Die Kollegen können sich hier vielleicht wochenlange Observationen ersparen.«

Hinter der Einwurföffnung für die Papierhandtücher fühlte er so etwas wie Schleifpapier. Er ignorierte das Klopfen an der Tür. Er kniete sich angeekelt auf den dreckigen Boden und leuchtete mit seiner Taschenlampe in die Öffnung.

»Einen Moment, Malbek! Ich habe hier was gefunden. Gott sei Dank nicht unter dem Geruchsverschluss der Toilettenschüssel. Ein Stück Klettband hinter der Oberkante der Abfallöffnung! Da wird also deponiert. Genial einfach!«

»Verstanden! Lass das Klo abschließen, damit die Kollegen in Flensburg nachsehen können«, sagte Malbek.

Lüthje informierte den Zugführer. Der rief seine Leitstelle an und holte unter seiner Instrumententafel einen Vierkantschlüssel heraus. »Richten Sie sich darauf ein, dass wir Verspätung haben werden!«

Als der Zug losfuhr, war er bis auf den letzten Platz besetzt. In Süderbrarup gab es eine Verspätung von über dreißig Minuten. So lange dauerte es, bis ein paar Fahrgäste die Bahnhofstoiletten besucht hatten.

Lüthje fragte sich schläfrig, warum er dieses Sich-immer-zuständig-Fühlen nicht mal ausschalten konnte. Ob er das nicht säuberlich herauspulen könnte, vielleicht wie eine Gräte ausspucken, hatte er seinen Freund, den Gerichtsmediziner Brotmann, einmal gefragt. Eine besondere Form des Pawlow'schen Reflexes hatte der es genannt. Lüthje hatte abgewinkt.

Als der Zug in einer lang gestreckten Kurve langsam in den Flensburger Fjord hinunterfuhr, klingelte sein Handy.

Es war Malbek. »Weißt du es schon?«

»Was ist los?«, fragte Lüthje.

»Irgendjemand hat Schackhaven informiert, dass es unter den Balletttänzern auf den Bahnsteigen ein paar bekannte Gesichter gibt. Den Einsatz selbst hat dann Gondersen geleitet. Dabei ist ein Unbeteiligter erschossen worden.«

»Scheiße! Wie konnte das passieren? Wieso wurde überhaupt geschossen?«

»Gondersen hat mich gebeten, dich anzurufen, bevor es ein anderer tut. Wer weiß, was dir sonst erzählt wird. Schließlich kam der Tipp von dir, und ich habe ihn an Gondersen weitergegeben. Außerdem kennst du ihn ja aus deiner Kieler Zeit. Damit ist der ... na, sagen wir, der private Dienstweg eingehalten.«

»Ja, schon gut. Wer hat geschossen?« Lüthje machte sich Vorwürfe.

»Unklar. Außerdem hat niemand einen Schuss gehört. Die Gerichtsmedizin hat zugesagt, das Opfer morgen so früh wie möglich zu obduzieren.«

»Du hältst mich auf dem Laufenden, ja?«

»Ich soll dich von Gondersen fragen, ob du zur Sichtung des Videos der Überwachungskameras morgen Nachmittag nach Kiel kommen kannst. Du hast diese Balletttänzer ja vorher beobachtet. Vielleicht ... ja, Gondersen meinte ...«

»Dass ich ihm aus der Scheiße helfen kann, stimmt's? So als alter Kieler Kollege?«

»Bingo.«

»Und du führst die Ermittlungen?«

»Messerscharf kombiniert, Holmes. Gondersen und ich bitten dich also beide um deine Hilfe ...«

Lüthje hatte eben gerade angefangen, sich von der Sache zu verabschieden, und jetzt steckte er mittendrin. Er könnte immer noch sagen, er habe keine Zeit, er mache einen schriftlichen Bericht. Das ginge immer noch schneller als die Strecke Flensburg–Kiel und zurück plus Besprechung. Aber dann wäre er für immer ein Kollegenschwein.

2. Tag

1.

Gondersen rief Lüthje an, als der gerade mit vollen Backen das erste Frühstücksbrötchen mit Matjes verzehrte. Lüthje entschuldigte sich, weil er noch nicht richtig sprechen konnte. Gondersen sprudelte sofort los. Er wolle Lüthje persönlich bitten, zum Termin zu kommen, und erzählte kurzatmig, dass sein Amtschef Schackhaven »offensichtlich unter höherem Druck« stehe, man werde jetzt eine Untersuchungskommission zusammenstellen, bereits am Nachmittag solle Gondersen an einer Pressekonferenz teilnehmen.

»... und überhaupt habe ich das Gefühl, dass mir jetzt alle möglichen Leute was ans Zeug flicken wollen. Wenn ich das richtig sehe, ist Malbek und Ihnen so eine Situation ja nicht ganz unbekannt. Und da Sie die Dealer auf dem Bahnhof schon eine Weile vorher beobachtet haben, könnte es doch sein, dass Sie etwas sehen, was wir, also Malbek und ich, übersehen.«

Weiß der Himmel, was er meinte. Lüthje grunzte aber zustimmend, würgte den letzten Bissen herunter und sagte: »Wo Sie recht haben, haben Sie recht, Gondersen. Wann und wo soll ich aufschlagen?«

Gondersen fragte Lüthje, ob er um neun Uhr im LKA sein könnte, an der Pforte würde man dann wissen, in welchem Raum die Besprechung stattfinden werde.

Lüthje erklärte ihm, dass er seinen Wagen erst aus der Werkstatt holen müsse, aber der sollte eigentlich wieder repariert sein. Andernfalls bekäme er bestimmt einen Ersatzwagen.

Der Werkstattmeister erklärte Lüthje am Telefon, dass man keinen Fehler gefunden habe. Der Diagnosecomputer sage, dass die Einspritzpumpe defekt sei. Man habe die überprüft und keinen Fehler festgestellt. Nachdem man die Fehleranzeige »resettet« habe, leuchte die Diode nicht mehr auf. Der Fehler trete bei der Baureihe dieses Wagens öfter auf. Wenn Lüthje es genau wissen wollte, müssten sie die Einspritzpumpe ausbauen. Das würde eine Woche dauern. Lüthje lehnte ab. Er hätte den Wagen ausräumen müssen, zu viel persönlicher Kram lag darin herum, es wäre wie ein Umzug gewesen. Und er wollte pünktlich in Kiel sein.

Lüthje legte zwei Fischbrötchen in die edle Frischhaltebox, die Hilly ihm gestern im Flughafen gekauft hatte, verstaute sie im Rucksack und ließ sich von Husvogt in die Werkstatt fahren. In dringenden Fällen sei er für den Rest des Tages über Handy erreichbar.

Er fuhr auf der B 76 nach Kiel, das war allemal schöner als über die A 7 und außerdem schneller, auch wenn immer wieder das Gegenteil behauptet wurde. Das Ganze hatte den Charakter eines Glaubenskrieges, der in der ganzen Region tobte, seit es die Autobahn hier gab.

Er rief im Büro an und sagte seiner Sekretärin, Frau Dibbert, dass er überraschend ins LKA nach Kiel gerufen worden sei. Termine in Kiel schluckte Frau Dibbert immer ohne Einwände.

Lüthje langte nach einem Fischbrötchen aus dem Rucksack. Es war reine Glückssache, welches man erwischte, wenn man die Fahrbahn im Blick behalten musste. Er hatte Glück. Es war das Brötchen mit den Schillerlocken, das sollte eine Weile vorhalten, wer weiß, wie lange das in Kiel dauerte. Dieser »dringende Termin« war ja eine reine Gefälligkeit, die ihm einen halben Tag rauben konnte. Nicht viel, aber immerhin. Lüthjes Kommissariat hatte allerdings nur Fälle, die mit etwas Routine von seinen Mitarbeitern Husvogt und Blumfuchs allein bewältigt werden konnten. Fast.

Ein Mann war erschossen auf den Gleisen vor dem Flensburger Bahnhof gefunden worden, es sah ganz nach Eifersucht aus, nur noch ein paar Ermittlungen wegen der Waffe, und man würde einen Haftbefehl bekommen, der Verdächtige wurde schon observiert.

Ein toter Mann lag in seiner Wohnung, begraben unter den zertrümmerten Möbeln, die Beamten von der Revierwache am Hafendamm hatten die Leiche übersehen, als sie dem Anruf wegen ruhestörenden Lärms nachgingen. Erst als sich in den folgenden Tagen Leichengestank im Haus ausbreitete, sahen die Kollegen noch einmal genauer nach. Inzwischen hatte der Täter Spuren verwischen können, aber ein paar Fragen in der einschlägigen

Szene in den Hafenkneipen halfen. Es gab einen Verdächtigen. Der hatte ein Alibi. Aber kein gutes. Blumfuchs war dran an der Geschichte.

Der neue Chef, Kriminalrat Kegelmann, hatte Lüthjes Urlaubsplänen zugestimmt. »Sie haben es sich verdient«, hatte er sogar gesagt. Vielleicht meinte er auch nur: »Ich möchte Sie in der nächsten Zeit hier nicht sehen.«

Diese »Bahnhofsgeschichte« ging ihm ständig im Kopf herum. Dabei war es nicht sein Fall. Aber sie schien ihn von den privaten Problemen wegzudrängen. Und war vielleicht gerade deshalb in seinem Kopf willkommen.

Es hörte sich so an, als ob er Gondersen und Malbek aus irgendwas heraushauen sollte. Steckte mehr dahinter? Gondersen hatte Angst. Und Malbek? Er würde ihn fragen, sie kannten sich zu gut, als dass er so etwas vor ihm verbergen konnte. Und damit hatte sich diese Bahnhofsgeschichte in seinem Kopf noch gemütlicher eingerichtet. Er schlug vor Wut mit der rechten Hand aufs Lenkrad.

Lüthje suchte sich einen Parkplatz in der Nähe des Eingangs zum LKA und schlug die Wagentür mit einem entschlossenen Schwung knallend zu.

Er wurde Zeit, die »Bahnhofsgeschichte« hinter sich zu bringen.

Im Besprechungsraum der Abteilung 4, Kriminaltechnik und Erkennungsdienst, im vierten Stock schien man schon auf Lüthje gewartet zu haben. Der Raum war für die Videoprojektion verdunkelt, die Jalousien waren bis auf einen zentimetergroßen Spalt schon nach unten gefahren worden, alles war in verschwörerisches Licht getaucht. An der linken Wand hing ein Plan des Kieler Bahnhofs mit Gleisplan und Fotos vom Tatort.

Malbek stellte Lüthje den Herren vor. Gondersen als Ermittlungsleiter bei der Kriminalinspektion Kiel, Niklas Frerksen vom LKA als Spezialist für alles Digitale und studierter Informatiker, Kriminalhauptkommissar Kalk, Leiter des Dezernats 21, organisierte Kriminalität und Rauschgiftkriminalität, und Kommissar Proschke von der Abteilung 3 des LKA, Staatsschutz.

Malbek flüsterte in Lüthjes Ohr: »Laufbahnabschnitt 2, prüfungsfreier Aufstieg.« Er meinte Proschke. Proschke war vor nicht so langer Zeit noch Kriminalhauptmeister im Kommissariat 5 des Staatsschutzes gewesen. Ein bemerkenswerter Aufstieg. Und jetzt vertrat er hier sogar die geheimen Herren der Abteilung 3 des LKA.

»Herr Proschke, was für eine Überraschung!« Lüthje strahlte über das ganze Gesicht, als wäre ihm ein alter Klassenkamerad zufällig über den Weg gelaufen. »Erinnern Sie sich? Pat und Patachon, diese beiden Jungnazis, die von der Demonstration vor dem Landeshaus, wissen Sie noch? Der kleine Dicke sagte immer zum dünnen Langen: ›Schnauze, du Trottel, Schnauze, du Idiot, Schnauze, du …‹« Proschke nickte süßlich und zog schweigend die Hand zurück, die Lüthjes Hand zur Begrüßung schütteln wollte.

Lüthje hatte geschickt die im Raum stehende Frage »Was hat der Staatsschutz hier zu suchen?« überspielt. Irgendwann hatte Lüthje herausbekommen, dass ein geheimer Herr funktionierte wie ein Hund, dem man eine Wurst vor die Nase hält, während er die Witterung eines Kotelettknochens in der Nase hatte. Er ließ sich sehr leicht ablenken. Nicht der Verstand regierte in den Köpfen der geheimen Herren, wie jeder dachte, sondern die Gier. Die Gier, alles zu wissen, was in den Köpfen der anderen, jedes anderen, vor sich ging. Und Gier war unerbittlich.

»Solche Vorkommnisse in Bahnhöfen bedürfen aus naheliegenden Gründen einer umfassenden Analyse«, sagte Proschke lächelnd in die Runde. Seine Augen blieben eiskalt.

Man vermied es, sich anzusehen. Die Luft war zum Zerschneiden. Vielleicht hatten sie ja vorher über Lüthje geredet. Nein, das hätten sie nicht getan. Alle Beteiligten, außer vielleicht Frerksen, wussten, dass Lüthje mit Malbek befreundet war. Und zwar deshalb, weil er Malbek nicht unwesentlich zu seiner Rehabilitation verholfen hatte, nachdem der wegen eines Justizirrtums zu achtjähriger Haft wegen Totschlags verurteilt worden war.

An der Stirnwand neben der Tür hing eine in die Wand eingelassene, fernsteuerbare Leinwand. Auf dem Tisch stand ein Beamer, der an ein Laptop angeschlossen war, auf dem Frerksen herumtippte. Lüthje dachte wehmütig an »Opas Stubenkino«, wie sie in Flensburg ihren altertümlichen Projektor nannten.

Frerksen sah aus wie Buddy Holly. Nur dass Buddy Holly, soweit Lüthje wusste, nie Norwegerpullover getragen hatte. Frerksen verdankte seinen Job beim LKA nicht der Tatsache, dass er Informatiker, sondern dass er ein vorbestrafter Hacker war, und zwar einer der Besten. Er hatte beim LKA angeheuert und dafür einen erheblichen Straferlass bekommen.

Frerksen legte los.

»Das Video kam heute Morgen per Boten. Auf zwei DVDs. Na ja. Ich habe Kopien gefertigt für Sie, Herrn Gondersen und Herrn Malbek.«

Er reichte ihnen DVD-Hüllen und sagte zu Kalk und Proschke gewandt: »Sie haben ja bereits Kopien erhalten.«

Die beiden Herren schienen kurz nach Luft zu schnappen. Wahrscheinlich sollte das niemand wissen. Frerksen redete ungerührt weiter. »Die Sequenz ist von einer der Kameras aufgenommen worden, die in etwa zehn Meter Höhe verdeckt in alle Metallpfeiler der Bahnhofshalle montiert sind. Das Ganze ist in HD-Qualität. Die Bahn hat neue Kameras angeschafft. Hätte ich nicht gedacht. Ton ist leider nur mono. Dabei wäre stereo problemlos realisierbar. Na ja. Fast Broadcast-Qualität, man kann also gut reinzoomen, um sich Gesichter anzusehen. Das hat natürlich Grenzen, wenn die Person sich schnell …«

»Das kannst du uns erzählen, wenn wir ein interessantes Gesicht haben. Fang an!«, unterbrach ihn Gondersen.

»Ich lasse die Sequenz zwei Minuten vor dem Zugriff beginnen und stoppe zwei Minuten danach.«

Auf der Leinwand sah man ein Standbild mit ein paar Zahlen und Buchstaben.

»Was ist HD-Qualität?«, fragte Lüthje.

»High Definition. Alles über einer Auflösung tausendzweihundert mal achthundert. Na ja, grob gesagt.«

Lüthje nickte, aber er konnte nicht sagen, dass er jetzt schlauer war.

»Einen Moment noch!« Malbek stand auf. »Dr. Brotmann von der Gerichtsmedizin hat die Leiche in Anbetracht des öffentlichen

Interesses an einer schnellen Aufklärung schon gestern Abend obduziert. Die Todesursache war keine Schusswaffenmunition, also wurde keine Polizeiwaffe abgefeuert, sondern er fand eine Acht-Millimeter-Stahlkugel, die in die linke Schläfe eingedrungen und im Hirn steckengeblieben ist. Diese Stahlkugeln werden üblicherweise in Schleudern, auch Zwillen genannt, verwendet. Okay, jetzt können Sie loslegen, Herr Frerksen.«

Damit konnte die Polizeiführung etwas gelassener der Pressekonferenz entgegensehen.

»Ich lasse die Aufnahme jetzt in Echtzeit ablaufen«, sagte Frerksen. »Ich habe den zunächst relevanten Bildausschnitt herangezoomt, das wären dann etwa dreißig Meter in der Breite und vierzig Meter in der Tiefe. Bei der relevanten Tatszene schalte ich auf Zeitlupe. Ich kann Ihnen auch jeden anderen gewünschten Ausschnitt darstellen.« Er klang gelangweilt. »Wir haben sechs Stunden Videomaterial bekommen, das ist so üblich, wenn es mehr sein soll, können wir Nachschlag bekommen. Das müssen Sie dann entscheiden. Die Herren haben sich vorhin darauf geeinigt, dass wir uns hier zunächst auf ein Zeitfenster von circa sechs Minuten beschränken.«

Bei dem Wörtchen »geeinigt« glaubte Lüthje einen Luftzug zu verspüren. Er sah sich um. Kalk und Proschke standen beide reglos mit verschränkten Armen ganz hinten an der schmalen Seite des rechteckigen Besprechungstisches. Er tauschte einen Blick mit Malbek, der ihm gegenübersaß.

Auf dem Video sah man den Bereich vor den Gleisen 1 und 2, in der Nähe der Behindertenrampe für den CAP-Eingang. Ausgerechnet. Mitten im Strom. Man sah fünf junge Leute, zwei davon konnte Lüthje auf Anhieb als »Balletttänzer« identifizieren. In der Gruppe schien es Streit zu geben, es wurde gestikuliert, gerempelt, und schließlich prügelten sie sich. Trotz des Bahnhofslärms glaubte man, Schreie und Beschimpfungen zu hören. Plötzlich lagen drei von ihnen kämpfend am Boden, die anderen beiden tanzten um die am Boden Liegenden herum, als suchten sie eine Möglichkeit einzugreifen.

»Jetzt!«, rief Gondersen und wies mit der Hand zur Leinwand. Der Leuchtstift lag unbeachtet neben ihm.

Auf der Leinwand sah man aus verschiedenen Richtungen plötzlich acht bis zehn Beamte in Zivil auftauchen, unter ihnen war Gondersen zu erkennen.

»Zeitlupe!«, sagte Frerksen und tippte auf der Tastatur. Zwei Beamte nahmen die Stehenden in den Klammergriff, die anderen griffen sich die am Boden Kämpfenden.

»Hier!« Gondersen lief nach vorn und zeigte auf die Leinwand. Aus Richtung Bahnsteig 1 näherte sich ein Mann mit gesenktem Kopf, der einen Trolley hinter sich herzog. Die Schlägerei vor ihm schien er nicht wahrzunehmen. Der Ring der sichernden Beamten wies zum Gleis 1 eine Lücke von mindestens fünf Metern auf. Der Reisende war offensichtlich mit den Gedanken woanders, sein Blick wanderte nach links, plötzlich sank der Mann nach rechts zu Boden, die Kämpfenden lösten sich voneinander.

Sie ließen das Video noch ein paar Minuten weiterlaufen, bis man dem Notarzt bei den Reanimationsversuchen zusehen konnte.

»Stopp, Frerksen, bis dahin erst mal«, sagte Gondersen mit matter Stimme. »Die Sequenz hat deutlich gezeigt, dass der Zugriff notwendig war, weil es zwischen den Balletttänzern zu einer Schlägerei kam. Ich sah eine Gefährdung durch die kämpfenden Dealer, weil man sie bewaffnet glaubte. Nicht zu Unrecht. Wir fanden nach der Festnahme bei ihnen fünf Klappmesser, zwei Schlagringe und ein fünfzig Zentimeter langes Nylonband mit Kunststoffgriffen an beiden Enden.«

Er nickte Malbek zu.

»Nächstes Problem«, sagte Malbek und ging zur Leinwand. »Die Tatwaffe war also höchstwahrscheinlich eine Schleuder. Von wo hat der Täter das Projektil abgeschossen … Frerksen, bitte noch mal zurück bis zu dem Moment … ja genau, stopp! In diesem Augenblick wurde das Opfer in die linke Schläfe getroffen. Dr. Brotmann sagte, fast genau im rechten Winkel, also aus Richtung Bahnsteig 2 oder 3.« Malbek ging zum Gleisplan des Bahnhofs neben der Tür. »Aber auf Gleis 2 stand der verspätete IC aus Hamburg. Der hätte ihm die Sicht versperrt, wenn er auf Gleis 3 gestanden hätte. Frerksen, zoomen Sie mal auf diesen Bereich, und fahren Sie auf Anfang, dann schauen wir doch mal.« Malbek zeigte auf den Plan, Frerksen nickte, und das Video zeigte jetzt den Bahnsteig zwischen den Gleisen 2 und 3. Reisende kamen aus dem Zug aus Plön.

»Noch mal die Sequenz, aber ungefähr zwanzig Prozent mehr rauszoomen«, sagte Malbek.

Lüthje beugte sich zur Leinwand vor. Er suchte nach einem Muster im Chaos ... und da war es!

»Stopp!« Lüthje stand auf und tippte mit dem Zeigefinger auf die Leinwand. »Was macht *der* denn? Hier oben links, auf Höhe der Sitzbank hier. Noch mal zurück.«

Frerksen tippte auf der Tastatur herum. Der tödlich Getroffene schwebte wie eine Marionette von Geisterhand geführt in die aufrechte Haltung zurück, der Trolley erhob sich an seine Hand, die Gruppe der Kämpfenden begann sich zu entknäueln.

»Stopp!«, rief Malbek. »Einen Moment. Beobachten Sie jetzt diesen Mann hier hinten, der diese Verrenkungen macht. Der Schusswinkel würde passen, wenn man bedenkt, dass er die Stahlkugel weiter hinten aus der Deckung auf dem Bahnsteig abgeschossen hat. Bitte noch mal diese komische Bewegung.«

Der Schatten machte mit dem rechten Arm eine schnelle Bewegung nach rechts unten.

»Er verbeugt sich, oder?«, fragte Malbek, ohne den Blick von der Leinwand zu wenden. »Stopp, noch mal diese Sequenz.« Frerksen ließ das Video wieder ein paar Sekunden zurücklaufen. Malbek moderierte die Sequenz, dabei immer wieder auf die Leinwand zeigend: »Jetzt muss er aus der Deckung geschossen haben ... da, jetzt taucht er auf ... eine Verbeugung. Das sieht aus wie ...«

Elegant hielt er den linken Arm vor den Körper, den rechten Arm hinter den Rücken, dabei nach oben in Richtung Kamera sehend. Frerksen fror die Bewegung mit einem Tastendruck ein.

»Haben Sie mal in Erwägung gezogen, dass der Mann vielleicht einfach nur Rückenprobleme hatte? Oder er ist vielleicht ein Spastiker?«, fragte Proschke spöttisch von hinten.

Malbek ignorierte seine Frage. »Wie ein Balletttänzer, eine höfische Verbeugung, formvollendet, wie ein Schauspieler in einem

Theater, der sich für den Beifall des Publikums bedankt, hinauf zu den Tribünen«, sagte er und ahmte die Bewegung des Armes nach. »Genauer gesagt, hinauf zu den Webcams, zu den Logen! Lassen Sie mal weiterlaufen, Frerksen. Da! Wir sehen den Abgang von der Theaterbühne, selbstbewusst, große, ausgreifende Schritte, wie nach einem großen Applaus. Wahrscheinlich zum Ausgang Sophienblatt.«

Frerksen drehte sich überrascht zu Malbek um. »Meinen Sie, der wusste, wo die Kamera ist?«

»Nein, lassen Sie noch mal zurücklaufen ... da! Sehen Sie sich das Standbild an. Er schaut nicht genau in die Kamera, sondern ungefähr in die Richtung, in der er Kameras vermutet. Er denkt, eine wird schon die richtige Kamera sein, die sich die Bullen ansehen. Er hat recht gehabt. Außerdem ist der Mann Linkshänder.«

»Stimmt«, antwortete Lüthje leise.

Malbek sah ihn überrascht an. »Woher ...«

Lüthje schnitt ihm das Wort ab. »Na, war mir klar, dass du es auch gesehen hast. Den Hofknicks machte er seitenverkehrt, also ich meine damit, die linke Hand nach vorn, die Rechte hinter dem Rücken.« Lüthje wandte sich zu Kalk und Proschke um. Sie sahen so bemüht ausdruckslos aus wie Erich Mielke auf dem Cover der Biographie in Lüthjes Bücherregal. Lüthje unterdrückte den Lacher, der in ihm aufstieg, und wandelte ihn geschickt in einen Hustenanfall um.

»Irgendetwas Neues zur Identität des Toten?«, fragte Gondersen ärgerlich in Lüthjes Hustenanfall hinein.

Malbek klappte einen Aktenhefter auf. »Ich fasse am besten kurz zusammen. Er war mit dem Zug um zwölf Uhr zwanzig aus Lübeck gekommen und hat da an einer Fortbildung für Joghurt-Emulgatoren-Vertreter teilgenommen. In Kiel wollte er einen Hersteller aus Dänemark treffen, mit dem er im Auftrag seiner Firma verhandeln sollte. Und zwar im Hotel ›Bülker Hof‹ in Strande. Er hatte natürlich Visitenkarten bei sich. Der Personalchef seiner Firma gab mir die Nummer seiner Frau. Das Gespräch mit ihr war ... nicht einfach. Sie behauptete, sie habe mit ihm ungefähr zehn Minuten lang telefoniert, er sei gerade angekommen und hätte auf dem Bahnsteig gestanden. Das sei das letzte Mal gewesen, dass sie mit ihm gesprochen habe. Vom Netzbetreiber wurden die Verbindungsdaten bestätigt.«

»Und worüber soll er mit ihr zehn Minuten lang auf dem Bahnsteig telefoniert haben, statt gemütlich im Hotelzimmer?«, fragte Proschke.

»Über die Einladungsliste zur Beerdigung ihrer Mutter. Sie ist vorgestern gestorben. Herzinfarkt laut Auskunft des Arztes.«

»Danke, keine Fragen mehr, Euer Ehren«, sagt Lüthje und sah sich demonstrativ zu Proschke um. »Die Herren auf den hinteren Bänken auch nicht, wie ich sehe.« Er erhob sich. »Sie entschuldigen mich jetzt bitte, Flensburg ruft.«

»Ich denke, wir können die Runde für heute schließen«, sagte Gondersen schnell und ließ die Jalousien hochfahren. Proschke und Kalk verließen wortlos den Raum. Frerksen grinste hemmungslos.

»Die geheimen Herren schienen nicht so ganz bei der Sache gewesen zu sein«, sagte Malbek, als er mit Lüthje über den Flur ging.

»Wer weiß ...«, antwortete Lüthje gedehnt und sah sich suchend nach Gondersen um. Aber der war wohl schon in seinem Dienstzimmer verschwunden, um sich das Video noch einmal anzusehen.

2.

Als Lüthje in seinem Rucksack nach dem Zündschlüssel suchte, fragte Malbek: »Wie wär's mit einem Spaziergang über den Friedhof?«

Das Landeskriminalamt und der größte Friedhof Kiels, der Parkfriedhof Eichhof, lagen sich direkt gegenüber, getrennt durch eine vierspurige Stadtautobahn, den Olof-Palme-Damm. Eine Überführung, die dem Verlauf des alten Mühlenwegs und der Eichhofstraße folgte, bot den Behördenmitarbeitern die Gelegenheit, in den Pausen bei längeren Spaziergängen in der Parklandschaft mit ihren Gräberfeldern die für ihre Arbeit notwendige innere Ruhe wiederzufinden. Es gab allerdings nur einen, der diese Chance nutzte: Kriminalhauptkommissar Gerson Malbek.

»Ich fahr uns rüber. Es sind ja nur fünf Minuten. Das macht den Kopf wieder frei.«

Lüthje stimmte zu, und sie schwangen sich in Malbeks Wohnmobil. Malbek pendelte nicht mit dem Dienstwagen, sondern mit dem Wohnmobil, dem Skipper, zwischen dem Angeliter Dorf Moerksgaard nördlich von Schleswig und seiner Dienststelle in Kiel. So brauchte er nach Ermittlungen und Einsätzen bis spät in die Nacht nicht unter seinem Schreibtisch auf der Thermomatte zu schlafen, sondern er konnte im Skipper komfortabel kochen, fernsehen oder Gitarre spielen.

»Nach dem Spaziergang findest du deinen Autoschlüssel auf Anhieb. Wetten?«

»Wer's glaubt, wird selig. Und ein Friedhof als Flaniermeile, das gehört sich auch so für einen Pastorensohn und Spökenkieker«, sagte Lüthje ernst und lachte, als Malbek nach ihm schlug und einen Schlenker fuhr. Eigentlich wollte Lüthje doch diese Bahnhofsgeschichte schnell hinter sich bringen. Stattdessen fuhr er mit Malbek auf einen Friedhof, um dort spazieren zu gehen. Verrückt.

»Es ist noch gar nicht so lange her, dass du dich sehr für den Unterschied zwischen Geistern und Gespenstern interessiert hast, Herr Lupenkieker!«, sagte Malbek, als sie ausstiegen.

»Du irrst. Es ist eine Ewigkeit her. Aber ich habe nichts vergessen. Hier könnten uns eigentlich nur Geister begegnen, richtig?«

»Sehr gut, Lupenkieker. Aber hier kannst du noch mehr lernen.« Sie gingen durch das Tor und passierten die Auffahrt zur Friedhofskapelle aus rotem Backstein. Das überproportionierte Dach vermittelte den Eindruck, als hätte das Gebäude vor Trauer den Kopf zwischen die Schultern gezogen. Ein Leichenwagen stand mit geöffneter Heckklappe verlassen vor der Kapelle.

»Vor uns liegen zweiundzwanzigtausend Gräber, vierhundertdreißig Baum- und Straucharten und achtzig Singvogelarten. Der größte Friedhof Schleswig-Holsteins«, sagte Malbek.

»Man hört es. Ich meine die Singvögel. Und es werden jeden Tag mehr. Ich meine die Gräber.« Lüthje war beeindruckt.

»Hier kann man sicher sein, dass es keine Mikrofone gibt und auch sonst niemand zuhört«, sagte Malbek.

»Bist du dir da so sicher? Ich meine, dass wir hier keine Zuhörer haben?« Lüthje betrachtete die Gräber rechts und links des Wegs. Grabmäler mit säulenflankierten Türen. Engel mit gesenkten Köpfen, die Hände gefaltet oder auf den Griff eines gesenkten Schwertes gestützt. In Grabplatten geritzte kreisrunde Eulen. Kopfgroße Steine, aufeinandergehäuft wie das Modell eines steinzeitlichen Hünengrabs. Ein Ehepaar hatte auf dem Findling seine flüchtigen Unterschriften in den Stein meißeln lassen. Alles umgeben von strotzendem Leben in Bäumen, mit Blättern, die man vorher nie gesehen hat, Riesenfarnen, Blumenschüsseln, Insekten, Feldhasen, Ameisenhaufen, Wespennestern, Kaninchen, Mäusen und Vögeln und wuchernden Pilzen in allen Farben auf Baumstümpfen und im Gras. Eine Symphonie, deren Leitthema die morbide Schönheit dieses Ortes war.

»Der Duft der Stinkmorchel ist fast so kantig wie zu Haus im Moerksgaarder Wald«, dozierte Malbek mit verkniffener Miene, als ob er Schmerzen hätte. »Dort ist es die feinsäuerliche Note, die überwiegt. Sie ist pelzig wie Pfirsichhaut. Hier der faulig-holzige Grundton, der sich so rau wie ausgetrocknetes Leder anfühlt. Wie in Wirklichkeit. Zu schön, um wahr zu sein.«

»Ich danke Gott, dass ich nicht deine Probleme habe«, sagte Lüthje trocken.

Malbek war Synästhetiker, das hieß, dass er mit der Nase sehen und mit dem Gaumen denken konnte. Verständlich, dass Malbek manchmal die Bodenhaftung verlor.

»Du hast mich schon immer für verrückt gehalten«, sagte Malbek. »›Er hat wieder eine posttraumatische Haftpsychose‹, das denkst du doch wieder!«

»Du langweilst mich. Das letzte Mal hast du mir das vor … ja, vor drei oder vier Wochen im Skipper erzählt, da hattest du allerdings drei Duborger Bock intus, deren Hauptbestandteil eine ordentliche Portion Selbstmitleid ist, wie ich aus Erfahrung weiß. Übrigens, wie behandelt dich dein dienstliches Umfeld jetzt eigentlich so?«

»Sie zerreißen sich das Maul über mich und sind noch weiter auf Abstand gegangen. Sie wissen, dass ich Geld geerbt habe, und denken, ich hätte Beziehungen, Einfluss, Macht. War ja schon schlimm genug, dass ich acht Jahre Fortbildung genießen durfte. Reicht dir das erst mal? Atme diese herrliche Luft tief ein. Und jetzt wird gearbeitet.« Malbek riss einen abgestorbenen Zweig vom nächsten Busch ab.

»Es sieht so aus, als ob der Joghurtvertreter dem Mörder in die Schusslinie gelaufen ist. Wen wollte er in Wirklichkeit treffen?« Malbek zeichnete den Gleisplan mit einem Zweig in den Sand vor einer Parkbank und umging rücksichtsvoll eine Ameisenstraße, die sich über den Weg bewegte. »Der Täter hat ungefähr fünfzehn Sekunden gebraucht, bis er aus seiner Deckung heraus war. Er hat also von weiter hinten auf dem Bahnsteig die Stahlkugel abgeschossen, gut gedeckt, vielleicht sogar aus dem leeren Abteil des Zuges auf Gleis 3, ohne störenden Knall einer Schusswaffe. Wenn wir uns diese Linie verlängern und uns den Joghurtvertreter wegdenken, wer kommt hier in Frage, du hast das Video im Kopf?«

Lüthje brach sich auch einen Zweig ab, kniete sich neben Malbek und kratzte in Malbeks Sandskizze herum. »Hier in dem Bereich standen drei Leute, Gondersen und zwei Bundespolizisten. Dahinter wiederum irgendwelche Passanten. Was glaubst du?«

Malbek kratzte einen Buchstaben in den Sand.

»Vielleicht. Vielleicht aber auch jemand, der nicht im Sichtfeld war«, sagte Lüthje. Sie gingen weiter und fochten mit den Zweigen, bis Malbeks Degen an Lüthjes Brust zerbrach.

»Ich bin ja noch nicht so lange wieder in Kiel, aber ich habe mir in der Kantine ein paar Geschichten angehört«, sagte Malbek. »Wenn fünf Wohnungen durchsucht werden sollen, und die Vögel plötzlich ausgeflogen sind, ist das schon irgendwie peinlich.« Malbek zerbrach den Rest des zerbrochenen Degens und warf die Stücke in hohem Bogen auf eine Rasenfläche vor einem schmucklosen, verwitterten Grabsteinfindling.

»Speziell bei Gondersens Einsätzen?«, fragte Lüthje.

»Nein, in allen Sachgebieten. Aber ist das nicht normal? Der Mensch ist fehlbar. Und wer glaubt, er mache keine Fehler, kann aus den Fehlern nicht lernen.«

»Dein Wort in Gottes Ohr«, sagte Lüthje und sah fromm zum Himmel.

»Es ist jedenfalls nicht so häufig passiert, dass man auf dumme Ideen kommt. Du weißt, was ich meine«, sagte Malbek.

Lüthje nickte.

»Ich gebe es ja zu, das ist Spökenkiekerei«, sagte Malbek. »Übrigens: Es gab zwei alte Kunden, die bei der Schlägerei zugesehen haben. Die mussten wir nach ein paar Stunden wieder laufen lassen.«

»Ach! Illustre Namen dabei?«

»Abteilungsleiterebene immerhin. Horst Mählchen und Hans-Peter Rockschütz. Die handeln eigentlich nicht mit Drogen, sondern lassen handeln. Manageretage.«

Lüthje nickte und fuchtelte mit seinem Zweig wie ein Dirigent in der Luft herum. »Ich kenne die Namen. Gehören doch bundesweit zur Stammkundschaft. Bekannt aus Presse, Funk und Fernsehen. Beide haben zusammen etwa achtundzwanzig Jahre Knast abgesessen. Keine schlechte Leistung, wenn man Anfang vierzig ist. Honorarkräfte. Mal hier, mal da.«

»Die waren sauber, wenn man von der großen Nagelfeile in Rockschütz' Gesäßtasche absieht. Aber die fällt nun mal nicht unter das Waffengesetz. Außerdem hatten sie Bahnfahrkarten Frankfurt–Kiel und Leipzig–Kiel. Erste Klasse. Festen Wohnsitz sowieso. Sie wollten angeblich gemeinsam ein paar Tage an der Ostsee ausspannen und Erinnerungen austauschen. Sie logieren im Hotel ›Hörnview‹, direkt über dem CAP.«

»Warum gerade Kiel?«, fragte Lüthje.

»Rockschütz und Mählchen haben von der guten Ostseeluft geschwärmt«, sagte Malbek und atmete tief durch.

»Verständlich! Vielleicht ist dieser Erinnerungsurlaub zu zweit ja in Wirklichkeit ein Business zu dritt?«, fragte Malbek.

»Und wer ist deiner Meinung nach der unbekannte Dritte?«, fragte Lüthje.

»Du hast ihn erkannt. Du wusstest, dass er Linkshänder ist.«

»Was? Wer?« Lüthje sah ihn mit gespielter Überraschung an.

»Nun tu nicht so. Du hast den Unterkiefer doch gar nicht mehr hochgekriegt, als du ihn bei der Verbeugung gesehen hast, den Burgschauspieler auf dem Video.«

Lüthje nickte. »Es war Bruno Ofendikker alias Bruno Lentus.

In der Szene wird er auch Zwille genannt. Er müsste in deiner Zeit gesessen haben. Als ich seinen theatralischen Hofknicks sah, fiel es mir wieder ein. Zwei Stunden vorher hatte ich ihn im CAP in einem Sushi-Shop gesehen. Ich glaube, er hat mich auch erkannt, musste aber wohl grübeln. Dreizehn Jahre hinterlassen in beiden Fällen Spuren. Einer im Bau, der andere bei der Polizei.«

»Schön hast du das gesagt.« Malbek lachte etwas bitter. Mit Lüthje konnte er inzwischen darüber lachen. Aber es war die dunkle Zeit in seinem Leben, wie er es manchmal nannte. Diese acht Jahre im Gefängnis. Er war rehabilitiert, er hatte seinen geliebten und gehassten Job wieder, aber diese Zeit holte ihn immer wieder ein. Wie jetzt in dem Moment, in dem Lüthje die Namen Zwille und Lentus aussprach. Jeder wusste, dass sein wahrer Name Ofendikker war, aber wer ihn so nannte, dem konnte plötzlich irgendetwas im Fleisch stecken.

»Hast du mit ihm im Bau zu tun gehabt?«, fragte Lüthje.

»Nicht direkt. Ich stand ja unter Fröbes Schutz. Er hat mal gesagt, Zwille sei kein normaler Verrückter. Einige sprachen von ihm als ›das adelige Schwein‹. Fröbe hat dafür gesorgt, dass Zwille während meines ersten Jahres nach Lübeck verlegt wurde. Woher kennst du das adelige Schwein?«

»Ich war als Ermittlungsleiter Zeuge im Prozess gegen ihn. Über dreizehn Jahre ist das her. Aus meiner Sicht war es ein Auftragsmord mit besonderer Schwere der Schuld. Lebenslänglich unter Ausschluss einer vorzeitigen Entlassung wäre das richtige Urteil gewesen. Das Gericht aber meinte, es sei *nur* Eifersucht im Spiel gewesen. Immerhin hat ihm das unterm Strich zwölf Jahre eingebracht.«

»Hat er da schon mit einer Schleuder gearbeitet?«

»Oft und gern.«

»Was sollte diese höfische bühnenreife Verbeugung?«

»Das hat er schon damals vor Gericht gemacht. Der Gutachter hatte ihm eine histrionische Persönlichkeitsstörung bescheinigt. Theatralisch affektiert, aber auch geschliffene Manieren, wirkte auch höflich, aber konnte gleichzeitig hinterhältig und sadistisch sein. Er sprach vor Gericht fast nur in Zitaten, es war schwer, ihm zu folgen. Ich fand es irgendwie genial, aber komplett durchgeknallt. Aber er ist schuldfähig, das heißt, er weiß, was er tut. Dem Gutachter gegenüber hat er sich immer mit dem Satz gerechtfertigt ›Gott lebt mein Leben, nicht ich‹. Hier deutete sich eine Persönlichkeitsspaltung an, die aber noch nicht manifest ist, sagte der Gutachter. Ich glaube, Lentus hat den Gutachter an der Nase herumgeführt. Lentus ist durchtrieben. Er hat Bildung, niemand weiß, woher. Er konnte sogar ein bisschen Latein. Er hat das alles vor Gericht vorgeführt. Es war seine Bühne.«

»Und Gott ist für ihn der Regisseur … Wieso hast du das nicht vorhin alles bei der Besprechung erwähnt?«

»Kalk und Proschke haben uns beobachtet. Nichts anderes wollten die da. Nur sehen, wie wir reagieren, das Video kannten die schon. Sie müssen nicht wissen, wie viel wir wissen. Und wieso habt ihr, ich meine, du oder Gondersen, die Personalien und Vorstrafen der Festgenommenen nicht erwähnt?«

»Kalk und Proschke. Vor allen Dingen Proschke. Er ist ein Typ, der mit den großen Hunden pinkeln will, aber das Bein nicht so hoch kriegen kann.« Malbek deutete auf einen kleinen Terrier, der einen Grabstein in der Größe eines steinzeitlichen Findlings anpinkelte.

»Sie müssen nicht wissen …«, begann Malbek, nach einer Melodie suchend, zu singen.

»… wie viel wir wissen«, brummte Lüthje leise, die Melodie weiterführend. Malbek stimmte ein, und dann sangen sie den Satz als geschlossenes Thema in plötzlichem Übermut wie kleine Jungen im Spiel im Duett, wie zwei Tenöre in einer komischen Oper, in immer neuen Variationen, die Malbek vorgab, und Lüthje dirigierte mit seinem Zweig dazu. Ein paar Gräberreihen weiter ließ eine Frau in dunkelrotem Kostüm und grünem Schal ihre Pflanzhacke fallen und klatschte Beifall. Sie sah den beiden Tenören schwärmerisch und enttäuscht hinterher, als sie sich entfernten.

»Was weißt du über Gondersen?«, fragte Lüthje.

»Verheiratet, ein Kind. Seine Frau ist Schauspielerin, hat irgendeinen Künstlernamen, sie tritt in diesen Seifenopern im ZDF manchmal auf. Hast du mal ›Zuckerwatte im Sand‹ gesehen?«

»Ich sehe nur Klassiker aus Hillys umfangreicher DVD-Sammlung.«

»Sophie ist jedenfalls von ›Zuckerwatte‹ begeistert.«

»Wovor hat Gondersen Angst?«

»Angst? Ihm wird der Tod des Joghurtvertreters angehängt, er war verantwortlich für den Einsatz. Hättest du da keine Angst vor den Konsequenzen?«, fragte Malbek.

»Ich würde täglich einmal ›kaputt gekackter Klütenkasper‹ schreien. Eine Untersuchung, ein Verweis, das war's. So etwas kann immer mal passieren. Ist nur ärgerlich, dass die nächste Beförderungswelle dich dann nicht mitnimmt. Hast *du* bei dieser Sache vor etwas Angst?«, fragte Lüthje in Malbeks lachendes Gesicht hinein.

»Was soll das? Seit wann machst du in Paranoia?« Malbek blieb stehen und sah Lüthje mit zusammengekniffenen Augen an.

»Reg dich ab. Ich will von dir wissen, woran ich bin. Du kennst mich doch, oder?«, fragte Lüthje.

»Das ist ja das Schlimme, Lupenkieker!«

»Warum waren Proschke und Kalk bei der Videosichtung?«

»Wegen Lentus?«

»Vielleicht. Ich glaube, sie wollten uns dabei zusehen, wie wir auf das Video reagieren«, sagte Lüthje

»Im Moment machen die sich überall wichtig. Vor allen Dingen Proschke. Der ist immer und überall da. Da der Grabstein, dahinter könnte er sich verstecken, der hat die Größe von Proschke.« Sie lachten. Der Grabstein war nicht klein. Aber auch nicht groß. Insgesamt eher auffällig unauffällig.

Lüthje sah auf seine Uhr.

»Okay, du hast recht, das Verbrechen ruft. Wann ist Hilly wieder da?«, fragte Malbek, als sie zurückgingen. »Jette möchte euch gern zum Essen einladen.«

»Okay. Ich sag dir Bescheid. Der Käufer will den Preis für Hillys Haus in Southgate drücken. Er müsse eine Dachgaube einbauen, sonst wäre es zu klein für seine Familie. Na ja, du kennst Hillys Temperament. Sie wird sich nicht darauf einlassen. Die Umzugskartons, die Jette bei sich unterstellen wollte, müssten morgen mit der Spedition ankommen. Die hatte sie ja schon vor ein paar Wochen losgeschickt. Die restlichen Möbel hat sie einer gemeinnützigen Organisation in London gespendet.«

»In deiner Flensburger Wohnung wird es wohl langsam etwas eng werden.«

»Das kannst du laut sagen«, sagte Lüthje.

»In meinem Skipper kann ich leider nichts unterstellen, und im Gutshaus wohnt ja keiner. Das war Hilly zu unsicher. Da nützen auch meine Überwachungskameras nichts. Kommt ihr auch, wenn Sophie und Maren kommen?«, fragte Malbek.

»Die Sache hat also einen Haken«, stellte Lüthje fest. Sophie war Malbeks und Marens gemeinsame Tochter aus der geschiedenen Ehe. Und Maren war Lüthjes Verflossene und Malbeks Exgattin, sozusagen Hillys Vorgängerin. Wobei Hilly als Lüthjes Jugendliebe die älteren Rechte an ihm hatte. Nicht ganz unkompliziert, das wusste Jette genau.

»Sophie ist nicht das Problem ...«, sagte Lüthje langsam, jedes Wort abwägend. »Das weißt du. Aber Maren ... sie würde Hilly an dem Abend das erste Mal treffen ... Okay, von mir aus. Aber ich muss Hilly erst fragen.«

Als sie vor Lüthjes Dienstwagen standen, fand Lüthje den Zündschlüssel in der linken Tasche seiner Cordjacke, vergraben unter seinem Vorrat an Knäckebrotkrümeln. In der rechten Hand hielt er immer noch den Zweig.

»Das hat was zu bedeuten«, sagte Malbek salbungsvoll. »Wirf den hölzernen Degen nie weg. Er wird dir Glück bringen.«

»Ich gehorche dem weisen Rat des Großen Spökenkiekers.« Lüthje verbeugte sich und legte den hölzernen Degen behutsam auf den Rücksitz.

Als Lüthje den Motor startete, klopfte Malbek ans Fenster. »Ich hab vorhin auch jemanden erkannt!«

»Wen?«

»Die Dame mit der Pflanzhacke, die uns so begeistert applaudierte. Das war Frau Finkenstein, Sekretärin in der Abteilung 3, Staatsschutz.«

»Prüf mal dezent nach, ob es hier ein Grab gibt, das ihr am Herzen liegt.«

Sie lachten. Lüthje fuhr das Fenster hoch und suchte den Weg zur B 76 nach Flensburg. Es war spät geworden.

Lentus war schon einmal wegen Tötung bestraft worden. Im

Moment sah es so aus, als ob ihn niemand daran hindern konnte, wieder und wieder zu töten. Niemand hatte gefragt, wie Bruno Lentus seine drei guten und teuren Verteidiger bezahlt hatte. Oder wer sie für ihn bezahlt hatte.

Für Lüthje stellten sich zwei Fragen. Erstens: Gab es irgendeine Hierarchie, in der sich Bruno Ofendikker alias Bruno Lentus befand, in der er nicht ganz oben, aber auch nicht mehr ganz unten stand? Zweitens: Wen hatte Bruno Lentus auf dem Kieler Bahnhof im Visier seiner Zwille gehabt? Lentus hatte Lüthje die zwölf Jahre Gefängnis zu verdanken. Deshalb hätte es Lüthje nicht gewundert, wenn er ihn auf dem Bahnhof ins Visier genommen hätte. Aber zu der Zeit, als Lentus schoss, war er ja schon mit dem Zug unterwegs nach Flensburg. Jemand anderes stand also vor ihm auf seiner Liste.

Aber Lüthje glaubte, dass er der Nächste sein würde. Er hoffte, dass diese Angst auch nur eine Ausgeburt seines erschöpften Gehirns war und keinerlei Grundlage in der Wirklichkeit hatte. Fehleinschätzungen und Überreaktionen gehörten auch zur Symptomatik der psychovegetativen Dekompensation, hatte sein Arzt gesagt.

3. Tag

Lüthje hatte schlecht geschlafen. Am Vorabend hatte er aus seinem Bücherregal Dostojewskis »Schuld und Sühne« herausgesucht und sich fest gelesen. Das Lesezeichen, das er im Buch vorfand, sagte ihm, dass er es schon einmal bis Seite sechshundertvierundfünfzig geschafft hatte. Er ging auf Seite dreihundert zurück und fand sich dort nach ein paar Seiten in der Handlung zurecht. Nach zwei Stunden erinnerte er sich daran, dass Dostojewski es nicht bei der deprimierenden Einsicht beließ, dass Angesehene und Reiche leichter ungestraft mit ihren Verbrechen davonkommen. Ein unumstößliches Gesetz hielt Gott für diese Privilegierten bereit: Wenn die Erfolge sich für jeden sichtbar in die Höhe recken, beginnt der Untergang. Was nutzt also die Straflosigkeit, wenn doch der Untergang unausweichlich kommt. Eigentlich war Lüthje fein raus. Er hielt sich für ziemlich gesetzestreu, und mangels sich zum Himmel reckender Erfolge brauchte er einen unausweichlichen Untergang nicht zu fürchten. Er würde das bei Gelegenheit mit dem Pastorensohn Malbek diskutieren müssen. Wäre doch interessant zu erfahren, was die Bibel dazu sagte. Von der Größe seines Gedankenganges beeindruckt, hatte ihn der Schlaf übermannt.

Im Traum war er in einem Rohr eingeklemmt und hatte Atemnot. Als er aufwachte, fand er den über siebenhundert Seiten starken Wälzer auf seiner Brust liegen. In einer Buchhandlung hatte er vor ein paar Monaten ein Cover gesehen, das ihm bekannt vorkam. Es war das Gemälde, das er einmal beim Antiquitätenhändler Fielspitz gesehen hatte, »Unerwartet« von Repin. Das Gemälde hatte sich ihm eingeprägt, dieser hohläugige, vorzeitig durch unbekannte Entbehrungen gealterte Mann, der wie ein Vergessener zu Haus und Familie zurückkehrt.

Der Kantinenkaffee schmeckte wie dünne Hühnerbrühe. Er kippte ihn in den von Frau Dibbert gepflegten Gummibaum auf dem Fensterbrett. Der vertraute Anblick der Puppenhausruine auf der gegenüberliegenden Seite des Parkplatzes vor dem Haus, einem Bordell mit jahrhundertealter Tradition und dem Namen »Rote Laterne«, war einer Glas- und Stahlkonstruktion gewichen, die kompakte Eigentumswohnungen mit Fördeblick enthielt. Vielleicht wenn man sich dort weit genug aus dem Fenster lehnte.

Sein Blick fiel auf den »hölzernen Degen« vom Friedhof Eichhof, den er auf das Fensterbrett gelegt hatte, vor Frau Dibberts Gummibaum. Er war fast armlang, etwas schief und krumm, weidengrau. Lüthje hatte es sich als eine Art von japanisch angehauchter Dekoration gedacht. Hilly würde es gefallen, wenn sie ihn wieder in seinem Dienstzimmer besuchen würde. Es war hier zu kahl und kalt, hatte sie gesagt, in dieser Umgebung könne er keine Inspirationen haben.

Plötzlich sah Lüthje im Geiste Frau Dibbert vor sich, wie sie den Zweig kopfschüttelnd zerbrach und in den Papierkorb warf.

Lüthje suchte eilig in einer der unteren Schreibtischschubladen ein selbstklebendes Etikett, beschriftete es, drückte es fest auf die Borke und legte den hölzernen Degen zurück auf das Fensterbrett. »Nicht berühren! Wichtiges Beweisstück!«, stand auf dem Etikett.

Seufzend wandte er sich wieder dem Aktenstudium zu. In zwei Stunden sollte er in Schleswig als Zeuge in einer Strafsache auftreten. Es war immer gut, die Erinnerung an Vorgänge aufzufrischen, auch wenn es eigentlich nicht erlaubt war. Eigentlich sollte man aus der Erinnerung und nicht mit Hilfe der kurz vorher memorierten Akte aussagen. Andererseits machte es einen schlechten Eindruck, wenn man als Kriminalpolizist allzu viele Erinnerungslücken offenbarte. Es sollte so klingen, als ob alles frisch aus dem Gedächtnis käme. Was der Mann bei der Festnahme gesagt hatte, nachdem er seinem Nachbarn wegen eines nichtigen Streits mit dem Spaten den Schädel gespalten hatte und danach mit einem haarsträubenden Alibi in Flensburg festgenommen worden war, das würde sein Beweisthema sein. Vielleicht würde Lüthje stundenlang nutzlos vor dem Verhandlungssaal herumsitzen, weil die Verhandlung vertagt wurde oder der Angeklagte mit einem umfassenden Geständnis das Gericht und seinen Verteidiger überraschte.

Das Telefon auf dem Schreibtisch klingelte. Es war Hilly. Das Frühstück im Londoner Hotel sei wieder miserabel gewesen. Alles andere sei passabel, aber viel zu teuer. London eben. Heute würde die Wohlfahrtsorganisation die Möbel abholen. Sie graute sich davor, das Haus wieder betreten zu müssen, aber es sei ja das letzte Mal.

Er erzählte ihr von Jettes Einladung und von Marens möglicher Anwesenheit.

»Muss das sein?«, fragte Hilly.

»Ich weiß es nicht.«

»Soll das so was Ähnliches wie eine Versöhnungsfeier werden?«, fragte sie.

»Weiß ich nicht.«

»Ich kenne Maren nicht, habe mich also nie mit ihr gestritten. Also was soll da eine Versöhnungsfeier?«

»Ich hab ja auch nicht gesagt, dass es eine Versöhnungsfeier ist, Gerson hat auch nichts davon gesagt.«

»Wahrscheinlich weil es ihm auch peinlich ist. Was denkt sich Jette bloß dabei?«

»Was soll ihm peinlich sein, und Jette …«

»Ach Eric, du bist so süß naiv. Ich liebe dich auch dafür.«

»Ich, äh …«

»Ich sag dir was, wenn wir nicht kommen, denken die doch glatt, wir hätten Angst vor Maren. Sag, dass wir uns über die Einladung freuen. Ich werd mal sehen, ob ich aus London noch ein nettes Präsent für Jette mitbringen kann. Und was ist mit Elena und Dittrich?«

»Ja, ich hatte Gerson so verstanden, dass es sozusagen eine familiäre …«

»Ich werde Jette anrufen. Ich ruf dich zurück. Tschüss, vergiss nicht, dass ich dich liebe.«

»Ich liebe dich«, sagte Lüthje mit schwacher Stimme, aber sie hatte schon aufgelegt.

Es klopfte an der Tür. Blumfuchs steckte den Kopf durch die Tür.

»Sie haben doch bald Urlaub, Chef, und da dachten wir, wir sollten noch ein paar Sachen mit Ihnen besprechen.«

Lüthje seufzte und tippte mit dem Finger auf die aufgeschlagene Akte vor sich. »Sprich mich später noch mal darauf an. Ich muss wegen dieser Akte hier in Schleswig vor Gericht heute Männchen machen ...«

Um die Mittagszeit rief Hilly wieder an.

»Alles in Butter. Ich komm in Hamburg mit der Maschine um kurz vor achtzehn Uhr an. Dann kannst du mich um Viertel vor neun in Flensburg am Bahnhof abholen. Schlaf so lange ein bisschen. Mit Jette hab ich auch schon gesprochen. Morgen Abend machen wir das mit dem Treffen. Sophie hat sich mit Gerson eine Überraschung ausgedacht. Tschüss, ich liebe dich.« Sie legte auf.

Lüthje machte einen letzten Versuch, seine Aussage zu durchdenken. Er hatte Unstimmigkeiten in seinen Berichten entdeckt. Außerdem hatte er in Gedanken den Angeklagten »Lentus« genannt. In Wirklichkeit hieß er Christoph. Es war zum Mäusemelken.

Sein Handy riss ihn wieder aus den Gedanken. Wieder Hilly.

»Sag mal, ist irgendwas? Du hast doch was«, fragte sie.

»Wie kommst du denn darauf?«

»Eben, als wir telefonierten, warst du irgendwie anders.«

»Ich bin bei der Arbeit. Obwohl im Moment alles Routine ist, muss ich meinen Grips doch manchmal bemühen und wirke vielleicht etwas genervt.« Er lachte. Etwas zu gezwungen.

»Also, du sagst mir, wenn dich etwas bedrückt?«

»Ja klar!«

Lentus. Er hatte dem Opfer damals mit der Zwille eine winzige Metallschraube ins Hirn geschossen. An den Folgen war der Mann zwei Tage später gestorben. Lentus hatte damals vor Gericht behauptet, dem Mann wäre sein Akkubohrer beim Heimwerkern ausgerutscht. Lüthje hatte bestätigen können, dass Lentus zur Tatzeit im Haus des Opfers gewesen war. Der Sachverständige hatte den Rest gemacht.

Als Lüthje damals den Gerichtssaal verließ, hatte Lentus sich zu ihm umgedreht und sich andeutungsweise verbeugt. Das hieß in dessen Sprache: *Du bist schon so gut wie tot.*

4. Tag

Malbek und Lüthje hatten es mit Tricks und Ausreden geschafft, sich rechtzeitig in ihren Dienststellen loszueisen, und trafen zufällig gleichzeitig vor Jettes Reetdachkate ein. Sie lag an der Dorfstraße von Moerksgaard, der einzigen Straße des winzigen Dorfes, die sich am Moerksgaarder Wald entlangschlängelte und an deren Ostseite die wenigen Reetdachhäuser, ehemalige Landarbeiterkaten, sich wie Perlen an der Kette aufreihten. Und am Ende der Straße lag der Edelstein, das leer stehende Gutshaus Moerksgaard. Das einzige unbebaute Grundstück war eine Wiese, in deren Mitte eine jahrhundertealte Rotbuche aufragte, unter der sich der Stellplatz für Malbeks Wohnmobil befand. In den letzten Monaten hatte er sich den Stellplatz komplett ausgestattet mit Toiletten- und Duschhäuschen, Strom, Telefon und Internetanschluss.

Hilly war schon am frühen Nachmittag eingetroffen, weil ihre Umzugskartons angekommen waren und sie nachsehen wollte, ob alles heil geblieben war.

»Wo sind die Frauen?«, fragte Lüthje Malbek. Das Haus schien verlassen.

»Es ist immer ein erhebendes Gefühl, die ländliche Bevölkerung bei der Pflege alten Brauchtums zu beobachten!«, sagte Malbek leise und winkte Lüthje zur Terrassentür.

Auf der Gartenwiese lagen ausgebreitet unzählige Kleidungsstücke, von knallig gemustert bis langweilig eintönig, Röcke, Hosen, Blusen, Hüte und verschiedene nicht identifizierbare Stofffetzen. Und zwischen den Kleidungsstücken wanderten drei Frauen und ein Mädchen mit gesenkten Köpfen herum, mal nachdenklich kopfschüttelnd, mal aufgeregt gestikulierend, um dann mit »Ahs« und »Ohs« ihre modische Entdeckung vor einem an einen Obstbaum gelehnten Flurspiegel zu prüfen.

»Kleidertausch heißt der alte Brauch«, erklärte Malbek flüsternd dem erstaunten Lüthje. »Jette hat es vor ein paar Monaten bei einer Freundin kennengelernt. Wenn sie meint, dass sie ein paar ihrer Klamotten nicht mehr mag, lädt sie spontan Freundinnen ein, denen es genauso geht. Und Hillys Umzug kam wie gerufen.«

Auf der Terrasse standen ein paar geöffnete Umzugskartons. Offensichtlich hatte Hilly noch ein paar ungeliebte britische Modestücke aus den letzten Jahrzehnten eingepackt. Sophie posierte mit einer voluminösen Hutkonstruktion vor dem Spiegel, diese hatte Hilly wahrscheinlich schon beim Pferderennen in Ascot getragen.

»Spontan? Das ist von langer Hand vorbereitet!«, flüsterte Lüthje mit gespielter Empörung.

So nebenbei wurde natürlich auch über Männer gesprochen. Männer an und für sich. Man hatte die zwei Exemplare dieser Gattung an der Terrassentür noch nicht entdeckt.

»… und außerdem sind Männer komisch, weil sie immer so ernsthaft tun«, sagte Jette und hielt sich einen knallroten Rock mit kritischer Miene an die Taille. »Sie geben sich grundsätzlich bedeutungsvoll. Oder voller Selbstmitleid.«

»Ja, du hast recht«, antwortete Hilly und warf sich schwungvoll einen glitzernden Schal um den Hals. »Wir Frauen sind entweder dramatisch oder depressiv. Also nicht so egomanisch wie Männer. Findest du nicht auch?«

Sophie hörte ihnen mit offenem Mund zu.

»Ich glaube, wir unterbrechen das, bevor es uns beiden richtig an den Kragen geht«, flüsterte Lüthje Malbek zu. »Wir haben Hunger!«, rief er laut in den Garten.

Als Antwort kam ein uninteressiertes »Hallo!«.

»Das Essen ist schon fertig!«, rief Jette. »Ihr könnt den Tisch auf der Terrasse decken! Vergesst die Servietten nicht! Wir sind gleich so weit.«

»Wer es glaubt, wird selig!«, sangen Lüthje und Malbek als Antwort und verschwanden in der Küche.

Nach zwanzig Minuten kamen die Damen, und den beiden Herren wurde eine genau abgestimmte Begrüßungszeremonie zuteil. Sophie begrüßte Malbek und Lüthje mit einer festen Umarmung. Hilly küsste Lüthje auf den Mund, drückte Malbek, Jette küsste

Malbek und danach Lüthje auf die Backe. Maren hielt Malbek und danach Lüthje kurz die Wange hin.

Jette stellte einen frisch gepflückten Feldblumenstrauß auf den Tisch. Es gab Heringssalat mit Rote Bete und Pellkartoffeln, Jettes Meisterstück, wie Malbek mehrfach mit vollem Mund betonte, und alle stimmten zu. Jette erläuterte Maren und Hilly die Zubereitung: frischen, festen Matjes, in Würfel geschnitten, mit Dill und Petersilie, kurz gekochter Rote Bete und in Würfel geschnittenen Äpfeln vermengen, alles mit Joghurt in einer großen Schüssel ein paar Stunden in den Kühlschrank und vor dem Essen eine Stunde bei Zimmertemperatur stehen lassen. Dazu festkochende Biokartoffeln vom Hofladen in Sörup.

Das Gelage zog sich lange hin. Wieder und wieder wurden Varianten des Rezepts erwogen und verworfen.

Lüthje und Maren vermieden es, sich länger als eine Sekunde anzusehen. Hilly lachte allen freundlich, sogar glücklich zu. Lüthje bemerkte, wie sich in ihr die Anspannung der letzten Monate löste. Sie sah ihn von Zeit zu Zeit an, und ihre Blicke sagten ihm, dass sie angekommen war, in seiner Umgebung, die jetzt auch ihre sein würde. Seine Freunde wurden auch ihre Freunde. Und Marens Blicke sagten, dass sie es registrierte und es sie irritierte.

Jette erzählte wortreich und mit den Armen gestikulierend, dass Elena und Dittrich auch eingeladen seien, aber es liefe grad so gut im Mühlencafé. Deshalb konnten sie nicht einfach zwischendurch zumachen.

Lüthje schaufelte sich die dritte Portion Matjessalat auf seinen Teller.

Sophie hatte als Nachspeise zu Hause Risgröd nach Sophies Art vorbereitet. Milchreis mit Vanille, eiskalt serviert mit heißen Kirschen. Eigentlich eine dänische Weihnachtsspezialität, wie Jette erklärte, das würde dort Ris ala Mande genannt, weil im Reis eine Mandel versteckt war. Auf den Finder wartete ein kleines Geschenk. Entsprechend der kalten Jahreszeit wurde der Reis zu Weihnachten aber heiß serviert.

»Der Milchreis wird in einem großen Topf mit Vanillestangen und Zucker vorsichtig gekocht, nicht länger als zwanzig Minuten«, sagte Sophie. »Dann kommt er ein paar Stunden ins Bett, unter die Dauendecke, am besten zwei Daunendecken, damit er lange heiß bleibt und quellen kann. Aber in einem warmen April muss das natürlich kalt gegessen werden. Deshalb muss der Reis auch eine ganze Nacht in den Kühlschrank. Man kennt das auch als ›Eis und Heiß‹, aber in diesem warmen April wäre mir doch das Eis unterwegs geschmolzen. Und jetzt bin ich gespannt, wer die Mandel findet.«

Es schmeckte tatsächlich wie Vanilleeis mit heißen Kirschen, und auch Lüthje aß mehrere Portionen. Als Sophie strahlend hinzufügte, dass die Köstlichkeit so »daunig« schmecke, weil sie außer dem Joghurt auch eine Extraportion Sahne enthielt, war es für Lüthje zu spät.

»Mein Knuddelbär, das macht doch nichts!«, flüsterte Hilly ihm ins Ohr und streichelte ihm über den Bauch.

»Du hast es so gewollt«, sagte Lüthje und tunkte seinen Löffel direkt in die Schüssel. Und er hatte die Mandel gefunden. Alles jubelte.

»Was ist jetzt mit dem Geschenk, Sophie?«, fragte Lüthje und biss demonstrativ in die Mandel.

Sie lief in den Flur, kehrte mit einer pinkfarbenen Schachtel zurück. »Kommissare brauchen so etwas ganz besonders«, sagte sie stolz und reicht ihm das Päckchen.

Er runzelte die Stirn. Unter dem durchsichtigen Plastikdeckel sah er etwas von der Größe einer kleinen Puppe. Er öffnete die Schachtel und zeigte es den anderen.

»Um Himmels willen, was ist das denn?«, fragte Jette. Es glich einer lang gestreckten Ginsengwurzel aus Stoff, mit faserigen, wurzelähnlichen Fäden an Händen und Füßen.

Lüthje sah wieder auf die Packung. Er lachte schallend. »Es ist … Es ist ein Neuron, na klar, kann man gar nicht genug davon haben!« Eine Nervenzelle, in der besonderen Form einer Gehirnzelle. »Ich werde es mir aufs Armaturenbrett legen. Danke, Sophie!«

Maren schüttelte den Kopf und wollte etwas sagen, aber Jette fiel ihr ins Wort.

»Hilly hat mir vorhin erzählt, dass ihr noch keine neue Wohnung gefunden habt, oder?«, sagte sie zu Lüthje gewandt. »Und Gerson und ich fänden es schön, wenn ihr, Hilly und Eric, auch in diesem Dorf wohnen würdet, oder, Gerson?« Sie nickte Malbek auffordernd zu.

»Ja, also, das Gutshaus steht doch leer, ich wollte euch anbieten, dort einzuziehen«, sagte er.

»Geil!« Sophie klatschte begeistert in die Hände. Maren hatte einen verkniffenen Gesichtsausdruck.

Es herrschte erwartungsvolles Schweigen.

»Dittrich würde die Renovierung organisieren, und Elena würde für die neue Küche beratend zur Seite stehen«, sagte Malbek aufmunternd.

»Wie war das, Sophie?«, fragte Lüthje und beugte sich vor, als wenn es um ein Verhör ginge. »Du kannst bezeugen, dass es im Gutshaus spukt?«

»Aha!« Sophie funkelte Malbek von der Seite an. »Papa hat also ausgepackt. Er wollte mir weismachen, dass dort Marder hausen, die diese komischen Geräusche machen.«

Hilly beugte sich interessiert vor. »Was für Geräusche sind das denn?«

»Ach du lieber Himmel«, sagte Malbek resigniert. »Also vergessen wir das Ganze. Ich würde es mir nie verzeihen, wenn ihr dort als Bewohner eines Nachts tatsächlich einem Geist oder Gespenst begegnet«.

»Mit Geistern kann man ja reden, aber Gespenster …«, sagte Lüthje und wiegte den Kopf wichtigtuerisch hin und her.

»Eric, woher weißt du solche komischen Sachen?«, fragte Hilly und kniff ihn in die Backe. »Was für Geheimnisse verbirgst du vor mir?«

»Das hat Gerson mir verraten, der kennt sich da besser aus als ich«, antwortete Lüthje schnell.

»Ach, Papa, interessant, erzähl mal, was für Geheimnisse verbirgst *du* vor uns?«, fragte Sophie mit vor Eifer roten Backen.

»Gut, dann lassen wir das Thema Gutshaus erst mal beiseite«, sagte Jette. »Ihr könnt euch ja tagsüber dort drüben mal umsehen.«

»Warum nicht auch nachts?«, sagte Hilly und stieß Lüthje in die Seite. »Man will doch wissen, mit wem man es dort im Dunkeln zu tun hat!«

Sophie kicherte. Maren sah ihre Tochter streng an.

»Es wird schon dämmerig. Ich hol mal eben ein paar Kerzen für den Tisch«, sagte Jette und stand auf. »Wenn ich die überhaupt finde.« Sie räumte den Tisch mit Sophie ab.

»Habt ihr mal überlegt, in Laboe einzuziehen? Du hast das Haus doch noch nicht vermietet oder verkauft?« Marens Stimme wurde heiser, sie hatte wohl allen Mut zusammengenommen, sich endlich auch an dem Gespräch zu beteiligen.

Lüthjes Vater war vor ein paar Monaten gestorben, das Elternhaus in Laboe stand seitdem leer. Plötzlich wurde Lüthje klar, dass sie drei, Malbek, Hilly und er selbst, leer stehende Elternhäuser besaßen, die sie nicht bewohnen wollten, sich nicht einmal mit dem Gedanken befassen wollten, was damit geschehen sollte.

Dass Hilly die leer stehende Villa ihrer Mutter am Brautsee in Schleswig geerbt hatte, schienen heute Abend alle vergessen zu haben. Gott sei Dank. Dort hatte ihre greise Mutter bis zu ihrem grausamen Tod vor ein paar Monaten gewohnt. Dieser Betonbunker war für beide ein Ort des Schreckens, und wenn es irgendwo auf dieser Welt Geister und Gespenster gab, dann dort.

»Jeden Tag zwischen Flensburg und Laboe pendeln, das ist mir zu anstrengend. Ich wäre jeden Tag circa vier Stunden unterwegs.« Zu Lüthjes Erleichterung gab es keinen Widerspruch. Alle nickten verständnisvoll.

Sophie und Jette brachten nicht nur Kerzen, sondern auch zwei Gitarren und zwei Bongotrommeln. Letztere drückte Sophie Lüthje auf den Schoß und erklärte ihm flüsternd, dass er einfach nach Gehör versuchen sollte, einen Rhythmus zu der Musik zu finden. Er seufzte ergeben.

Jette zündete die Kerzen an, und Sophie und Malbek rückten ihre Stühle an die Hauswand, »als akustische Verstärkung«, erklärte Malbek.

Die Sonne näherte sich dem Horizont und war hinter den Baumkronen des Waldes verschwunden. Es war völlig windstill. Malbek erzählte, dass Jette sich immer wieder darüber beschwert habe, dass er so depressive Songs spiele. Vor ein paar Wochen hätte sie in Dänemark nach einem Besuch bei ihrer Tante Margarethe im Autoradio einen Song von Leonard Cohen gehört, in einer Interpretation von CV Jørgensen, einem dänischen Sänger, für den

Jette schwärmte, nicht zuletzt deshalb, weil er, wie Malbek, auch so eine »sehnige« Stimme hätte. Außerdem sah Malbek ihm auch ein wenig ähnlich. Jette bestritt es lautstark, was mit einem »Aha« und »Hört, hört« und Gelächter kommentiert wurde.

Sophie bat um Ruhe und fügte hinzu, dass nach ihren Internetrecherchen die dänische Punkerlegende Steen Jørgensen von der Gruppe »Sort Sol«, schwarze Sonne, mitgesungen habe.

»Ich bin gespannt, was ihr zu Jettes Geschmack sagt«, sagte sie mit spitzbübischem Gesichtsausdruck und fügte hinzu, dass es im Songtext um einen Kriminalfall aus dem Jahr 1961 ginge. Jette habe den Text zunächst auch nicht verstanden.

Malbek nickte seiner Tochter kurz zu, zählte leise bis drei, und nach ein paar Gitarrenriffs begann Malbek mit seiner markigen, durchdringenden Stimme zu singen.

Lüthje fand den Rhythmus leichter, als er gedacht hatte, und begriff, dass der Text das Geschehen nicht chronologisch erzählte, sondern Zeitebenen und die Erzählerperspektive wechselte. Um da mitzukommen, durfte man allerdings nicht gleichzeitig Bongo trommeln. Aber schon nach der ersten Strophe war ihm klar: Es war der dunkelste Songtext, den er je gehört hatte.

It seems so long ago,
Nancy was alone,
looking at the Late Late show
through a semi-precious stone.
In the House of Honesty
her father was on trial,
in the House of Mystery
there was no one at all,
there was no one at all.

Es folgten drei weitere, noch dunklere Strophen. Jette vergrub ihr Gesicht in den Händen und schüttelte den Kopf.

Nach dem letzten Akkord schaffte Lüthjes es sogar, den Trommelwirbel kunstvoll ersterben zu lassen.

In den Beifall hinein sagte Maren: »Ich habe fast nichts verstanden. Das war für mich nur Durcheinander.«

»Es geht um eine Prostituierte, die von einem Freundeskreis vor vielen Jahren immer wieder besucht wurde. Sie war sehr schön«, erklärte Sophie ihrer Mutter. »Sie wurde erschossen, jetzt ist sie im Himmel …« Maren gab einen erstickten Laut von sich, aber Sophie redete weiter, ohne auf sie zu achten. »… und wenn ihre Freier von damals auch tot sind und in den Himmel kommen, wird sie sich über ihren Besuch freuen. Es gibt im Song auch einen Hinweis, wer Nancy erschossen haben könnte, in der ersten Strophe heißt es nämlich, dass ihr Vater verhört wird, wobei offen bleibt …«

Maren stand abrupt auf, ihr Stuhl kippte nach hinten weg. Jette lief ihr in den Flur hinterher. Maren kam zurück, steckt den Kopf durch die Terrassentür und sagte streng: »Sophie, komm nu!«

»Nein, was soll das? Ich übernachte hier, das haben wir doch schon alles besprochen.«

Maren warf noch einen eisigen Blick in die Runde, den man mit gutem Willen auch als misslungene Verabschiedung deuten konnte, und verschwand. Man hörte noch ein kurzes Aufschluchzen, dann schlug die Haustür zu. Von der Dorfstraße hörte man, wie jemand den Motor abwürgte und neu startete. Hilly sandte Lüthje ein wissendes Lächeln zu.

Sophie gab Hilly und Jette das Blatt Papier, von dem sie und Malbek abgelesen hatten. Sie begannen, um die richtige Interpretation des Songtextes und die Frage, ob es Selbstmord oder Mord war, zu diskutieren, und wer denn als Täter noch in Frage käme.

Die Sonne war untergegangen, es wurde kühl, und sie beschlossen, im Wohnzimmer weiterzudiskutieren.

Malbek nickte Lüthje zu. Sie gingen in den Garten, in dem noch ein paar Kleidungsstücke wie verloren herumlagen.

»Wir haben einen Tipp bekommen«, sagte Malbek leise. »Es geht um Lentus. Ich habe schon den Haftbefehl. Willst du morgen dabei sein?«

Lüthje sah zu den erleuchteten Fenstern, die ihr warmes Licht in den dunklen Garten warfen. »Sag drinnen nichts davon.«

»Das mit dem Song war von Maren nur vorgeschoben«, sagte Hilly zu Lüthje, als sie später nach Hause fuhren. »Sie konnte es nicht ertragen, dich mit mir zu sehen. Es war kein Protest, sondern eine Flucht.«

»Möglich«, sagte Lüthje geistesabwesend. Er hatte anderes im Kopf.

Hilly wechselte das Thema und verwickelte ihn in eine Diskussion über das Für und Wider eines Einzugs ins Gutshaus Moerksgaard oder in Lüthjes Elternhaus in Laboe und sinnierte darüber, ob es nicht viel besser sei, sich ganz etwas anderes zu suchen, so wie sie es eigentlich vorhatten. Direkt an der Küste, mit freiem Blick auf die Ostsee. Zunächst hatte sich Lüthje an dem Gespräch beteiligt, weil er glaubte, es würde ihn von Malbeks Angebot ablenken. Als Hilly ihm über die Wange strich und verständnisvoll meinte, dass dies sicherlich ein langer Tag für ihn war, nickte er leidend und sah sie dankbar an. »Und morgen hab ich wahrscheinlich Nachtdienst.« Armer Eric.

5. Tag

1.

Lüthje ging mit seinem Tigerkäfiggang nachdenklich im Dienstzimmer umher und blieb schließlich vor dem Gummibaum stehen. Die Blätter, die sich gestern in saftigem Dunkelgrün dem Licht zugewandt hatten, hingen schlapp herunter und schienen an den Rändern auszutrocknen. Lüthje entleerte die Tasse Kantinenkaffee wieder in den Gewächstopf. Heute schmeckte er nach Spargelsuppe.

Vielleicht sollte er es doch mit dem neuen Getränke- und Suppenautomaten auf dem Flur versuchen. Da kostete der Kaffee mit Milch einen Euro. In der Kantine sechzig Cent.

Lüthje fingerte sich einen Krümel Knäckebrot aus der Jackettasche, legte es sorgfältig auf die Zunge und setzte seinen Tigerkäfiggang fort. Das Ritual entfaltete wie immer seine Wirkung: Die nervöse Spannung wich, die Gedanken ordneten sich. Er stellte fest, dass das Problem Kollegenschwein-oder-nicht nur vorgeschoben war. In Wirklichkeit machte ihm der Gedanke, dass sich der alte Feind Bruno »Zwille« Ofendikker alias Lentus plötzlich in Kiel herumtrieb und Lüthje nicht wusste, warum, Sorgen.

Er könnte natürlich abwarten, bis Malbek den Mann festnahm, und sich über die Vernehmungen und sonstige Ermittlungsergebnisse berichten lassen. Das hätte Hilly ihm geraten, wenn er ihr davon erzählt hätte. Aber er wurde das Gefühl nicht los, dass dabei nichts herauskam. Zwar hatten sie handfeste Beweise, dass Lentus tatsächlich auf dem Bahnsteig den Schuss mit der Schleuder abgegeben hatte. Die Videoaufnahme war kein Passfoto, aber seine Gestalt mit der typischen Verbeugung war zu erkennen. Und Lüthje hatte ihn im CAP im Sushi-Imbiss gesehen. Und es gab eine Stahlkugel, die mit einer Schleuder abgeschossen worden sein konnte. Daraus ergab sich ein dringender Tatverdacht. Das reichte für einen Haftbefehl.

Aber das hieß nicht, dass die Verdachtsgründe später auch gerichtsverwertbar waren. Eigentlich waren sie überhaupt nichts wert. Lentus' Anwalt würde ein Gutachten vorlegen, dass eine derartige Stahlkugel mit dem Kaliber acht Millimeter zu einem geplatzten Kugellager eines IC-Triebwagens oder eines sonstigen der Deutschen Bahn gehörenden Gerätes passen könnte, dass durch eine noch näher zu prüfende mechanische Einwirkung hochgeschleudert worden war, in Richtung Bahnhofshalle, wo zufällig ein Joghurtvertreter an einer Schlägerei zwischen Drogenkurieren und Polizei vorbeiging. Der Anwalt würde Strafanzeige gegen die Deutsche Bahn AG stellen und so die Luft aus dem Verfahren gegen seinen Mandanten nehmen. Lentus würde in ein paar Tagen wieder frei in Kiel herumlaufen. Und Lüthje würde sich Vorwürfe machen, weil er bei der Festnahme nicht dabei war und Lentus nicht in die Augen hatte sehen können. Denn dort lag die Antwort, ob Lentus ihn, Lüthje, im Visier hatte.

Lüthjes Entschluss stand fest. Das Knäckebrot hatte wie immer gewirkt. Er klaubte den Autoschlüssel aus den Knäckebrotkrümeln in seiner Jacketttasche. Die letzte Einsatzbesprechung würde um achtzehn Uhr stattfinden, hatte Malbek ihm am Telefon gesagt.

Als er über den Hügel der B 76 bei Süderschmedeby fuhr und auf dem Gipfel den Schleswiger Fernsehturm sehen konnte, fiel ihm das Warnlämpchen wieder ein. Ein erschreckter Blick auf das Armaturenbrett. Es war aus. Auch das wanderte wie die vielen anderen unerledigten Dinge in seinem Kopf herum, versteckte sich eine Weile und rief dann: »Hallo, hier bin ich wieder, und ich bin ganz wichtig, wichtiger, als du bis jetzt glauben wolltest, du wirst schon sehen!« Wenn er aus Kiel zurück war, würde er den Wagen sofort von der Werkstatt abholen und sich einen Ersatzwagen geben lassen. Er musste wenigstens dieses Problem aus dem Kopf haben.

Um achtzehn Uhr fünf betrat Lüthje den Besprechungsraum im vierten Stock des LKA. Ungefähr zwanzig Leute unterhielten sich in kleinen Grüppchen. Das Spezialeinsatzkommando unter der Leitung von Hauptkommissar Brockhaus saß mit seinen Leuten links neben der Tür, alle in der schwarzen Uniform nebst Helmen am Gürtel, als müssten sie damit rechnen, gleich zu einem unvorhergesehenen Einsatz gerufen zu werden. Gondersens Leute saßen hinten im Raum, Malbeks Leute scharten sich vor dem Laptop und dem Beamer um ihren Chef. Lüthje fand einen freien Stuhl und zog ihn neben Gondersen, der ihm mit angestrengtem Lächeln zunickte.

»Ruhe bitte!«, sagte Malbek. »Wir haben ja schon in den Vorbesprechungen das Lagebild und unser Vorgehen ausführlich diskutiert. Wir fassen jetzt nur noch einmal zusammen. Außerdem möchten wir Sie mit ein paar neuen Erkenntnissen auf den letzten Stand bringen.«

Gondersen verschränkte die Arme und streckte die Beine von sich, äußerlich ein Bild der Gelassenheit. Er grimassierte, indem er die Nase hin und her schob, als kitzelte es ihn fürchterlich, und zog die Luft scharf ein.

»Ach ja, fast hätte ich es vergessen, ich begrüße als *guest star* den Kollegen Lüthje aus Flensburg«, sagte Malbek mit einer leichten Verbeugung, die Lüthje zusammenzucken ließ.

Er erhob sich ansatzweise, sah grüßend in die Runde und setzte sich sofort wieder. Ein paar bekannte Gesichter waren ihm aufgefallen, man schmunzelte ihm zu, nickte eifrig, einige klatschten sogar. Man mochte ihn noch immer. Sein Chef, Polizeirat Schackhaven, hatte bei der kleinen Verabschiedungsfeier damals ironisch gesagt, man brauche auch die Kollegen, die sich manchmal etwas sperrig verhielten. Das war sehr diplomatisch formuliert.

»Viele kennen ihn ja noch aus seiner Kieler Zeit«, fuhr Malbek fort. »Wie Sie wissen, hat er durch seine Beobachtungen diese Sache ins Rollen gebracht und wird uns heute bei dem Einsatz auch zur Verfügung stehen. Nochmals danke, Eric.« Auch Gondersen klatschte jetzt und blinzelte Lüthje zu. Als ob er Lüthje dankbar sein könnte. Dabei hätte es ohne Lüthje den Toten auf dem Bahnhof nicht gegeben. Oder doch?

Malbek schaltete den Beamer ein. Auf der Leinwand erschien ein 3D-Schnitt des Parkhauses von Süden mit der vierspurigen Kaistraße und dem östlichen Hörnufer. Das Parkhaus hatte nur zwei Obergeschosse, einhundert mal fünfundzwanzig Meter, und war wie ein Schuhkarton mit der langen Seite an den Kinokomplex angeklebt. Und war von dort auch zugänglich. Deckname für den Einsatz und das Objekt CAP-Parkhaus war »Bogart«. Wenn Lentus im Parkhaus auftauchte, sollte gewartet werden, bis er eine noch unbekannte Person traf. Der Zugriff sollte allerdings spätestens dann erfolgen, wenn Lentus das Parkhaus verließ.

Über den Zeitpunkt des Zugriffs würde Malbek als Einsatzleiter entscheiden. Er fasste kurz zusammen, wer in welchem Fahrzeug warten würde. Im Parkhaus Malbek, Lühtje und Gondersen jeweils in ihren Fahrzeugen und sechs Leute vom SEK mit Fahrzeug. In Deckung auf dem Parkhaus noch einmal das SEK, das die Einfahrt und einen Teil der Kaistraße einsehen konnte. Drei Leute würden auf der Gablenzbrücke mit Fernglas und Kamera bereitstehen. Und ein Scharfschütze. Brockhaus und seine Leute schienen das Gebäude wie die vielen Taschen in ihrer dunklen Einsatzuniform auswendig zu kennen. Sie machten ein paar Änderungsvorschläge, was ihre Positionierung und die Bewegungsabläufe betraf. Sie wurden von allen ohne Widerspruch akzeptiert.

Die Frage, wie ein Parkhaus unauffällig geschlossen werden sollte, war einfach zu lösen: Die Zufahrts- und Ausfahrtsschranke wurden von der technischen Abteilung des Gebäudemanagements auf Anweisung eines in der Steuerungszentrale anwesenden Beamten blockiert. Geklärt war nach langen Diskussionen auch, wie die Türen vom Hauptgebäude kontrolliert und eventuelle unbeteiligte Personen im Parkhaus durch Beamte isoliert und in Sicherheit gebracht würden.

Danach gab es noch eine Diskussion über die verschiedenen Szenarien und die daraus folgenden Handlungsalternativen. Es dauerte eine Dreiviertelstunde, dann schien das Thema buchstäblich erschöpfend durch zu sein.

»Noch etwas aus der Staatsanwaltschaft«, sagte Malbek. »Staatsanwalt Messel betonte, dass der Haftbefehl auf der Kippe stand. Er musste eine halbe Stunde mit dem Richter diskutieren.« Ein Getuschel breitete sich im Raum aus. »Ein guter Anwalt würde sehr schnell einen Haftprüfungstermin bekommen ...«, fuhr Malbek fort, »... und unsere Konstruktion demontieren, so hat sich Messel ausgedrückt. Von uns werde erwartet, dass die Aktion handfeste Beweise bringt, die den Haftbefehl stützen. Abzuhören gab es bisher bei Lentus immer noch nichts, entweder telefoniert er nie, oder er benutzte für jedes Gespräch eine neue SIM-Karte.« Malbeks Blick streifte Lüthje. Das war auch ihre Methode, wenn sie sicher sein wollten, dass sie niemand abhörte.

»Der Kollege Gondersen hat sich vorhin über den anonymen Anruf, der bei der Leitstelle eingegangen ist, kritisch geäußert«, sagte Malbek. »Für alle zur Erinnerung: Eine Frauenstimme sagte: ›Zwille macht übermorgen nach dem zweiten Film Vorstellungsgespräche im Nord-Parkhaus des CAP.‹ Das war alles. Kollege Gondersen sagte mir vorhin überraschenderweise, dass er die Quelle für nicht zuverlässig hält. Gondersen, wollen Sie selbst was dazu sagen?«

»In meiner ganzen Laufbahn sind mir nur irreführende Tipps von Frauen untergekommen.«

Heiterkeit breitete sich aus, jeder murmelte einen Kommentar zu dieser Weisheit.

»Meist war Eifersucht im Spiel«, fügte Gondersen hinzu. Er blieb völlig ernst. Aber die anderen hatten ihren Spaß, die Stimmung stieg.

»Ich bitte um Ruhe! Bitte setzen Sie diese Diskussion im privaten Kreis fort. Zwei kurze Anmerkungen noch: Lentus geht gern ins Kino. Wir haben das Kinocenter observiert. Nichts. Andererseits haben wir Hinweise darauf, dass er im Nordwesten Kiels wohnt. Die Erklärung ist wohl einfach die, dass sich ein Mann, der sich für Bühne, Theater und Kino und alles Dramatische interessiert, sich auch gut auf Verkleidung und Maske versteht. Noch Fragen oder Anmerkungen?«

Man dachte angestrengt nach, schob die Unterlippe vor, schüttelte den Kopf, änderte die Sitzposition, räusperte sich, sah nachdenklich aus dem Fenster gen Himmel, als wolle man Gottes Hilfe erbitten, bis Malbek die andächtige Stille mit einem pastoralen »Ich wünsche uns Glück und Gottes Segen« unterbrach und Beamer und Laptop ausschaltete.

»Amen«, sagte jemand leise hinter Lüthje.

2.

»Scheiße!« Lüthje schlug mit beiden Fäusten auf das Lenkrad. Als er den Motor gestartet hatte, leuchtete das verdammte rote Lämpchen mit dem verdammten Motorblocksymbol erst flackernd, dann beständig wie Höllenfeuer.

»Malbek, bitte kommen! Malbek!«

»Lüthje?«

»Ausgerechnet jetzt spielt die Elektronik in dieser Mistkarre wieder verrückt. Ich brauche ein anderes Fahrzeug.«

»Wir sind heute rein zufälligerweise völlig ausgebucht. Du fährst mit mir. Ich informiere Brockhaus. Hast Glück, dass ich erst auf dem Mühlenweg bin.«

Ein paar Minuten später saß Lüthje auf dem Beifahrersitz neben Malbek.

»Brockhaus hat gemeckert. Er musste es ja schlucken. Was ist denn nun mit deinem Wagen?«, fragte Malbek.

»Ich hab dem Pförtner die Schlüssel gegeben. Er soll die Werkstatt anrufen, die sollen den Wagen so schnell wie möglich abholen. Ich weiß ja nicht, wie lange das hier dauert.«

Wenn es nur schon vorbei wäre. Lüthje vermutete, das Malbek das Gleiche dachte. Sie überquerten den Westring und fuhren die Eckernförder Straße in Richtung Ostseehalle. So vermieden sie den üblichen Feierabendstau, der den Westring jeden Werktag verstopfte.

»Wenn Lentus das Vorstellungsgespräch im dunklen Kino oder noch besser auf der Kinotoilette abwickelt? Und im Parkhaus gar nicht auftaucht?«

Malbek sah ihn mit hochgezogenen Augenbrauen an.

»'tschuldigung. Ich hab nur so ein blödes Gefühl«, sagte Lüthje zerknirscht. Er fingerte sich einen Knäckebrotkrümel aus der Jackentasche und legte ihn auf die Zunge.

Malbek schmunzelte.

»Glaub mir, es hilft«, sagte Lüthje. »Willst du es nicht doch mal versuchen? Hier, ich geb einen aus.« Er hielt Malbek ein Stück Knäckebrot hin.

»Igitt!« Malbek schüttelte sich.

»Wieso igitt? Das ist das finnische Original!«, protestierte Lüthje.

»Drei Jahre gereift in Lüthjes Cordjackett, mit dem unverwechselbaren Aroma. Kriegst du die Krümel eigentlich von der Reinigung mit dem Jackett zurück?«

Lüthje schnaubte verächtlich und steckte das Stück Knäckebrot wieder ein. Sie fuhren am Stresemannplatz in die Kaistraße, links hinter dem Hafenhaus ragte ein weißer Stahlkoloss auf, die Fähre Stena Germanica. In ein paar Stunden würde sie nach Oslo ablegen. Urlaub schien Lüthje in unendlich weite Ferne gerückt zu sein. Er sah Hillys Gesicht im Geiste vor sich, mit fragenden Augen.

Malbek bog von der Kaistraße ins Parkhaus ab, die Schranke öffnete sich. Man hatte sie in der Überwachungskamera gesehen. Hinter ihnen ging die Schranke wieder zu. Alle meldeten sich per Funk und gaben an, auf den vereinbarten Positionen angekommen zu sein.

»Gondersen? Wo ist Gondersen?«, fragte Malbek ins Mikro.

Der Lautsprecher knackte. »Hier Gondersen. Bin unterwegs. Ich hab Lüthjes Wagen nehmen müssen. Meiner ist nicht angesprungen.«

Lüthje begrub sein Gesicht in den Händen.

»Hier Malbek. Lüthje sitzt neben mir. Hat Ihnen der Pförtner nicht gesagt, dass die Warnlampe für die Motorelektronik aufleuchtet?«

»Doch, aber er läuft ja. Wahrscheinlich ist da nur ein Relais kaputt, das ist bekannt bei diesem Baujahr. Ich kenn mich da ein bisschen aus. Hab so einen Passat jahrelang gefahren. ›Bogart‹ kommt in Sicht.«

»Fahren Sie ins Erdgeschoss, ganz bis nach hinten. Die vereinbarte Position 4a ist das.«

»Ja, ich erinnere mich dunkel.« Gondersen lachte. »Verstanden. Zweihundert Meter noch. Ende.«

»Na super!«, knurrte Brockhaus aus dem Lautsprecher.

»Scheiße, wo kommt der denn her?«, quäkte es aus dem Lautsprecher.

»Bitte etwas präziser, Behnke!«, sagte Malbek.

»Da steht plötzlich ein Lieferwagen vor der Einfahrtsschranke, so ein Hopper, weiß. 7,5-Tonner, ohne Firmenaufschrift, Plöner Kennzeichen, wenn ich das richtig sehe. Der scheint gerade über das Schild ›Lichte Höhe‹ nachzudenken.«

»Versuch, das Kennzeichen zu lesen, und mach vorsichtshalber eine Halteranfrage! Gondersen, haben Sie mitgehört? Sie müssten ihn jetzt sehen. Er versperrt Ihnen die Zufahrt.«

Rauschen.

»Gondersen, hier Malbek, melden Sie sich!«

Rauschen.

»Vielleicht hat die Elektrik jetzt ganz den Geist aufgegeben.« Meinte Lüthje und machte Anstalten, auszusteigen.

»Bist du verrückt? Bleib sitzen!«, fuhr Malbek ihn an. »Gondersen, bitte melden. Kann jemand Gondersen sehen?«

»Hier Leitstelle! Einsatzgruppe ›Bogart‹? Wir haben Meldung über einen schweren Verkehrsunfall circa fünfzig Meter vor der Einfahrt zu ›Bogart‹. Es sollen mehrere Fahrzeuge in den Unfall verwickelt sein. Mehrere Schwerverletzte. Notarztwagen und Feuerwehr sind unterwegs.«

Lüthje riss die Beifahrertür auf und rannte los. Als er im Erdgeschoss war, sah er in zwanzig Metern Entfernung den Lieferwagen, der die Einfahrt versperrte. Lüthje blieb unschlüssig stehen. Er verspürte plötzlich den Impuls, sich umzudrehen, aber es war schon zu spät. Etwas Kaltes drückte sich in seinen Nacken. Die Gabel des Katapults, schoss es Lüthje durch den Kopf.

»Was du nicht hast, dem jagst du ewig nach, vergessend, was du hast«, flüsterte Lentus mit kehliger Stimme in Lüthjes rechtes Ohr. »Wer vor der Zeit beginnt, der endigt früh. Herr Lüthje, Ihr Auftritt ist viel später.«

Lentus stieß ihm in die Kniekehlen, und Lüthje ging zu Boden. Lentus ging mit übertrieben großen Schritten, so als umwehte ihn ein langer schwarzer Mantel, das erhobene Haupt theatralisch nach oben gereckt, zum Ausgang.

Lüthje hatte seinen Sturz mit den Händen abgestützt, damit er Lentus' Fluchtweg verfolgen konnte. Er kam schnell wieder auf die Beine, alles schien heil geblieben zu sein. Er verzichtete darauf, sich genauer anzusehen, und rannte hinter Lentus her, stolperte, fing sich und schrie dem verdutzten Lieferwagenfahrer hinter dem Steuerrad zu.

»Hauen Sie ab, Mann!«

Er sah Lentus über die vierspurige Straße tänzeln, als sei er nicht auf der Flucht, sondern auf Schmetterlingsfang, umrundete die Fahrzeuge, die sich wegen des Unfalls stauten. Niemand außer Lüthje schien Lentus zu beachten, der bis zum Uferrand der Hörn an den Anlegemolen der Fördebusse entlanglief, mit langen, ausholenden Sprüngen. Plötzlich war er verschwunden. Als wäre er ins Wasser gesprungen. Lüthje drehte sich einem Impuls folgend um und sah Malbek am Eingang telefonierend und zu den Männern auf der Gablenzbrücke hinaufwinkend. Wahrscheinlich war er Lüthje hinterhergelaufen und hatte Lentus auch noch fliehen sehen. Vielleicht hatte er sogar Lüthjes Begegnung mit Lentus verfolgt. Aber er war Lüthje nicht zu Hilfe geeilt.

Ein paar Sekunden später hörte Lüthje einen Motor aufheulen. Ein Schlauchboot raste unter der niedrigen Hörnbrücke durch und verschwand in Richtung Seegarten. Die Wasserschutzpolizei würde schneller sein.

Am Stresemannplatz bogen mehrere Notarzt- und Feuerwehrwagen mit Blaulicht und heulenden Martinshörnern in die Kaistraße ein.

Lüthje ging zu dem Pulk von Schrott. Die Feuerwehr versuchte, die eingeklemmten Insassen aus den Fahrzeugen zu bergen. Überall Blut, Stöhnen, ein verletzter Mann schrie entsetzlich. Es stank nach Benzin. Jeden Moment konnte es hier zur Feuerhölle werden.

Der dunkelblaue Wagen in der Mitte des großen Haufens aus zerdrücktem Blech und zersplittertem Glas bestand praktisch nur noch aus der Fahrgastzelle.

Als Gondersens Leichnam geborgen war, sah Lüthje in das, was einmal sein Dienstfahrzeug war. Auf dem Rücksitz lagen, wie zufällig hingeworfen, Sophies Geschenk an Lüthje, das Neuron, und Dostojewskis »Schuld und Sühne« mit dem Coverbild nach oben.

3.

Lüthje streckte die Hand aus. Blumfuchs gab ihm den Wagenschlüssel. Blumfuchs hatte verstanden. Der Chef war schlechter Laune, musste nachdenken und wollte selbst fahren. Es war besser, nur »Moin« zu sagen und abzuwarten. Er hatte Blumfuchs angerufen und nur gesagt: »Hol mich hier raus. Ich warte vor dem Autohaus gegenüber dem alten Eichhoftanzschuppen.«

Lüthje war Blumfuchs dankbar, dass er den Mund hielt. Nicht dass er Blumfuchs die Geschichte verschweigen wollte. Der hatte wahrscheinlich sowieso schon einiges aufgeschnappt. Das Knäckebrotstück, das er nach der Besprechung auf die Zunge gelegt hatte, begann sich aufzulösen. Er schluckte es hinunter und suchte sich in der Jackentasche ein neues. Blumfuchs schien es zu bemerken. Alarmstufe dunkelrot, dachte er wahrscheinlich. Recht hatte er. Lüthje ließ den Motor aufheulen und knallte den ersten Gang rein. Wenn Lüthje nachdachte, brauchte er entweder seinen Tigerkäfiggang oder das Steuer in der Hand. Er jagte den Wagen über den Olof-Palme-Damm, als wollte er den Nord-Ostsee-Kanal nicht über die Brücke, sondern fliegend überqueren. Blumfuchs kontrollierte den festen Sitz seines Sicherheitsgurtes.

Irgendjemand hatte Kriminalrat Schackhaven angerufen. Wahrscheinlich Brockhaus. Der wusste wohl, dass Schackhaven eine Dienstreise verschoben und leider im Hause war. Er hatte Malbek und Brockhaus zu einer kurzen Besprechung in sein Dienstzimmer gebeten. Nur zwei Stunden nach dem Drama. Malbek hatte Lüthje gebeten, mitzukommen. Warum um alles in der Welt hatte Lüthje das nicht abgelehnt? Natürlich, er fühlte sich verantwortlich. Dieses verdammte Gefühl. Keiner wusste, was hier wirklich gelaufen war, aber der Lüthje nahm alles schon mal auf seine Kappe.

Lüthje hatte gedacht, man wollte hier seinen Rat, seine Meinung, von ihm, der doch der Dienstälteste in der Runde war. Und dass er vielleicht an der einen oder anderen Stelle kurz Hinweise geben könnte, die die Aufklärung des Geschehens, den Gang der Ermittlungen rationeller gestalten würden, das war doch immer Schackhavens Lieblingsthema gewesen. Er wäre vielleicht zugänglich und würde dem jungen Hitzkopf Malbek die Flügel stutzen. Und konnte seine Version des Desasters einbringen. Deshalb war Lüthje zusammen mit Malbek und Brockhaus in dieses Zimmer gekommen und hatte an dem weißgrauen Besprechungstisch mit der pflegeleichten und schlagfesten Oberfläche Platz genommen. Es gab sogar Kaffee, der nur nach Kaffee schmeckte, und Kekse aus der Dose.

Und dann war alles ganz anders gelaufen. Dabei hatte die Besprechung einen sachlichen Anfang genommen, wahrscheinlich hatte Schackhaven das ganz bewusst so gestaltet, um die vom Geschehen erhitzten Gemüter abzukühlen. Da Schackhaven das Temperament einer toten Qualle hatte, brachte er dafür alle Voraussetzungen mit. Kriminalrat Schackhaven war in Lüthjes Kieler Zeit sein Vorgesetzter gewesen, und es war vorgekommen, dass Lüthje bei Schackhavens tonloser Stimme eingenickt war. Er konnte mit der Stimme eines meditierenden Mönches, der sein Mantra herunterleiert, Katastrophenszenarien beschreiben.

»Meine Herren, ich trage Eulen nach Athen, wenn ich Ihnen sage, dass wir jetzt in einer Glaubwürdigkeitskrise stecken. Die zweite Panne innerhalb weniger Tage. Und jetzt ist sogar ein Polizist getötet worden. Entschuldigen Sie, aber Sie wissen, was, äh, wie ich das meine.« Schackhaven nestelte müde am Hemdkragen herum. Er war als Vorgesetzter des Einsatzleiters Malbek in der öffentlichen Schusslinie. Weil er nach seinem Dienstgrad dem Minister näherstand als Malbek. Deshalb war er für die Presse, die Opposition im Landtag und, nicht zu vergessen, auch für die Gegner in den eigenen Reihen das lohnende Ziel direkt nach dem Innenminister. Was Schackhaven schadete, konnte dem Innenminister je nach Stimmung in der eigenen Partei das Amt kosten. Wahrscheinlich hatte ihn sich der Minister schon zur Brust genommen. Brockhaus stand außen vor, das SEK war nur das Werkzeug, das der Einsatzleiter mangels entsprechender Fähigkeiten nicht richtig genutzt hatte.

Schackhaven hatte die ersten kurzen Berichte auf dem Tisch und wollte sie verlesen, damit man »gemeinsam Klarheit über das Geschehene gewinnen konnte und um das weitere Vorgehen abzustimmen. Sie verstehen, was ich meine«. Natürlich verstanden sie. Eine gemeinsame Sprachregelung finden, was die Presse betraf.

Dazu hatte auch die überwältigende Erkenntnis gehört, dass das Schlauchboot Lentus als Fluchtfahrzeug gedient haben musste.

Das Neueste über das Schicksal des Schlauchbootes hatte Schackhaven wie eine Siegesmeldung verlesen. Die Hafenverwaltung hatte nämlich drei Minuten nach Lentus' Flucht aus dem Parkhaus ein führerloses Schlauchboot querab des Anlegers Seegarten mit hoher Geschwindigkeit auf Kollisionskurs mit einem Tanker entdeckt, der mit langsamer Fahrt auf die Holtenauer Schleuse zulief. Er lief quer zum Kurs des Schlauchbootes, sodass ein Ausweichen für die Besatzung nicht mehr möglich war. Das Streifenboot Brunswik war nach weiteren drei Minuten auf Höhe des Schlauchbootes und brachte es durch mehrere gezielte Schüsse auf den Bootskörper und den Außenbordmotor zum Stehen. Bevor es versank, konnte es von den beiden Beamten der Brunswik in Schlepp genommen werden. Sprengstoff wurde nicht gefunden. Die Pinnensteuerung des Außenbordmotors war mit einem Gummizug fixiert worden. Schackhaven hatte bei diesem Satz bedeutungsvoll in die Runde gesehen.

»Die Spurensicherung bemüht sich noch weiter. Ein Eigentümer konnte bisher nicht ermittelt werden. Ja …« Schackhaven hatte suchend auf seinem Schreibtisch umhergesehen. »Ich glaube, das war es so weit.«

Malbek hatte ihn an die Videos erinnert, die der Verkehrsüberwachung an der Gablenzbrücke, die der Gebäudeüberwachung und nicht zuletzt die polizeieigene neue Videokamera, mit der Polizeikommissar Grothkop auf der Gablenzbrücke postiert worden war.

»Ich hab vorhin mit Frerksen telefoniert«, hatte Schackhaven zögernd geantwortet. »Also, die Videosequenzen aus dem Parkhaus hat er wahrscheinlich erst gegen Mittag. Ich hab ihn mit ein paar Männern zum CAP geschickt, um dort Druck zu machen. Ja. Und unsere Kamera auf der Gablenzbrücke … ich wage es nicht zu sagen …« Er hatte sich gewunden und gequält gelächelt.

»Sagen Sie nicht, dass er vergessen hat, auf den Aufnahmeknopf zu drücken!«, hatte Malbek genervt gesagt.

»Die Kamera hat versagt. Obwohl es ein nagelneues Modell auf dem neuestem Stand der Technik ist.« Schackhaven hatte traurig den Kopf geschüttelt. Der Mann war zwar zehn Jahre jünger als Lüthje, aber in diesem Moment hatte Schackhaven auf ihn wie ein Siebzigjähriger gewirkt.

Malbek hatte aufgelacht, und dann hatte sich für ein paar Sekunden ein peinliches Schweigen mit drohendem Unterton ausgebreitet.

Was denn nun mit den Aufnahmen der Verkehrsleitzentrale sei, hatte Brockhaus etwas zu laut gefragt. So als ob er darüber schon Bescheid wüsste.

»Deren Kameras haben, Gott sei Dank, funktioniert. Der Unfall soll drauf sein, hat man mir gesagt«, hatte Malbek in giftigem Ton geantwortet. Als ob es Aufgabe des SEK gewesen wäre, funktionierende Kameras an den entscheidenden Stellen zu positionieren!

Schackhaven schaltete sich mit unendlich müder Stimme ein. Frerksen hätte das Material von der Verkehrsüberwachung schon, aber leider verwende man dort ein anderes Dateiformat. Er würde erst alles konvertieren müssen. Das Wort »konvertieren« hatte Schackhaven besonders betont, als ob es etwas Unanständiges bedeuten würde.

»Frerksen war ziemlich sauer deswegen. Ich übrigens auch«, hatte Schackhaven noch hinzugefügt. Bei den letzten Worten war es Lüthje, als wolle Malbek sich ihm zuwenden, aber er hielt in der Bewegung inne, als hätte er es sich anders überlegt.

Plötzlich hatte Schackhaven in dem Durcheinander auf dem Schreibtisch noch etwas gefunden. »Ich habe hier eine Notiz von … ich kann es nicht lesen. Immer diese Schmiererei, dass die nicht ordentlich schreiben können … also das hier ist nur eine Einschätzung, von Möhlberg, der hat sich vor einer Stunde die Örtlichkeiten am Anleger Seegarten noch einmal genau angesehen. Wahrscheinlich ist Lentus dort an Land gegangen und hat das Schlauchboot führerlos auf Fahrt gebracht. Vermutlich hat schon ein schnelles Auto auf ihn gewartet. Damit ist auch klar, dass er Helfer gehabt haben muss.« Wahrscheinlich, vermutlich. Klar war überhaupt nichts.

Und dann hatte er von Feinabstimmung über Ermittlungsziele gesprochen, und dabei hatte er Malbek scharf angesehen und stotternd von einem eigenen Entwurf abgelesen, weil er offensichtlich sein eigenes Geschmiere nicht hatte lesen können. Zu prüfen sei, ob Lentus überhaupt der Täter war. Zu prüfen sei, wie er unbemerkt ins Parkhaus kommen konnte, nachdem er vorher noch vom Hörnufer aus einen Schuss auf Gondersen abgegeben hatte. Wie hatte er nur ein paar Minuten nach dem Unfall, der durch den Tod Gondersens am Steuer verursacht worden war, so schnell vom Hörnufer in das Parkhaus kommen können? Und überhaupt, hatte Schackhaven mit so unendlich müdem Gesichtsausdruck gesagt, dass es Lüthje in der Seele wehtat, »könne man sich doch des Eindrucks nicht erwehren, dass der oder die Täter über Details des Einsatzplanes ›Bogart‹ informiert waren«.

Und vor allen Dingen: Warum Gondersen? Oder war Lüthje das eigentliche Ziel gewesen? Die drohende Stille hatte sich wieder zwischen ihnen ausgebreitet wie ein klebriger Brei, alle sahen Lüthje an, aber bevor der etwas dazu sagen musste, um die peinliche Stille zu unterbrechen, hatte Schackhaven plötzlich selbst eine Antwort gefunden: »Wohl nicht, denn diese unauffälligen Dienstwagen der Dezernatsleiter sehen doch alle gleich aus, und der Täter hatte Gondersen durch das Seitenfenster auf der Fahrerseite getroffen, daran lässt der Einschusswinkel nach den bisherigen Erkenntnissen keinen Zweifel.« Es hörte sich unverständlich, aber wenigstens ein bisschen logisch an.

Schackhaven hatte Malbek dann gebeten, Gondersens Witwe so bald wie möglich einen Kondolenzbesuch abzustatten. Er wäre doch der Einsatzleiter gewesen und könnte dort vielleicht ein paar Dinge richtigstellen, die die Witwe sonst ohne Informationen und im verständlichen Zustand der Trauer an die Presse weitergeben würde. Denn die Pressevertreter würden sie sicherlich schon morgen ausfindig machen. »Schon morgen«, wiederholte Schackhaven und sah Malbek nachdrücklich an. Malbek nickte. Lüthje sah, dass er zitterte. Vor Wut.

Das hörte sich nach abschließenden Worten an. Das Gespräch war also beendet. Schackhaven erhob sich. Brockhaus und Lüthje erhoben sich.

Malbek blieb sitzen.

»Einen Moment noch«, hatte er dann gesagt, und die anderen hatten sich langsam wieder gesetzt. »Ich bin noch nicht fertig. Es ist eine Panne, so sagten Sie, Herr Kriminalrat. Ich habe keine Lust, hier als der dumme August rauszugehen. Der Supertipp der anonymen Informantin war nur eine Falle, auf die wir alle hereingefallen sind. Gondersen war wahrscheinlich das Ziel, wobei mir nicht klar ist, wieso der Täter damit rechnen konnte, dass Gondersen bei dem Einsatz dabei sein würde. Der Ablaufplan sah vor, dass Lentus, sobald er im Parkhaus auftauchte, isoliert und festgenommen werden sollte. Und er war im Parkhaus aufgetaucht, wie es der Einsatzplan vorsah. Aber leider hat es der Kollege Lüthje vorgezogen, das Einsatzfahrzeug zu verlassen und mit Lentus eine private Keilerei anzufangen, die …«

»Private Keilerei? Sag mal, spinnst du?«, war Lüthje losgeplatzt. Es hatte doch schon gereicht, dass Schackhaven mit seinem unqualifizierten Gestotter durch diese überflüssige Besprechung stolperte. Und jetzt das. »Der Kerl hat mich angegriffen! Er hat mich zu Boden geschlagen, Malbek! Du bist doch hinter mir hergelaufen, du musst das doch mit angesehen haben. Warum hast du nichts getan?«

»Ich konnte den Zugriff in diesem Moment nicht anordnen, weil Lentus dich in der Gewalt hatte«, hatte Malbek kurzatmig geantwortet.

»Wir haben auf Ihren Zugriffsbefehl gewartet«, hatte Brockhaus mit vorwurfsvollem Unterton gesagt.

»Er hätte Lüthje als Geisel genommen!«, sagte Malbek zu Brockhaus gewandt. Und zu Lüthje: »Ich hätte bei Anordnung des Zugriffs dein Leben in Gefahr gebracht. Ist das für dich so schwer zu begreifen?«

»Ach! Lentus schlägt mich zu Boden, und weil ich Gondersen Erste Hilfe leisten wollte, bin ich dafür verantwortlich, dass der Kerl fliehen konnte. Du spinnst!«

»Ich will hier nicht diskutieren, was deine Motive waren, als du aus meinem Auto gesprungen bist. Ich will nur klarstellen …«

»Was willst du mir unterstellen? Dass ich lüge?« Lüthje war ruckartig aufgestanden, sein Stuhl kippte nach hinten weg. »Macht euren Scheiß doch allein!« Das Knallen der Tür hatte noch eine Weile im Treppenhaus nachgehallt.

Hätte er Malbek bloß nichts von diesem Prozess gegen Lentus damals erzählt. Aber wahrscheinlich würde der sämtliche Ermittlungsakten in seiner Gründlichkeit durchackern und wäre sowieso darauf gestoßen.

An der Steigung in der Nähe der Windkrafträder schaltete Lüthje einen Gang zurück. Die großen Rotorblätter drehten sich trotz des leichten Windes in kraftvollem, gleichmäßigem Rhythmus. Ein Lastwagen mit endlos langem Auflieger quälte sich in den Kreisverkehr auf der Höhe Süderschmedeby. Ein beliebter Abzweiger zur Bundesstraße 77 für die Brummis, die für fünfzig Kilometer die Lkw-Maut auf der A 7 umgehen wollten. Lüthje schluckte den aufgeweichten Rest des fünften Knäckebrotkrümels herunter. Bis Flensburg ging es jetzt wahrscheinlich ohne Nachschub.

»Ich halte das nicht länger aus, Chef!«, stieß Blumfuchs hervor.

Lüthje schrak aus seinen Gedanken auf. »Was ist denn jetzt wieder los?«

»Was *war* los? Keiner wollte mir etwas erzählen.«

»Tröste dich, mir sagt auch nie keiner was. Na ja, da gibt es auch nicht viel zu erzählen. Möchtest du eine Zusammenfassung?«

Blumfuchs nickte.

»Es gibt ein berüchtigtes Zitat von Polizeidirektor Vogel aus den Achtzigern, als seine Dienstwaffe verschwunden war: ›Das ist eine ganz verquirlte Kacke.‹«

Husvogt sah Lüthje erwartungsvoll an. »Ja und? Was weiter?«

Lüthje schwieg. Blumfuchs sah mit beleidigtem Blick auf die Fahrbahn.

Als Lüthje die steinzeitlichen Langbettgräber vor Munkwolstrup rechts im Blickfeld hatte, sagte er: »Es war eine Falle, Blumfuchs. Eine verdammte Falle. Und wir Idioten sind alle darauf hereingefallen. Lentus hat den von ihm herbeigeführten Unfall mit in seine Flucht eingebaut. Er hat einfach die allgemeine Verwirrung für seine Flucht genutzt. Er war einfach besser als wir. Genial, drehbuchreif, skrupellos. Ein Toter, vier Schwerverletzte. Ein

Schlauchboot, das offensichtlich bereitstand. Der Tipp war tatsächlich eine Finte, Gondersen hat recht gehabt. Er muss es irgendwie geahnt haben.« Sein Erlebnis mit Lentus behielt Lüthje für sich.

»Und Malbek? Wie sieht der das?«

Lüthje zuckte schweigend mit den Schultern.

»Dicke Luft?«, fragte Blumfuchs.

»Ich kann das weder bestätigen, noch dementieren, aber du kannst das so sehen, wenn du gerne möchtest«, antwortete Lüthje.

6. Tag

1.

Es war spät geworden. Fahndung, Spurensuche, Auswertung, Zeugenbefragungen. Erst als sich alles in seinem Kopf zu drehen begann und er davon aufwachte, dass sein Kopf auf der Schreibtischplatte aufschlug, kroch Gerson Malbek in sein Wohnmobil auf dem Parkplatz. Er hatte Jette am Telefon mitgeteilt, dass er wieder mal in Kiel bleibe. Sie hatte ihn damit getröstet, dass sie noch an einem Bericht über den Konkurs eines Bauunternehmens schreiben müsse. Gondersens Tod hatte sich schon längst in der Nachrichtenredaktion herumgesprochen. Vom Eklat mit Lüthje hatte Malbek ihr gegenüber kein Wort erwähnt. Vielleicht, dachte Malbek, würde Lüthje sich ja in ein oder zwei Tagen entschuldigen. Dann könnte man sich darüber unterhalten, warum Lüthje ohne nachvollziehbaren Grund aus dem Auto gesprungen war, den ganzen Einsatzplan versaut und hinterher beim Chef den Choleriker gespielt hatte. Eine Entschuldigung musste her, das war das Mindeste. Das Ganze hatte Malbeks Bild von Lüthje ins Wanken gebracht. Eric Lüthje, den er bisher nur als Urgestein gesehen hatte und nicht als Choleriker, der seinen Emotionen im Dienst ausgeliefert war.

Schackhaven hatte Malbek am nächsten Morgen angerufen, um ihm »noch ein paar wertvolle Hintergrunddetails für den anstehenden Kondolenzbesuch« mitzugeben. Die Witwe Marlene Gondersen sei »Schauspielerin im Fernsehen«. Künstlername Marlene Sessin. Mit drei S, und die müssten alle scharf ausgesprochen werden. Sie bevorzuge es, beim ersten Kontakt so angesprochen zu werden. Malbek fragte sich, woher Schackhaven solche Details hatte.

Natürlich war es kein Kondolenzbesuch, er hätte sie sowieso befragen müssen. Sie war schließlich die Witwe des Ermordeten. Aber mit dem Begriff Kondolenzbesuch hatte Schackhaven Malbek für den Ablauf der Befragung diskret ans Herz gelegt, die Witwe zu schonen.

Er rief im Laufe des Vormittag bei Marlene Gondersen an, nachdem Frerksen ihm gesagt hatte, dass die Konvertierung der Parkhausvideos noch ein bisschen dauern würde. Die hätten da eine völlig veraltete Version verwendet. Na ja.

Konvertierung kannte Malbek als religiöses Problem. Irgendwie schien der Begriff zu einem Monster zu mutieren.

Er rief Marlene Gondersen an. Er wolle sich mit ihr treffen, damit sie Fragen stellen könnte. »Der Polizeipsychologe hat schon angerufen«, hatte sie lakonisch geantwortet. Er überging die spitze Bemerkung und vereinbarte nach einigem Hin und Her einen Termin kurz nach zwölf. Sie habe allerdings nicht viel Zeit. Malbek stellte sich auf eine schwierige Befragung ein.

Er fuhr eine Stunde früher hin und parkte ungefähr zweihundert Meter vor dem Haus in der Strelitzer Straße 133. Ein dunkelblauer Polo stand in der Einfahrt.

Stift-Altenholz, ein Wohnviertel auf der Nordseite des Nord-Ostsee-Kanals, das Ende der Fünfziger entstanden war, als das Wirtschaftswunder um sich schlug. Es gab Siedlungshäuser der Jumboklasse für die Flüchtlinge, die es in der neuen Heimat schon zu etwas gebracht hatten, inzwischen umgebaut mit allen Anbauten, die das Bauamt gerade noch genehmigt oder übersehen hatte. Im Übrigen gab es architektonische Vielfalt. Bungalows der Siebziger in allen Größen, mit überdimensionierten Giebeldächern im Sylter Landhausstil, aber ohne Reetdach. Und satte Einzelhäuser der Achtziger, einigen sah man an, dass sie als Residenzen gelten wollten. Und dann waren da die Halbhäuser der höheren Preisklasse, die so aussahen, als hätten sie sich gut getarnt hier eingeschmuggelt, dann im Laufe der Neunziger selbstbewusst vermehrt und langsam die Herrschaft übernommen. Unauffällig komfortabel und mit Doppelgarage, so wie die Nummer 133.

Ein paar Kinder radelten die Straße entlang, ein paar Häuser weiter holte eine Frau ihr Fahrrad mit Einkaufskorb aus der Garage und verschwand wieder im Haus.

Nach zwanzig Minuten hielt ein Kombi vor dem Haus Gondersen. Ein junger Mann brachte Kleidung aus der Reinigung, auf Drahtbügel gehängt und in durchsichtiges Plastik gehüllt. Eine Frau mit schwarzem Haar nahm es entgegen. Als er den Kombi der Reinigungsfirma im Rückspiegel verschwinden sah, fiel ihm ein Wagen der Stadtwerke auf, der ungefähr dreihundert Meter weiter vor dem Kreisverkehr halb auf dem Bürgersteig geparkt war. Der Fahrer suchte oder sortierte anscheinend Unterlagen, alle paar Sekunden sah er auf, als wolle er sich immer wieder vergewissern, wo er war. Malbek war sich sicher, dass er mit dem Mann über diese Distanz einmal Blickkontakt hatte. Eine halbe Sekunde zu lang. Zu lang für jemanden, der nichts anderes als seine Unterlagen im Kopf hatte.

Die Haustür ging auf. Eine Frau blieb unschlüssig in der Tür stehen, redete mit zum Boden gewandtem Blick mit einer älteren Frau, die sich zum Gehen wandte, ein Junge drängte sich an ihnen vorbei und blieb wartend stehen. Malbek stieg aus. Als er den Grundstückszaun erreichte, drehten sich die beiden Frauen und der Junge zu ihm um. Die ältere Frau verabschiedete sich mit einem Winken. Malbek ging zur Tür, die ältere Frau kam ihm entgegen, sah ihn misstrauisch an, zog den Jungen an sich, verdeckte sein Gesicht und hastete grußlos an Malbek vorbei, als sei der Fremde gekommen, um den Jungen zu entführen. Sie flüchtete. Malbek sah ihr nach, sie sah angstvoll zurück, dann hatte sie den Jungen in den dunkelblauen Polo gedrückt. Noch ein Blick zu Malbek, als ob sie Angst hätte, dass er sich nähern könnte. Malbek wandte sich der Frau in der Tür zu, die dem wegfahrenden Polo hinterherwinkte.

Er stellte sich vor, und sie bat ihn mit einer Geste ins Haus.

»Meine Schwiegermutter. Sie kümmert sich um Wolfram. Sie wollen an den Strand gehen. Das wird ihm guttun. Nehmen Sie doch Platz.«

Malbek setzte sich auf den angewiesenen dunkelbraunen Ledersessel. Eigentlich war es mehr ein mattes Dunkelgrau mit einem ausgeprägten Narbenbild. Er hatte so etwas irgendwo schon einmal gesehen. Es sah aus wie …

»Elefantenleder. Mein Mann hat das mal geschenkt bekommen. Ein Geschenk, das man nicht ablehnen kann, hatte er gesagt. Ich glaube, er mochte es. Möchten Sie etwas trinken?«, fragte Marlene Gondersen.

»Ja, gern, ein Mineralwasser vielleicht?«

»Ich habe nur Cola im Haus.«

»Ja, sehr gern.«

»Ich bin sofort wieder da.« Sie eilte hinaus.

Das Wohnzimmer war mit Glas und Stahl möbliert. An den Wänden hingen keine Bilder oder Fotos, nur ein großer Flachbildfernseher. Ein stahlblauer Teppichboden. Ein paar Urlaubsbilder, eine Gruppenaufnahme vom Set standen im Regal. Ein Foto der Eltern mit dem Neugeborenen. Keine Comics, CDs, MP3-Player, Kopfhörer, keine Spuren eines im Hause wohnenden Kindes.

Malbek stand auf und sah von der Terrassentür aus in den Garten, der nur aus einer gepflegten Grasfläche bestand, die von den Nachbargrundstücken mit einer Holzlamellenwand als Sichtschutz abgetrennt war. Kein Grill, kein Treibhaus, kein Blumentopf, keine Liege, nichts. Ganz hinten am Ende des Grundstückes lag tatsächlich ein Fußball.

»Er hat noch mehr solcher Bälle. Ungefähr fünf.« Marlene Gondersen setzte ein Tablett mit einem Glas ab, sodass ein wenig von der schwarzbraunen Flüssigkeit auf den Glastisch spritzte. Sie zuckte entschuldigend mit den Schultern und lächelte ihn an.

»Der Ball fiel mir auf, weil meine Tochter genau so einen hat.« Er lächelte zurück.

Malbek setzte sich, nahm einen Schluck der bittersüßlichen Flüssigkeit. Er hatte Frau Gondersen schon an der Haustür sein Mitgefühl ausdrücken wollen. Jetzt trank er Cola und unterhielt sich mit ihr über Fußbälle. Er beschloss, sie nicht mit »Sessin« anzureden.

»Frau Gondersen, ich möchte Ihnen zunächst sagen, wie bestürzt ich und meine Kollegen über den Tod Ihres Mannes, meines Kollegen Klaus Gondersen, sind. Ich werde seinen Mörder finden, und mit Gottes Hilfe wird er die Strafe bekommen, die er verdient.«

»Das haben Sie schön ausgedrückt«, sagte sie mit bitterem Unterton. »Klaus hatte es nie so mit Gott.« Sie sah ihn prüfend an. »Mein Mann hat mir einmal gesagt, dass Ihr Vater Dompastor in Schleswig war? Stimmt das?«

»Ja.«

»Und Sie waren mehrere Jahre unschuldig im Gefängnis, hat Klaus gesagt.«

»Ja, auch das stimmt.«

»Ich glaube, dann sind Sie genau der Richtige.« Sie beugte sich etwas vor. Aus dem prüfenden Blick war ein interessierter Blick geworden. Malbek nahm plötzlich ihr Parfüm wahr. Ein Duft, der sich weich wie Buttermilchbrot anfühlte.

»Wofür bin ich der Richtige?«, fragte Malbek.

»Um den Mörder zu bestrafen.«

»Nein, für die Strafe sind die Gerichte zuständig.«

Ihr Handy quietschte eine unbekannte Melodie. Sie strich sich eine Haarsträhne aus dem Gesicht. »Entschuldigen Sie mich einen Moment.« Sie ging in den Flur und schloss die Glastür hinter sich. Er sah ihr zu, wie sie mit hochgezogenen Schultern und beschwörender Gestik telefonierte.

»Ich muss nachher noch mal zum Dreh. Die Produktionsfirma nimmt keine Rücksicht«, sagte sie, als sie wieder ins Wohnzimmer kam. »Man wartet schon. Entschuldigen Sie, wie ich aussehe, aber ich werde am Set geschminkt, da kann ich vorher nichts drauftun. Das kostet am Set sonst zu viel Zeit, es wieder abzuschminken.«

Malbek wollte ihr spontan versichern, dass ihm gar nicht aufgefallen sei, dass sie nicht geschminkt sei, riss sich aber in letzten Moment zusammen. »Frau Gondersen, haben Sie Fragen an mich?«

»Herr Schackhaven hat mir das schreckliche Geschehen am Parkhaus schon geschildert. Klaus ist während der Fahrt zum Einsatz erschossen worden und hat die Gewalt über sein Fahrzeug verloren. So hat er mir das geschildert.«

»Ja, das stimmt.«

»Haben Sie einen Verdacht?«, fragte sie.

»Ziel des Einsatzes war die Festnahme eines Mordverdächtigen in einem anderen Mordfall. Er konnte fliehen. Wir gehen davon aus, dass er zumindest am Mord an Ihrem Mann beteiligt war.«

Schackhaven schien ihr nichts darüber erzählt zu haben, dass ihr Mann in Lüthjes Auto gesessen hatte.

»Frau Gondersen, bitte nehmen Sie es mir nicht übel, aber ich muss jetzt ein paar unangenehme Fragen stellen.«

»Damit habe ich gerechnet. Nur zu.« Sie nickte ihm ermutigend zu. Er kam sich vor wie ein Schuljunge, der seine Lehrerin fragen wollte, ob er sie küssen dürfte.

»Hatte Ihr Mann Feinde?«

»Mindestens so viele wie Sie.«

»Ich meine nicht die üblichen Verdächtigen, die dienstlichen Feinde im Kollegenkreis, sondern etwas, was Ihnen irgendwie aufgefallen ist, etwas in letzter Zeit. Hatte Ihr Mann sich verändert, hat er sich irgendwie darüber geäußert?«

»Herr Malbek, falls Sie es nicht wissen, obwohl Sie ein Kollege meines Mannes sind oder waren, und ich bin sicher, die meisten Kollegen wussten es von ihm persönlich: Unsere Ehe war im Eimer. Wir haben nur noch die nötigsten Angelegenheiten miteinander besprochen. Ja, ich sehe es in Ihren Augen. Sie haben recht. Wir hätten es besser wissen müssen. Eine Schauspielerin und ein Polizist passen einfach nicht zusammen. Nicht nur wegen der chaotischen Arbeitszeiten.«

»Nichts Menschliches ist mir fremd«, sagte Malbek. Und das Unmenschliche war ihm geläufig geworden, aber darüber redete man mit der Witwe eines ermordeten Kollegen nicht.

»Wo waren Sie gestern zwischen siebzehn und zwanzig Uhr?« Er versuchte ein belangloses Lächeln.

»Ich habe kein Alibi für diesen Zeitraum. Ich habe in meinem Hotelzimmer in der Nähe des Sets in Schleswig geschlafen, weil ich wegen des Lichts schon um fünf Uhr morgens vor die Kamera musste. Jedenfalls habe ich das in einer Drehpause einer Kollegin am Set erzählt. Aber in Wirklichkeit bin ich mit meinem Wagen um drei Uhr nachmittags nach Kiel gefahren, habe den Wagen an der Hummelwiese geparkt und bin mit meinem Präzisionsgewehr auf der gegenüberliegenden Seite der Hörn in Stellung gegangen. Ich habe meinen Mann auf dem Handy unter einem Vorwand angerufen, und er sagte mir, dass er im Fahrzeug des Kollegen Lüthje unterwegs sei, weil sein Wagen wieder nicht angesprungen sei. Den Rest können Sie sich denken.«

»Woher haben Sie diese Einzelheiten?«

»Sie glauben mir nicht?« Sie lachte. »Das kränkt mich, schließlich bin ich Schauspielerin. Na gut. Wenn Sie wüssten, was mir Ihr

Häuptling Schackhaven alles erzählt hat. Er ist einer meiner Fans. Tut mir leid.«

»Was hat er Ihnen denn noch so erzählt?«

Es klingelte an der Tür. Dreimal. Marlene Gondersen entschuldigte sich wieder.

Malbek sah vorsichtshalber aus dem Küchenfenster, das zur Straße ging. Vor dem Haus standen mehrere Wagen der Kripo Kiel, darunter auch ein Transporter, aus dessen Seitentür zwei Beamte gefaltete Umzugskartons entluden.

Marlene Gondersen stand blass in der Küchentür. »Warum haben Sie mir nichts davon gesagt?«

»Was denn?«

»Dass Sie das Haus durchsuchen wollen.«

»Ich glaub, ich bin im falschen Film!«, polterte Malbek und stürzte zu Tür.

Es war Proschke. »Hallo, Herr Malbek, lassen Sie sich nicht stören. Und keine Umstände, wir wissen, wo es langgeht.« Er drängte sich an ihm vorbei zur Treppe ins obere Stockwerk.

»Vielleicht haben Sie es vergessen: *Ich* leite in dieser Sache die Ermittlungen«, sagte Malbek mit mühsam beherrschter Stimme. »Wer hat diese Durchsuchung beantragt? Weiß Ihr Dezernatsleiter überhaupt, was Sie so treiben? Zeigen Sie mir sofort den Durchsuchungs- und Beschlagnahmebeschluss. Anderenfalls verschwinden Sie und Ihre Gartenzwerge sofort aus dem Haus!«

Proschke blieb auf der dritten Treppenstufe stehen, fasste in seine Jackentasche und hielt Malbek grinsend ein Schriftstück entgegen. Um es lesen zu können, hätte Malbek zur Treppe gehen und es sich von Proschke *herunter*reichen lassen müssen. Proschke wollte zeigen, wer hier das Sagen hatte. Seine Leute sahen dem Duell von der weit geöffneten Haustür, mit Umzugskartons, Plastiktüten und Spurensicherungskoffern und was sonst noch zu einer vielversprechenden Hausdurchsuchung gehörte, gespannt zu. Marlene Gondersen stand mit offenem Mund in der geöffneten Tür zum Wohnzimmer.

Proschke rührte sich nicht. »Regen Sie sich ab, Malbek. Wir werden schnell und unauffällig arbeiten.«

Es war klar, dass sie mit dieser Aktion gewartet hatten, bis er im Haus war.

Unterwirf dich. Tu, was wir dir sagen. Das drückte Proschkes Haltung und die lächerlich strenge Mimik aus, wie er stolz auf der dritten Stufe stand und gnädig das Schriftstück seinem Untertan hinhielt. Das Schmierentheater war Lentus' Gestik nicht unähnlich. Es sagte Malbek aber auch, dass er auf einer richtigen Spur war. Jemand wollte Malbek mit allen Mitteln von dieser Spur abbringen. Diese Aktion war eine Drohung.

»Sie müssten es wirklich besser wissen, Proschke«, sagte Malbek mit abgesenkter Stimme und ging langsam auf ihn zu. »Sie sind doch derjenige, der sich das Maul über mich zerreißt. *War jahrelang im Gefängnis.* Ja, das war eine gute Schule. Ich habe viel gelernt. *Hat Geld und fragwürdige Beziehungen.* Ja, Sie glauben nicht, wie gut sich das anfühlt. Und all das zusammen könnte Sie, Herr Proschke, den Kopf kosten. Sie enttäuschen mich. Ich habe Sie überschätzt.« Malbek sah plötzlich mit erstauntem Gesichtsausdruck an Proschke vorbei zum obersten Treppenabsatz. Proschke folgte seinem Blick. Malbek machte einen Satz auf Proschke zu, sodass Malbeks Körper Proschkes Männern die Sicht auf ihren Chef nahm, riss ihm mit der rechten Hand das Dokument aus der Hand und gleichzeitig mit der linken den Arm ruckartig nach vorn, sodass Proschke die Treppe herunterstürzte.

Malbek stellte sich auf die dritte Stufe, sah auf Proschke herab und sagte vorwurfsvoll: »Seien Sie doch vorsichtig, Herr Kollege!«

Proschke stützte sich auf und hielt sich stöhnend das linke Knie. Seine Männer hatten ihre Utensilien fallen lassen und versuchten ihm aufzuhelfen. Er schüttelte sie ärgerlich ab, fuhr sich durch das geölte Haar und stand unsicher auf.

Malbek überflog das Schriftstück. Der zuständige Staatsanwalt Griebenstück hatte den Durchsuchungsbeschluss schon gestern Abend beantragt. Vom Verdacht des Hoch- und Landesverrats und der Unterstützung einer kriminellen Vereinigung war die Rede.

»Dafür werden Sie bezahlen!«, zischte Proschke, als Malbek ihm den Durchsuchungsbeschluss zurückgab. »Das war ein hinterhältiger Gaunertrick.«

»Sie irren. Kein Trick, kein doppelter Boden«, sagte Malbek. »Ich habe dort oben auf dem Treppenabsatz jemanden gesehen. Es war Klaus Gondersen.« Proschke zuckte zusammen. »Ja, er ist hier, Proschke, in diesem seinem Haus. Er ist überall dabei, wenn wir in seinem Leben herumwühlen. Und er mag Sie nicht. Das hat er dort oben auf dem Treppenabsatz gesagt. Vielleicht spricht er nächstes Mal etwas lauter, damit auch Sie es hören.«

Proschke schnaubte verächtlich und scheuchte seine Männer an die Arbeit.

Marlene Gondersen stand plötzlich dicht hinter Malbek. »Ich muss jetzt los, zum Dreh«, flüsterte sie. »Sonst feuern die mich. Passen Sie hier auf. Ich vertraue Ihnen. Lassen Sie danach einfach die Tür ins Schloss fallen.«

Aus dem Küchenfenster sah er einen BMW-Roadster aus der Garage fahren. Marlene Gondersen winkte ihm zu, als sie auf der Straße Gas gab.

Proschke und seine Leute stellten das Haus auf den Kopf. Bei der vergeblichen Suche nach einem Wandtresor vergaßen sie auch nicht, den Flachbildfernseher von der Wand zu nehmen.

»Frau Gondersen hätte noch quittieren müssen. Aber egal. Sie bekommen einen Bericht aus unserem Dezernat«, sagte Proschke, als die obergeheime Truppe mit ein paar Umzugskartons das Haus verließ.

Malbek ging im Haus herum. Zwei Schlafzimmer, zwei Arbeitszimmer, zwei Bäder je eines oben und unten. Die Regale in beiden Arbeitszimmern hatte Proschkes Truppe leer geräumt.

In Marlene Gondersens Arbeitszimmer hingen ein paar Fotos an der Wand, die man nicht beachtet hatte. Am Set, mit Sekt und Schnittchen, wahrscheinlich wurde der Abschluss von Dreharbeiten gefeiert. Ein paar Gesichter kamen Malbek bekannt vor. Und ein Familienfoto, das den Jungen im Alter von sechs oder sieben Jahren zeigte: Die Eltern saßen auf einer Mauer mit baumelnden Beinen, zwischen ihnen stand der kleine Wolfram auf der Mauer, die Arme auf den Schultern der Eltern abgestützt, bereit zum Sprung.

Im Kinderzimmer standen ein Bett, ein Sessel, ein Schreibtisch, ein Schrank, ein Regal. Ein paar Comics, Schulhefte, Kugelschreiber, ein paar Socken. Ein paar CDs. An den Wänden zwei Poster, Namen, die er noch nie gehört hatte, Rapper in allen Erscheinungsformen schienen es zu sein. Malbek mochte Rap nicht. Er öffnete den Schrank, zwei schmutzige T-Shirts, am Boden des Schranks ein neues weißes Hemd noch in der durchsichtigen Plastikverpackung, ein paar schwarze Schuhe, eine abgewetzte Jeans. Das Zimmer war praktisch ausgeräumt. Aber das waren nicht Proschkes Leute gewesen. Sie hatten sich hier umgesehen, aber nichts mitgenommen.

Wenn seine Großmutter nur gekommen war, um sich um ihren Enkel in dieser schwierigen Situation »zu kümmern«, hätte sie doch Gepäck mitnehmen müssen. Als sie das Haus verließen, trug der Junge nur Ohrhörer eines MP3-Players bei sich und die für einen Rapper üblichen Klamotten, die Hosen drei Nummern zu groß. Das war alles. Aber vielleicht hatten sie seine Sachen ja schon irgendwann vorher abgeholt.

Malbek ahnte, dass dieses »irgendwann vorher« schon sehr lange her sein musste, mindestens ein Jahr. Als er das Zimmer allein betreten hatte, lag nicht der Geruch eines vorpubertierenden Jungens in der Zimmerluft, den er so oft bei Befragungen in Mietshäusern kennengelernt hatte, wenn es um tödliche Gewalt in Schule und Elternhaus ging. Es war einfach die abgestandene Luft eines Zimmers, das vor ewigen Zeiten einmal für ein paar Stunden gelüftet worden war. Die Geruchsnote von Tapeten und Möbeln war nur schwach im Hintergrund wie Nachgeschmack spürbar. Den Geruch eines jungen Menschen konnte er nur noch ahnen. Der Gestank von Proschkes schwitzenden Männern schwamm wie ölverschmutztes Brackwasser obenauf.

Als Malbek die Haustür hinter sich ins Schloss fallen ließ und zum Wagen ging, sah er im gegenüberliegenden Haus eine Frau am Küchenfenster stehen und telefonieren. Wahrscheinlich besprach sie mit der Nachbarin ihre Beobachtungen. Malbek winkte ihr freundlich zu.

Ihm fiel ein, dass Proschke mit keinem Wort auf Malbeks Streit mit Lüthje angespielt hatte. Vielleicht hob er sich das für später auf. Malbek hatte immer gespürt, das die Freundschaft mit Lüthje, dem er seine Rehabilitation zu verdanken hatte, ihn wie ein schützendes Bollwerk umgab. Es waren nicht das geerbte Geld und die vermuteten Beziehungen. Lüthje war bisher der Garant für Malbeks zurückgewonnene Ehre gewesen. Kriminalhauptkommissar Lüthje, der mit seiner Charakternase jede Spur fand und jede Ungerechtigkeit polternd so lange breittrat, bis sie unübersehbar war. Deshalb hatte es bisher niemand gewagt, sich mit Malbek offen anzulegen, ihn zu provozieren. Proschke war der Erste.

2.

Lüthje hatte Grund, sich zu freuen. Der Gerichtstermin in Schleswig war aufgehoben worden. »Neuer Termin von Amts wegen«, hieß das offiziell. Hörte sich auch besser an als, »auf unbestimmte Zeit verschoben«.

Lüthje schob die Akte unter den großen Stapel.

Als Nächstes musste er die Verlustmeldung schreiben. Schließlich hatte sein Dienstfahrzeug einen Totalschaden. Ein Formular gab es dafür nicht. Er überlegte, ob er es im Stil einer Unfallschilderung mit dem Vokabular der Verkehrspolizei halten sollte. Oder ob er Malbeks Einsatzbericht oder den Untersuchungsbericht der Untersuchungskommission abwarten sollte. Aber das könnte noch dauern. Er entschied sich schließlich für die nüchterne Berichtsform. Mit dem Hinweis auf den zu erwartenden und sicherlich ausführlicheren Bericht von Kriminalhauptkommissar Malbek.

Es war Mittag geworden. Lüthje wischte sich den Schweiß von der Stirn. Es war Ende April, und das Thermometer sank tagsüber nicht unter zwanzig Grad. Jetzt waren es wahrscheinlich fünfundzwanzig Grad. Ost- und Nordsee waren nach dem Winter ausgekühlt, brachten aber nur bei auflandigem Wind Erleichterung. Die Hitzewelle dauerte jetzt schon seit Anfang April.

Weil der Kantinenkaffee heute nach Gulasch schmeckte, lud er Husvogt und Blumfuchs zu einer kleinen Lagebesprechung ins Café der Museumswerft gegenüber ein. Der Kaffee war echt und kräftig, von der Werft wehte eine leichte Brise herüber, die nach

Holz und Salzwasser roch. Ein paar Segelboote versuchten, mit schlappen Segeln eine Mütze Wind zu erwischen, und die alten Hafenpötte starteten die ersten Rundfahrten, eine Schleppe von hungrigen Möwen hinter sich herziehend. Der wolkenlos blaue Himmel weckte in Lüthje ein unbestimmtes Fernweh. Sie bestellten sich Schwarzbrot mit hausgemachtem Heringssalat. Werftchef Uwe servierte mangels Personal selbst, und Lüthje fragte ihn, ob nicht eine seiner vielen Holzhütten auf dem Gelände frei sei, er würde gern sein Dienstzimmer dort einrichten. Uwe nickte nur und verschwand in seiner Bürohütte, als ob er sich gleich daranmachen wollte, einen Mietvertrag für Lüthje zu entwerfen. In Wirklichkeit dachte er bestimmt, der Lüthje hat mir hier gerade noch gefehlt.

»Husvogt, wie geht es Frau und Kind?«

Husvogt war mit seiner Kollegin Kommissarin Heike Schönberg liiert, sie hatten einen drei Monate alten Sohn. Die beiden hatten die Beziehung zunächst verschwiegen, was bei Lüthje zu mehreren Wutausbrüchen geführt hatte. Heike lehnte eine Heirat vorerst ab, das sei ihr noch zu früh, schließlich kannten sie sich noch nicht einmal zwei Jahre.

»Heike hat einen gesegneten Schlaf … und Jan-Phillip schreit und schreit«, sagte Husvogt müde.

»Trink deinen Kaffee aus. Tröste dich, das ist nur eine Lebensphase, die vorübergeht«, sagte Lüthje. Ziemlich altklug für einen Mann, der kinderlos geblieben war, dachte er.

Blumfuchs gluckste. Es war besser, das Thema zu wechseln, sonst gab es gleich wieder Streit zwischen den beiden. Lüthje wollte die Tagesordnung der nächsten Sitzung des Mühlenvereins ansprechen, als Frau Dibbert auf Blumfuchs' Handy anrief.

»Ja, das hört sich schrecklich an, wir besprechen das gleich mit dem Chef, nein, wir sind nicht im Haus, wir haben eine Lagebesprechung vor Ort. Ja … ja, sag ich ihm.« Er beendete das Gespräch.

»Was sollst du mir sagen?«, fragte Lüthje.

»Ob du nicht bemerkt hast, dass dein Gummibaum eingeht und …«

Lüthje schüttelte traurig den Kopf.

»Und bei deinem Bericht fehle eine Kopie des Fahrzeugscheins«, sagte Blumfuchs. »Schließlich enthalte der Bericht ja die Verlustmeldung eines Dienstfahrzeuges.«

»Hat sie irgendwas Wichtiges gesagt?«, fragte Lüthje.

»Am Strand von Dodensand ist eine Leiche gefunden worden. Die Kollegen von der Polizeistation Gelting sichern die Fundstelle und fragen an, ob man nicht einen Archäologen in Schleswig hinzuziehen sollte. Und dann hat sie gesagt …« Er ahmte Frau Dibberts Mienenspiel und den Finger hinter dem Ohr nach, mit dem sie sich dort intensiv kratzte, wenn ihr etwas sehr problematisch erschien, und flötete: »… ein kleiner Junge hat die Leiche beim Spielen am Strand gefunden! Ist das nicht schrecklich?«

Sie lachten und schlürften gleichzeitig wie auf Kommando genüsslich ihre Tasse leer.

»Denk an deinen Urlaub, Chef. Arbeite deinen Papierkram auf. Nichts belastet einen mehr im Urlaub als diese unerledigten Papierberge auf dem Schreibtisch. Das verfolgt dich bis an den Strand von La Palma oder an das Ufer von Loch Ness. Wir schauen uns das in Dodensand mit dem Archäologen an und melden uns. Dann kannst du immer noch entscheiden, wie tief du da einsteigst. Vielleicht gehört das ja wirklich den Archäologen.«

»Der Leichenfundort ist an einem Strand, sagte Dibbertchen?«, sagte Lüthje und griff nach seinem Rucksack. »Was wollen wir mehr bei dem Wetter? Uwe, zahlen!«

Nach Dodensand führte kein Hinweisschild, und es war auf keiner Karte verzeichnet. Nur die alten Bewohner in den umliegenden Gemeinden und ein paar Ortskundige kannten diesen alten Flurnamen, den man am Dodensand selbst nur mit Mühe auf dem verwitterten Straßenschild entziffern konnte.

Außer dem Leiter des LKA und den Personenschützern hatte niemand in seinem Dienstfahrzeug ein Navigationsgerät. Es gab einen dienstlichen »Pool für mobile Navigationsgeräte«, aber sie hatten nicht damit gerechnet, dass Dodensand so schwer zu finden war. So mussten Lüthje und seine Leute sich von den Kollegen der Polizeistation Gelting telefonisch wieder auf den richtigen Weg bringen lassen, nachdem sie in Koppelheck nicht weiterwussten. Man musste nämlich ein paar Kilometer vorher am Café Kranz nach links in eine Straße mit dem Namen Koppelheck einbiegen, dann wieder links einer Straße mit dem Namen Ohrfeldhaff folgen, bis diese Straße eine Rechtskurve machte. An der nächsten Gabelung musste man sich links Richtung Ohrfeldhaff halten und nicht das Schild beachten, das nach rechts den Weg ins Ohrfeldhaff wies. Nach etwa zweihundert Metern sah man die Ostsee vor sich und links eine Sackgasse mit drei Häusern, einem Strand und einem Bootssteg, an dem ein altes Motorrettungsboot festgemacht war. Das war Dodensand.

»Hier in der Gegend nennen wir das ›Kleiner Strand‹. Klingt einfach besser«, sagte Polizeihauptmeister Schönemann aus Gelting zu den Flensburger Kollegen, als er sie begrüßte. Der Strand war ungefähr dreihundert Meter lang und zwanzig Meter breit. Drei Häuser sahen über die mit unzähligen Schlaglöchern gepflasterte Sackgasse und auf den Strand und das Meer. Die Straße war vom Strand nur durch einen schmalen Fußweg und einen Streifen wild wuchernden Strandhafers getrennt, in dem ein zum Meer gerichtetes Schifffahrtszeichen aufragte. Zwei quergelegte gelbe Kunststoffbalken an der Spitze eines drei Meter hohen Mastes bildeten ein X. Nach Lüthjes Laboer Jugenderinnerungen war das ein Warnzeichen, dessen genaue Bedeutung für diesen Küstenabschnitt nur in der entsprechenden Seekarte verzeichnet war. Wahrscheinlich wurde hier vor Untiefen gewarnt, Felsen und Wrackteile dicht unter der Wasseroberfläche.

Das idyllische Bild wurde durch die rot-weiß gestreiften Flatterbänder gestört, die etwa einhundert Meter Strand einzäunten. Trotz des schönen Wetters sah man keinen einzigen Strandgast. Allerdings hatte sich in der Gegend herumgesprochen, dass in Dodensand etwas Besonderes »im Gang« war, und so begann sich die Straße mit Mopeds und Motorrädern, Treckern und getunten Kleinwagen zu füllen.

»Ich muss da oben an der Straße mal nach dem Rechten sehen«, sagte Schönemann und sah Lüthje fragend an. Lüthje nickte zustimmend und ging zur Fundstelle.

In der Mitte der Absperrung kniete ein Mann und leuchtete mit einer großen Taschenlampe in eine kleine Grube im Strand. Es war

Dr. Aner vom archäologischen Landesamt in Schleswig. Er erhob sich kopfschüttelnd und klopfte sich den Sand von der Hose.

»Hallo, Herr Dr. Aner«, sagte Lüthje. »Sie hatten doch vor Jahr und Tag einmal das Glück, ein Beweisstück aus einem Haufen Müll über einem archäologischen Denkmal zu finden. Ein Jackett, erinnern Sie sich noch? Das war im Moerksgaarder Wald.«

»Ja, ›Pinnes Grab‹, das steinzeitliche Langbettgrab. Schrecklich sah das aus. Inzwischen ist es wieder in ausgezeichnetem Zustand.«

»Wann waren Sie denn das letzte Mal da?«, fragte Blumfuchs.

Sie lachten.

»Der da gehört Ihnen«, sagte Aner wieder ernst und wies in die Grube im Sand.

»Wieso sagen Sie ›der‹?«, fragte Lüthje.

Lüthje, Husvogt und Blumfuchs sahen hinein. Die Grube hatte einen Durchmesser von fünfzig Zentimetern und war genauso tief. Ganz unten sah man eine teilweise skelettierte Hand aus dem feuchten Sand in die Grubenöffnung hineinragen.

»Es ist die Hand eines Mannes.«

»Und wieso gehört er uns?«

»Sehen Sie die Stelle an, an der das Gelenk gebrochen ist, ein Kind soll mit einem kleinen Spaten darauf herumgehackt haben, weil es zuerst dachte, es wäre eine Pflanzenwurzel. Nach meinem Eindruck sind da Reste von modernen Stoffen, von einem Hemd oder einer Jacke oder beidem. Moderne Stoffe, die Struktur, die Farbe ist noch fast vollständig erhalten. Hier, nehmen Sie die Lampe.«

Da hing irgendwas an den Knochen, ohne dass man erkennen konnte, ob es Gewebereste oder Textilien waren.

»Unser Problem ist, dass wir nicht sehen können, ob an der Hand noch mehr dranhängt«, fuhr Aner fort. »Glücklicherweise habe ich Herrn Professor Dr. Brotmann von der Gerichtsmedizin in Kiel erreicht. Er war sofort bereit, sich von der Problematik vor Ort ein Bild zu machen.«

Brotmann war Lüthjes langjähriger Freund. Der würde sich wieder bei ihm für den fachlichen Leckerbissen bedanken, den er »auf den Tisch« bekommen würde. Fast jedes Mal wurde eine

Veröffentlichung in der Fachzeitschrift »Rechtsmedizinische Praxis Heute« daraus, deren Mitherausgeber Brotmann seit Kurzem war.

»Ah, sehen Sie, er hat es geschafft«, sagte Aner. Brotmann suchte sich eine Lücke zwischen den Polizeifahrzeugen. Mit seinem großen Jaguar war das nicht ganz einfach.

»Er hatte mich vor einer Viertelstunde angerufen, weil sein Navi verrücktspielte. Wie haben Sie und Ihre Mitarbeiter überhaupt hierhergefunden, Herr Lüthje?«

»Die Polizei kennt alles und kann alles«, sagte Lüthje ernst und wandte sich Brotmann zu. »Hallo, Herbert!« Sie begrüßten sich mit einer kurzen Umarmung und einem Schulterklopfen.

»Nicht schlecht, Eric«, sagte Brotmann, als er in die Sandgrube sah, und schnalzte mit der Zunge.

»Ich habe mich davon überzeugt, dass er Ihnen gehört, Herr Brotmann«, sagte Aner. »Aber ich denke, die Sicherung des Fundes wird nicht einfach. Wir haben es hier mit empfindlichen Fundzusammenhängen zu tun. Ich kenne die Problematik von Ausgrabungen mittelalterlicher Friedhöfe zur Genüge, Sie wissen, was ich meine …«

»Ja, wahrscheinlich ein ›Flachmann‹. Entschuldigen Sie den flapsigen Fachjargon, aber Sie stimmen mir sicherlich zu.« Brotmann beugte sich über die Grube. »Der Boden ist stark verdichtet. Und das in feuchtem Sand! Das ist eine richtige Herausforderung«, sagte er nachdenklich.

»Ich habe einen Vorschlag, aber ich wusste, Sie würden sich hier vorher ein Bild machen müssen«, sagte Aner vorsichtig.

»Meine Herren, ich lasse Sie jetzt ein paar Minuten allein«, sagte Lüthje, dem die Höflichkeiten zwischen den Herren Professoren, die sie so nebenbei auch noch waren, auf die Nerven gingen. »… und hoffe, Sie können mir das Ergebnis Ihrer Fachdiskussion in Kürze mitteilen.«

Sie nickten Lüthje zu und waren sofort in einen heftigen Disput über das Für und Wider einer Blockbergung vertieft. Was immer das genau war, Lüthje war es jedenfalls in seiner ganzen beruflichen Laufbahn noch nie untergekommen.

Polizeihauptmeister Schönemann war mit der Befragung der

Gaffer beschäftigt, die sich neugierig am Flatterband um ihn scharten. Lüthje bedeutete ihm, dass er ihn sprechen wollte.

»Ist der Junge, der die Grube gegraben hat, unter den Leuten am Flatterband?«, fragte Lüthje.

»Nein. Als wir hier ankamen, wartete die Großmutter vor ihrem Haus, es ist das mittlere, mit dem Fachwerk. Die Leute standen um die Grube herum. Wir können von Glück sagen, dass die Grube dabei nicht zugefallen ist.«

»Den Jungen selbst haben Sie also gar nicht gesehen?«

»Nein. Sie hat ihn vorher auf sein Zimmer gebracht, sagte sie. Damit er sich von dem Schock erholt.«

»Was hat sie sonst noch erzählt?«

»Tja.« Schönemann blätterte in seinem Tagebuch. »Sie heißt Frauke Frahm. Wohnt in Dodensand Nummer 3 mit ihrem Enkel. Er hat Osterferien, und sie waren heute wegen des schönen Wetters hier am Strand. Der Junge gräbt gern tiefe Löcher am Strand, bis er das Grundwasser aufsteigen sieht. Macht mein Junge übrigens auch«, sagte Schönemann stolz. »Sie schütten die Löcher hinterher sonst immer zu, hat Frau Frahm mir versichert.« Schönemann schmunzelte. »Na, da haben wir ja heute Glück gehabt.«

»Alles nur eine Frage der Perspektive«, sagte Lüthje. »Wie alt ist der Junge?«

»Zehn, sagte Frau Frahm. Meiner ist auch in dem Alter. Sie haben ja noch ein paar Tage Osterferien, und bei dem Wetter …«

»Sind die Eltern berufstätig?«

»Das hab ich nicht gefragt, ich musste mich ja gleich um die Sicherung der Fundstelle kümmern. Da, Herr Lüthje, gucken Sie mal unauffällig zu dem Fenster im ersten Stock in Nummer 3. Das ist der Junge. Der findet das Ganze hier bestimmt spannender als jeden Serienkram auf Nordfun.«

An dem Fenster sah Lüthje einen Jungen über das Fensterbrett lunzen. Eigentlich sah man nur einen dunklen Haarschopf, zwei Augen und eine Nase. Er nahm ab und zu einen Schluck aus einer großen Flasche und starrte zur Sandgrube, an der Brotmann und Aner immer noch diskutierten.

»Und wer wohnt in den anderen beiden Häusern?«

»Links das große Haus ist Dodensand 1, die Seniorenresidenz Nordlicht. Dreiundzwanzig Bewohner zurzeit. War früher mal Kurhotel. Ich hab die Krankenschwester gefragt, ob sie nicht einen ihrer Bewohner vermissen. Die hat mich fast rausgeworfen. Unangenehme Person, sage ich Ihnen. Und rechts das verkommene Haus mit den Muscheln auf der Fassade ist die Nummer 5, gehört einem älteren Mann namens Erich Wiedenhus. Die Krankenschwester nannte ihn Käpt'n, so heißt der hier, meinte sie. Wegen der vielen Muscheln in der Fassade nennt man sein Haus in der Gegend ›Muschelhaus‹. Die Leute seien früher sogar aus Hannover angereist, um sich das anzusehen. Dem Käpt'n gehört auch das komische Boot an dem Steg dahinten. Der war nicht zu Hause oder hat nicht aufgemacht.«

»Vielleicht ist er auf seinem Boot?«

»Wie gesagt, ich musste mich um die Absicherung kümmern, und wir waren ja nur zu zweit und ...«

»Ja, schon gut, vielen Dank. Haben Sie die Telefonnummern, die zu den Häusern gehören?«

»Ach, da ist noch was«, sagte Schönemann, als er die entsprechende Seite aus seinem Tagebuch riss und Lüthje gab. »Ich weiß nicht, ob es von Bedeutung ist, aber ich habe mit meinem Kollegen auch darüber gesprochen, als wir hier auf Sie gewartet haben.«

»Na los, machen Sie es nicht so spannend!«

»Da, wo die Grube im Strand ist, waren vor ein paar Jahren die Stützpoller eines Bootssteges. Den hatte vor Jahren eine Bootsvermietung genutzt. Der Eigentümer ist pleitegegangen, als hier immer weniger los war. Danach haben hier manchmal Segelboote an dem Steg festgemacht, und die haben mit ihren Masten die Sicht auf das Seezeichen genommen. Der Bootssteg lag so in Fluchtlinie zum Seezeichen.« Er fuchtelte mit beiden Armen, um Lüthje die Lage zu verdeutlichen. »Dann ist eines Abends ein Motorboot auf einen Felsbrocken unter der Wasserlinie gefahren, weil der Bootsfahrer das Seezeichen vor lauter Bootsmasten nicht sehen konnte. Und auch nicht in die Seekarte geguckt hat. Aber wer macht das schon von diesen Freizeitkapitänen! Einen Toten hat es gegeben, das Boot war gesunken. Dann gab es eine Untersuchung, und die Wasser- und Schifffahrtsverwaltung hat den Abriss des Bootssteges veranlasst, der hätte dort von Anfang an nicht sein dürfen, hieß es.« Er sah Lüthje abwartend an.

»Und was schließen Sie daraus?«, fragte Lüthje.

»Na ja, dass der Täter oder genauer gesagt der, der die Hand oder noch mehr da vergraben hat, von hier sein muss.«

»Helfen Sie mir, Herr Schönemann. Wieso das?«

»Er hat sich zum Vergraben eine Stelle gesucht, in der ein alter Stützpoller vom Bootssteg dringesteckt hat. Als die entfernt wurden, gab es mehrere Gruben, die wurden nur lose mit Sand aufgefüllt, weil man sich dachte, das tritt sich von selbst fest. So eine Stelle hat der sich gesucht, da hatte er nicht so viel zu graben. Er musste also irgendwie mitbekommen haben, dass hier der Bootssteg abgerissen worden ist. Das meint mein Kollege Seifert auch.«

»Jetzt hat es bei mir geklingelt, Herr Schönemann! Ja, das hört sich sehr interessant an. Wie lange ist das her?«

»Ja, Seifert meinte, so um die zehn Jahre wohl.«

»Und der Bootssteg dahinten?«

»Der war schon immer da und hat nie jemanden gestört. Ist aber wohl schon ziemlich rott.«

»Vielen Dank, Herr Schönemann, ich muss mich jetzt wieder um unser wissenschaftliches Personal kümmern«, sagte Lüthje und zwinkerte Schönemann zu.

Brotmann und Aner unterhielten sich immer noch angeregt und nickten sich dabei immer wieder verständnisinnig zu.

»Archäologie meets Gerichtsmedizin«, rief Lüthje ihnen zu. »Ein historischer Augenblick. Schade, dass ich meinen Fotoapparat nicht dabeihabe. Aber Moment! Wir haben doch unseren Profi von der Spurensicherung dabei. Strupps, kommst du mal mit deiner Kamera? Wir brauchen ein Gruppenbild.«

Polizeimeister Strupps war Polizeifotograf. Damit war er völlig unterfordert. Seine Tatortfotos waren Kunstwerke, manchmal bis an die Grenze des Erträglichen, er beherrschte die Ästhetik des Teufels. Für ihn war das Thema »Skelettierte Hand mit Gewebe- und Kleidungsresten in feuchtem Strandsand nahe dem Grundwasserspiegel« erst nach ungefähr fünfzig Aufnahmen erledigt. Er hatte seine umfangreiche Ausrüstung (er benutzte stets seine private Profikamera) bereits wieder sorgfältig auf den Rücksitz des

Dienstwagens gepackt und wartete darauf, dass sich das Motiv beim Ausgraben vielleicht etwas spektakulärer entwickelte.

Er nickte Lüthje etwas lustlos zu, sah sich das Motiv »Männer vor Strand und Meer« aus der Entfernung abschätzend an, suchte zwei Objektive in seiner Ausrüstung aus, schulterte die Kamera und kam vorsichtig, auf jeden seiner Schritte achtend, näher.

»Dieser feine Sand ist Gift für die Objektive. Aber er hat so einen feinen rötlichen Schimmer. Interessant«, sagte er und sah prüfend auf das Display der Kamera.

»Eric, du musst mit aufs Bild.« Brotmann winkte Lüthje heran.

Aner und Brotmann nahmen Lüthje in die Mitte. Strupps machte eine ganze Serie von Aufnahmen, mit wechselnden Objektiven und Perspektiven.

»Vielen Dank, meine Herren, möchten Sie einen Blick darauf werfen? Sie können sich die Fotos aussuchen, die Ihnen am besten gefallen.«

Sie scharten sich um Strupps. Der Bildschirm auf der Rückseite der Kamera war groß und leuchtkräftig genug, um sich gegen den strahlenden Sonnenschein durchzusetzen. Sie waren begeistert. Strupps veränderte während des Betrachtens die Zoomeinstellung, sodass trotz der Entfernung, aus der er sie aufgenommen hatte, unverwackelte und detailreiche Porträtaufnahmen entstanden waren.

Lüthje empfand digitale Fotos oft als schmerzend scharf wie eine überkorrigierende Brille. Aber diese Aufnahmen hatten die weiche Natürlichkeit analoger Fotografien.

»Stopp!«, rief Lüthje plötzlich. »Zurück! Die Porträtaufnahme noch mal, die mit dem starken Zoom.« Strupps »blätterte« zurück.

»Da links neben Dr. Aners Backe am Horizont«, sagte Lüthje.

»Was meinen Sie?«, fragte Strupps.

Lüthje tippte mit der Fingerkuppe auf den Kamerabildschirm. Strupps zog seine Kamera erschreckt zurück.

»Hier auf dem Foto ist am Horizont klar und deutlich ein weißes Schiff zu erkennen«, sagte Lüthje. Er sah prüfend zum Horizont. »Sehen Sie doch, da ist in Wirklichkeit kein Schiff. Ist das eine Fata Morgana oder eine Spiegelung in Ihrem Objektiv?«

Strupps zog ein kleines Wolltuch aus der Kameratasche, wischte damit mehrfach über den Bildschirm und lächelte überlegen. »Sie dürfen nicht vergessen, das habe ich mit zweiundzwanzigfacher Vergrößerung aufgenommen. Nicht nur Ihre Gesichter wirken nah, sondern auch der Horizont und alles, was sich dort befindet. Wenn das Schiff, vom Betrachter aus gesehen, nahe der Horizontlinie ist, kann es in ein paar Sekunden vollständig hinter dem Horizont verschwunden sein, obwohl es vielleicht nur eine halbe Seemeile gefahren ist. Wenn wir noch einmal nachsehen, könnten wir vielleicht noch die Masten und den Schornstein am Horizont aufragen sehen.«

»Oder es ist einfach nach Westen um die Geltinger Birk herumgefahren, das ist ja nicht weit, oder Richtung Dänemark, Kegnæs liegt in der Richtung«, gab Brotmann zu bedenken.

Lüthje nahm sein Fernglas aus dem Rucksack und sah hindurch. »Es ist weg.«

»Dann war es ein schnelles Schiff. Oder es hat beim Passieren der Geltinger Bucht nur kurz einen Südkurs gefahren, einen Schlenker über die Horizontlinie gemacht, von uns aus gesehen. Aber für die Schiffsbesatzung sind *wir* und diese Küste auf der Horizontlinie. Die bräuchten sehr starke Ferngläser, um Dodensand und die paar Häuser hier zu erkennen. Wir können die Wasserschutzpolizei anrufen, die haben das Schiff bestimmt auf dem Radar.«

»Nicht nötig, Strupps, ich will es nur immer genau wissen, wenn es irgendwie nach Spökenkiekerei aussieht. Auch hier ist wieder alles nur eine Frage der Perspektive.«

Sie entschieden sich für ein Porträt und ein »Ganzkörperbild«, wie Brotmann es nannte, mit der Grube im Dodensand vor sich.

Lüthje bat außerdem um einen Ausdruck des Fotos mit dem weißen Schiff im Hintergrund. Es drückte dieses unbestimmte Fernweh aus, das er empfand. Er wollte es Hilly zeigen. Strupps versprach, die Bilder auszudrucken und ihnen zu schicken, auf Lüthjes besonderen Wunsch an seine Privatadresse. Er zwinkerte Strupps zu. Der wusste genau, was Lüthje meinte: Man liefe sonst Gefahr, dass die Post irgendwo im Dienstwege »versehentlich« geöffnet würde und die ganze Dienststelle diskutieren würde, dass Lüthje seinen Urlaub offensichtlich schon angetreten hätte.

»Na, meine Herren, was ist bei Ihrem wissenschaftlichen Kolloquium herausgekommen?«, fragte Lüthje.

»Herr Dr. Brotmann hat sich meiner Auffassung angeschlossen«, antwortete Aner. »Zunächst müssen der Sand vorsichtig abgetragen und alle gefundenen Spuren mit Pinsel und Spatel frei präpariert werden. Wenn wir dann erkennen, dass nicht nur die Hand, sondern weitere Körperteile zu finden sind, raten wir zur Blockbergung.«

»Was heißt das für uns konkret?«

»Stellen Sie sich vor, die Leiche beziehungsweise der dazugehörige Fundzusammenhang befände sich in einem gedachten Sandblock mit einer Kantenlänge von zwei mal einem Meter. Ohne in die Details zu gehen: Dieser Block wird mit Minibagger und etwas Handarbeit freigelegt und dabei fortlaufend mit Holz verschalt. Danach werden mit einem Lkw-Wagenheber unter dem Block Eisenschienen quer unter den Block gepresst. Da wir es hier nur mit Sand zu tun haben, wird der Vortrieb der Schienen wie durch Butter laufen. Danach werden die Eisenschienen untergraben und durch eingeschobene Doppel-T-Träger gesichert. Das Ganze wird verschweißt. Dann haben wir einen Block von ungefähr zwei bis drei Tonnen. Der wird mit einem Lkw-Kran gehoben und verladen. Wir sind der Meinung, dass es das Beste ist, die Kiste zu mir, also in die archäologischen Werkstätten in Schleswig, zu bringen. Dort wird Herr Brotmann die Obduktion durchführen.«

»Und wer soll das bezahlen? Vielleicht eine Förderung der Deutschen Forschungsgemeinschaft oder der Europäischen Union?«, fragte Lüthje mit bitterem Unterton.

»Ich stelle Ihnen ein paar meiner Kräfte zur Verfügung. Ich will nicht, dass deren Fähigkeiten einschlafen, wir haben so etwas nicht alle Tage. Den Rest macht eine Spezialfirma, mit der wir schon sehr lange zusammenarbeiten, die kostet natürlich etwas. Dr. Brotmann lässt sich den Spaß in Vorgriff auf einen viel beachteten Fachaufsatz in seiner Zeitschrift auch etwas kosten.« Er zwinkerte Brotmann zu. »Und den bescheidenen Rest wird der Steuerzahler übernehmen müssen. Wenn wir heute anfangen und die Nacht durcharbeiten, sind wir morgen Nachmittag fertig.

Und Ihre Spurensicherung kann in Schleswig auch an dem Block arbeiten. Das Technische Hilfswerk macht hier sicherlich gern eine Übung aus dem Aufstellen der entsprechenden Scheinwerfer.«

»Ich habe es geahnt, dass daraus ein Forschungsprojekt wird«, sagte Lüthje matt.

»Wir haben auch andere Vorgehensweisen diskutiert, Eric«, sagte Brotmann, »die wären zwar kostengünstiger, aber die würden alle über eine Woche dauern und die Ergebnisse verfälschen oder völlig unbrauchbar machen. Willst du dir das später vorwerfen lassen?«

Nein, das wollte Lüthje auf gar keinen Fall und schon gar nicht gegen den kompetenten Rat zweier wissenschaftlicher Kapazitäten. Er nickte ergeben.

Aner griff zu seinem Handy, um »Sandmännchen« anlaufen zu lassen. Diesen Namen hatten sie als Kurzbezeichnung für die Aktion vereinbart.

Lüthje informierte Husvogt und Blumfuchs über das weitere Vorgehen.

»Das hört sich an wie Nachtarbeit«, grummelte Husvogt.

»Dir kann das doch egal sein«, sagte Blumfuchs. »Zu Hause lässt dich doch euer Halbgott in Windeln sowieso nicht in den Schlaf kommen.«

»Du bist doch ein ...« Husvogt stieß Blumfuchs in den Sand.

»Schluss mit der Keilerei, Jungs!«, sagte Lüthje. »Wir haben keine Zeit für Sandkastenspiele. Organisiert ein paar Suchgrabungen hier am Strand, sagen wir ... im Umkreis von einhundert Metern um die Fundstelle. Kleinbagger und Suchhund, das wäre für mich dafür das Dream-Team. Und sagt den Gaffern und den Pressefritzen, dass es hier nur um Archäologie geht. Ein Fischer und sein Boot, 12. Jahrhundert.«

3.

Lüthje ging den mit alten Zementplatten gepflasterten Weg zur Straße hinauf und setzte sich auf die einzige Bank. Es handelte sich um ein verwittertes Stück Holz, an dem kein Blättchen Farbe mehr zu sehen war, in hundert Stürmen vom feinen Strandsand abgeschliffen und rissig getrocknet. Die Straße war inzwischen von wild geparkten Autos verstopft, und die Polizisten hatten Mühe, die Gaffer jenseits des Flatterbandes zu halten.

Lüthje hatte Hunger und fand in seinem Rucksack eine Tüte mit Fischbrötchen. Wie hatte Hilly das bloß organisiert? Er biss genussvoll in das Matjesbrötchen.

Lüthje sah zur Fachwerkvilla hinauf. Ein hellblauer Polo fuhr aus der Einfahrt und bog nach rechts in das Ohrfeldhaff ein.

Lüthje seufzte und sah wieder zum Horizont. Er liebte Horizonte. Der Dodensander Horizont war makellos. Er war symmetrisch. Das hatte noch nie jemand verstanden, was ein symmetrischer Horizont war. Dagmar hatte nur ein verächtliches Geräusch von sich gegeben. Maren hatte ihn immerhin angesehen, aber dabei die Stirn gerunzelt und die Augenbrauen hochgezogen. Hilly würde er diesen Horizont zeigen, und sie würde sofort verstehen, was er meinte. Auch wenn sie wahrscheinlich den Horizont am Leuchtturm Bülk an der Kieler Bucht vorziehen würde.

Zum ersten Mal seit Tagen atmete er ruhiger durch. Vor ihm auf dem Strand gab es genug Hektik, aber das war nichts gegen den Stress der vergangenen Tage. Was Malbek jetzt wohl machte? Lentus schien nur in Kiel eine Bedrohung gewesen zu sein. Jetzt war das alles weit weg. Wahrscheinlich hatte er überreagiert. Lüthje merkte, dass er schlechte Laune bekam, und fingerte sich einen Krümel Knäckebrot aus der Jackentasche. Ihn plagte die Neugier, wie weit Malbek mit seinen Ermittlungen gekommen war. Ob er überhaupt weitergekommen war. Vielleicht steckte er fest. Aber er konnte Malbek nicht einfach anrufen oder erwarten, dass Malbek ihn anrief, um ihn auf dem Laufenden zu halten. Erst einmal müsste jeder für sich herauskriegen, was eigentlich passiert war, was zwischen ihnen schiefgelaufen war. Und bis jetzt konnte Lüthje nur sehen, dass Malbek ihm vorgeworfen hatte, zu lügen und etwas zu verbergen. Das Schlimme daran war, dass Malbek recht hatte.

Diese verrückte Idee, ja diese Besessenheit, Lentus in die Augen sehen zu wollen, um zu erkennen, ob er, Lüthje, das nächste Ziel war. So eine Gefühlsduselei konnte nur einem Polizisten passieren, der zu viele Hollywoodfilme sah oder der alt, senil, pensionsreif war. Hätte er seinen Lentusspleen vor Brockhaus und Schackhaven ausplaudern sollen? Innerhalb von vierundzwanzig Stunden wäre er »draußen« gewesen, im vorzeitigen Ruhestand. Lüthje konnte sich vorstellen, Malbek das mit dem Lentusspleen unter vier Augen zu gestehen. Dann müsste aber doch Malbek, bitte schön, sich dafür entschuldigen, dass er ihn, seinen Freund Eric Lüthje, den er zur Unterstützung bei diesem Einsatz gerufen hatte, vor Schackhaven und Brockhaus als Lügner beschimpft hatte. Seinen Freund, der ihm zur Rehabilitation, zu einem Wiedereinstieg, einem Freispruch erster Klasse verholfen hatte.

Nein, Malbek musste jetzt sehen, wie er allein klarkam. Punkt.

Er schloss die Augen und genoss die Wärme der Sonne im leise fächelnden Seewind. Er musste Hilly dieses Fleckchen Erde mit Meerblick zeigen. Das mit dem Fund im Strand brauchte er ihr erst mal gar nicht zu erzählen. Das hatte doch mit der Schönheit von Dodensand nichts zu tun.

Vielleicht konnte sie sich für die Seniorenpension engagieren, dort eine neue Aufgabe finden, Teilhaberin werden. Es wäre einen Versuch wert.

Er versuchte sich vorzustellen, wie das Altersheim wohl als Kurhotel ausgesehen hatte. Es erinnerte ihn an das Strandhotel in dem alten Film »Die Ferien des Monsieur Hulot«. Im Geiste sah er Hulot dort aus dem Ausgang kommen und mit langen Schritten und der Pfeife im Mund zum Strand gehen. Es gab zehn Feriengäste und zehn Strandkörbe, und zum Mittagessen wurde vom Hotel aus mit einem kleinen Gong gerufen. Er würde sich mit Hilly den Film so bald wie möglich noch einmal ansehen, er stand in ihrer DVD-Sammlung. Und dann mit ihr ohne weitere Erklärungen hierherfahren. An einem warmen, sonnigen Tag wie heute. Vielleicht wäre es möglich, eins der beiden anderen Häuser zu kaufen. *»Away from it all«,* würde Hilly sagen. Nach Hause kommen und abschalten. Die Geltinger Bucht, die Ostsee, der Horizont.

Lüthje fiel das weiße Schiff ein. Möglicherweise hatte es dort vor Anker gelegen, eine Jacht oder ein kleines Passagierschiff, das auf das Freiwerden eines Liegeplatzes in Flensburg, Eckernförde oder Kiel wartete. Das konnte einem als Weltenbummler bei einem Spontanausflug auf der Ostsee schon passieren.

Nachdem er das Matjesbrötchen verspeist hatte, schulterte er den Rucksack und beschloss, nach Erich Wiedenhus zu suchen. Vielleicht war er doch in seinem Muschelhaus und hatte Schönemanns Klingeln oder Klopfen überhört.

Der Garten war verwildert, neben der Eingangtür links stand ein Gerüst an der Hauswand. Aber es sah nicht so aus, als ob es je benutzt worden wäre. Das Gerüst war verschmutzt, als hätte es mindestens zwei oder drei Jahre ungenutzt in Wind und Wetter gestanden. Vielleicht hatte Wiedenhus es für das Anbringen der Muscheln genutzt, und als er fertig war, hatte er das Gerüst einfach stehen lassen. Und hatte das Interesse an dem Haus verloren. Die Fenster und das Dach waren renovierungsbedürftig. Aber er war hier nicht als Kaufinteressent, sondern als ermittelnder Kriminalhauptkommissar, der davon ausgehen musste, dass sich dort unten im Dodensand eine männliche Leiche befand. In Sichtweite dieser drei Häuser.

Auf dem alten Holzschild stand: »Erich Wiedenhus«. Darunter ein verwittertes Emailleschild mit der Aufschrift »Schiffsmodellausstellung Öffnungszeiten 16 bis 18 Uhr«. Lüthje drückte den hölzernen Klingelknopf. Es schellte laut im Haus. Niemand öffnete.

Die gesamte Front zu beiden Seiten der Haustür war mit Muscheln bedeckt, schwarze, weiße, gefleckte, klein und groß. Er erkannte Herzmuscheln und Bohrmuscheln, aber es waren viele fremde Arten dabei, die er nie gesehen hatte. Sie waren mit etwas Zement auf die Hauswand geklebt worden. Es mussten Tausende sein. Wie lange brauchte man, um so viele Muscheln zu sammeln? Wie lange, um das Haus damit zu tapezieren?

Lüthje umrundete das Haus. Dort, wo die Steilküste nur ein paar Meter hinter der Rückseite des Hauses aufstieg, bis auf Giebelhöhe ungefähr, konnte er durch Fenster in den Flur, das Treppenhaus und in das obere Stockwerk sehen. Er sah mehrere Tische, auf denen Schiffsmodelle aufgestellt waren.

Lüthje klingelte und klopfte noch ein paarmal vergeblich und ging dann zum Bootssteg hinunter.

Lüthje verstand nur etwas von Schiffen, den großen Pötten, die er in seiner Kindheit von Laboe aus auf der Außenförde gesehen hatte. Aber er verstand nichts von Booten, nur so viel, dass das eine Wissenschaft für sich war. Immerhin war er sich ziemlich sicher, dass das Boot, das hier am Steg fest vertäut war, aus ungefähr fünf oder sechs verschiedenen Booten zusammengesetzt war. Der Bootskörper war sanft geschwungen und elegant. Etwa zehn Meter lang, drei Meter breit. Das Ruderhaus saß klobig auf dem Deck. Der Mast war dünn wie ein Zahnstocher. Die Lukendeckel auf dem Vorderdeck waren aus schwerem Metall und schienen von einem Ozeanriesen zu stammen. Die Galionsfigur und der Bugspriet hatten sicherlich einmal einen großen alten Segler geschmückt. Es war ein Wunder, dass dieses schwimmende Schiffsmuseum nicht auf der Stelle versank. Am Bug stand der Name in altmodisch verschnörkelten Buchstaben geschrieben: »Smienke«.

»Das ist ein Motorrettungsboot«, sagte der Mann, der plötzlich aus der Kabinentür auftauchte. »Knapp sechzig Jahre alt. Ihr Jahrgang, stimmt's?«

Er musterte Lüthje kritisch. Sein angedeutetes Lächeln erreichte die Augen nicht, die zu Schlitzen zusammengekniffen waren. Er war etwas kleiner als Lüthje. Er trug eine blaue Latzhose und ein bunt kariertes Wollhemd. Er sah nicht aus wie ein alter Käpt'n, sondern erinnerte Lüthje an einen drahtigen Chirurgen Ende sechzig, der sich den wohlverdienten Ruhestand auf dem Wasser gönnte. Grauweiß der Fünftagebart und die Stoppelfrisur. Das Gesicht war wie gegerbtes Leder. Der Mann war eine lächelnde Festung, dachte Lüthje.

»Sie haben auf den höheren Dienstgrad gewartet«, stellte Lüthje fest, ohne auf die Frage nach dem Alter einzugehen.

»Und?«

»Mein Name ist Lüthje. Kriminalhauptkommissar Eric Lüthje. Ich bin Leiter der Mordkommission Flensburg. Sind Sie Herr Wiedenhus, der in dem Haus Dodensand Nummer 5 wohnt?«

Der Mann nickte.

»Haben Sie schon gehört, was man am Strand gefunden hat?«, fragte Lüthje.

»Das interessiert mich nicht. Mein Boot hat mit Mühe und Not den Winter überstanden. Ich hatte hier bis Ende Februar eine Vereisung bis fünfzehn Zentimeter. Ich muss die Lenzpumpe zu oft arbeiten lassen. Irgendwo da vorn sickert das Wasser immer wieder durch.« Er wies zum Vorderschiff. Auf dem Deck standen zwei offene Werkzeugkästen und Farbeimer herum.

»Man hat am Strand Leichenteile gefunden. Tief vergraben im Sand«, sagte Lüthje.

»Das wundert mich nicht.«

»Wie meinen Sie das?«

»Wissen Sie nicht, warum das hier Dodensand heißt?«

»Nein. Ich komme aus Laboe«, antwortete Lüthje und wusste, was jetzt kam. Er wurde nicht enttäuscht.

Wiedenhus zuckte mit den Schultern und sah Lüthje mitleidig an.

Lüthje holte die edle Frischhaltebox aus dem Rucksack und bot ihm ein Fischbrötchen an.

»Was ist drauf?«, fragte Wiedenhus, ohne es entgegenzunehmen.

»Geräucherter Heilbutt. Hat meine Frau heute früh in Flensburg auf dem Markt geholt.«

Wiedenhus nahm das Brötchen, klappte es auf, betrachtete prüfend den Fisch, roch daran. Er klappte es wieder zu und biss hinein. Nickte anerkennend.

»Bitte um Erlaubnis, an Bord kommen zu dürfen«, sagte Lüthje.

»Erlaubnis erteilt«, sagte Wiedenhus kauend.

Lüthje balancierte unsicher auf der schmalen Gangway und sprang auf Deck. Er nahm sich ein Brötchen aus der Frischhaltebox.

»Schillerlocke«, sagte Lüthje mit vollen Backen.

Wiedenhus zog die Augenbrauen anerkennend hoch und nickte. »Wollen Sie auch ein Bier?«

Er stand auf, ohne auf Lüthjes Antwort zu warten, und verschwand unter Deck. Weit draußen fuhr ein kleines Fahrgastschiff mit östlichem Kurs, wahrscheinlich nach Eckernförde. Das Boot schaukelte sanft. Die Festmacherleinen zerrten knarrend an den Pollern.

Lüthje stand auf und sah in den dunklen Kajütenraum hinunter.

»Ich versteh das ja«, rief Wiedenhus von unten. »Ist ja Ihr Beruf, Herr Kommissar, neugierig zu sein. Kommen Sie runter, und sehen Sie sich um.«

Lüthje stützte sich mit beiden Händen an der Holzwand ab und stieg langsam hinunter. Wiedenhus kniete auf dem Boden und suchte im Stauraum am Bug herum.

Lüthje betrachtete eine vergilbte Seekarte, die an die rechte Kajütenwand genagelt war. »Seekarte 43, Kieler Bucht, Gabelsflach bis Heiligenhafen.« Die Karte war von 1970. Lüthje sah durch eine schmale Öffnung neben der Treppe. Im Dunkeln sah er den blank polierten Metallkörper des Schiffsmotors schimmern.

»Ist nicht mehr die originale Maschine«, hörte er Wiedenhus sagen. »Die hatte hundertfünfzig PS und war leider nicht mehr wiederzubeleben. Das da ist nur noch ein Motor, keine richtige Maschine. Ein Mercedes Sechs-Zylinder-Diesel mit zweiundsechzig PS. Aber das reicht auch.«

»Fahren Sie oft raus?«, fragte Lüthje.

»Ich muss hier erst mal alles wieder auf Vordermann bringen. Das wird dauern.« Wiedenhus stand plötzlich hinter ihm und hatte zwei Bügelflaschen Bier in den Händen. Sie stiegen einer nach dem anderen die Treppe hoch. An Deck prosteten sie sich schweigend zu, setzten an und tranken in einem Zug die halbe Flasche aus. Lüthje setzte sich auf eine Holzkiste voller gerissener Tampenstücke, blickte in Richtung Horizont. Wenn Wiedenhus ihn ansehen wollte, hätte der den Strand in seinem Gesichtsfeld. Wiedenhus setzte sich aber auf eine geschlossene Werkzeugkiste und sah wie Lüthje aufs Meer hinaus.

»Das Schiff war völlig verrottet«, sagte Wiedenhus unvermittelt. »Jemand hatte es in den Siebzigern von einem Kriminalobermeister in Heide gekauft.« Er zwinkerte Lüthje zu. Er gestikulierte lebhaft mit den Armen, versuchte die beschriebenen Vorgänge mit den Händen zu modellieren. »Der hatte es unter einer Plane im Garten. Dann wurde es mit Trecker und viel Glück zur Eider geschafft, schwimmfähig gemacht und nach Kiel in die Hörn gefahren. Da ist es halb abgesoffen, und so habe ich es das erste Mal gesehen. Und sofort für 'nen Appel und 'n Ei gekauft. Hab es wieder auf die Schwimmflossen gebracht. Und bin damit bis Dodensand gekommen.«

»Und was machen Sie beruflich?«

»Ist das jetzt eine Vernehmung oder so was?«, fragte Wiedenhus brummig und trank die Flasche leer.

»Nein, es hat mich nur interessiert. Aber Sie wollten mir vorhin erzählen, warum das hier Dodensand heißt«, sagte Lüthje besänftigend.

»Wollte ich das?«, fragte Wiedenhus und kniff die Augen zusammen.

»Es hat sich so angehört«, antwortete Lüthje.

»Also, nichts Genaues weiß man nicht. Aber es heißt, dass die Dänen im April 1849 einen Landungsversuch in der Eckernförder Bucht machen wollten. Hierher haben sie einen Abstecher gemacht. Buchstäblich. Die wussten nämlich durch ihre Spione, dass ein paar überzeugte Schleswig-Holsteiner an der Küste Wachposten und Kanonen in Stellung gebracht hatten. Verräter gab es ja schon immer und überall. Die Leute hier am Dodensand waren aus Gelting, Koppelheck, Ohrfeld, Steinberghaff und so weiter. Ein paar Freiwillige ohne Uniformen, die sich einbildeten, wie gut sie es hätten, als ruhiger Wachposten am Strand, bei schönem Aprilwetter. Eine Kanone hatten sie mit dem Fuhrwerk hergeschafft. Dann kamen die Dänen angesegelt, und man dachte hier am Strand, die segeln einfach vorbei. Aber die Dänen haben geballert, was das Zeug hielt. Der Strand soll nur noch blutgetränkter Matsch gewesen sein. Sie haben noch ein Boot hergeschickt, um ganze Arbeit zu leisten. Ein paar Grabsteine finden Sie noch auf dem Friedhof in Gelting. Wer weiß, was die überhaupt noch begraben konnten.«

Er strich sich mit der Hand über den Stoppelbart und schien darüber nachzudenken, was dort in den Gräbern lag. »Na ja, wie dem auch sei. Mit der Zeit jedenfalls wurde der Sand schwarz, dann wischte das Meer im Winter drüber. Er soll jetzt wunderschöner sein als vorher. So rötlich schimmernd im Sonnenlicht und feiner als jeder andere Strandsand. Aber unten, wenn man nur tief genug gräbt, findet man die Schicht von damals. Schwarz sieht sie aus. Kein Ruß von Feuer. Schwarzes Blut. Ich hab es gesehen, als die Poller erneuert wurden. Die Strafe haben die Dänen dann in der Eckernförder Bucht bekommen. Die Gettorfer Bauern hatten nämlich eine Leiter auf ihrem Kirchturm festgebunden. Von da oben musste ein junger Bauer mit einem Fernrohr die Eckernförder Bucht beobachten und hat frühzeitig Alarm geschlagen, als er die dänischen Schiffe schon weit vor Damp entdeckte. Wenn der nicht gewesen wäre, hätte es die Eckernförder wahrscheinlich so schwer erwischt wie die Dodensander. Kann sein, dass das den Ausschlag gegeben hat. Deshalb haben wir dann doch noch in Eckernförde gesiegt.«

»Wir?«, fragte Lüthje.

»Na ja, die Schleswig-Holsteiner.«

»Eigentlich steckten doch die Preußen dahinter, glaub ich«, sagte Lüthje.

»Ist doch egal. Ich wollte nur sagen, schön, dass es die ausgleichende Gerechtigkeit gibt.«

»Sie glauben daran?«

»Sie etwa nicht? Als Polizist?«

»Sie meinen also, wegen des Gemetzels von damals hat man jetzt am Strand eine von den Leichen wiedergefunden?«, fragte Lüthje.

»Finden Sie es nicht komisch, dass diese Leiche oder das, was davon noch übrig ist, wieder in einem April gefunden wird?«

»Sie meinen …?«

»Es ist wieder April, wie damals.« Wiedenhus sah zum Horizont und nickte unmerklich, als habe er gerade eine Erleuchtung gehabt.

»Herr Wiedenhus, wir werden feststellen, wie lange die Leiche oder was davon übrig ist, dort schon im Sande vergraben war. Können Sie sonst irgendetwas sagen? Ich meine, außer der historischen Tatsache, dass Dodensand im 19. Jahrhundert Schauplatz eines Gemetzels war.«

Wiedenhus schüttelte den Kopf.

»Sowohl von Ihrem Haus als auch hier von Ihrem Boot aus könnte Ihnen in den vergangenen Wochen, Monaten oder Jahren etwas Ungewöhnliches aufgefallen sein. Denken Sie mal in Ruhe darüber nach. Ich werde Sie in den nächsten Tagen noch einmal aufsuchen und danach fragen. Wie lange wohnen Sie schon hier?«

»Ungefähr seit …« Er sah so aus als, ob er angestrengt nachdächte. »… seit 1849. Nein, im Ernst, glauben Sie wirklich, dass da jemand am helllichten Tag vor den drei Häusern etwas verbuddelt hat?«

»Er könnte es nachts gemacht haben.«

»Ich habe einen sehr guten Schlaf.«

»Auch bei Gewitter und Sturm?«

»Gerade dann schlafe ich in meinem Boot. Sie glauben nicht, wie herrlich das ist, es ist wie auf hoher See. Man sieht nämlich die Häuser von hier aus nicht mehr, hört nur den Sturm und das Meer. Überhaupt, niemand, der hier in Dodensand wohnt, würde dort am Strand so etwas vergraben.« Er hielt inne und sah erstaunt zum Strand. »Sind Sie sicher, dass es nur *eine* Leiche ist?«

Zwei Lastwagen und ein Kranwagen versuchten sich mit lautem Gehupe in die zugeparkte Sackgasse zu zwängen.

»Oh, vielleicht haben Sie doch recht, Herr Wiedenhus. Und wenn Sie schon so lange hier wohnen, müssten Sie doch wissen, wie viele Menschen damals im April 1849 getötet wurden?« Lüthje erhob sich.

Wiedenhus sah irritiert zwischen Lüthje und dem Strand hin und her.

Lüthje drückte Wiedenhus die geleerte Bierflasche in die Hand. »Ahoi, Käpt'n, ich danke für die gastfreundliche Aufnahme auf Ihrem Schiff.« Lüthje tippte zum Gruß an die Stirn und ging mit sicherem Schritt über die Gangway auf den Bootssteg. Plötzlich hielt er inne und deutete zum Bug.

»›Smienke‹. Schöner Name für ein Schiff. Woher haben Sie den?«

»Meine Großmutter wurde so genannt. Das ist ein schöner alter schleswig-holsteinischer Frauenname.«

Lüthje nickte wortlos und ging in Gedanken verloren zurück zum Strand.

4.

Unter der bis auf wenige Zentimeter abgetragenen Sandschicht zeichneten sich die Umrisse eines menschlichen Körpers ab.

Der abgetragene Sand wurde durch ein Sieb auf eine Kunststoffplane geschüttet und das Sieb gemeinsam von Archäologie und Kriminologie auf Fundstücke untersucht. Dabei gab es manchmal Streit, denn für die Spurensicherung war nicht gleich ersichtlich, dass ein Angelhaken aus dem 19. Jahrhundert stammte und deshalb eindeutig den Archäologen gehörte.

Man arbeitete mit Pinsel und Pinzette. Knöpfe, Stoffreste, Papierfetzen und Undefinierbares wanderten in durchsichtige Kunststofftaschen, die beschriftet wurden. Strupps war in seinem Element. Die mit fortschreitender Freilegung sich verändernden Strukturen der Leiche wurden von ihm mit einer Stativkamera und Zeitschaltung im Minutenabstand dokumentiert. Er sagte, dass er irgendwann eine Ausstellung und ein Buch darüber machen wollte.

Lüthje wollte gerade versuchen, ihn an seinen Beruf als Polizeifotograf zu erinnern, als er von der Straße das allzu vertraute Motorengeräusch eines luftgekühlten Boxermotors hörte. Er sah ein weißes Käfer-Cabriolet mit geöffnetem Verdeck auf der Suche nach einem Parkplatz herummanövrieren.

Die Ressortleiterin der »Sydslesvig Tidende« war also wieder auf der Suche nach der Story, die ihr den Absprung in das Paradies einer unabhängigen Journalistin ermöglichen würde. Daran hatte Lüthje sich gewöhnt. Er wusste, wie er damit umgehen konnte, und hatte sogar mehr als einmal geschafft, sie in vorbereitende Ermittlungsarbeiten einzubinden, sprich Wege zu beschreiten, die ihm als offiziellem Ermittler sonst verschlossen geblieben wären.

Dass er einmal in sie verliebt gewesen war, war auch nicht das Problem, schließlich war sie damals noch nicht mit Malbek liiert gewesen. Aber das war sie jetzt. Und er hatte sich mit seinem Freund Malbek verkracht. Und Jette liebte es, bei Gesprächen an einem Leichenfundort Berufliches mit persönlichem Kram zu vermischen. Auch wenn Malbek ihr davon noch nichts erzählt hatte, hatte ihr süßes Stupsnäschen den Braten schon längst gerochen. Und dieser Leichenfund, der sich also schon bis in ihre Redaktionsräume herumgesprochen hatte, war die Gelegenheit, bei Lüthje nachzuforschen, was denn zwischen den dicken Freunden Lüthje und Malbek los sei.

Lüthje setzte den Rucksack auf die rechte Schulter, lief mit diesem Sichtschutz an der Wasserlinie entlang, dann den Weg zur Straße hoch. Dort konnte er zusätzlich die Lastwagen als Deckung nutzen und gelangte unbehelligt über den kleinen Parkplatz durch die sich automatisch öffnende Tür in den Flur der Seniorenresidenz.

Als sie sich hinter ihm geschlossen hatte, umfingen ihn Gerüche von Schweiß, Desinfektionsmitteln, gebratenem Schweinefleisch mit Bohnen und etwas Angebranntem. Die Wände waren in warmen Beigetönen gestrichen, und an den Wänden hingen großformatige Aquarelle. Mediterrane Landschaften, Straßenszenen und Porträts. Signiert waren sie mit »Für die Seniorenpension Nordlicht« und einem unleserlichen Namen. Auf einer Anrichte links standen zwei Vasen mit Trockenblumen. Auf einer Anrichte rechts standen unzählige alte Kaffeekannen, die mit zarten Blumenmotiven bemalt waren.

Er schaltete sein Handy aus.

Wie aus weiter Ferne hörte er ein verstimmtes Klavier, auf dem jemand alte Filmschlager spielte. Er erkannte die letzten Takte von »Lili Marleen«. Danach ertönte »Ich weiß, es wird einmal ein Wunder geschehn«. Am Ende des Flurs sah er durch eine offen stehende Feuerschutztür in eine leere Küche. Auf einem Holztisch am Fenster standen eine Schüssel Kartoffeln und eine Schüssel Bohnen. Ein Kuchenblech mit angeschnittenem Apfelkuchen. Zwei leere Thermoskannen. Gebratenes Fleisch war nirgendwo zu entdecken. Sein Magen knurrte ärgerlich. Neben der Küchentür sah er in ein Treppenhaus mit schmalen langen Fenstern, die die grasbewachsene Steilküste zeigten. Links sah er eine Fahrstuhltür und daneben einen weiteren Flur, aus dem die Klaviermusik zu kommen schien.

Er folgte den unwirklichen Klängen, bis er vor einer weiß gestrichenen Holztür stand. Er öffnete sie und sah in einen kleinen Saal, der nur an der einen Längsseite ein paar schmale Fenster in Deckenhöhe besaß. Rechts saß ein untersetzter Mann mit schütterem Haar und der Andeutung eines Buckels vor einem alten Piano und griff mit weit ausholenden Bewegungen in die Tasten. An den Tischen saßen einige Frauen und Männer, die mit unterschiedlichem Interesse die kleine Tanzfläche in der Mitte des Saales beobachteten. Drei gemischte Pärchen und zwei Frauen tanzten mit sparsamen Schritten zu den dramatischen Klängen des »Kriminaltango«. Jemand zupfte ihm am linken Jackenärmel. Eine kleine Frau mit kunstvoll geflochtenem Zopf und grauschwarzem Haar sagte etwas, was er wegen der lauten Klaviermusik nicht verstand. Er beugte sich so weit zu ihr herunter, dass sie in sein linkes Ohr sprechen konnte.

Sie flüsterte, aber so »laut«, dass Speicheltröpfchen in seine Ohrmuschel sprühten.

»Junger Mann, wie wär's mit einem Tänzchen?«

Bevor er irgendetwas sagen konnte, hatte sie ihn am Arm auf die Tanzfläche gezogen, legte den rechten Arm graziös auf seinen linken, ergriff entschlossen seine rechte Hand, begann schwungvoller, als Lüthje erwartet hatte, nach den Rhythmen des »Kriminaltango« zu tanzen. Der Pianist spielte ein paar überleitende Akkorde, und dann erklang hämmernd wie ein Marsch »Für eine Nacht voller Seligkeit«. Lüthje kannte die Melodie, hätte aber den Titel nicht erkannt, wenn seine Tanzpartnerin nicht immer wieder die Worte geflötet hätte, allerdings ohne ihn anzusehen. Sie war auf reizvolle Art schüchtern, und Lüthje fand sie plötzlich richtig süß.

In einer der langsamen Drehungen sah Lüthje, dass eine Pflegerin plötzlich neben der Tür stand und ihren Blick milde lächelnd durch den Raum schweifen ließ. Als sie Lüthje entdeckte, blieb ihr Blick an ihm haften, sie nickte ihm grüßend zu, als ob sie ihn kennen würde.

»Sie hat den Pannwitzblick«, zischelte seine Tanzpartnerin gepresst. »Nehmen Sie sich in Acht!« Und sie begann leise zu singen, während sie weitertanzten.

Lüthje war froh, dass die Pflegerin ihn als Besucher, der nicht zum Haus gehörte, identifiziert hatte. Unangenehm war, dass sie ihn von oben bis unten musterte und ihr Blick ständig zu ihm zurückkehrte. Als sei er ein Fremdkörper, der hier beim Tanzkaffee das Bild störte.

»Die Nacht voller Seligkeit« war zu Ende, der Pianist ließ sie verspielt ausklingen, Lüthje erkannte ein Medley, in dem die zuletzt gespielten Schlager anklangen. Noch ein paar hohe Töne und ein dramatischer Schlussakkord. Das Erscheinen der Pflegerin schien das gewohnte Signal für den Abschluss des Tanzkaffees gewesen zu sein. Die Pflegerin half zwei Frauen, an ihren Rollator zu kommen. Eine Küchengehilfin oder Köchin räumte mit einem großen Tablett die Tische ab.

Der Pianist schien sich noch nicht von den Klängen des verstimmten Klaviers lösen zu können und sah mit gefalteten Händen auf die Tasten, als bete er. Als er sich erhob, erkannte Lüthje, dass er blind war. Seine Augen waren bis auf einen schmalen Schlitz geschlossen, der Kopf seitlich leicht nach oben gereckt, so als höre er etwas Wichtiges, etwas, was ihm bei der Orientierung das fehlende Augenlicht ersetzte, und in der rechten Hand hielt er einen dunklen Gehstock mit geschnitztem Knauf. Er tastete sich mit sparsamen Bewegungen am Klavier entlang, auf dem restlichen Weg zur Saaltür bewegte er den Stock leicht wedelnd vor sich über dem Boden.

Lüthje erreichte ihn kurz vor der noch offenen Saaltür. »Darf ich Ihnen helfen?«, fragte er.

Der Blinde schien ihn einen Moment lächelnd zu mustern.

»Ja, gern. Begleiten Sie mich.« Er streckte den rechten Ellenbogen in Richtung Lüthje, der ergriff ihn. Der Blinde lachte leise, führte Lüthje zum Fahrstuhl und drückte zielsicher die Taste zum vierten Stockwerk.

»Wollen Sie jemanden besuchen?«, fragte der Blinde, zur geschlossenen Fahrstuhltür gewandt.

»Ich bin Kriminalkommissar Lüthje aus Flensburg. Am Strand ist eine Leiche gefunden worden oder vielmehr *im* Strand. Die Leiche war im Sand vergraben.«

Der Blinde nickte langsam ohne den geringsten Anschein von Überraschung. Die Fahrstuhltür öffnete sich. Zwei junge Männer in braunen Overalls trugen zwei offensichtlich schwere Umzugskartons und drängelten sich aus der kleinen Fahrstuhlkabine.

Im vierten Stock warteten drei Pflegerinnen mit Körben voller Wäsche vor der Fahrstuhltür. Der Blinde führte Lüthje rechts an ihnen vorbei und nochmals links und dann geradeaus. Lüthje sah über ein Geländer in das Treppenhaus. Wieder Männer in braunen Overalls und mehrere Pflegerinnen mit und ohne Gepäck.

»Wir sind da«, sagte der Blinde und schloss eine Zimmertür auf. Das Messingschild sagte Lüthje, dass hier das Zimmer Nummer 403 war. In einem kleinen Plastikrahmen mit auswechselbarem Schild stand der Name »Karl Straußburger«.

»Möchten Sie einen Moment hereinkommen?«, fragte Straußburger, als er die Tür öffnete.

»Ja, sehr gern.«

Es war ein sehr kleines Apartment. Ein kurzer Flur, von dem links ein von einem Vorhang abgeteilter Duschraum und die Toilette abgingen, führte in das Wohn- und Schlafzimmer. Gegenüber der Tür gaben zwei große Mansardenfenster mit hochgezogenen Jalousien den Blick auf den Strand und das Meer frei. Durch ein Seitenfenster konnte man auf die Auffahrt und die Haustür von Dodensand Nummer 3 sehen. Auf den Fensterbrettern standen zwei Topfpflanzen. Ein verstellbares Krankenbett stand gegenüber den Fenstern. Eine schmale Glasvitrine, in der Weingläser, Bierkrüge und ein Kaffeegeschirr standen, ein schlichter Kleiderschrank, ein Schreibtisch mit Schnitzereien, auf dem ein alter Kassettenrekorder und ein Mikrofon standen. Ein Grundig CR 485. Etwas Gutes aus den siebziger Jahren, hätte Lüthjes Vater gesagt. Daneben lagen ein paar alte Kompaktkassetten.

Straußburger setzte sich auf das Bett und versuchte, sich das Jackett auszuziehen. »Und jetzt möchten Sie von mir wissen, ob ich etwas gesehen oder gehört habe. Übrigens, falls Sie das Schild an der Tür übersehen haben, ich heiße Straußburger, Karl Straußburger.«

Lüthje versuchte, ihm zu helfen. Aber er machte irgendwas falsch. Straußburgers rechter Arm hing im Ärmel fest.

»Lassen Sie nur, es wird gleich jemand kommen«, sagte Straußburger geduldig.

Lüthje schaffte es schließlich und hängte das Jackett in den Schrank in eine Lücke zwischen einer braunen Hose und einer blauen Strickjacke. Als er die Tür schließen wollte, sah er unten im Schrank zwei Kartons voller Kompaktkassetten.

In diesem Moment öffnete sich die Zimmertür, und die Pflegerin trat ein. Sie sah Lüthje entgeistert an. Dann sah sie die geöffnete Schranktür.

»Na, haben Sie Besuch, Herr Straußburger?«, sagte sie und musterte Lüthje misstrauisch.

»Der Herr war so freundlich, mich aufs Zimmer zu begleiten«, sagte Straußburger.

»Kriminalhauptkommissar Lüthje von der Mordkommission Flensburg«, er zeigte ihr seine Dienstmarke. »Ich muss Ihnen ein paar Fragen stellen. Sie haben mich sicherlich unten beim Tanz gesehen.«

»Herr Straußburger kommt sehr gut allein zurecht, nicht wahr, Herr Straußburger?« Sie zog ihm die Weste aus.

»Es ist genug«, sagte Straußburger ärgerlich, schüttelte sich und setzte sich an den Tisch, den Rücken zu Lüthje und der Pflegerin gewandt.

»Ja, dann … wir können uns im Büro unterhalten«, sagte die Pflegerin unsicher.

Lüthje war sich nicht sicher, ob Straußburger eine zum Abschied ausgestreckte Hand wahrnehmen würde, deshalb berührte er ihn nur am rechten Ellenbogen. »Auf Wiedersehen, Herr Straußburger. Ich werde wiederkommen. Sie müssen mir dann mehr über sich erzählen.«

Straußburger ließ die Fingerkuppen seiner rechten Hand über einer Kassette hin und her gleiten, als müsse er einen wichtigen Text in Brailleschrift entziffern. Er hielt einen Moment inne, lächelte und sagte: »Sie scheinen gut zuhören zu können, Herr Lüthje. Eine seltene Gabe, die Ihnen im Beruf sicherlich hilft. Kommen Sie bald.«

Lüthje drückte seinen Ellenbogen noch einmal. An der Tür nickte er ihm zu. Er wusste, dass Straußburger es wahrnahm, auch wenn er jetzt aus dem Fenster zu sehen schien.

Auf dem Flur kamen ihnen zwei braune Overalls mit großen Schranktüren an Schultergurten entgegen, die fast die gesamte Breite des Flures in Anspruch nahmen.

Sie mussten sich mit den Rücken an die Wand pressen, um die Männer vorbeizulassen.

»Ich bin Schwester Ursula. Ursula Göttig. Ich bin Krankenschwester und Leiterin der Seniorenpension«, flüsterte die Frau Lüthje zu, als wollte sie nicht, dass die Männer sie hörten. Und dann setzte sie etwas lauter hinzu: »Wie Sie gesehen haben, können unsere Bewohner ihre privaten Möbel von zu Hause mitnehmen, soweit es die Größe ihrer Zimmer hier zulässt. So bleiben sie in ihrer gewohnten Umgebung. Das ist wichtig für ihre Befindlichkeit.«

»Bei Ihnen ist ein ziemlicher Umzugstrubel. Wie kommt das?«, fragte Lüthje, als sie weitergehen konnten.

»Sie sind das erste Mal in einem Seniorenheim?«

»Ja, wieso?«

»Es gehört einfach dazu. Dieses Kommen und Gehen.« Sie sah ihn bedeutungsvoll an. Lüthje fragte sich, zu welcher Tageszeit wohl die Männer der Beerdigungsunternehmen durch die Flure gingen.

»Geht das spurlos an Ihren Schützlingen vorüber? Das ist ja wie auf einem Bahnhof!«

»Wenn es besonders unruhig ist, reagieren sie mit Stille. Ich spüre die Schwingungen. Auch wenn das Wetter sich ändert.«

Schwester Ursula zog einen Schlüsselbund aus der Kitteltasche und öffnete eine Tür.

»Hier können Sie Ihre Fragen stellen.«

Es war ein fensterloser Raum mit dunklen, vergilbten Tapeten. Ein Schreibtisch, auf dem eine altmodische Schreibmaschine stand. An der Wand hing ein vollgepinntes Korkbrett. Vergessene Merkzettel. Sie bot ihm den Drehstuhl am Schreibtisch als Sitzgelegenheit an. Sie blieb stehen und lehnte sich mit verschränkten Armen an die gegenüberliegende Wand, direkt neben einer weiteren Tür.

»Dieser Polizist aus Gelting war schon hier und hat Fragen gestellt. Mehr kann ich Ihnen auch nicht sagen.« Unter ihren verschränkten Armen hatte sie die Hände zu Fäusten geballt. Erst jetzt fiel Lüthje auf, wie zerbrechlich sie wirkte, und doch lag in ihrem Blick, trotz dunkler Augenränder, die von Übermüdung sprachen, eine Intensität, die ihn überraschte.

»Sie haben also in den vergangenen Jahren nie einen Ihrer Schützlinge vermisst?«

»Oh doch! Es kommt sogar relativ häufig vor. Wir machen die Verwandten immer darauf aufmerksam, dass sie uns unterrichten müssen, wenn sie mit ihren Verwandten spazieren gehen wollen.

Wir machen uns dann immer große Sorgen, wenn wir ein Zimmer leer vorfinden.«

»Und? Ist irgendwann jemand nicht wiedergekommen?«

»Toi, toi, toi!« Sie klopfte gegen den Holzrahmen der Tür neben ihr. »Bisher sind alle wieder aufgetaucht.«

Die Tür öffnete sich einen Spalt, und eine Frau sah zwischen Schwester Ursula und Lüthje hin und her.

»Entschuldige, Petra. Es war ein Versehen. Das ist jemand von der Kripo aus Flensburg.«

Lüthje nickte Petra freundlich zu. Sie schnappte nach Luft und schlug die Tür zu.

»Was macht Petra in dem Zimmer nebenan?«, fragte Lüthje.

»Frau Kirchner ist unsere Buchhalterin«, sagt Schwester Ursula und rückte etwas vom Türrahmen ab.

»Ich hoffe, sie bringt vor Schreck die Zahlen jetzt nicht durcheinander«, sagte Lüthje. »Vielleicht versichern Sie ihr nachher, dass ich nicht vom Betrugsdezernat bin.« Lüthje erhob sich und lächelte so freundlich, wie er konnte. »Schwester Ursula, bitte denken Sie heute und morgen genau darüber nach, ob Ihnen irgendetwas einfällt, was für die Polizei in Zusammenhang mit dem Leichenfund am Strand wichtig sein könnte. Das gilt auch für Ihre Mitarbeiter und Mitarbeiterinnen. Wie viele haben Sie?«

»Sechs Altenpflegerinnen, drei Altenpfleger, eine Köchin, einen Koch.«

»So viele?«

»Teilzeitkräfte.«

»Und Sie?«

»Achtunddreißig Stunden. Und mehr.«

»Ich weiß genau, wovon Sie reden. Wer ist Ihr Arbeitgeber?«

»Die Gerio Care Service Ltd.«

»Haben Sie da eine Adresse?«

»Ich müsste Ihnen das raussuchen«, sagte sie und begann, auf dem überfüllten Pinnbrett herumzusuchen.

»Rufen Sie an, sobald Sie Ihren Arbeitgeber gefunden haben.« Er gab ihr seine Visitenkarte. »Auf Wiedersehen, Schwester Ursula. Oh, wissen Sie zufällig, wann Frau Frahm mit ihrem Enkel wieder zurückkommt?«

»Äh, nein.«

Sie wusste also, dass sie weggefahren waren. Das Bürozimmer der Buchhalterin hatte nach Lüthjes Vermutung ein Fenster mit Aussicht auf Haus Dodensand Nummer 3.

»Was hat Ihnen Herr Straußburger denn von sich erzählt?«, rief Schwester Ursula ihm hinterher, als er den Flur hinunterging.

»Eigentlich nichts«, rief Lüthje zurück. »Aber ich habe auch so viel verstanden.«

5.

Jettes weißes Käfer-Cabriolet war zugeparkt von einem Umzugswagen mit geöffneten Hecktüren. Es würde Stunden dauern, bis sie endlich aus Dodensand verschwunden war. Lüthje ging zur Rückseite der Seniorenpension, dort, wo die Steilküste aufragte und wo man ihn mit Sicherheit vom Strand und von der Straße aus nicht sehen konnte. Sein Diensthandy zeigte vier Anrufe in Abwesenheit. Jette natürlich. Die Signalstärkenanzeige zeigte einen Balken. Wenn er sich Richtung Süden umdrehte, waren es sogar zwei. Das müsste reichen.

Er wählte Husvogts Nummer, aber der meldete sich nicht. Bei Blumfuchs klappte es.

»Hallo, Blumfuchs, wie läuft es? Gibt's was Neues?«

»Die Möwen machen uns Ärger!«

»Was sagst du? Die Verbindung ist etwas wackelig! Rede ein bisschen lauter!«

»Die Möwen glauben, dass wir ihnen ein Festmahl servieren wollen! Je mehr wir von der Leiche freilegen, desto gieriger werden sie! Vielleicht sind es auch nur die vielen Insekten, die sie interessieren. Brotmann sagte, da seien Aaskäfer zu finden, und Schmeißfliegen haben sich massenweise aus der Umgebung hinzugesellt, diese schönen bunten. Und winzige Schlupfwespen. Die würden dich interessieren, sagte Brotmann. Besonders eklig, weil die aus Maden schlüpfen, die …«

»Weiß ich alles, Blumfuchs!« Lüthjes Lieblingsfach als Kommissaranwärter war die »forensische Entomologie« gewesen, die

Wissenschaft von den leichenbesiedelnden Gliedertierarten. Brotmann war seit Kurzem mit Frau Dr. Callip verheiratet, die einen damals in der Fachwelt viel beachteten Aufsatz über »parasitische Schlupfwespen in begrabenen Leichen« geschrieben hatte. Wirklich schade, dass Lüthje jetzt nicht abkömmlich war.

»Gegen die Insekten kann man nichts machen, aber gegen die Möwen!«, sagte Lüthje. »Es muss doch eine Möglichkeit geben, die abzulenken oder zu vertreiben!«

»Husvogt versucht, ihre Tieffliegerangriffe mit einem Brett abzuwehren, aber lange hält er das nicht mehr durch! Die Archäologen haben empfohlen, mehrere Masten mit Aluminiumpapierstreifen um die Grabungsstelle aufzustellen! Aber das dauert natürlich ein bisschen!«

»Wie lange? Und wieso fangt ihr nicht mit der Blockbergung an? Ihr müsst doch jetzt erkennen können, ob noch was an der Hand dranhängt!«

»Das wird gerade vorbereitet. Das Technische Hilfswerk müsste in etwa einer halben Stunde mit der Scheinwerferausrüstung für die Nacht hier eintreffen! Da sollen auch schöne Masten dabei sein! Und der Supermarkt in Gelting hatte noch zwölf Rollen Alufolie vorrätig!«

»Sag mal, treibt sich Jette hier irgendwo herum?«

»Ja, sie hat schon ein paar Mal nach dir gefragt! Sie quetscht jetzt die Bevölkerung hinter den Flatterbändern aus! Wo bist du denn?«

»Ich mach einen Zug durch die Gemeinde! Sag ihr, ich musste zurück nach Flensburg!«

»Habt ihr Stunk?«

»Wie bitte?«

»Ich fragte, ob ihr Probleme habt!«

»Die Verbindung wird schon wieder schlechter.« Lüthje brach das Gespräch ab.

Er suchte sich den Telefonzettel von Schönemann aus dem Rucksack heraus und wählte den Anschluss von Dodensand Nummer 3. Er war besetzt. Entweder war Frau Frahm ohne ihren Polo zurückgekommen, oder ihr Enkel telefonierte. Lüthje vergewisserte sich, das Jette am Strand immer noch von Neugierigen umringt war.

Lüthje stieg durch den maroden Zaun zum Nachbargrundstück und klingelte mehrfach vergeblich an der Haustür. Wenn der Junge zu Hause war, hatte er wahrscheinlich die Anweisung, die Tür nicht zu öffnen. Lüthje rief wieder an. Immer noch besetzt. Er ging zur Rückseite des Hauses und fand eine Tür angelehnt. Daneben lag ein Kinderfahrrad. Er wählte noch einmal die Telefonnummer. Besetzt.

Offensichtlich war keine zweite Leitung geschaltet. Aus polizeilicher Sicht gab es hier Handlungsbedarf. Da Lüthje den Jungen nicht im Polo seiner Großmutter gesehen hatte, als sie wegfuhr, war davon auszugehen, dass der Junge allein im Haus war. Denkbar wäre, dass ein Unbekannter durch die geöffnete Tür ins Haus eingedrungen war. Bei dem Versuch, die Polizei zu rufen, war der Junge womöglich von dem Unbekannten überwältigt und das Telefon nicht wieder aufgelegt worden. Vielleicht war der Täter noch im Haus.

Lüthje würde also aus dienstlicher Veranlassung durch eine offen stehende Tür ins Haus kommen und sich vergewissern müssen, dass es dem Jungen gut ging. So nebenbei würde er sich ein bisschen im Haus umsehen oder besser gesagt prüfen, ob auch wirklich alles in Ordnung war. Nun durfte er den Jungen eigentlich nur in Gegenwart eines Erziehungsberechtigten zu dem Fund am Strand befragen. Andererseits *musste* er mit ihm reden, um sich zu vergewissern, dass es ihm gut ging. Es ließ sich also gar nicht vermeiden, dass er mit dem Jungen ohne Gegenwart eines Erziehungsberechtigten redete.

Es hätte gar nicht besser kommen können. Wenn der Junge das Thema von selbst ansprach, wer wollte ihm hier den Mund verbieten?

Lüthje ging in den Kellerflur, der, bedingt durch die leichte Hanglage am Fuße der Steilküste, eigentlich ein Souterrain war. Vom Gang gingen drei verschlossene Türen ab. Die Tür am Ende des Ganges schien in die Räume mit den vergitterten Fenstern an der Hausfront zu führen, die einmal die Küche für diese gutbürgerliche Villa irgendwann im letzten Jahrhundert gewesen zu sein schien. Die anderen Türen mussten die ehemaligen Dienstbotenzimmer sein. Sämtliche Türen waren fest verschlossen. Ein Schlüsselbrett oder etwas Ähnliches war nirgendwo zu finden. Links neben der geöffneten Hoftür führte eine Treppe nach oben.

Im Erdgeschoss hörte Lüthje eine Kinderstimme. Lüthje ging die Treppe hinauf und drückte die angelehnte Tür zum Hausflur auf. Die Stimme schien aus dem Zimmer links zu kommen. Lüthje schob die Tür langsam etwas weiter auf. Der Junge schien tatsächlich zu telefonieren.

»… Ja, wir müssen nämlich eine neue ISDN-Leitung legen und brauchen das für einen Test.«

Lüthje sah durch den Türspalt in das Zimmer. Der Junge saß am Boden, neben sich eine große leere Colaflasche, presste den Hörer an sein Ohr, hatte einen hochroten Kopf und machte große Augen.

»Noch mal bitte«, sagte er. Er legte schwer atmend auf. Blätterte im Telefonbuch, das vor ihm auf der Kommode lag, und wählte eine Nummer. Er legte sofort wieder auf. Er suchte sich eine andere Nummer. Diesmal schien er richtig verbunden zu sein.

»Hier ist die Post, wir müssen die Leitungen bei Ihnen überprüfen. Können Sie bitte mal ins Telefon pusten?«

Wieder presste er den Hörer an das Ohr, mit beiden Händen, die Augen wurden noch größer als vorhin, der schwere Atem ging in ein Keuchen über.

Lüthje klopfte an. Der Junge rülpste laut, ließ den Hörer fallen und schrie. Er bückte sich nach der leeren Colaflasche, in der eine Schere steckte, und versuchte vergeblich, die Schere aus der Flasche zu ziehen.

»Was wollen Sie?« Er rülpste wieder.

»Ich bin Kommissar Lüthje aus Flensburg.« Er hielt ihm seine Dienstmarke entgegen. »Entschuldige, aber die Hoftür war offen, und ich dachte, ein Einbrecher sei im Haus. Wie heißt du?«

Der Junge ging auf ihn zu, um die Dienstmarke in Augenschein zu nehmen. Lüthje nahm ihm die leere Colaflasche mit der Schere aus der Hand.

»Was soll das denn werden, wenn's fertig ist?«, fragte Lüthje und hielt ihm das Ensemble »Flasche mit Schere im Bauch« vor die Augen.

»Das ist ein Spiel.«

»Colaflaschen erstechen? Von so einem Spiel habe ich noch nie gehört.«

»Ich wollte sie zerschneiden.«

»Die Flasche?«

»Ja.«

»Warum?«

»Ich muss es tun. Sie darf die Flaschen nicht finden. Bitte sagen Sie es ihr nicht.«

»Deiner Großmutter?«

Der Junge nickte. Er schien zunehmend unter Strom zu stehen. Er konnte nicht mehr stillstehen, seine Augen weiteten sich, die Lider flackerten, seine Stimme wurde höher und schneller. Der Koffeinrausch entfaltete sich.

»Mein Gott, Junge, du fängst ja früh an! Deine Großmutter hat dich also schon mindestens einmal beim Saufen erwischt.«

»Werden Sie es ihr sagen?«, fragte er wieder.

»Warum sollte ich das tun? Wenn sie von diesem Spiel ›Große Colaflaschen schnell aussaufen und dann zerschneiden‹ schon weiß?«

»Sie versteht das nicht.« Er fing an, sich am ganzen Körper zu kratzen.

Interessante Spiele. Leichen ausgraben, Cola saufen, Plastikflaschen zerschneiden. Wer weiß, was er noch so draufhatte. Der Junge rülpste herzzerreißend laut und lange. Es war immerhin eine 1,5-Liter-Flasche. Lüthje glaubte, in seiner Magengegend eine leichte Ausbeulung zu sehen.

»Ich muss mal.« Der Junge zuckte entschuldigend mit den Schultern.

»Ich fürchte, dass wird heute nicht das letzte Mal sein. Okay. Ich warte.«

Das Wohnzimmer war mit Erlesenem aus aller Herren Länder eingerichtet. Eine Holzgiraffe, ein Elefant. Eine Palme, ein chinesischer Drache. Ein Kamelsitz. Und auf chinesischen Schränkchen zwei aufwendig gefertigte Schiffsmodelle in Glaskästen. Ein Tanker und ein Frachter älterer Bauart. Links vom großen Fenster stand ein Ohrensessel, daneben eine kleine Anrichte mit dem Foto eines Mannes in Kapitänsuniform, Bücher, Briefe und ein

Fotoalbum, alles auf einem sonnenfarbenen schimmernden Tuch mit einem großen Strauß Osterglocken kunstvoll drapiert. Das Ensemble wirkte wie ein Altar.

»Kann ich noch mal Ihren Stern sehen?«

Lüthje hatte nicht bemerkt, dass der Junge schon wieder ins Zimmer zurückgekehrt war.

»Da, siehst du? Eric Lüthje heiße ich, und ich arbeite in Flensburg. Und wie heißt du?«

Er schluckte und sah immer noch auf den Ausweis. »Wolfram. Scheißname.«

»Ich finde, Wolfram klingt vertrauenswürdig.«

»Meinen Sie?«

»Ja.«

»Haben Sie auch Kinder?«

»Ich habe eine Stieftochter.«

»Haben Sie noch Eltern?«

»Nein, sie sind beide schon gestorben.«

»Wann war das?«

»Meine Mutter ist vor einigen Jahren gestorben, mein Vater im vorigen Jahr.«

Wolfram schniefte, und seine Augen füllten sich plötzlich mit Tränen.

»Was ist, Wolfram, was willst du sagen?«

Er schluchzte auf, schluckte die Tränen runter, straffte sich.

»Wissen Sie schon, wen ich da im Strand gefunden habe?«

»Nein. Weißt du es?«

»Nein, ich hab doch nur diese tote Hand gesehen. Ich kann wirklich nichts dafür. Ich dachte doch, es wäre eine Wurzel, die kann man manchmal mit dem Spaten abhacken.« Er stockte und hielt die Hand erschrocken vor den Mund.

»Niemand macht dir einen Vorwurf. Wolfram, es war einfach Pech, dass du ausgerechnet dort gegraben hast.«

Er schwieg. Kratzte sich am Knie. Rülpste und schlug dabei mit dem Bein mehrfach gegen den Ohrensessel.

»Untersuchen Sie auch Verkehrsunfälle?«

»Eigentlich nicht. Meistens jedenfalls nicht. Wie kommst du darauf?«

»Kennen Sie auch die Kommissare in Kiel?«

»Äh, ja, einige. Wieso?« Lüthje bekam ein trockenes Gefühl im Hals.

Die Augen des Jungen füllten sich wieder mit Tränen.

»Wolfram, wie heißt du mit Nachnamen?«, fragte Lüthje mit rauer Stimme und ging in die Knie, um ihm auf gleicher Höhe ins Gesicht zu sehen.

»Gondersen!« Er heulte hemmungslos und warf sich Lüthje um den Hals.

Lüthje strich ihm immer wieder über den Rücken. Ich kann wirklich nichts dafür, hätte Lüthje beinahe gesagt. So eine verdammte Scheiße. Er hörte ein Geräusch im Flur. Die Tür öffnete sich.

»Hilfe«, schrie Frau Frahm und schlug mit der Tasche nach Lüthje. »Lassen Sie den Jungen los! Hilfe, Polizei!«

»Er ist Kommissar! Er hat nichts getan!«, schrie Wolfram und schlug auf seine Großmutter mit beiden Fäusten ein.

Sie versuchte, ihn abzuwehren, und sah Lüthje erstaunt an. Wolfram schlug weiter zu, wieder und wieder, wie im Rausch.

»Wolfram, du tust mir weh!«, schrie sie und schaffte es, seine Arme festzuhalten, und schüttelte ihn. Er rülpste, die Großmutter lockerte den Griff, er riss sich los und rannte aus dem Zimmer.

Sie lief in den Flur und rief nach oben: »Wolfi!«

Frau Frahm kam kopfschüttelnd wieder ins Zimmer. Sie sah erschöpft und übernächtigt aus. Ein kurzgeschnittener Ponyschnitt, hellblond gefärbt. Schwarzes Kostüm. Trauerkleidung. Trotzdem sportlich und mädchenhaft.

»Zeigen Sie mir Ihren Dienstausweis«, sagte sie mit schwacher Stimme und ließ sich in den Ohrensessel fallen.

Lüthje hatte ihn griffbereit in der Jackentasche. Als er ihn ihr reichen wollte, wendete sie den Blick ab.

»Nein, lassen Sie, ist nicht nötig.« Sie holte tief Luft. »Ich möchte Sie bitten, frühestens morgen Nachmittag wiederzukommen. Ich bin im Moment mit Terminen überhäuft und … na ja, wir … ich meine, Wolfram und ich sind beide am Ende unserer Nerven.«

»Das wird sich machen lassen. Aber eine Frage muss ich jetzt stellen: Haben Sie Ihrem Enkel gesagt, dass sein Vater durch einen Verkehrsunfall ums Leben gekommen ist?«

Sie hob den Kopf. »Er hat darüber gesprochen?«

»Ich habe ihn nicht gefragt, falls Sie das meinen. Ich habe ihm gesagt, dass ich Kriminalkommissar bin. Und dann ging es los.«

»Hat Wolfi geweint?«

»Ja.«

»Ach so. Ja …« Sie schloss die Augen und rieb sich mit kreisenden Bewegungen die Schläfen. Ihre Hände zitterten.

»Ich habe einen befreundeten Arzt dort unten am Strand«, sagte Lüthje.

»Nein, es geht schon wieder. Nehmen Sie doch Platz.«

Lüthje zog sich einen Stuhl heran. »Also, ich frage noch einmal: Haben Sie ihm nur von einem Verkehrsunfall erzählt, Frau Frahm?«

»Warum?«

Warum wohl. Aus pädagogischen Gründen wahrscheinlich. Es wurde plötzlich alles so entsetzlich kompliziert. Nicht nur wegen Malbek. Lüthje spürte die Bedrohung wie eine Schlange, die sich um seine Beine schnürte.

»Es hörte sich so an, als ob ihm das als Erklärung für den Tod seines Vaters nicht reicht«, sagte Lüthje.

»Mein Gott … Ja, ich habe ihm nur von dem Verkehrsunfall erzählt, und es schien so, als ob er es … wie soll ich sagen … es hingenommen hat.«

»Sie wissen, dass Ihr Sohn am Steuer getötet worden ist?« Am Steuer meines Dienstfahrzeuges, wollte Lüthje eigentlich hinzusetzen.

»Ja. Meine Schwiegertochter hat es mir erzählt. Als der Junge nicht dabei war.« Sie sprach, als würde ihr jedes Wort Schmerzen bereiten.

Lüthje wollte sagen: Es war ein Kollege, ich habe in den letzten Tagen mehrfach mit ihm gesprochen. Ich war in seiner Nähe, als es passierte. Aber er schluckte es hinunter und sagte stattdessen: »Ich kannte und schätzte ihn, Frau Frahm. Auch ich trauere um ihn.«

Wie banal ihm seine Worte in den Ohren klangen. Aber besser als dieses blöde Beileidsgefasel.

Frau Frahm blieb in ihrem Sessel sitzen, als er sich verabschiedete.

6.

Jette stand vor der Haustür, mit der Hand über dem Klingelknopf.

»Eric!«

»Frau Journalistin!« Er ließ die Tür hinter sich zufallen. »Wolltest du hier etwa ein Zeitungsabo verkaufen?«

»Das ist nicht strafbar, Herr Kommissar!« Sie hob die Hand wieder zum Klingelknopf und sah ihn trotzig an.

Lüthje ging ein paar Stufen der Eingangstreppe hinunter. »Ich rate dir dringend ab. Ich hätte da drinnen fast eine Schere in den Leib bekommen und bin danach um ein Haar erschlagen worden. Aber ich weiß, keine großen Storys ohne großes Risiko. Viel Spaß.« Er ging mit forschen Schritten zur Straße.

Sie lief ihm hinterher. »Hey, so geht das nicht, Eric! Warum hast du meine Anrufe nicht angenommen?«

»Der Empfang ist hier so schlecht. Müsste dir doch auch aufgefallen sein.«

»Du redest denselben Mist wie dein Freund Malbek.«

Er sollte jetzt also sagen, dass Malbek nicht mehr sein Freund sei. Aber so blöd war Lüthje nicht.

»Deshalb haben wir uns ja schon immer so gut verstanden!« Sehr diplomatisch und schlagfertig.

»Rate mal, wer mir diesen Satz gestern Abend am Telefon gesagt hat! Glaubt ihr wirklich, dass wir nicht merken, dass ihr euch gekracht habt?«

»Wer ist *wir*?«

»Hilly und ich. Ihr vermeidet mit allen Kräften, über euch zu sprechen, habt schlechte Laune, könnt nicht mehr zuhören, telefoniert nicht mehr miteinander. Wenn du ein Wohnmobil hättest, würdest du dich genauso darin verkriechen wie Gerson. Er übernachtet nur noch im Skipper in Kiel. Auf dem Polizeiparkplatz.« Sie schnappte nach Luft. »Typisch Mann, ihr könnt einfach nicht über eure Gefühle reden, gerade wenn es nicht um Frauen geht, sondern um euch selbst. Ich finde das so zum Kotzen und Hilly auch, sie wird dich noch …«

Lüthje war in der Defensive. Höchste Zeit für Nebelkerzen.

»Ruf sie an und frag, ob sie dich hier abholen kann!«

»Hä?«

»Hast du schon auf den Parkplatz nebenan gesehen?« Inzwischen war ein dritter Umzugswagen vor der Einfahrt zur Seniorenpension aufgetaucht. »Und damit du nicht umsonst gekommen bist: Da unten am Strand geht es um die Leiche eines Fischers aus dem 12. Jahrhundert. Das Ganze wird jetzt nach Schleswig in die archäologischen Werkstätten transportiert. Der Sandhaufen, den die Archäologen um den Fundort freilegen, ist übrigens voll von Schlupfwespen. Das wäre doch was für die Titelseite. Es müssen hier schon Tausende in der Luft sein. Hab ich dir nicht mal erzählt, dass die so winzig sind, dass du sie …«

Die Schlacht war gewonnen. Jette schwankte einen Moment zwischen Empörung und Ekel. Der Ekel gewann. Noch ein knurrendes »Ach, duuu …« als Rückzugsgefecht, und schon lief sie ängstlich mit den Armen wedelnd zum Parkplatz des Seniorenheimes in die nächste Schlacht.

Lüthje sah ihr noch ein paar Minuten zufrieden zu, wie sie sich mit einem der Overalls stritt, der gerade mit einem Umzugskarton auf der rechten Schulter und einer Stehlampe in der rechten Hand aus der Seniorenpension kam.

Es war inzwischen später Nachmittag geworden. Eigentlich gab es hier nichts mehr für Lüthje zu tun. Neue Erkenntnisse würde es erst morgen geben, wenn Brotmann die Obduktion abgeschlossen hatte. Erst dann würden sie wissen, mit welchen Daten man die Abfrage in der Vermisstendatei füttern müsste. Wenn das nicht weiterhalf, würden die Zahnarztpraxen in der Umgebung das Zahnschema des Toten mit ihrem Datenbestand in Computern und alten Karteikästen vergleichen müssen. Erst in der Umgebung und dann in immer größerer Entfernung vom Leichenfundort. Außerdem Meldung an BKA und Interpol. Ermittlungswege, die von allein weiterliefen, wenn man sie in Gang gebracht hatte, wie die Wellen, die sich um einen geworfenen Stein nach seinem Einschlag kreisrund im Wasser ausbreiteten.

Außerdem müssten die Aussagen der Anwohner protokolliert werden. Und wenn sich niemand aus der Region meldete, der zum Telefon griff und den ersehnten heißen Tipp hatte, dann konnte man den Fall vergessen. Ungelöste Kriminalfälle hatte es immer gegeben. Aber seit ein paar Minuten war alles anders. Unter der Adresse Dodensand 3 wohnte die Mutter des vorgestern ermordeten Kriminalkommissars Klaus Gondersen. Und sein Sohn Wolfram Gondersen verbrachte hier seine Ferien am Dodensand. Damit blieb es nicht mehr beim müßigen Beobachten der sich ausbreitenden Wellen. Lüthje würde im Schlamm herumwühlen müssen.

Er sah zum Haus der Frauke Frahm hinauf. Der Junge war wieder am Fenster. Diesmal saß er mit einem Fernglas auf dem Fensterbrett. Lüthje winkte ihm zu. Wolfram winkte zurück.

Husvogt und Blumfuchs hatten Lüthje versprochen, das Unternehmen »Sandmännchen« wenn nötig auch bis in die Nacht zu begleiten. Sie würden sich von den Kollegen aus Flensburg abholen lassen. Durchgearbeitete Nächte seien Gift für seinen bevorstehenden Urlaub. Lüthje nahm das Angebot dankbar an.

Es gelang ihm, sich schnell aus dem Knäuel von Fahrzeugen zu befreien. Er setzte das Blaulicht per Magnet auf das Wagendach und schaltete es samt Sirene ein. Innerhalb von zehn Minuten waren die Fahrer in den dazugehörigen Fahrzeugen und fuhren ängstlich beiseite. Lüthje winkte Jette zu, die ihm wütend hinterhersah.

Lüthje orientierte sich bei der Rückfahrt von Dodensand am Sonnenstand. Ungefähr Westsüdwest. So fand er trotz der vielen Schilder zum Ohrfeldhaff die B 199 wieder.

Er versuchte, sich Dodensand ohne diese Grube im Strand vorzustellen. Vergeblich. Heute Vormittag hatte er dort noch Monsieur Hulot und Strandkörbe gesehen und den Klang des Mittagsgongs aus dem Kurhotel gehört. Die Leichtigkeit des Seins, die Lüthje in Dodensand für ein paar Minuten gespürt hatte, war verflogen.

Außerdem war da noch Lentus. Ihm war, als hätte sich Lentus in seinem Kopf inzwischen eine Ecke eingerichtet, von der aus er je nach Lust und Laune theatralische Grimassen wie in einem Stummfilm zog und mit der Schleuder winkte. Die Zeitabstände wurden allerdings immer größer, in denen Lüthje ihn vergessen konnte. Lüthje hoffte, dass sich die Zeitabstände so weit vergrößern würden, dass sie den Wert von »aus den Augen, aus dem Sinn« bekommen würden.

Lüthje glaubte, dass das kein Verdrängungsmechanismus war, sondern dass er, Lüthje, in Lentus' Kopf wiederum eine völlig untergeordnete Rolle spielte. Die Begegnung mit Lüthje im Parkhaus hatte für Lentus wahrscheinlich inzwischen den Stellenwert einer netten Anekdote, ein Zwischenspiel auf der Bühne seines Lebens.

Warum hatten sie immer nur an Kino gedacht? Nur weil Lentus früher immer ins Kino gegangen war? Eine Persönlichkeit wie Lentus strebte immer nach vermeintlich Höherem, hatte ein Gutachter damals vor Gericht gesagt. Sein geringes Selbstwertgefühl würde durch übertriebene Einschätzung der eigenen Wichtigkeit und den großen Wunsch nach Bewunderung kompensiert. Das führe zur pathologischen Theatralik. Aber was sollten diese Überlegungen? Theater gab es in Kiel nicht so viele wie Kinos. Ein Anruf bei Malbek und sie hätten sich darüber austauschen können. Nein, das würden sie nicht tun, Malbek würde ihm wieder mit seinen Unterstellungen kommen, als Pastorensohn war er ein Besserwisser. Außerdem war Lentus nicht Lüthjes Fall. Er war nur sein Problem.

Im Dienstzimmer warf Lüthje seinen Rucksack auf den Schreibtisch und starrte das Telefon an. Eigentlich war es eher so, dass das Telefon ihn ansah. Nein, er musste warten. Warten, bis sich geklärt hatte, ob es sich um einen banalen Zufall handelte. Diese Hand unter dem Kinderspaten von Wolfram Gondersen. Malbek würde ihm vorhalten, dass er diesen offensichtlichen Zufall nur als Vorwand für eine Annäherung genommen hatte.

Der Spaten! Wo war der Spaten? Das war doch ein Beweisstück. Lüthje rief Blumfuchs an. Blumfuchs berichtete ihm, dass die Spurensicherung den Kinderspaten mitgenommen hatte, vor allem wegen der Gewebereste am Spatenblatt. Schönemann hatte ihn leider aus der Sandgrube genommen. Seine Fingerabdrücke wären jetzt natürlich auch dran. Ansonsten lief das Unternehmen »Sandmännchen« wohl noch ein paar Stunden. Im Hintergrund hörte Lüthje Möwengeschrei. Im Moment würde die frei präparierte Oberseite mit Bauschaum abgedeckt. So könne beim Transport nichts durcheinander rutschen.

»War irgendwas Besonderes an dem Spaten?«

»Na ja, da waren einige Gewebefetzen dran. Der Junge soll ja ordentlich darauf herumgehackt haben.«

»Wie lange dauert das Unternehmen ›Sandmännchen‹ noch?«

»Noch drei bis vier Stunden, meinen die Archäologen und Facharbeiter.«

»Ruf mich an, wenn ihr fertig seid.« Er beendete das Gespräch.

Nach ein paar Sekunden rief Blumfuchs wieder an. »Da war noch was mit dem Kinderspaten. Der war ziemlich neu. Ich meine, der war nagelneu. Hatte heute wohl seinen ersten Einsatz. Und gleich so ein Spitzenergebnis.«

Lüthje dankte Blumfuchs und begann, wieder seine Gedankenfäden zu sammeln.

Das Problem war zunächst das »Landeslagebild«, ein polizeiinterner Informationsdienst, zu dem alle Polizeibehörden Zugang hatten, meist einfach »Landeslage« genannt. Die Landeslage war eine Tagesübersicht der irgendwie herausragenden Meldungen aller polizeilichen Dienstellen in Schleswig-Holstein. Bewertet wurden diese Meldungen im Lagezentrum. WE-Meldungen wurden prinzipiell aufgenommen. »WE« stand für »Wichtiges Ereignis«. War der Leichenfund in Dodensand ein wichtiges Ereignis? Wohl ja. Vielleicht auch, weil es in zeitlicher Nähe zu einer anderen WE-Meldung stand: der Ermordung des Kollegen Klaus Gondersen. Wenn Malbek morgen früh die Landeslage auf seinem Dienstcomputer aufrief (und Lüthje wusste, dass Malbek sie morgens immer als erste Diensthandlung aufrief), würde er lesen, dass in dem Ort Dodensand ein Junge beim Spielen eine Leiche am Strand gefunden hatte. Wenn er in der Meldung las, dass der Junge den Familiennamen »Gondersen« trug, würden bei Malbek alle Alarmglocken klingeln. Wenn er Lüthje anrufen würde, würde er ihn fragen, warum er, Lüthje, nicht sofort, also gestern, angerufen hätte. Damit wäre das Gespräch für Lüthje schon beendet. Denn in dieser Frage würde ja wieder die Unterstellung mitschwingen, dass Lüthje etwas zu verbergen hatte. Die gleiche Unterstellung, wie Malbek sie in der Besprechung mit Schackhaven und Brockhaus geäußert hatte.

Lüthje fuhr seinen Dienstcomputer hoch und schrieb den Bericht für das Lagezentrum. Dort würde man den Familiennamen des Jungen, der den Leichenfund in Dodensand gemacht hatte, natürlich groß bewerten, wegen des ermordeten Kollegen, der den gleichen Namen trug. Sie würden den Namen aus ermittlungstaktischen Gründen aus dem Text löschen. Aber sie würden Malbek anrufen.

Lüthje schrieb nur etwas von einem zehnjährigen Jungen. Da würde niemand so schnell nachfragen.

»Hier ist was angebrannt! Hilly, wo bist du denn?« Lüthje stieg im Flur über ein paar halb geöffnete Umzugskartons, lief in die Küche und rettete in letzter Sekunde den Dorsch aus dem festgebackenen Senfsud.

»Das geht doch noch«, sagte Hilly und öffnete die Balkontür, um zu lüften. »Angebrannt ist der nicht. Nur ein bisschen eingekocht.« Sie gab Lüthje einen Kuss auf die Backe. »Ich hab nach einem neuen Zuhause für uns im Internet gesucht. Komm, ich zeig dir, was dabei herausgekommen ist.«

Lüthje fühlte sich müde und ausgelaugt, also wehrlos. Sie drückte ihn sanft auf einen bereitstehenden Stuhl neben dem Computermonitor. Hilly setzte sich auf den Schreibtischsessel und blätterte durch die mit Lesezeichen markierten Internetseiten. Es fing an mit »Wohnoasen mit optimaler Verkehrsanbindung«, es folgten eine »Nichtraucherwohnung mit seitlichem Meerblick in der Wohnanlage Bellevue«, eine »reihenhausanmutende Wohnanlage am Meer mit gepflegter Ausstattung« und »Maisonettewohnungen mit richtungsweisender Bautechnik und Panoramaseeblick aus der Badewanne«. Bei vielen Fotos sah man erst auf den zweiten Blick, dass sie mit einem Graphikprogramm erstellt waren. Es gab die angepriesenen Wohnanlagen also noch nicht. Man hoffte auf die ersten Kaufverträge, möglichst mit Anzahlung, mit denen der Bauträger Geld für den Baubeginn von der Bank bekam, und sogenannte Investoren, die sich eine hohe Rendite von der Immobilie versprechen würden. Auf einem Foto sah man vier Herren in Anzug und Schlips, die glänzende Spaten ins Erdreich drückten und dabei in die Kamera strahlten. Der erste Spatenstich.

Als dann noch ein »Eldorado für Seeleute, Kaminöfen möglich und nur sechshundert Meter vom Strand« kam, winkte Lüthje ab.

»Ich kann das nicht mehr ertragen, mach die Kiste für heute aus.«

Sie speisten den Dorsch in »eingedicktem« Senfsud. Er war köstlich.

»Es kommt eben nur auf den richtigen Moment an«, sagte Hilly mit verliebtem Blick. »Und du hast den Backofen genau in dem Moment geöffnet, als es so weit war.«

Nach dem Essen erzählte Hilly, dass Rita, Lüthjes Schwester, angerufen hätte, sie kenne jemanden, der seine Eigentumswohnung auf Sylt verkaufen wolle. In Keitum. Außerdem hätte sie eine Ausstellung ihrer Gemälde in einer Galerie in Keitum, sie seien beide herzlich eingeladen.

»Ich will nicht auf einer Insel wohnen«, sagte Lüthje.

»Aber Eric, Sylt ist doch keine Insel, die ist durch den Hindenburgdamm mit dem Festland verbunden.«

»Soll ich von Sylt aus jeden Tag nach Flensburg fahren? Und wenn der Hindenburgdamm wegen Sturm oder Schnee oder beidem gesperrt ist?«

»*Das* ist ein Argument!«, rief Hilly mit einem erleichterten Seufzer aus.

»Ach, Maren hat auch angerufen«, sagte Hilly, als sie das Geschirr in den Geschirrspüler stellten. Lüthje zuckte zusammen. Maren. Dann war Jette meist nicht weit. Und Malbek.

»Sie wollte sich für ihr Verhalten letztes Mal bei Jette entschuldigen«, sagte Hilly.

»Donnerwetter, das hätte ich ihr gar nicht zugetraut«, sagte Lüthje ehrlich erstaunt.

»Sie hat auch bei Jette angerufen und sich entschuldigt.«

»Und wie hat Maren ihr Verhalten entschuldigt, ich meine, hat sie dafür eine Erklärung angegeben? Du hattest ja deine Theorie.«

Damit waren Jette und das lauernde Thema Gerson Malbek erst mal wieder umschifft.

»Warte, ich habe es mir nach dem Telefonat gleich aufgeschrieben«, sie suchte in einer Schublade des Schreibtisches herum, »wir haben uns nämlich lange darüber unterhalten, und ich glaube, ich habe mich in Maren geirrt. Ich war ja auf dem besten Wege, sie als hysterisch und unerträglich zu empfinden, noch bevor ich sie kennengelernt hatte. Und als ich sie kennenlernte, wurde es ja nicht besser, weil ich ihr unterstellte … ah, hier, hier ist der Zettel. Das ist ihre Erklärung für ihr Verhalten an dem Abend: ›Es war so eine Art Komplettirritation mit sehr vielen Gefühlen ohne Richtung und vielen Sehnsüchten ohne wirkliche Basis und sehr vielen Träumen ohne wirkliche Bedürfnisse.‹«

»Ich verstehe kein Wort«, sagte Lüthje.

Frauen konnten das besser als Männer. Über ihren Schatten springen. Sie verstehen besser. Und Lüthje verstand sich nicht als »Frauenversteher«. Er hatte bisher keine der Frauen verstanden, denen er im Leben begegnet war. Außer vielleicht Hilly. Irgendwie war ihm, als ob er ihr das Verstehen mehr und mehr überließ. Die Weltsicht. Die Menschen. Sie moderierte ihm mehr und mehr das Leben. Ob das so gut war? Sollte er etwa Hilly fragen, wie er Malbeks Verhalten verstehen könnte?

»Es ist ihr emotionaler Zustand, Eric, so fühlt sie sich! Es geht um ihre Gefühle und nicht um den Verstand. Sie gibt damit zu, dass sie etwas durcheinander war und ist, auch was uns beide als Paar betrifft, dich und mich.«

»Tut sie das?«

»Mach nicht so ein dummes Gesicht, Eric, das steht dir nicht! Außerdem war das ja wirklich ein merkwürdiger Song. Ein Krimi ohne Auflösung. Mord oder Selbstmord.«

»Ich gebe zu, dein Englisch ist besser als meins«, sagte Lüthje.

»Da war doch diese Zeile mit dem Revolver neben ihrem Kopf und das ausgehängte Telefon … warte, ich habe den Zettel hier mit dem Text, den uns Sophie gegeben hat. Ich habe es wieder und wieder durchgelesen. Also, es heißt:

›a forty-five beside her head,
an open Telefone‹.«

»Was bedeutet dieses forty-five?«, fragte Lüthje.

»Ein Name für einen Revolver mit dem Kaliber 0.45. Aus diesen schlichten Zeilen ergibt sich eine Unzahl von Fragen! Wollte Nancy jemanden anrufen, als der Mörder kam? Wollte sie Selbstmord begehen und mit jemandem darüber reden und hat sich vorher erschossen, ohne anzurufen? Hat ein Mörder das Telefon ausgehängt, um eine falsche Spur zu legen? Oder hat jemand am Telefon den Mord oder Selbstmord sogar mit angehört?«

»Gib dir keine Mühe, bei mir ist kein Job frei«, antwortete Lüthje. »Ich würde dich sowieso nicht einstellen. Jetzt ist Feierabend, Schluss mit dem Vorstellungsgespräch.«

Lüthje hatte plötzlich Lust auf »Die Ferien des Monsieur Hulot«. Nur so als Anschauungsmaterial für Hilly, wie er gern wohnen und Urlaub machen wollte.

Nachts sah er im Traum Lentus vor der Sandgrube eine höfische Verbeugung machen. Er sah von unten herauf zu Lüthje und winkte ihn mit tückischem Lächeln heran, mit dem Kopf in die Grube nickend. Lüthje hatte den Kinderspaten in der Hand und schlug damit nach Lentus. Dessen Körper war weich wie Brei und zerfloss im rötlich schimmernden Strand von Dodensand.

7. Tag

1.

Kiel schlief nie. Malbek wälzte sich seit zwei Nächten schlaflos in der Koje seines Wohnmobils hin und her. Die Kakofonie aus aufheulenden Motorrädern, Fehlzündungen, knallenden Autotüren und jaulenden Martinshörnern schwappte vom Olof-Palme-Damm auf den Parkplatz der Bezirkskriminalpolizeiinspektion Kiel herüber und sickerte durch die dünnen Wände seines Wohnmobils. Die Ohrstöpsel, die er sich gestern gekauft hatte, hatten nicht geholfen. Das stille Rauschen des eigenen Blutes war noch quälender als der Stadtlärm. Die einzige Stille, die er ertrug und nach der er sich sehnte, war die von Moerksgaard. Das Rauschen des Waldes, der Lärm der Vögel bei Sonnenaufgang und die Trecker auf den Feldern vereinten sich zu einer harmonischen Symphonie, der er seit seiner Kindheit glücklich gelauscht hatte.

Da er das Einsiedlertum aber aus verschiedenen Gründen vorerst nicht aufgeben wollte, hatte er den Rest der Nacht über Möglichkeiten künstlicher Stille nachgedacht. Um vier Uhr morgens fasste er den Entschluss, es in der nächsten Nacht mit halbwegs harmonischer Musik zu versuchen, vielleicht Mike Oldfields »Ommadawn« oder Ähnliches, etwas, was den Stadtlärm sanft ertränken würde. Er hatte vor Weihnachten ein Autoradio mit CD-Player mit Sophie zusammen gekauft und dann unausgepackt auf der Ablage unter dem Armaturenbrett liegen gelassen. Er müsste es endlich einbauen.

Um sechs Uhr morgens war er aufgestanden, hatte im fast menschenleeren Dienstgebäude Dusche und Toilette genutzt, im Wohnmobil einen starken Tee getrunken und zwei Bananen gegessen.

Er lag im Fußraum des Fahrerraums quer und suchte unter dem Armaturenbrett das Massekabel für den Zwölfvoltanschluss, als die Tür zum Wohnraum geöffnet wurde.

Proschke streckte seinen eiförmigen Kopf neugierig durch den

Türspalt. »Na, Herr Malbek, haben Sie jetzt auch zu Hause Krach?«

»Nächstens stehe ich bei Ihnen auch plötzlich im Wohnzimmer, ohne anzuklopfen.«

»Ich wollte nur einen Höflichkeitsbesuch in Ihrer neuen Wohnung machen.«

»Warum beobachten Sie mich?«

»Sie missverstehen das, ich mache mir nur Sorgen um Sie. Wenn einem der Freund wegläuft und dann womöglich noch die Freundin, dann …«

»Ich warte auf Ihren Bericht über die Hausdurchsuchung bei Gondersen.« Malbek schlängelte sich langsam im Sichtschutz der Sitze aus der Fahrerkabine.

»Die Adresse des Mörders haben wir leider nicht in Gondersens Terminkalender gefunden.« Proschke lachte höhnisch auf. »Ihre auch nicht, falls es das ist, was Sie beunruhigt. Ist ja auch schlecht möglich, weil Sie keinen festen Wohnsitz haben.«

»Behalten Sie Ihre verbale Gülle für sich.« Malbek stand plötzlich hinter Proschke und hielt ihm einen Schraubendreher an den Adamsapfel. »Na los, schlucken Sie schon. Wenn Sie können. Sie haben eine Scheißangst, Proschke. Ihr Adamsapfel hüpft wie ein Gummiball. Sagen Sie ihm, er soll stillhalten, er hat schon einen Kratzer abbekommen. Sieht übrigens aus wie ein Kratzer nach einer flüchtigen Morgenrasur.« Malbek senkte seine Stimme bis zum Flüstern. »Sie sind ein schlechter Polizist, Proschke. Lebensverlängernde Grundregel Nummer eins: Provoziere nie jemanden, der sich beobachtet fühlt, denn er könnte geladen sein. Es könnte sein, dass ich ausraste. Sie sind doch einer von denen, die mich für unberechenbar halten. Soll ich es Ihnen beweisen? Ich habe viel gelernt in den acht Jahren. Gucken Sie mal da oben, da fliegt eine Möwe und schaut uns zu.« Proschke verdrehte die Augen nach oben, weil der Schraubendreher immer noch auf seinen Kehlkopf drückte. »Das ist Gondersens Geist. Er wartet darauf, dass Sie heute Nacht einschlafen. Dann wird er Ihnen die Augen aushacken. Und jetzt hauen Sie ab. Ich rieche Ihre Angst.« Malbek ließ ihn los, stieß ihn von sich und schrie ihn an. »Sie stinken, Mann. Hauen Sie ab!«

Proschke lief ein paar Schritte, stolperte und lief zum Eingang des Landeskriminalamtes.

Malbek fühlte sich plötzlich ausgeruht und entspannt, als habe er zwölf Stunden geschlafen. Das Massekabel fand er auf Anhieb. Der CD-Player war nach einer knappen halben Stunde funktionsfähig eingebaut.

In seinem Dienstzimmer sah Malbek als Erstes wie immer in die »Landeslage«. Er fand keine Meldungen, die ihm bei seinen Ermittlungen weiterhelfen konnten.

Er machte sich daran, seine Notizen zu ordnen. Das gesamte Tatgeschehen machte den Eindruck einer Generalprobe, die mit dem Einsturz des Theaters endete, vernichtend für die Guten und die Bösen. Der Krach mit Lüthje war der brennende Schlussvorhang. Malbek hatte tatsächlich den Geruch von Verbranntem in der Nase, wenn er daran dachte. Vielleicht war wirklich Schluss, und sie mussten sich beide nach dieser Lebensepisode der Männerfreundschaft einen neuen Weg suchen. Die Arbeit würde helfen, Schmerzen und Ängste wegzudenken.

Malbek konnte seinem Chef im Laufe des Vormittags erste Ermittlungsergebnisse mit der internen Büropost auf den Schreibtisch schicken. Schließlich suchten sie nicht einen Unbekannten, sondern einen alten Kunden, der dringend der Tat verdächtig war, zwei Menschen ermordet zu haben. In seinem Persönlichkeitsprofil stand, dass er seit Jahrzehnten leidenschaftlicher Kinogänger war. Nur dass man nicht wusste, welches Kino in Kiel er bevorzugte. Kiel erlebte gerade eine Kinorenaissance, die der Stadt eine Auswahl von sieben Lichtspieltheatern bescherte, das Kinocenter im CAP mit seinen zehn Sälen nicht mitgerechnet.

Malbeks Mitarbeiter, die Kommissare Vehrs und Harder, und acht weitere Kollegen aus anderen Sachgebieten hatten sich gestern stichprobenartig ein paar Kinoabende gegönnt. Dabei war nichts herausgekommen, außer einem auf frischer Tat ertappten Profitaschendieb im Kinocenter.

Besonders große Kopfschmerzen bereitete Malbek, dass Lentus im Verlaufe seiner kriminellen Karriere mehrfach für Jahre untergetaucht war. Es gab Hinweise, dass er sich dann im Ausland aufgehalten hatte. Mal auf den Bahamas, mal auf den Kaimaninseln oder den Kanalinseln, Monte Carlo, Polen, Ungarn, dann wieder in Deutschland, Rostock, Bulgarien. Eine bunte Mischung, aus der sich kein Profil stricken ließ. Und das waren ja nur die Berichte aus den letzten Jahren, die detaillierte Hinweise enthielten. Wie viele der Morde beziehungsweise Todesfälle in der Zeit seiner Aufenthalte an den entsprechenden Orten auf Lentus zurückzuführen waren, ließ sich nicht sagen. Eine Ermittlung wegen Körperverletzung mit Todesfolge in einem Nachtclub in Tanger, die sogar die Klatschpresse erwähnt hatte, weil gerade ein bekannter Discjockey aus der Schweiz auftrat, war völlig im Sande verlaufen.

Es sprach also nicht viel dafür, dass Lentus sich noch in Kiel aufhielt. Routinemäßige Anfragen bei den Kieler Autovermietstationen hatten ergeben, dass sich ein Mann, auf den die Beschreibung Lentus' passte, vor zehn Tagen, also lange vor dem Tatgeschehen im Bahnhof und am CAP, einen schwarzen Golf gemietet hatte. Mit einem Führerschein auf den Namen Horst Mählchen auf Rechnung einer Firma in Rostock, Viva Projekt Holding. Diese Firma gehörte nach Auskunft des Sachgebietes Wirtschaftskriminalität einem Firmenkonglomerat aus Polen, Weißrussland, Bulgarien und Italien mit etlichen Ablegern und schlecht nachvollziehbaren Verästelungen. Bruno Lentus alias Horst Mählchen hatte in der Autovermietung leutselig erzählt, er sei offiziell im Auftrag der Firma in Kiel, »um Entwicklungsräume zu evaluieren«. Die Viva Projekt Holding bestritt, einen Mann zu beschäftigen, auf den die Beschreibung von Lentus passe. Der Außendienstmitarbeiter Horst Mählchen sei vor etwa zehn Jahren verschwunden. Die Rechnung war beglichen worden, um Ärger zu vermeiden. Der Wagen wurde am Tag vor dem Tatgeschehen in der Vermietstation zurückgegeben. Entsprechend der vorher gebuchten Mietdauer.

Vehrs und Harder arbeiteten sich weiter eifrig durch diese Ermittlungsschiene. Auch wenn diese Spur, die nach außen führte, wohl in einer Sackgasse enden würde. Kriminalhauptkommissar Malbek entschloss sich, der Spur zu folgen, die nach innen führte.

2.

Malbek rief Marlene Gondersen an und sagte ihr, dass er weitere Fragen hätte. Sie hatte mit einem bitteren Lächeln in der Stimme geantwortet, dass sie sich das schon gedacht hätte. Als ob er sie zu einem Rendezvous bitten würde. Da die Dreharbeiten in Schleswig noch nicht beendet waren, versprach Malbek, im Laufe des Vormittags nach Schleswig zu kommen, und fragte nach der Adresse des Filmsets. Sie fauchte. Wenn er dort auftauchte, würde sie ohne ihren Anwalt überhaupt nichts mehr sagen. Malbek schlug ein Café am Dom vor. Sie lehnte ab und bestand darauf, sich in einem um diese Tageszeit schwach besuchten Café-Restaurant am Gottorfer Damm zu treffen.

»In Gottes Namen«, hatte er eingewilligt.

Malbek hatte drei Minuten gebraucht, um herauszufinden, dass an der Ecke Lollfuß/Stadtweg in Schleswig vorübergehend eine einspurige Verkehrsführung genehmigt war, um einer Hamburger Filmproduktionsgesellschaft Dreharbeiten zu ermöglichen.

Malbek fuhr mit dem Skipper nach Schleswig und parkte halb auf dem Bürgersteig direkt neben dem Filmset. Einem sofort herbeigeeilten Polizisten hielt er seine Dienstmarke entgegen und legte einen Finger vor seine verschlossenen Lippen. Der Mann nickte eifrig und ging.

Die Filmcrew hatte sich mitten auf der Kreuzung ausgebreitet. Ein undurchschaubares Durcheinander von Zeltplanen, Monitoren, Scheinwerfern und Menschen mit Kopfhörern, Headsets und Klemmbrettern. Zwei Kameras waren auf einen Hauseingang gerichtet, der noch zum Stadtweg gehörte. Malbek erkannte Marlene Gondersen, die ungeduldig in der geöffneten Tür stand. Neben ihr stand eine jüngere Frau mit der gleichen Haarfarbe, mit der sie sprach, ohne dass Malbek etwas davon verstehen konnte. Lange Zeit passierte überhaupt nichts, man wartete auf irgendetwas, bis plötzlich ein junger Mann mit Zopf, Jackett und Schal eine »Flüstertüte« zum Mund hob und etwas Unverständliches rief.

Es gab irgendeinen leidenschaftlichen Wortwechsel zwischen den Frauen, viel Schmerz auf beiden Seiten, dann riss sich Marlene Gondersen los und rannte auf die andere Straßenseite. Das war's. Alles auf Anfang. Und noch einmal. Und noch einmal. Den Schmerz spielte sie sehr überzeugend, die offenen schwarzen Haare wehten dramatisch, als sie sich zum dritten Mal losriss und über die Straße lief. Sogar die Körperhaltung veränderte sie im Schmerz, kaum sichtbar, aber mit großer Wirkung.

Der Regisseur war nach dem vierten Schmerz zufrieden. Malbek fuhr seinen Skipper auf den Parkplatz am Schloss. Neben ihm parkte ein Wohnmobil neuesten Jahrgangs. Am Fenster sah er ein älteres Ehepaar bei Kaffee und Kuchen.

»Es wird wieder mal ein bisschen dauern, Skipper, aber du kannst ja dem frisch geschlüpften Küken nebenan ein paar Lebensratschläge mit auf den Weg geben.« Malbek winkte dem Ehepaar zu, sie winkten zögernd zurück. Er hatte vor Jahr und Tag schon einmal neben ihnen geparkt. Zufall. Wahrscheinlich kam Malbek ihnen bekannt vor.

Marlene Gondersen kam eine Viertelstunde zu spät. Für eine Frau, die sich komplett umgezogen hatte, eine reife Leistung, dachte Malbek. Allerdings trug sie noch das Make-up für die Kamera. Die Visagistin der Produktionsgesellschaft verstand ihr Fach. Die langen schwarzen Haare hatte sie kunstvoll nach oben gebunden.

Das Café-Restaurant lag neben einem Bootssteg, an dem ein Ausflugsboot festgemacht hatte, auf »Stelzen« in die Schlei gebaut. Er hatte bereits einen Tisch auf der Schleiseite gefunden, den Wikingturm im Rücken, den Blick nach Osten zur Möweninsel.

»Wir sind die einzigen Gäste?«, sagte sie, unsicher um sich blickend, als sie sich setzte.

»Sieht so aus, Sie sind also mal ohne Publikum und Kamera«, lachte er. »Wie heißt der Film, den Sie drehen?«

»Es ist eine Folge der Serie ›Zuckerwatte im Sand‹. Für Nordfun Regional.«

»Igitt, hört sich nicht sehr schmackhaft an!«

»Die Drehbücher werden zunächst ohne regionalen Bezug geschrieben. Dann sucht man sich eine Stadt aus, setzt die Location fest, dreht ein paar Schwenks vom Stadtpanorama oder ein paar Einstellungen von Sehenswürdigkeiten und Fußgängerzonen. Und schon ist es eine Schleswig-Geschichte. Könnte aber auch in Linz am Rhein spielen. Die Handlung ist diesmal melancholisch. Aber es gibt ein Happy End. Fünfundzwanzig Minuten.« Sie klang so, wie Malbeks schwarzer Tee schmeckte. Bitter. Er zog die Folie vom winzigen Sahnebecher und goss den Inhalt ins Teeglas.

»Möchten Sie etwas essen? Ich lade Sie ein.« Er verkniff es sich zu fragen, ob sie schon Spielfilme gedreht hatte.

»Nein danke, so viel Zeit habe ich nicht. Vielleicht ein andermal.« Sie bestellte sich einen Cappuccino. Ein Augenaufschlag streifte ihn. Der Duft ihres Parfüms hatte etwas von frischen Pfirsichen, eine weiche Straffheit.

Er riss sich zusammen, gab seiner Stimme einen harten Klang. »Wir wollen keine Zeit verlieren. Ich hatte Sie bei unserem letzten Gespräch …«

»Wissen Sie schon, ob dieser Proschke irgendetwas gefunden hat?«

»Äh … Sie meinen, bei der Hausdurchsuchung?«

»Ja, natürlich.«

»Nein. Herr Proschke hat mir einen Bericht angekündigt. Eine Aufstellung der beschlagnahmten Unterlagen mit einer vorbereiteten Quittung wollte er Ihnen zuschicken.«

Sie nickte und rührte in ihrem Cappuccino. »Bis jetzt ist nichts bei mir angekommen. Aber ich vermisse auch nichts.« Diese Strähne, die ihr ins Gesicht fiel. Und die Bewegung der Hand, mit der sie sie zurückstrich.

»Frau Gondersen, ich hatte Sie bei unserem letzten Gespräch gefragt, ob Ihr Mann Feinde hatte. Ist Ihnen dazu noch etwas eingefallen?«

Sie schüttelte den Kopf.

»Hatte er Freunde?«, fragte Malbek.

Wieder schüttelte sie den Kopf. Sie nippte vorsichtig am Cappuccino, als ob er zu heiß wäre.

»Ist das alles? Einfach nur *nein*?«

»Er war immer ein Einzelgänger. Wurde in den Jahren immer stiller. Ich hatte Ihnen schon von unserer Ehe erzählt. Und was heißt das schon, *Freund*.«

»Der, der immer für einen da ist. Ein Freund ist jemand, mit dem man alles besprechen kann.« So wie Lüthje. Es schien schon eine Ewigkeit her zu sein.

»Ja, ich habe gehört, dass es so etwas geben soll.«

»Wenn er keine solchen Freunde hatte, gab es vielleicht Leute, die er öfter traf, mit denen er sprach, telefonierte oder …«

»Was, oder …?« Sie sah ihm in die Augen.

»Er versuchte vielleicht, vor Ihnen zu verbergen, dass es solche Freunde gab.«

»*Solche* Freunde?«

»Ja, *solche* Freunde oder Freundinnen.«

»Sie meinen, er hat mich vielleicht betrogen?«

»Vielleicht.«

»Und ist deshalb in etwas hineingeraten.«

»Vielleicht.«

»Dann wäre er doch wenigstens eine Zeit lang froh gewesen. Verliebt«, sagte sie. »Das merkt eine Frau ihrem untreuen Mann an. Sofort. Wenn er eine oder mehrere Beziehungen hatte, dann waren es jedenfalls keine glücklichen Beziehungen. In keiner Sekunde.«

»Aber eine Frau merkt ihrem Mann doch viel mehr an. Gerade in dem, was er nicht sagt, lesen Frauen wie in einem offenen Buch. Jedenfalls sehr viele Frauen.«

»Sie scheinen da ja einschlägige Erfahrungen zu haben.«

»Lenken Sie nicht ab. Was hat er vor Ihnen verborgen oder versucht zu verheimlichen?«

Sie rührte in ihrem Cappuccino, sah erst ihn an, dann aus dem Fenster.

Die Schauspielerin hatte ihren Text vergessen. Da war etwas.

»Sie wollen mir etwas sagen«, hakte Malbek nach.

»Ach? Wollte ich?«

Malbek schwieg. Und wartete ab.

»Die Produktion wollte dort auf der Möweninsel eine kurze Szene drehen, aber irgendeine Naturschutzbehörde hat das abgelehnt. Wegen der Brutplätze und der Möwen.« Sie hielt inne. »Sie müssen mir etwas versprechen«, sagte sie leise, ohne den Blick von der Möweninsel da draußen auf der Schlei zu wenden.

»Polizisten können nichts versprechen.«

»Ja, das weiß ich«, sagte sie bitter. »Polizisten können nichts versprechen, selbst wenn sie es dürften. Ich möchte Sie einfach bitten, meinen Sohn aus der Sache rauszulassen. Er hat es jetzt schon schwer genug.«

»Und seine Großmutter darf ich ins Kreuzverhör nehmen?«, fragte er scherzhaft.

»Wenn ich von meinem Sohn rede, meine ich damit auch meine Schwiegermutter. Er wohnt doch bei ihr.«

»Ich werde zumindest einmal mit ihr reden müssen. Das lässt sich nicht vermeiden. Aber Sie, Sie haben die verdammte Pflicht, mir bei der Suche nach dem Mörder Ihres Mannes zu helfen. Ohne Wenn und Aber. Warum misstrauen Sie mir?«

»Ich sagte Ihnen schon, dass ich Ihnen vertraue.« Sie schob den Cappuccino beiseite. »Er hatte Anrufe von Kollegen, gelegentlich gab es in den Jahren auch einen gegenseitigen Besuch. Immer war alles unverbindlich und schlief sehr schnell wieder ein. Es war im Sommer letzten Jahres, ich bin wie so oft spät nach Haus gekommen. Ich kam durch den Garten, es war heiß, die Terrassentür stand weit auf. Ich hörte Klaus' Stimme, er war etwas betrunken, und er telefonierte. Er legte auf und goss sich noch ein Glas Rotwein ein. Trank es aus. Ich schlich zur Gartentür zurück, ließ sie laut zufallen und ging zurück zur Terrasse, so als ob ich gerade erst gekommen wäre. Er schaltete sofort um und spielte den Entspannten. War wohl nicht so schwer, nach einer Flasche Rotwein. Ich fragte ihn, ob jemand angerufen hat. Er bestritt es. Den ganzen Tag hätte niemand angerufen. Ein paar Tage später habe ich mir die Bedienungsanleitung von unserer Telefonanlage vorgenommen und festgestellt, dass an jenem Abend weder ein Anruf rausgegangen noch angekommen sein soll. Obwohl ich frühmorgens und danach noch mit einer Kollegin telefoniert hatte. Das bedeutete, dass Klaus den ganzen Tag komplett im Speicher gelöscht hatte. Und das war wahrscheinlich nicht das einzige Mal.«

»Wissen Sie, mit wem er telefoniert hat?«

»Es war Holger Proschke. Ich habe gehört, wie Klaus ihn mehrfach mit dem Namen angeredet hat! Mit dem Vornamen! Ich kenne sonst niemanden in unserem Bekanntenkreis, der Holger heißt. Ich hatte vorher nicht gewusst, dass er mit ihm per Du ist.«

Hinter ihrem Blick war Angst. Sie schien echt zu sein, weil sie sich bemühte, sie zu verbergen.

Proschke. Laufbahnabschnitt 2. Prüfungsfreier Aufstieg. Vom Kriminalhauptmeister zum Kommissar. In Abteilung 3, Staatsschutz im Landeskriminalamt.

»Kennen Sie die Geschichte der Möweninsel?«, fragte er.

Sie schüttelte den Kopf.

»Man sagt, dass die Seelen der an einem Mord Beteiligten seit vielen Jahrhunderten ruhelos über der Insel kreisen.«

»Ein konkreter Mord?«

»Vor über achthundert Jahren soll sich hier die Jürgensburg befunden haben, die von Erik IV. bewohnt wurde. Er soll seinen Bruder, Herzog Abel, unter dem Vorwand auf die Burginsel gelockt haben, dass er eine Erbstreitigkeit beilegen wollte. Das tat er, indem er seinem Bruder den Kopf abschlagen und den Körper in der Schlei versenken ließ. Der Mörder wurde König. Er wurde nie vor ein Gericht gestellt, starb allerdings zwei Jahre später, angeblich eines natürlichen Todes. So habe ich es in Schleswig in der Schule gelernt.«

»Und deshalb sind Sie Kriminalkommissar geworden«, sagte sie ernst.

»Auch. Aber …« Er hielt inne. *Eigentlich*, wollte er sagen, *eigentlich nur*, weil ich mich mit meinen Vater, dem Dompastor, immer über Gerechtigkeit in der irdischen Welt gestritten habe. Aber das war zu viel Nähe. Es war nicht leicht, ihren suchenden Augen zu widerstehen.

»Wie geht es Ihrem Sohn?«

»Er ist ein wenig durcheinander. Meine Schwiegermutter hat sich mit ihm schon immer sehr viel Mühe gegeben.«

»Wie lange wird er bei ihr bleiben?«

Sie sah ihn irritiert an. Suchte nach Worten. »Er … solange er es will.«

»Wie oft sehen Sie Ihren Sohn?«

»Meist nur am Wochenende. Es ist ja Zufall, dass wir in Schleswig drehen. Nächste Woche bin ich für zwei Wochen in München.«

»Das heißt … Ihr Sohn *wohnt* bei Ihrer Schwiegermutter. Ich hatte Sie so verstanden, dass sie sich vorübergehend, in dieser schwierigen Phase, um ihn kümmert.«

»Wolfram wohnt überwiegend bei ihr.« Sie rieb sich die Unterarme, als ob ihr kalt wäre. »Es ging nicht anders. Klaus und ich hatten ständig Streit, wenn wir mal zufällig gleichzeitig zu Hause waren. Meine Schwiegermutter wollte sich das nicht mehr mit ansehen. Sie war doch unsere Haushälterin und Kindermädchen zugleich. Wolframs Schulleistungen waren im Keller. Es war dann ihr Vorschlag, sie hat ja genug Platz in ihrem Haus.«

»Was für ein Verhältnis hatte Klaus zu seiner Mutter?«

Marlene Gondersen schien nach Luft zu schnappen. Und sagte mit merkwürdig dünner Stimme: »Für meinen Geschmack ein zu enges.« Sie sah Malbek mit hochgezogenen Augenbrauen an. Als müsste er die Bemerkungen sofort richtig deuten können.

»Wie meinen Sie das?«

»Irgendwann im Laufe unserer Ehe habe ich mich damit abfinden müssen, dass nicht ich, sondern seine Mutter die Frau seines Lebens war. Und immer bleiben würde.«

»Wie hat sich das geäußert?«, fragte Malbek.

»Herrgott, Herr Malbek, ich weiß wirklich nicht, ob Ihnen das weiterhilft!«, stieß sie hervor. Als sie bemerkte, dass die Kellnerin zu ihnen herüberschaute, senkte sie ihre Stimme wieder. »Es war eben so, dass das, was seine Mutter sagte und wollte, für ihn richtig und wichtig war. Meine Wünsche und Vorstellungen, mein Leben waren nichts für ihn.«

»Wo wohnt Ihre Schwiegermutter eigentlich?« Er nahm Tagebuch und Kugelschreiber aus der Jacke.

»Bitte …«, sagte sie mit flehendem Ton.

Malbek hielt den Blick gesenkt auf sein Tagebuch. Er konnte sich denken, wie ihre Augen ihn jetzt ansahen.

»Ich habe Ihnen doch gesagt, dass ich mit ihr sprechen muss.«

»Aber doch nicht mit meinem Sohn!«

»Also, wie ist die Adresse? Ich kann mir das auch im Büro aus dem Computer holen.« Er ließ den Kugelschreiber über dem Papier schweben.

»In Dodensand. An der Geltinger Bucht. Es gibt nur eine Straße dort. Die heißt auch Dodensand. Das Haus ist die Nummer 3.«

Er zahlte, und sie begleitete ihn noch ein paar Schritte in Richtung Schloss, dort, wo er sein Wohnmobil geparkt hatte.

»Finden Sie nicht auch, dass er ein bisschen schief steht?«, sagte sie und wies zum Wikingturm.

»Ja, und zwar je länger man ihn anschaut. Ich habe das Gefühl, dass er jeden Tag ein bisschen schiefer steht, weil so viele Schleswiger ihn prüfend ansehen.«

Sie lachten beide, sahen sich an und sehr schnell wieder weg.

»Ich muss zurück«, sagte sie und ging. Nach ein paar Metern drehten sie sich gleichzeitig nacheinander um. Sie klappte den Kragen ihrer Sportjacke hoch, obwohl es warm und windstill war.

»Ich wollte mich nur vergewissern, dass Sie mir nicht hinterherlaufen!«, rief sie und lief bei Rot über den Zebrastreifen zum Lollfuß.

Als Malbek über die Haddebyer Chaussee wieder nach Kiel zurückfuhr, fragte er sich, welche der Möwen, die über der kleinen Insel kreisten, die Seele des Mörders war. Die Möwen sahen angeblich alle so aus, als ob sie Emma hießen. Im Augenwinkel sah er auf einem kleinen Parkplatz rechts zwei Männer neben einem Auto stehen. Der eine sah so aus wie Lüthje. Das Unterbewusstsein spielte einem manchmal die gemeinsten Streiche.

Er schob die CD mit der Aufnahme von »It seems so long ago, Nancy« ein. Seit er den Song zum ersten Mal gehört hatte, ging ihm die Frage im Kopf herum, wer Nancys Mörder sein könnte. Im Text wurde angedeutet, dass der Vater noch verhört würde. Das Ergebnis des Verhörs blieb offen. Der Songtext war aus der Perspektive eines der Freier geschrieben. So war es zu erklären, dass von den Freiern und der Prostituierten das Bild einer ehrlichen Beziehung entstand. Sie wussten, woran sie waren, sie logen sich nicht an, Nancy und ihre Freier. Die Freier hatten also kein Motiv. So schien es.

Das Wesentliche dabei war für Malbek, dass das Böse also nicht aus dem gesellschaftlich geächteten Verhältnis Freier und Prostituierte kam, sondern aus dem Schoß der Familie, dem Inbegriff der liebevollen Geborgenheit. Wahrscheinlich hatte die Polizei die Fingerabdrücke des Vaters auf der Waffe gefunden. Dann wäre es einfach. Aber so einfach war es wohl nicht gewesen. Auch für Malbek war das Thema Familie nie einfach gewesen. Er schaltete auf Anfang und sang mit.

»It seems so long ago …«

3.

Wie an jedem Morgen holte Hilly die Post aus dem Briefkasten im Hausflur. Ein Umschlag mit den »Fotos fürs Familienalbum« von Strupps war dabei. Auf einem Zettel fand sie den Hinweis, dass Strupps den vergrößerten Ausschnitt vom weißen Schiff am Horizont per Mail geschickt hatte, »weil so die Details besser herauskommen«. Hilly fand den »Altherrenklub« auf den Fotos ganz entzückend. Herbert Brotmann wäre doch viel attraktiver, als sie ihn sich nach Lüthjes Schilderungen hatte vorstellen können.

»Ich hätte dir vielleicht sagen sollen, dass Herbert sich sogar in seiner eigenen Krimiserie selbst spielt. ›Ermittler in Weiß‹. Kennst du die etwa nicht?«, fragte Lüthje und fuhr den Computer hoch.

Hilly kniff ihm in die Backe. »Wann hast *du* da deinen Auftritt? Wo ist das Foto eigentlich gemacht worden, habt ihr einen Strandtag eingelegt?«

»Das ist Dodensand.« Lüthje rief Strupps Mail ab und öffnete den Fotoanhang. Die Vergrößerung war eindrucksvoll. Elegant und trotzdem mit schwungvollen Linien, wie die großen Segeljachten der fünfziger Jahre. Gemessen an der Größe der wenigen Rettungsboote und des Hubschraubers am Heck, war es etwa hundert Meter lang. An Deck war niemand zu sehen, trotz des wolkenlosen frühsommerlichen Himmels.

Hilly meinte, dass es eines der kleinen, aber feinen Kreuzfahrtschiffe sein müsste, die statt zweitausend Kabinen nur einhundert hätten. Kabinen gebe es da eigentlich gar nicht, sondern nur Suiten, und jede hätte einen eigenen Butler. Auf diesen Schiffen gebe es kein Las Vegas, keine Boutiquenmeile und kein Gedrängel am Büfett.

»Und was kostet der Spaß?«

»Einmal im Leben können wir uns das doch mal gönnen.«

»Ich weiß nicht, da muss man sich jedes Mal zum Abendessen einen Frack anziehen!«

»Eric, du im Frack, allein diese Vorstellung, die Frauen würden dir alle zu Füßen liegen. Nein, wenn ich recht bedenke … das will ich nicht.«

Statt einer Antwort schüttelte sich Lüthje angewidert, zog übertrieben genussvoll sein Cordjackett an, griff sich seinen Rucksack, küsste Hilly auf die Nasenspitze und bat sie, doch mal zu recherchieren, ob der Kreuzfahrer denn auf einen Liegeplatz in Kiel warte und wie der Schiffsname sei. Als er schon auf der Treppe war, lief sie ihm nach und steckte ihm die Frischhaltebox mit Fischbrötchen und eine Thermoskanne mit echt englischem Earl-Grey-Tee in den Rucksack und drückte ihm das mobile Navigationsgerät aus ihrem Wagen in die Hand.

»Damit du dich nicht wieder irgendwo am Ostseestrand verirrst.« Er hatte ihr gestern Abend nach den »Ferien des Monsieur Hulot« von seiner Odyssee nach Dodensand erzählt. Er hatte nur gesagt, es sei eine »Inaugenscheinnahme« gewesen, und ihr versucht zu erklären, was darunter im polizeilichen Sinne zu verstehen sei. Sie hatte ihn mit einem Lachanfall unterbrochen und ihm dann erklärt, was sie darunter verstehen würde.

In seinem Dienstpostfach fand Lüthje einen Brief von der Kriminalpolizeiinspektion Kiel vor. Darunter lag ein brauner DIN-A4-Umschlag, wahrscheinlich aus Amtsbeständen, an »KHK Lüthje persönlich«, ein Computerausdruck. Keine Absenderangabe.

Er legte die Briefe in die Mitte seines Schreibtisches und begann im Tigerkäfiggang im Zimmer hin und her zugehen. Sein Auge blieb immer wieder am Umschlag ohne Absender hängen. Er versuchte sich vorzustellen, welche unangenehme Überraschung dort auf ihn warten könnte. Ein Erpresserbrief? Nicht ausgeschlossen. Es gab ein paar Geheimnisse, die er hier keinem erzählen würde, nicht einmal Malbek. Malbek? Würde Malbek ihm einen anonymen Brief senden? Quatsch. Lüthje fand plötzlich, dass sein Büro einen kahleren Eindruck machte als sonst. Richtig, der Gummibaum am Fenster war verschwunden! Hoffentlich hatte ihn Dibbertchen nicht an sich genommen, um ihn wieder aufzupäppeln. Der hölzerne Degen lag noch unversehrt auf der Fensterbank. »Nicht berühren! Wichtiges Beweisstück!«

Er beschloss, ihn auf die Hutablage seines neuen Dienstwagens zu legen. Er würde gut zum Neuron passen. Zwei Glücksbringer sind besser als einer. Außerdem war er im Wagen sicherer aufgehoben als hier in der freien Wildbahn des Büros.

Er griff zum »anonymen Umschlag« und öffnete ihn. Es war ein vorläufiger Untersuchungsbericht der Kriminalinspektion Kiel. Auf der ersten Seite prangte oben rechts ein Stempelaufdruck: »Vertraulich! Nur für den dienstinternen Gebrauch«. Elf Seiten.

Im anderen Umschlag war ein Brief des Leiters der Kriminalinspektion Kiel, Polizeirat Schackhaven. Er »bat« um Zusendung eines Berichtes in der Ermittlungssache gegen unbekannt zum Nachteil des Klaus Gondersen. Binnen drei Tagen. Sie wollten ihn nicht einmal persönlich anhören!

Lüthje schloss die Bürotür ab, blätterte im vertraulichen Abschlussbericht. Gegenstand des vorläufigen Berichtes waren »verschiedene planungsrelevante Aspekte des Einsatzes unter dem Decknamen ›Bogart‹«.

Lüthje überflog den letzten Abschnitt »Ergebnis«.

… Die diesbezüglichen Risiken des nicht digitalen Polizeifunks sind bekannt und nicht Gegenstand dieses Untersuchungsberichtes. Offen muss deshalb die Frage bleiben, ob bei Verwendung des noch nicht eingeführten digitalen Polizeifunks die geschilderten Kommunikationsprobleme hätten vermieden werden können, bei denen die Beschränkung auf die einkanaligen Verbindungen die Ursache waren …

… Außerdem kann bei dem oben unter Ziffer 3.1.2. dargestellten Stand der Ermittlungen nicht ausgeschlossen werden, dass der Funkverkehr abgehört wurde. Vor dem Hintergrund des oben unter Ziffer 4.1.3. geschilderten logistischen Aufwandes, den die Täter zur Vorbereitung und Durchführung der Tat getrieben haben müssen, gibt es eine hinreichende Wahrscheinlichkeit für die oben unter Ziffer 4.1.4. dargestellte entsprechende funktechnische Ausrüstung der Täter, die wahrscheinlich bereits digital arbeitete und die analogen, verschlüsselten Signale des nichtdigitalen Polizeifunks in Echtzeit entschlüsselte und auswertete.

Es muss auch davon ausgegangen werden, dass es hier um ein mit hohem logistischem Aufwand betriebenes Tatgeschehen handelt, das mit seinem professionellen Charakter im Bereich der organisierten Kriminalität anzusiedeln ist, und zwar in einer für die Region Schleswig-Holstein bisher nicht bekannten Dimension.

Die Frage, ob KHK Lü durch sein Verhalten Mitschuld am Verfehlen des Einsatzzieles hatte, lässt sich nach den oben unter 5.1. getroffenen Feststellungen eindeutig mit Nein beantworten …

… KHK Gondersen ist durch ein Geschoss getötet worden, das aus Richtung Hörn abgeschossen worden ist. Das darauffolgende Unfallgeschehen ist unmittelbare Folge dieses Schusses. Offen bleiben muss hier die Frage, ob KHK Gondersen das Ziel des Täters war oder KHK Lüthje, da es sich ja um sein Dienstfahrzeug handelte. Die Ermittlungen am Tatort haben zweifelsfrei ergeben, dass der Täter Gondersen mit bloßem Auge erkennen konnte. Also kann auch nicht ausgeschlossen werden, dass den Tätern bekannt war, dass KHK Gondersen im Dienstfahrzeug des KHK Lüthje vor Ort erscheinen würde …

… Es ist also nicht ausgeschlossen, dass der Anschlag für den in Frage kommenden Täterkreis und die Hintermänner einen größeren Stellenwert hatte, als bisher angenommen wurde.

Unterschrieben war das Ganze von drei Berichtsspezialisten aus dem Innenministerium. Sie hatten vermieden, genau hinzusehen, nicht untersucht, warum er, Lüthje, gegen die Anweisung des Einsatzleiters Malbek das Dienstfahrzeug verlassen hatte. Stattdessen hatten sie sich auf das Schlachtfeld des veralteten nicht digitalen Polizeifunks begeben. Ein politisches Scharmützel.

Lüthje war es recht. Der Bericht entlastete ihn. Und er war ihm so rechtzeitig zugespielt worden, dass er entspannt seine schriftliche Stellungnahme gegenüber Schackhaven abgeben konnte. Er musste in Kiel doch noch einen Freund haben.

Er fuhr den Computer hoch, überprüfte ein paar standesamtliche Eintragungen, weil er die Informationen heute in Dodensand präsent habe wollte.

Der Text für den Bericht floss ihm beschwingt von den Fingerspitzen in die Tastatur. Er schilderte die Vorgänge auf dem Bahnhof. Und dass er sich den Kollegen verpflichtet gefühlt hätte. Und dass er von dem Unfall über Funk gehört hätte und sofort hätte helfen wollen. Deshalb sei ihm die Anweisung des Einsatzleiters Malbek falsch vorgekommen. Er hätte nur so schnell wie möglich zum Unfallort eilen wollen. Das war nicht ganz die Wahrheit, hörte sich aber verständlich an. Und für den Zustand der Dienstfahrzeuge trage er keine Verantwortung.

Sie sind doch noch nicht dran, Herr Lüthje.

Er holte sich seine Dienstwaffe aus dem Waffenfach im Keller und steckte die SIG Sauer P6 in das Schulterholster.

4.

Brotmann war so müde und glücklich, wie ein Professor der Rechtsmedizin nur sein konnte, der die ganze Nacht eine Leiche obduziert und gleichzeitig einen wissenschaftlichen Aufsatz entworfen hatte. Obwohl die Morgensonne inzwischen ihre leuchtenden Finger durch die schmalen Fenster über die Ergebnisse von Brotmanns Arbeit wandern ließ, waren alle Neonlampen noch eingeschaltet. An den Wänden des Arbeitsraumes in den archäologischen Werkstätten an der Haddebyer Chaussee in Schleswig standen Holzregale voller beschrifteter Pappkartons. An den Stirnseiten des etwa zwanzig mal dreißig Meter großen Raumes waren ein paar steinzeitliche schwarzbraune Einbäume aufgebockt, die man konserviert hatte. Neben einer garagentorähnlichen Tür hatte man den ursprünglich eingeschalten Sandblock auf dem Boden abgesetzt. Der Sand war entfernt und in einem anderen Raum von Mitarbeitern der Spurensicherung durch Siebe geschüttet worden. Die sterblichen Überreste hatte Brotmann fein säuberlich in beschriftete Pappkartons und Metallgefäße verteilt.

»Hallo, Eric, woher hast du gewusst, dass ich gerade fertig geworden bin und danach lechze, einem wissbegierigen Ermittler ein paar Erkenntnisbrocken vor die Füße zu werfen?« Brotmann zog sich die Einmalhandschuhe aus und wusch sich die Hände über dem großen Waschbecken.

»Reine Intuition.« Lüthje schob sich ein Stück Knäckebrot in den Mund und rümpfte die Nase. Im Raum roch es penetrant süßsäuerlich.

»Ich bin dir wieder einmal zu Dank verpflichtet«, sagte Brotmann. »Zum wiederholten Male werde ich vor der interessierten Fachwelt eine Problemstellung diskutieren dürfen, die dich wieder mal überhaupt nicht interessiert, weil sie angeblich rein akademischen Charakter hat. Letzteres ist allerdings nicht ganz zutreffend. Dich dürfte interessieren, dass es eine Übertötung ist.« Er schraubte eine Thermoskanne auf und goss sich Kaffee in einen der Pappbecher, die am Waschbecken standen. »Eine gnädige Seele aus meinem Institut hat mir frühmorgens Kaffee und Sandwichs gebracht. Sonst hätte ich wahrscheinlich schlappgemacht. Möchtest du Kaffee? Oder vielleicht ein Sandwich? Thunfisch und Tomate, meine Lieblingssorte.« Er hielt Lüthje die geöffnete Tüte hin.

»Nein danke, Herbert, ich habe schon gefrühstückt und hoffe, dass es auch drinbleibt«, sagte Lüthje mit Blick auf Gefäße und Pappkartons. Vorsichtshalber legte er sich noch ein Stück Knäckebrot auf die Zunge. »Wie kannst du in diesen Bruchstücken überhaupt noch etwas Ermittlungsrelevantes erkennen?«

»Gebrochene Gliedmaßen allein sind noch keine Todesursache, auch in der Summe nicht. Aber fangen wir besser mit der Körpergröße an. Bei Berücksichtigung der Längenmaße der Röhrenknochen von Femur, also Oberschenkelknochen, und Humerus, Oberarmknochen, können wir von einer Körpergröße von hundertachtundsiebzig Zentimetern ausgehen. Plus/minus fünf Zentimeter. Kein Hüne also.«

»Es steht also fest, dass es ein Mann ist … war?«

»Ja. Männer haben eine mehr fliehende Stirn. Vielleicht ein paar Gene von den Neandertalern.« Brotmann lächelte müde, trank den Kaffee in einem Zug aus und goss sich nach. »Übrigens war Aner kurz hier und hat mir bei der Arbeit zugesehen. Er hat mich auf diese dunkle Schicht aufmerksam gemacht. Rötlicher Ruß. Da muss es wohl im Deutsch-Dänischen Krieg ein Scharmützel gegeben haben, das die Geschichtsschreibung bisher übersehen hat, meinte er. Aber entschuldige, ich schweife schon wieder ab. In den Lungenresten gab es keine Anzeichen von Aspirationen, also zum Beispiel Sand in der Lunge. Der Tod war bereits eingetreten, als er vergraben wurde. Zwar kann man nach so langer Zeit bei Geweberesten nicht mehr so sicher sein … Ich schätze die Leichenliegezeit auf mindestens fünf Jahre, es können aber auch zehn oder zwölf Jahre sein. Die klimatischen Verhältnisse spielen da eine entscheidende Rolle. Ich kann dir leider keine präzisere Auskunft geben. Aber sieh dir mal den Schädel an, Eric.«

Lüthje verzog das Gesicht und wandte sich ab.

»Ja, du hast richtig gesehen, Eric.« Brotmann biss ein großes Stück von seinem Sandwich ab und redete kauend weiter. »Der erste Schlag traf das Opfer aufrecht stehend von hinten und verursachte eine Berstungs-Biegungsfraktur. Wird auch Globusfraktur genannt. Da weiß man gleich, was gemeint ist. Die Schädelbrüche sind überwiegend oberhalb der sogenannten Hutkrempenlinie, dort, wo der Kopfumfang am größten ist. Das spricht immer für von oben kommende Gewalteinwirkungen. Im Gesichtsbereich konnte ich eine Querfraktur des Oberkiefers mit horizontaler Absprengung des Nasen- und Kieferhöhlenbodens feststellen. Dunkle Haare hat er gehabt, ein paar graue Strähnen waren dabei.«

»Hast du eine Idee, womit der Täter zugeschlagen hat?«

»Zunächst hat der Täter von hinten den Schädel eingeschlagen, dann das Gesicht eingeschlagen, dann die Knochen gebrochen. Als Waffe kommt hier ein Spaten in Betracht. Nein, kein Kinderspaten, ein richtiger Spaten. Leichenfundort und Tatort sind übrigens nicht identisch. Ich will dich nicht mit den Einzelheiten langweilen, aber es gibt Hinweise darauf, dass der Tod schon einige Zeit vorher eingetreten war. Die Leiche ist vorher transportiert worden. Wie lange der Transport gedauert hat, kann ich nicht genau sagen. Nur so viel, dass er aus einem der Häuser am Strand oder von einem ganz anderen Ort wie Gelting, Kappeln oder Schleswig stattgefunden haben kann. Dort wäre der Tatort zu suchen. Alles zwischen Dodensand und Schleswig. Mit dem sicherlich noch blutigen Tatwerkzeug hat er das Opfer begraben. Erinnert fast an eine rituelle Handlung.« Brotmann nahm sich ein zweites Sandwich.

»Wie alt war der Tote?« Lüthje hatte einen trockenen Hals bekommen und überlegte, ob ein Kaffee dagegen helfen würde.

»Um die fünfzig Jahre plus/minus sechs Jahre. Im Zentrum des Zahnabschliffes habe ich nämlich bräunlich gefärbtes Dentin gefunden. Um die vierzig hat man gelblich verfärbtes Dentin.« Brotmann hielt für einen Moment inne und fuhr sich suchend mit der Zunge an den Zähnen entlang. »Trotz der Verletzungen im Gesichtsbereich konnte ich das Gebiss einigermaßen frei präparieren. Und da gibt es eine gute und eine schlechte Nachricht.«

Lüthje griff zu dem Pappbecher, den Brotmann für ihn neben der Thermoskanne bereitgestellt hatte.

»Ich hoffe, du fängst mit der guten an.«

»Freu dich, das Opfer hatte eine Zahnlücke. Der Haken daran ist: Die Lücke ist im Unterkiefer rechts hinten, Nummer 45. Das bedeutet: Die Lücke sieht nur der Zahnarzt und vielleicht der Lebenspartner. Tut mir leid. Rechts meint übrigens: aus der Sicht des Betrachters. Und die Suche nach Zahnschemata bei Zahnärzten ist sowieso meist vergeblich oder dauert Jahre.«

Lüthje öffnete die Thermoskanne und sah in den Becher in seiner Hand. Am Boden des Bechers bewegte sich etwas. Es war eine winzige Fliege oder Wespe, die auf einem winzigen Stück Fruchtfleisch einer Tomate saß. Es musste Brotmann beim Prüfen seiner Zähne von der Zunge gefallen sein. In Lüthjes Pappbecher. Das Hinterteil des Insektes steckte mit einem dünnen Stachel in dem Tomatenstückchen und pulsierte. Es legte Eier ab. Lüthje hielt Brotmann den Becher wortlos hin.

Brotmann sah interessiert in den Becher. »Fleißige Tierchen. Dodensand war ihre Heimat. Ich hatte sie schon ganz vergessen. Wie du weißt, bevorzugen sie eigentlich Mottenlarven für ihre Eiablage, die sie dann von innen auffressen. Das wird den Archäologen hier nützlich sein. Aber du hast mich noch nicht nach meiner Liegezeiteinschätzung gefragt.«

»Was ich hiermit untertänigst tue!« Lüthje warf den Pappbecher in den Abfalleimer neben dem Waschbecken, was Brotmann mit einem Stirnrunzeln kommentierte.

»In den Nasenhöhlen habe ich mit Hilfe eines Archäologen, der im Zimmer nebenan arbeitet, Pflanzenpollen sichern können, die er als typische Aprilpollen bezeichnet hat. Es war eine ganz spezifische Konzentration von Gräsern und Birkenpollen, die Anfang April Allergikern zu schaffen macht. In welchem Jahr ist damit nicht ausgemacht. Aber der übliche Zeitgang der Leichenzersetzung im relativ trockenen Sandboden lässt auf eine Liegezeit zwischen fünf und zwölf Jahren schließen. Du musst bedenken, dass die Sommer mal trockener und mal feuchter sind.«

»Na gut, dann habe ich jetzt eine Ahnung von der Tatwaffe, einen tobenden Mörder und eine nicht sichtbare Zahnlücke. Noch was?«

»Wenn du ein Foto findest, von dem du glaubst, dass er es ist, etwa in dem Alter, als er ermordet wurde …« Brotmann deutete zum Schädel. »… können wir die Identität durch eine sogenannte Superimposition des Fotos in den restaurierten Schädel prüfen. Einfacher gesagt, im Computer legen wir die durchsichtigen Fotos von Schädel und lebender Person übereinander. Gerade am Gebiss wird dann deutlich, ob es zusammenpasst. Du würdest staunen. Das ist überzeugender und schneller als dieses computergestützte Abgleichen des Schädels nach standardisierten Polizeifotos. Aber bei dem Zustand des Schädels ist das ein erheblicher Aufwand. Empfiehlt sich also nur, wenn es keine anderen Anhaltspunkte für die Identifizierung gibt.«

Lüthje gab ihm recht, nahm sich einen neuen Pappbecher und prüfte ihn eingehend auf Insektenbefall und Essensreste. Der Kaffee aus Brotmanns Thermoskanne war so stark, dass Lüthje hustete.

Brotmann aß noch ein Sandwich mit Thunfisch und Tomate und meinte: »Ich weiß, du magst eigentlich nur Fördepils und Duborger Bock. Wann treffen wir uns mal wieder zum Picknick auf dem Laboer Flakbunker?«

»Vor meinem Urlaub wird das nichts mehr. Ich muss sehen, dass ich diesen Fall noch vorher abschließe. Eine Frage noch. Du sprichst doch gut Latein …«

»… was mein Fach betrifft!«

»Sagt dir das Wort ›Lentus‹ etwas? Das hört sich so lateinisch an.«

»In welchem Zusammenhang hast du es gehört?«

»Als Name.«

»›Lentius‹ wurde als Name im alten Rom sehr oft verwendet, ein Gegenkaiser wurde so genannt. An mehr kann ich mich nicht erinnern, die Schulzeit ist für mich schon ein paar Jahre her. Ich kann mich allerdings noch gut daran erinnern, dass wir in schriftlichen Arbeiten immer das i vergaßen. Wer den Fehler machte, kam nicht mehr über ein Ausreichend hinaus. Das Wort ›lentus‹ ist ein Adjektiv. Es heißt so viel wie ›langsam‹, hatte auch je nach Zusammenhang die Bedeutung von ›zäh, widerstandsfähig, beharrlich bis zur Hartnäckigkeit‹. Das gab dem Text manchmal einen völlig anderen Sinn, von der ungewollten Obszönität bis zur unfreiwilligen Komik. So ein Versprecher im Schultheater konnte der Szene eine ungewollte Bedeutung unterlegen. Kannst du damit etwas anfangen?«

»Ich muss darüber nachdenken.«

Sie brachen zusammen auf. Auf dem Parkplatz verabschiedeten sie sich. Als Lüthje gerade seinen Wagen angeworfen hatte, klopfte Brotmann an seine Scheibe. Lüthje öffnete sie.

»Schickes neues Auto hast du, Eric. Aber was ich eigentlich sagen wollte: Du weißt ja, Erinnerung ist vor allem und zuerst ein Gefühl. Falls dieser Täter eine Erinnerung an die Tat hat … dann wäre es das Gefühl von rasender Wut.«

5.

Malbek las gerade an seinem Schreibtisch den Bericht über einen Einsatz des SEK in einer Wohnung in Mettenhof, als sein Handy sich mit Glockenspiel meldete, dem Signal, das er für den SMS-Eingang gewählt hatte.

Die SMS kam von Jette.

»Ihr seid wie ein altes Ehepaar! Ich habe Eric in Dodensand getroffen, er hat mich wie eine Aussätzige behandelt. Genau wie du. Was habe ich dir getan? Was ist in Kiel so interessant? Dein Briefkasten quillt über. Elena und Dittrich: was nun mit der Vereinssitzung wird. Ob er im Park hinter dem Gutshaus den Bruch aus den Bäumen holen soll. Sophie: ob du am Wochenende Zei…«

Der Wortschwall brach endlich ab.

Wieder dieses Dodensand. Wo hatte er das neulich gelesen ... heute Morgen in der Landeslage! Da war von einem Leichenfund am Strand die Rede gewesen!

Das Glockenspiel meldete sich wieder.

»...t hast. Ihr hättet eine Regressionsphase. Wie im Kindergarten!«

Malbek wartete noch ein paar Sekunden. Jetzt schien sie endlich fertig zu sein. Und rief auch nicht an. Wahrscheinlich hatte sie Dampf ablassen wollen.

Er rief am Computer die aktuelle Landeslage auf. Ein zehnjähriger Junge hatte mit seinem Kinderspaten am Strand von Dodensand eine Leiche gefunden.

Jette war also gestern da gewesen und hatte sicher aktuelle Informationen. Die »Sydslesvig Tidende« hatte er in Kiel nicht gelesen. Und im Internet war nie die komplette aktuelle Ausgabe zu finden.

Er rief Jette an. Sie hob gleich nach dem ersten Verbindungston ab. Sie schien auf dem Handy gesessen zu haben.

»Jette, bitte, bitte, nur eine Information brauche ich, es ist ganz wichtig, bitte ...« Er hörte sie einfach dazwischenreden, sie hörte ihm nicht zu, aber er hörte ihr ja auch nicht zu. »... nur eine Information, hör mir gut zu. Sonst lege ich gleich wieder auf ...« Sie wurde still. »Wie heißt der Junge mit Nachnamen? Wie heißt der Junge, der zehnjährige Junge, der in Dodensand, wo du gestern warst, diesen Leichenfund gemacht hat?«

»Er hat ja zunächst nur eine Hand gefunden ...«

»Nein, Jette, ich hatte gefragt, wie er *heißt*! Wie heißt der Junge mit *Nachnamen*?«

»Gondersen. Wolfram glaub ich, warte mal, ich ...«

Malbek legte auf.

Auf dem Flur rannte er gegen eine Dame aus dem zentralen Schreibdienst, die ihm in der letzten Zeit gerne Dienstliches persönlich auf den Schreibtisch legte.

»Keine Zeit! Legen Sie es in mein Fach.« Sie sah ihm mit einem Schmollmund enttäuscht nach, wie er die Treppe hinunterrannte.

Auf der Fahrt nach Schleswig drehten sich immer wieder die

gleichen Fragen wie ein Karussell im Kopf herum. War Marlene Gondersen eine viel bessere Schauspielerin, als er geglaubt hatte? Wieso hatte sie ihm vor ein paar Stunden in dem Café verschwiegen, was ihrem Sohn passiert war? Bei seinem »Kondolenzbesuch« hatte sie erwähnt, dass ihre Schwiegermutter mit ihrem Sohn an den Strand wollte. Zur Ablenkung. Das war gründlich schiefgegangen. Es gab noch die Möglichkeit, dass sie es vor ein paar Stunden, als er mit ihr in Schleswig im Café saß, tatsächlich nicht gewusst hatte. Zu diesem Zeitpunkt aber wusste es ihre Schwiegermutter schon seit mindestens vierundzwanzig Stunden. Sie hätte ihre Schwiegertochter zumindest anrufen und ihr sagen müssen, was dem Jungen passiert war. Leichenteile am Strand finden, das war doch keine kleine Schramme am Schienbein, über die man nicht zu reden brauchte. Wer hatte hier gelogen oder etwas verschwiegen? Das wollte er von ihr hören und sie dabei beobachten, wenn sie sich herausreden musste, die Schauspielerin. Irgendetwas musste ihm entgangen sein, als sie ihn mit ihrer Ausstrahlung, ihrem »natürlichen« Charme eingewickelt hatte.

Es gab aber in Sachen Dodensand für Malbek schon jetzt unangenehme Fakten: Der Ort lag im Zuständigkeitsbereich der Bezirkskriminalinspektion Flensburg. Bei einem Leichenfund war die Mordkommission zuständig. Er würde es also wieder mit Lüthje zu tun bekommen. Das ließ sich nur vermeiden, wenn sich ganz schnell herausstellen würde, dass Dodensand nichts mit dem Tod von Klaus Gondersen zu tun hatte. Oder dass Lüthje schon in Urlaub war.

Er parkte sein Wohnmobil wieder am Schloss. Wahrscheinlich war Marlene Gondersen noch am Set, er würde versuchen, sie sich so schnell wie möglich in einer Drehpause beiseitezunehmen.

Am Set wurde gerade eine Szene vor der Tür eines der jahrhundertealten Bürger- und Handwerkerhäuser auf der westlichen Lollfußseite gedreht, das in der Nähe der Ecke zum Stadtweg stand. Marlene Gondersen saß mit einem kleinen Mädchen auf der ausgetretenen Außentreppe. Sie sahen aus wie Mutter und Tochter. Das kleine Mädchen hatte einen Luftballon in der Hand und ließ ihn los. Sie sahen ihm lächelnd nach, wie er höher stieg und in Richtung Schloss getrieben wurde. Marlene Gondersens Haar zerzauste im leichten Wind. Und wieder diese eine Strähne und diese Bewegung der Hand, es war die Haltung des ganzen Arms, die Malbek so faszinierte. Bis in ihre Schulter ging es, wie eine Welle. Sie sah plötzlich ohne Übergang direkt in seine Richtung und wurde ernst.

Der Regisseur mit der Flüstertüte schrie: »Kamera aus! Ton aus! Was ist los, Marlene?«

»Ich brauche eine Pause. Tut mir leid, Sven.« Sie machte Malbek ein Zeichen, in Richtung Schlei, er schüttelte den Kopf und wies nach oben zum Hang. Sie gehorchte.

»Sind Sie verrückt? Was fällt Ihnen ein, plötzlich wieder am Set aufzutauchen?« Sie wirkte äußerlich fast ruhig, als sie vor ihm stand. Aber keine Frau konnte so fauchen wie sie, dachte Malbek.

»Warum haben Sie mir vorhin im Café nichts davon gesagt?«

»Wovon?«

»Dodensand. Los, kommen Sie hier weg, die gucken alle schon.«

Er ging mit ihr den von Bäumen und Büschen gesäumten Hang zum Lornsengymnasium hoch, seiner ehemaligen Schule. Dort waren sie vor neugierigen Blicken der Leute am Set geschützt.

»Ihre Schwiegermutter wohnt doch mit Ihrem Sohn in Dodensand, haben Sie gestern gesagt.«

Er hatte sich nicht überlegt, wie er das Gespräch anfangen sollte. Er fühlte sich unsicher. Ob es an der Nähe des Schulgebäudes lag, das zwischen den Bäumen am Hang aufragte?

Sie sah ihn verständnislos an.

»Und Ihre Schwiegermutter hat Ihnen nichts gesagt? Sie wissen nichts davon … auch nicht aus anderer Quelle, Zeitung, Kollegen am Set oder so? Oder Polizei?«

»Oh Gott, ist irgendwas mit Wolfram?«

»Gestern Vormittag hat Ihr Sohn am Strand in Dodensand eine Leiche gefunden.«

»Sie sind verrückt.« Sie blieb stehen und sah ihn prüfend und gleichzeitig irritiert an. »Entschuldigen Sie, ich muss zu ihm!«

Sie machte auf der Stelle kehrt.

Er hielt sie am Arm fest. »Woher soll ich das wissen? Ich bin zuerst zu Ihnen gefahren, um zu erfahren, ob es sich wirklich um

Ihren Sohn handelt. Außerdem bin ich nicht zuständig. Das bearbeiten die Flensburger Kollegen. Haben die Sie noch nicht kontaktiert?«

»Nein, nein. Ich sage Ihnen doch, ich … lassen Sie mich los!«

Die Strähne fiel ihr ins Gesicht. Sie strich sie mit dem freien Arm weg und sah ihn fragend an. Er küsste sie. Sie ließ sich küssen. Und erwiderte den Kuss. In seinem Kopf drehte es sich angenehm, wie im Rausch, auch wenn man weiß, dass hinterher der Kater kommt.

Er stieß sie schwer atmend von sich.

»Los, fahren Sie und sehen Sie nach, was da los ist. Ich muss sehen …«, sagte Malbek.

Sie riss sich los.

Sie lief den Hang hinunter. Ohne sich nach ihm umzusehen.

Er nahm den Umweg über die Michaelisallee, Schützenkoppel und Hesterberg zum Parkplatz vor dem Schloss. Das dauerte fast eine Stunde. Aber den direkten Weg, der über den Lollfuß führte, wollte er unbedingt vermeiden, aus Angst, ihr dort unten am Set wieder zu begegnen, sie auch nur zu sehen. Er fühlte sich wie betäubt.

Es war das Dümmste, was er je getan hatte. Marlene galt als Zeugin im Ermittlungsverfahren, das er leitete. So etwas sah man im Fernsehen, in den Serien, in denen auch Marlene mitwirkte. Dass so etwas auch in Wirklichkeit passierte, hatte er noch nie gehört. Lüthje würde ihn auslachen. Schlimmer noch war, dass es in dem Ermittlungsverfahren um den Tod ihres Mannes ging. Dagegen war Lüthjes Versagen beim Einsatz und sein Verhalten in der Besprechung bei Schackhaven ein Kavaliersdelikt, über das man mit einem verständnisvollen Schulterklopfen hinweggehen konnte.

6.

Das »Sandmännchen« war also eine männliche Leiche, ungefähr eins dreiundachtzig, fünfzig Jahre alt plus/minus sechs Jahre, unsichtbare Zahnlücke rechts unten. Wahrscheinlich mit einem

Spaten von hinten erschlagen, Anfang April vor fünf bis zwölf Jahren.

Nicht viel, aber immerhin. Lüthje hatte sofort Husvogt informiert, damit der die Vermisstendatenbanken anhand dieses etwas konkreteren Profils durchsuchen konnte. Dass der Mann höchstwahrscheinlich mit einem Spaten von hinten erschlagen worden war und von wem, stand natürlich leider nicht in der Datenbank.

Lüthje entschloss sich, in Dodensand ein paar Gespräche zu führen und sich danach auf die Bank am Strand zu setzen, auf das Meer hinauszusehen, zum Horizont, ein wenig nachzudenken und in »Schuld und Sühne« zu lesen. An der Abzweigung an der B 199 zum Café Kranz kamen ihm aus dem Ohrfeldhaff zwei Kleinbusse, ein Krankenwagen und ein Leichenwagen entgegen.

Es gehört einfach dazu. Dieses Kommen und Gehen.

Schwester Ursula hatte die Adresse der Eigentümerin der Seniorenpension noch nicht wie versprochen telefonisch durchgegeben. Er wollte ihr sowieso noch ein paar Fragen stellen.

In Dodensand erinnerte nichts mehr daran, mit welchem Aufwand das Unternehmen »Sandmännchen« betrieben worden war. Nur ein paar Leute der Spurensicherung waren noch dabei, ihre Spuren zu beseitigen: abgerissene Flatterbänder, vergessene Siebe, leere Eimer und kleine Schaufeln und vergessene Pinsel. Sie nickten Lüthje müde zu.

Wiedenhus saß auf der Brücke des Steuerhauses und entfernte mit einem Winkelschleifer Farbe, die sich im leichten Seewind wie rote Stofffetzen auf der Wasseroberfläche verteilte.

»Sie liegen nicht mehr an derselben Stelle, oder täusche ich mich?«, rief Lüthje ihm vom Bootssteg zu.

»Was?« Wiedenhus schaltete den Winkelschleifer aus.

»Ich sagte, dass Ihr Boot gestern ein paar Meter weiter in Richtung Strand lag.«

»Ich musste hierher verholen. Ein Stück weiter weg vom Strand, weil der Wind die Farbreste sonst dahin geweht hätte. Hier ist der Wind etwas anders, er ist am Ende des Stegs bei Ostwind immer etwas umlaufend. Sonst hätte ich ja Ärger bekommen mit Ihrer Putzkolonne.« Er deutete zum Strand.

»Jemand hat mir gesagt, dass es mal früher einen Bootssteg gegeben hat, der dahinten vor dem Seezeichen stand.«

»Ja, da hatte der Prillwitz noch seinen Bootsverleih.« Wiedenhus stieg über die Leiter auf Deck. »Dann ist ihm der Bootskran gebrochen, als er die Tretboote ins Winterlager bringen wollte. Das Geld für die Reparatur wollte er sich bei mir leihen, ich hatte damals an dem Steg auch meinen Liegeplatz. Ich hab ja schon lange mit angesehen, wie das weniger wurde mit seinem Geschäft. Es kamen immer weniger hierher, die jungen Leute wohnten ja nicht mehr auf den Bauerhöfen in der Gegend. Die wollten in die Stadt, mindestens Schleswig oder Kiel oder gleich in die große weite Welt. Ein Strand ohne Pommes, Eis oder kaltes Bier und die Disco am Abend, das ging nicht mehr. In dem Jahr gab es einen stürmischen Herbst und einen langen, kalten Winter. Im Frühjahr waren Prillwitz' Boote nur noch Schrott. Und ohne Kran konnte er sowieso nichts mehr machen. Dann kamen ein paar Segler, die hier ohne Hafengebühr liegen wollten. Nach einem Bootsunfall hat sich das Wasser- und Schifffahrtsamt das hier angesehen und den Steg abreißen lassen. Weil man angeblich das Seezeichen dahinten nicht mehr richtig vom Wasser aus sehen konnte. Und jetzt bin ich hier. Hier kann mir keiner.«

»Das Seezeichen warnt vor Untiefen?«

»Nein, aber Untiefen, die gibt's hier auch. Alte Wrackteile und so. Sehen Sie mal dahinten, der Fels, der aus dem Wasser guckt, wenn der Sturm das Wasser auf den Strand drückt, ist der verschwunden. Bei ablandigem Wind steht der fast einen halben Meter frei. Das merkt man sich doch. Das Seezeichen ist eine Geschwindigkeitsbeschränkung. Stange mit einem gelben, liegenden Kreuz. Das heißt: Vor Stellen mit erkennbarem Badebetrieb außerhalb des Fahrwassers in einem Abstand von weniger als fünfhundert Metern von der jeweiligen Wasserlinie des Ufers darf nur mit einer Geschwindigkeit nicht über acht Kilometer pro Stunde beziehungsweise 4,3 Knoten gefahren werden. So steht's in der Seeschifffahrtsstraßenordnung.«

»Donnerwetter, Herr Wiedenhus, woher wissen Sie das so genau? Ich dachte, Sie seien Chirurg.«

»Wie soll ich das verstehen?« Er lachte verhalten. »Wollen Sie ein Bier, Herr Kommissar?«

Eigentlich wollte Lüthje ausnahmsweise keins, aber vielleicht würde Wiedenhus dann noch gesprächiger werden. »Ich wollte mir Ihre Schiffsmodellausstellung ansehen, außerhalb der Öffnungszeiten. Vielleicht haben Sie ja ein Bier im Haus?«

»Sie haben an meinem Haus herumgeschnüffelt. War mir schon klar. Nein, Bier gibt's nur an Bord. Aber das muss auch nicht immer sein. Sonst denken Sie noch, ich bin ein Saufkopp.«

Er will einen klaren Kopf behalten, dachte Lüthje.

Im Muschelhaus roch es nach Klebstoff. Es waren Schiffsmodelle aus sogenannten Modellbaubögen aus dünnem Karton. Sämtliche Räume waren voll mit Frachtern, Tankern, Kuttern, Fähren, Schleppern, Passagierschiffen, Eisbrechern, Raddampfern, Rheinfähren, überhaupt alles, was der Schiffbau je produziert hatte. Lüthje sah in einem Regal entzückt das Fährschiff »Deutschland«. In den sechziger Jahren war die Eisenbahnfähre über den Fehmarnbelt von und nach Dänemark gefahren.

»Ich hab es auch gebaut. Zehn Jahre alt war ich da«, sagte Lüthje gerührt. »Das sah dann aber ein bisschen zerknautscht aus.«

»Dann sind Sie auch heute noch ein Fachmann. Nehmen Sie es ruhig in die Hände. Befühlen Sie es«, sagte Wiedenhus.

Lüthje hob es aus dem Regal. Ein naturgetreuer Nachbau, farbgetreu und maßstabsgerecht, jede Motorwinde, jedes Bullauge, die Takelage, die Rettungsboote. Ein ganzes Schiff lag federleicht auf seinen Händen. Jeder einzelne Davit, die kleinen Kräne in der Nähe der Bordwand, an denen die Rettungsboote zu Wasser gelassen werden konnten, war perfekt halbrund geformt, ohne dass man die Klebestelle sah. Vorsichtig sah er durch die Öffnung über der mit einer gekürzten Nähnadel als Scharnier aufgehängten Bugklappe. Im Inneren standen beweglich auf Gleisen die Eisenbahnwaggons.

»Wie lange haben Sie für das alles hier gebraucht?«, fragte Lüthje.

»Als Fachmann müssten Sie das ungefähr wissen. Die Faustregel lautet: Für einen Zentimeter Schiffslänge zwei Stunden.«

»Orthopäde können Sie nicht sein.« Lüthje stellte das Modell vorsichtig in das mit Schiffsnamen und Baujahr beschriftete Regalfach zurück. »Sie sind mir vorhin ausgewichen, als ich Sie nach Ihrem Beruf fragte.«

»Ja?« Wiedenhus sah zerstreut auf einen Tapeziertisch und begann, die Anordnung der Schiffsmodelle auf den Tischen zu ändern.

»Ja!«, antwortete Lüthje.

Wiedenhus ging in die Hocke, schüttelte den Kopf und korrigierte die Anordnung der Schiffe erneut. Er ging zum nächsten Tisch.

Lüthje entschloss sich, schweigend abzuwarten. Vor dem Fenster zum Strand stritten sich schimpfend zwei Möwen, bis eine die Beute aus dem Schnabel verlor, die von einer dritten aufgeschnappt wurde. Empört kreischten die Verlierer auf und jagten dem Sieger zum Strand hinterher.

»Seemann«, sagte Wiedenhus. Und nach einer weiteren Pause, in der er zwei große Frachter im rechten Winkel, also auf Kollisionskurs, stellte: »Nautischer Schiffsoffizier. Tanker. Auf großer Fahrt.«

»Also haben Sie das Schiff gesteuert und den Leuten gesagt, wo es langgeht.«

»Das Sagen und die Verantwortung gegenüber der Reederei hatte der Kapitän.« Er kratzte sich an einem Träger des Overalls. »Am Ruder gestanden hat der Rudergänger, dem hab ich gesagt, wie er steuern soll.«

»Sagte ich doch.«

»Mh. Ja, so ungefähr.« Er ging zum Fenster. »Ich hab das Schiff dahinten hingeführt. So circa eine Handbreit neben dem Seezeichen am Horizont. In der Geltinger Bucht haben wir Anker geworfen, und dann war Schluss.«

Lüthje wartete.

»Ich rede nicht oft darüber.« Wiedenhus sah weiter aus dem Fenster. »Also bitte ich Sie, ein bisschen Konversation dabei zu machen.« Er wurde plötzlich ärgerlich. »Mein Gott! So fragen Sie mich doch einfach, was Sie wissen wollen! Und stehen Sie nicht so dumm herum, das ist ja nicht auszuhalten!«

»Womit war Schluss? Wann war das?«, fragte Lüthje.

»1978. Die zweite Ölkrise. Die Geltinger Bucht wurde zum Parkplatz für Tanker. Die Bucht war tief genug, sturmgeschützt und außerhalb der Schifffahrtswege. Plötzlich kam ein Funkspruch der Reederei, dass wir hier Anker werfen sollten. Das war das Ende, ich wusste es nur noch nicht. Aber ich höre immer noch die Ankerwinde jaulen und die Ankerketten rasseln. In der ersten Woche bin ich alle sechs Stunden auf die Brücke gegangen und hab irgendeinen ausgedachten Kurs überprüft. Mit uns lagen da noch vierzehn weitere Tanker, richtig dicke Pötte. Der Größte war der ›World Gigant‹ mit dreihundertdreiundneunzigtausend Bruttoregistertonnen. Das Baby war die ›Hagensee‹, und die hatte immerhin noch hunderttausend. Ich war auf der ›Essberger‹. Es blieb eine Notbesatzung auf dem Schiff. Ich war nur ein paar Tage im Monat auf dem Schiff und hab nach dem Rechten gesehen. Im Eiswinter 78/79 konnten wir zu Fuß an Land gehen. Im Prinzip konnte ich zu Hause in Neustadt wohnen. Da hatten wir uns ein Haus gebaut. Kurz danach starb meine Frau. Darmkrebs. Ich fing an zu saufen. Als es 79 wieder auf See gehen sollte, haben sie mich gefeuert. Ich war vom Kurs abgekommen, ein vielversprechender junger nautischer Offizier war gestrandet. Kommen Sie, ich möchte wieder an die Luft.«

Sie gingen schweigend zurück aufs Boot und setzten sich wie am Tag zuvor auf zwei Kisten. Diesmal saßen sie beide mit Blick auf den Strand und die Häuser.

»Zeit für ein zweites Frühstück.« Lüthje hielt ihm die geöffnete Frischhaltebox hin. »Das mit dem geräucherten Heilbutt liegt ganz oben.«

Wiedenhus griff zu. Lüthje suchte sich das mit den Matjes heraus.

»Es gab bei der Wasser- und Schifffahrtsdirektion in Kiel wieder Anfragen von Reedereien«, sagte Wiedenhus kauend. »Stand in der Zeitung. Containerschiffe sollten hier dieses Jahr vielleicht wieder vor Anker gehen. Bis die Weltwirtschaftskrise vorbei ist. Die Tanker haben damals mit ihren Ankern sechs, sieben Meter tiefe Löcher in den Meeresboden gerissen. Da fallen heute den Berufsfischern immer die Scherbretter der Netze rein und sitzen fest. Dann müssen sie die Trosse kappen und das Netz ist verloren. Wirtschaftskrise und Geldgier. Komisch, da kann kommen, was mag. Die Gier nach dem großen Geld bleibt dem Menschen erhalten. Keine guten Aussichten, nicht wahr, Herr Kommissar? Aber Ihnen darf das nicht leidtun. Damit verdienen Sie ja Ihr Geld. Wenn man es genau nimmt.«

»Alles eine Frage der Perspektive, Herr Wiedenhus. Wenn die Containerschiffe hier vor Anker gehen, würden mehr Leute hierherkommen. Sie hätten zahlende Besucher in Ihrem Schiffsmodellmuseum und könnten die Leute zu den Schiffen rausschippern. Das würde Geld bringen.«

»Hier kommt keiner mehr her. Die Menschen haben sich geändert. Die suchen nicht mehr die stille Abgeschiedenheit, sondern nur noch Rambazamba mit Pommes und Ketchup. Nein, so wie es jetzt ist, soll es hier bleiben. So und nicht anders.«

»Wie ist es damals weitergegangen?«, fragte Lüthje.

»Was?«

»Na, als Ihnen gekündigt worden war.«

»Ich hab versucht, nüchtern zu werden und zu bleiben. Habe das Haus verkauft. Das Einzige, was ich mitgenommen habe, war die Muschelsammlung meiner Frau. Das waren die Muscheln, die ich ihr immer mitgebracht habe. Ich hab ein günstiges Haus am Meer gesucht. Und diese Bude da«, er nickte mit dem Kopf zu seinem Haus, »für 'nen Appel und 'n Ei bekommen. Die war völlig marode. Die nächsten Jahre habe ich Muscheln auf die Hauswände geklebt und Modellschiffe gebaut. Es hat mich über Wasser gehalten, wenigstens seelisch. Und hab als Koch, als Leichenträger und als Schiffsreiniger gearbeitet. Diese Reihenfolge. Ich war mehr als einmal wieder am Absaufen. Aber jetzt bin ich wieder an Deck, auch wenn ich mal ein Bier trinke.«

Er atmete tief durch und biss ins Brötchen.

»Dann habe ich das Boot gesucht und gefunden. Das hab ich Ihnen ja gestern erzählt. Ich hol jetzt doch ein Bier für uns.«

Als sie sich gegenseitig zugeprostet hatten, fragte Lüthje: »Haben Sie Kinder?«

Wiedenhus sah ihn überrascht an. »Was meinen Sie damit? Wie kommen Sie darauf?«

»Viele Menschen haben Verwandte. Warum nicht auch Sie?«

»Haben *Sie* Verwandte?« Wiedenhus bekam wieder den ärgerlichen Unterton in der Stimme.

Lüthje schnaufte ungeduldig. »Erst beantworten Sie bitte meine Frage!«

»Ich bin Einzelkind. Irgendwo gab es eine Tante und eine Nichte. Ich weiß nicht mehr, wie die heißen.«

»Okay, ich hab eine Schwester«, sagte Lüthje und sah Wiedenhus abwartend an.

»Also so ähnlich wie bei mir«, antwortete Wiedenhus.

Eine Frage der Perspektive, dachte Lüthje. »Haben Sie vergessen, dass Ihre Frau Ihnen einen Sohn geboren hat und Sie beim Standesamt Neustadt den Namen Sven für ihn haben eintragen lassen?«

»Ja, das muss ich wohl vergessen haben«, sagte Wiedenhus trotzig.

»Erzählen Sie mir trotzdem von ihm.«

»Da gibt's nicht viel zu erzählen. Nach dem Tod meiner Frau ging es mir so schlecht, dass man mir das Kind weggenommen hat.«

»Und dann?«

»Nichts dann. Ich habe seitdem keinen Kontakt mehr zu ihm gehabt. Das ist Vergangenheit. Wenn er alles erfährt, wird er sowieso nicht gut auf mich zu sprechen sein. Vielleicht hat man es ihm sowieso erzählt.« Er sah Lüthje ärgerlich an. »Wissen Sie denn, wo er ist?«

Lüthje hatte die standesamtlichen Daten heute Morgen mit dem Computer abgefragt. Der Junge war in ein Heim gekommen. Und hatte die Staatsbürgerschaft gewechselt. Aber das brauchte er ja nicht zu erzählen.

»Nein, weiß ich nicht, Herr Wiedenhus. Ich hab nur heute Morgen die standesamtlichen Daten überflogen. Aber ich muss zugeben, dass man solche Dinge gern verdrängt.«

Wiedenhus hatte nicht verdrängt, er hatte schlicht gelogen. Er hatte die Wahrheit zu schnell parat gehabt.

Die Wellen eines Ausflugsschiffes in Richtung Kappeln schwappten ans Boot. Es schaukelte sanft.

»Meine Frau will mit mir eine Kreuzfahrt machen, und ich bin nicht so seefest. So was sollte man einen alten Seemann ja gar nicht fragen: Sind Sie jemals seekrank geworden?«

»Nicht dass ich wüsste. Und was glauben Sie, wie es hier schaukelt, wenn wir einen Orkan haben, schon ab Windstärke sieben fliegt hier alles durcheinander. Deshalb hab ich Regale unter Deck eingebaut, mit dem kleinen Geländer vor den Ablageflächen. Wie auf See ist das dann. Mitten auf dem Meer. Nur der Horizont.«

»Haben Sie Angst vor dem Horizont?«

Wiedenhus sah Lüthje ärgerlich an.

»Wie kommen Sie denn darauf? Schuster, bleib bei deinen Leisten! Ich brauch keinen Psychiater!« Er betonte das i, als wolle er damit besondere Verachtung über den Berufsstand ausdrücken. »Ich hab für Sie einen Geheimtipp gegen Seekrankheit. Legen Sie sich lang ausgestreckt in die Koje. Dann haben die Gleichgewichtsorgane nicht mehr das Problem mit dem Horizont. Sie werden staunen. Nee, aber ich hab da keine Probleme.«

»Ist da eigentlich immer so viel los im Seniorenheim?«, fragte Lüthje und wies zum Strand. Die Heckklappen eines Umzugswagens wurden zugeklappt, drei Overalls stiegen ein und fuhren vom kleinen Parkplatz. Ein Mann stand neben einem offenen Sportwagen und schaute ihnen nach. In die Auffahrt in Dodensand Nummer 3 fuhr ein Sportcoupé. Eine Frau in hellem Sommerkleid stieg aus und verschwand in der halb geöffneten Haustür.

»Kennen Sie den Flitzer, der in der Auffahrt bei Frau Frahm steht?«

Wiedenhus blinzelte, als blendete ihn der blaue Himmel. »Das ist wohl ihre Schwiegertochter, die Marlene Gondersen.«

7.

Lüthje ging am Strand entlang, direkt an der Wasserlinie, und spielte mit den Wellen. Wenn sie sich zurückzogen, ging er ihnen nach. Nur zwei, drei Schritte. Wenn sie wieder auf den Strand leckten, sprang er zurück. Das Wichtigste bei dem Spiel war, dass die Schuhe trocken blieben. In der Kindheit hatten sie es mit den leichten Schulturnschuhen gespielt. Es hatte Stunden gedauert, bis sie wieder trocken waren, wenn es einen erwischt hatte. Und dann klebte das Salz im Schuh und fraß an den nackten Füßen.

Es frischte auf, aus der ablandigen Brise wurde ein auflandiger, umlaufender Wind. Das harmlose Gekräusel auf der Wasseroberfläche verwandelte sich in kurze, energische Wellen. Lüthje zog sich auf den Strand zurück und sah zum Himmel. Im Südwesten hing in großer Höhe glasiger Dunst, der die Sonne mit einem hauchdünnen weißen Vorhang verhüllte. Das Wetter schlug um.

Hinter dem Wohnzimmerfenster in Nummer 3 tauchte kurz das Gesicht einer Frau auf, die zu ihm herübersah, und war im nächsten Augenblick wieder verschwunden.

Lüthje ging zu der Stelle, an der sie das Unternehmen »Sandmännchen« durchgeführt hatten. Sie hatten ein Areal von fast hundert Quadratmetern durchgepflügt und eine mehrere Meter breite und tiefe Grube für die fachgerechte Blockbergung gegraben. Davon war jetzt nichts mehr zu sehen. Zum Schluss waren die Leute von Aners Spezialfirma sogar noch mit Gartenharken darübergegangen. Das Areal hatte eine etwas andere, dunklere Färbung als der übrige Strand, aber nur wer wusste, was hier gestern abgelaufen war, würde die Veränderung bemerken.

Für den Täter musste es ein Kinderspiel gewesen sein, eine so viel kleinere Grube innerhalb von Minuten zuzuschütten, ohne erkennbare Spuren im Sand zu hinterlassen. Und wenn es jemandem aufgefallen war, musste er geglaubt haben, dass es das ehemalige Pollerloch war, das sich abzeichnete. *Sein* Unternehmen »Sandmännchen« musste er im Schutz einer dunklen Nacht durchgeführt haben.

Lüthje ging in die Hocke, ließ ein wenig Sand auf seine rechte Handfläche rieseln und hielt sie in Augenhöhe. Die feinen Sandkörner glitzerten mit einem herbstlich dunkelroten Schimmer. Vielleicht war es nur das milchige Licht, das sich im zunehmenden Dunst ausbreitete und sich in den Sandkristallen brach. Wiedenhus' Winkelschleifer mischte sich in das Kreischen der Möwen, die über Lüthjes Kopf kreisten.

Ob Malbek heute von Dodensand erfahren hatte? Lüthje nahm sich vor, Malbek am Abend endlich anzurufen. Seine Glaubwürdigkeit war sonst keinen Pfifferling mehr wert. Würden sie es schaffen, das Problem auf der rein dienstlichen Ebene abzuhandeln? Lüthje traute sich das zu. Aber Malbek? Er hatte Malbek schon sehr impulsiv, fast cholerisch erlebt. Aber das war in der Zeit kurz nach seiner Haftentlassung. Wahrscheinlich der Anflug einer Haftpsychose.

Der Sportwagen vor dem Seniorenheim war ein roter Ferrari. Die Motorhaube war noch warm. Diese PS-Monster hatten einen tiefen, röhrenden Klang, ähnlich dem Ruf eines brunftigen Hirsches. Er musste in dem Moment gekommen sein, als Lüthje Wiedenhus beim Schleifen zugesehen hatte. Warum steht so ein Gefährt vor einem Seniorenheim? Warum war es das einzige Auto auf dem kleinen Parkplatz?

Lüthje beschloss, Herrn Straußburger einen Besuch abzustatten.

Der Flur im Erdgeschoss war leer. Die Wände waren kahl, die mediterranen Aquarelle verschwunden. Keine Anrichten, keine Kaffeekannen, keine Trockenblumen. Nur die Gerüche von Schweiß, Desinfektionsmitteln und ein leichter Geruch nach Fisch mit etwas Senfsoße.

Im Speiseraum waren Stühle und Tische verschwunden. Das Klavier stand nicht mehr an der Wand, sondern schräg im Raum, als hätte es vergessen, wo der Ausgang ist. Lüthje hörte die Musik in seiner Erinnerung wie aus unendlich weiter Ferne durch die Räume hallen. *Ich weiß, es wird einmal ein Wunder geschehn*. Im Treppenhaus hörte Lüthje Schritte näher kommen, die die Musik in seinem Kopf zertraten.

»Kann ich Ihnen helfen?« Ein etwa vierzigjähriger Mann, mit Tablet-PC und Stift bewaffnet, ausgestattet mit silbergrauem Anzug und kantigen, etwas hohläugigen Gesichtszügen, sah Lüthje prüfend von unten nach oben an.

»Wollen wir es versuchen?«, fragte Lüthje amüsiert. Der Mann sah aus, als ob er nebenbei irgendeine Extremsportart betrieb.

»Ja, gern«, sagte der Mann mit verkniffenem Lächeln. »Ich vermute, Sie haben unsere Website mit großem Interesse studiert.«

»Möglich«, sagte Lüthje wahrheitsgemäß. »Aber da waren so viele bunte Angebote. Wie ist Ihr werter Name?«

»Ernst Dahl. Ich bin der Projektentwickler des ›Wohnparks Strandkorb‹. Darf ich Sie in mein Büro einladen? Dort kann ich Sie mit den Details vertraut machen.«

»Gern. Aber zuerst möchte ich Herrn Straußburger besuchen. Er hat mich gestern eingeladen.«

»Oh. Ja, äh … der Name sagt mir nichts. Sind Sie ein Verwandter?« Dahl wirkte plötzlich abweisend.

»Nein, aber wieso interessiert Sie das?«

»Wenn Sie ein Verwandter sind, hätte man Sie benachrichtigen müssen, dann ist da etwas schiefgelaufen.«

»Ich hoffe, es ist nichts Schlimmes«, sagte Lüthje.

»Ein Umzug ist immer unangenehm, aber nichts Schlimmes.«

»Herr Straußburger ist umgezogen?«

Der Projektentwickler zögerte. »Ich … die Seniorenpension ist umgezogen. Warten Sie, ich gebe Ihnen die neue Adresse, es ist nicht weit.« Er kritzelte ein paar Worte auf die Rückseite einer Visitenkarte und gab sie Lüthje. »Ist es lesbar für Sie? Auf der Vorderseite finden Sie meine Telefonnummer. Rufen Sie mich an, im Moment bin ich etwas in Eile.«

»Sie sind Makler?«, fragte Lüthje und sah auf die Karte.

»Nein, wieso? Ich bin Kaufmann der Immobilienwirtschaft und Marketingfachmann. Bei mir bekommen Sie alles aus einer Hand, Vermarktung, Vertrieb, PR, Marketing und Projektentwicklung.«

»Donnerwetter, dann haben Sie ja ordentlich was zu tun.«

»Deswegen habe ich im Moment auch nicht viel Zeit für Sie. Ein andermal plaudere ich gern mit Ihnen. Wie war Ihr Name? Sehen Sie sich das hier an!« Er öffnete unvermittelt eine Tür zwischen Küche und Speisesaal. »Eine Toilette direkt neben der Küche! Das Ordnungsamt hat das mehrfach moniert, aber passiert ist nichts. Und da gab es noch mehr solche Klopper. Nein, ist alles völlig veraltet hier. Nicht mehr zeitgemäß.«

»Lüthje. Mit h.«

»Wie bitte?« Er lachte gekünstelt auf. »Ach so! Ihr Name. Natürlich.«

Dahl sah sich in der Küche um, öffnete die Schränke, sah prüfend hinein, knallte sie wieder zu und tippte auf seinem Tablet-PC herum.

»Haben Sie auch von diesem Leichenfund am Strand gehört?«, fragte Lüthje.

»Oh ja, schrecklich, nicht?« Dahl ging im Raum umher, sah kopfschüttelnd auf die Herdplatten. Ging in die Hocke und sah in einen Unterstellschrank aus Metall. Schnipste einen einsamen Brotkrümel von der Arbeitsplatte.

»Woher haben Sie es erfahren?«, fragte Lüthje.

»Weiß ich nicht mehr so genau. Sehen Sie sich das an! Das gesamte Geschirr und Besteck haben sie auch mitgenommen. Na ja, war ja auch schon ziemlich alt. Kann man nichts machen.«

»Wieso sind die denn umgezogen?«

»Die Eigentümerin hat das Grundstück verkauft.«

»Und wer ist die Eigentümerin?«

»Eine Limited, Gerio soundso.«

»Eine Ltd., eine Gesellschaft englischen Rechts also?«

»Ja, das ist nach der neuen Rechtslage überall in der Europäischen Union möglich.«

»Die haben doch nicht mal Stammkapital, machen da denn die deutschen Aufsichtsbehörden so einfach mit?«

»Mein Gott, da bin ich überfragt. Hören Sie, ich habe wirklich keine Zeit mehr. Rufen Sie mich bitte an, wir machen dann einen Termin.« Er baute sich vor Lüthje auf und bedeutete ihm zu gehen.

»Ich bin nicht Gott, Herr Dahl. Nur Kriminalhauptkommissar aus Flensburg. Aber immerhin.«

Dahl sah entsetzt auf die Dienstmarke, die Lüthje ihm vors Gesicht hielt. »Herr Dahl, erzählen Sie mir bitte, was Sie hier eigentlich machen.«

»Sind Sie wegen der Leiche am Strand da?« Seine Stimme klang plötzlich etwas brüchig.

»Ja. Nun fassen Sie sich mal, junger Mann. Was machen Sie in diesem Gebäude?«

»Ich muss für die neue Eigentümerin das eingebaute und bewegliche Inventar aufnehmen. Das soll verwertet werden. Für die Küche habe ich zum Beispiel schon einen Interessenten.«

»Und daran verdienen Sie auch«, stellte Lüthje fest.

»Diese Abwicklung gehört zur Projektentwicklung des Wohnparks ›Strandkorb‹. Die Verwertung des Altbestandes einschließlich der vorgefundenen Einrichtung hilft dem Investor bei der Finanzierung. Für die Küche habe ich schon einen Abnehmer. Danach werden wir den Rest, der hier noch rumsteht, zum Recyclinghof bringen lassen. Umweltbewusst. Sie sehen, ich stelle mich ganz individuell auf die Interessen meiner Kunden ein. Deshalb sind wir ausgezeichnet am Markt positioniert.«

»Und für wen arbeiten Sie hier?«

»Für eine Entwicklungsgesellschaft der neuen Eigentümerin.«

»Das habe ich mir gedacht. Und wer ist die neue Eigentümerin oder, wie Sie sagen, der Investor?«

»Die Marekplan.com.«

»Marekplan? Hört sich an wie ein Platz in Moskau. Oder Warschau. Oder heißt das Prospekt? Von einem Platz namens Leninprospekt hab ich mal gehört. Sie auch?«, fragte Lüthje. »Herr Dahl, ich möchte, dass Sie mich jetzt ein wenig durch das Haus begleiten.«

Lüthje war es lieber, ihn im Auge zu haben. Wenn hier versehentlich etwas herumlag, was dem Projektplaner nicht in das Konzept passte, würde Lüthje es merken.

Dahl nickte ergeben. Er knöpfte sich umständlich mit einer Hand die Jacke auf. Der Stift für den Tablet-PC fiel ihm aus der Hand.

Sie gingen in den ersten Stock. Lüthje sah in offene Türen und leere Räume. Im Flur lagen ein Strumpf, ein Handtuch und eine zertretene Flasche Shampoo, deren klebriger grüner Inhalt auf dem Linoleumbelag zerflossen war.

»Besenrein«, zischte Dahl.

»Wenn ich Sie richtig verstanden habe, ziehen hier bald die Baufirmen mit ihren Handwerkern ein, dann wird es hier doch noch ganz anders aussehen«, sagte Lüthje.

Dahl antwortete nicht.

Die Räume der Buchhalterin sahen wie ausgewaschen aus. Nur ein vergessenes Netzkabel lag auf dem Fensterbrett. In den Personalräumen hingen ein paar weiße Kittel, auf dem Tisch standen zwei volle Aschenbecher, in der Teeküche lagen Pizzareste.

Dahls Handy trillerte wie eine Schiedsrichterpfeife. »Ja. Nein, noch nicht. Ja, ich hab zufällig ein Kundengespräch. Bis später.« Er beendete das Gespräch. »Herr … äh … Kommissar, ich kann jetzt nicht weitermachen, ich sagte Ihnen doch, ich bin in Zeitdruck …«

»Wenn Sie wüssten, wie sehr *ich* in Zeitdruck bin.« Lüthje ging zum Fahrstuhl und drückte auf den Knopf. Knarrend setzte er sich aus dem unteren Stockwerk in Gang. Als die Fahrstuhltür sich vor ihnen öffnete, stand ein fahrbarer Serviertisch mit ein paar Tortenstücken vor ihnen. Auf den Tortenstücken steckten Zigarettenkippen.

»Das ist doch eine Provokation, Sie sind mein Zeuge!«, schnaubte Dahl und zog den Serviertisch aus der Fahrstuhlkabine.

»Ich bin Nichtraucher«, sagte Lüthje freundlich.

Die Fahrstuhltür schloss sich.

»Wenn ich Sie richtig verstanden habe …«, Lüthje drückte auf den obersten Knopf, »… möchten Sie, dass ich bei den Ermittlungen für Sie den Ball flach halte. Damit Sie weiterkommen mit Ihrer Projektplanung. Gehe ich recht in der Annahme, dass Sie kein Stundenhonorar bekommen, sondern auf Erfolgsbasis arbeiten? Wenn die ersten Kaufverträge stehen, bekommen Sie die ersten Erfolgsraten. Aber erst dann, wenn auch der Kaufpreis an Ihren Auftraggeber gezahlt wurde. Richtig?«

Dahl seufzte und stierte ungeduldig auf die Stockwerksanzeige.

Die Tür zu Straußburgers Mansardenapartment stand offen. Die Einrichtung war komplett. Das Bett war frisch bezogen und unbenutzt. Der Kassettenrekorder und das Mikrofon waren allerdings weg. Lüthje öffnete den Kleiderschrank. Die Kartons mit den Kassetten waren auch verschwunden, die Kleidung hing unverändert an ihrem Platz. Sogar das Jackett hing da, wo Lüthje es zwischen die braune Hose und die blaue Strickjacke gehängt hatte. Lüthje sah aus den Fenstern. Wiedenhus hatte seine Schleifarbeiten beendet und rührte in einem Farbeimer. Der Fiat stand immer noch in der Auffahrt.

»Was meinen Sie, Herr Dahl, warum brauchte Herr Straußburger keine Bekleidung mehr?«

Dahl sah ihn erschrocken an.

»Hat Herr Straußburger nicht am Umzug teilgenommen? Womöglich hat man ihn vergessen?«, fragte Lüthje.

»Ich schwöre Ihnen … Mein Gott, ich meine, Herr Kommissar, Herr Lüthje …«

»Und für so was haben Sie auch Käufer, oder?« Lüthje deutete auf die Kleider und die Möbel.

»Nein, aber …«

»Ich werde Sie anrufen, wenn ich meinen Boden entrümpeln muss. Dabei sind wir schon beim Ausgangspunkt unseres Gespräches angelangt. Was ist das für ein Projekt, das Sie entwickeln?«

»Sehen Sie sich doch die Internetseite an, die Adresse steht auch auf der Visitenkarte, die ich Ihnen vorhin gab. Sie müssen sich allerdings als potenzieller Kunde registrieren lassen, sonst bekommen Sie keine Details. In der Amtsverwaltung in Steinbergkirche steht übrigens ein Modell der Anlage.«

»Hören Sie mir jetzt ganz genau zu, Herr Projektentwickler! Alles, was in diesem Zimmer steht, rühren Sie nicht an. Sie haben die Wahl. Wollen Sie, dass ich einen Durchsuchungsbeschluss erwirke, oder wollen Sie kooperieren? Sie können natürlich auch Ihre Investorin anrufen und ihr die Situation schildern.«

»Nein, nicht nötig. Wie lange wird das Zimmer denn von Ihnen beschlagnahmt sein?«

»Nicht nur dieses Zimmer. Das ganze Haus. Ein paar Tage vielleicht. Ich melde mich bei Ihnen. Zur Kooperation gehört auch, dass Sie mir einen Hausschlüssel aushändigen. Ich muss hier noch Spuren sichern. Strom- und Wasserversorgung stellen Sie bitte nicht ab.«

Lüthje hielt ihm die offene Hand entgegen.

Dahl fingerte zitternd an einem Schlüsselbund. »Einen Moment, ich habe noch einen für die Eingangstür. Hier!«

»Noch eine letzte Frage, Herr Dahl, und dann können Sie sich wieder der Projektabwicklung …«

»Projekt*ent*wicklung …«, korrigierte ihn Dahl.

»Ja, viel Glück dabei. Meine Frage betrifft den Leichenfund. Haben Sie auffällige Beobachtungen gemacht?«

»Nein. Wissen Sie schon, wer … ich meine, haben Sie die Leiche identifiziert?«

»Wir arbeiten daran. Wir sind übrigens ausgezeichnet in unserem speziellen Markt positioniert. Sie verstehen sicher, was ich meine.«

Dahl lächelte säuerlich.

8.

»Das tut mir leid, Herr Hauptkommissar, ich kann ihn nicht in der Liste finden, ein Herr Straußburger war nicht dabei«, sagte die Dame in der Verwaltung der Seniorenresidenz »Hügelparadies«.

Hillys Navigationsgerät hatte ihn mit der Stimme von Gerhard Schröder souverän und launig zur eingegebenen Adresse geführt. Unter der von Dahl angegebenen Adresse Burgmauer 14 in Rendsburg fand Lüthje mehrere mit roten Klinkern errichtete Flachbauten, die sich in einem parkähnlichen Gelände verteilten.

Eine Frau Jäger erklärte dem erstaunten Kommissar aus Flensburg, dass man hier tatsächlich einige Bewohner der aufgelösten Seniorenresidenz »Nordlicht« aus Dodensand aufgenommen habe. Die seien aber auf mehrere Altenpflegeeinrichtungen verteilt worden.

»Verstehen Sie, Herr Lüthje, das Nordlicht ist erloschen. Komplett aufgelöst. Und wo man den Herrn Straußburger untergebracht haben könnte, weiß ich nicht.« Sie sah Lüthje über den Rand ihrer Lesebrille freundlich an und schien Gefallen an ihm zu finden. »Wissen Sie noch, wie die Pflegeleiterin hieß?«, fragte sie und nahm den Telefonhörer in die Hand. Sie fand sehr schnell heraus, dass Schwester Ursula sich im Pflegebereich »Zedernholz« befand.

Als Schwester Ursula ihm mit einem professionell sorgenvollen und milden Lächeln im voll verglasten Gang zum Gebäude »Zedernholz« entgegenkam, wusste Lüthje Bescheid. Sie deutete mit einer Handbewegung zu einer der kleinen Sitzgruppen, die sich außerhalb des Ganges im Freien befanden.

»Sie brauchen ihn nicht mehr zu suchen, Herr Lüthje. Er ist gestern Abend sanft entschlafen.«

»Das muss ich von Berufs wegen etwas genauer wissen«, sagte Lüthje.

»Er hatte einen Herzinfarkt. Der Notarzt hat den Totenschein ausgestellt.«

»Wie hieß der Notarzt?«

»Schimkat oder so ähnlich. Das müssten Sie doch …«

»Schon gut.« Lüthje hatte in seiner Laufbahn schlechte Erfahrungen mit Ärzten gemacht, die schneller als die Polizei am Tatort waren. Einen Dr. Schimkat kannte er nicht.

»Welches Beerdigungsunternehmen hat ihn wohin gebracht?«

»Lederhan, nach Kappeln.«

»Hatte er Verwandte?«

Sie schüttelte den Kopf.

Lüthje beugte sich vor und sah sie fest an. »Sie haben mich an der Nase herumgeführt. Sie haben so getan, als gehörte dieser Umzugstrubel bei Ihnen in Dodensand zum Alltag eines Altenpflegeheims. Sie wollten mir die Wahrheit verheimlichen. Warum?«

»Ich hatte keine Kraft mehr. Ich wollte nicht mehr diskutieren. Dieser Tanznachmittag, bei dem Sie plötzlich auftauchten, sollte das Abschiedsfest sein. Die Bewohner sollten bewusst voneinander Abschied nehmen. Ich habe ihnen alles gesagt. Einzeln oder in Gruppen, wochenlang, immer wieder, habe ich sie vorsichtig darauf vorbereitet. Beim Tanzcafé hatten sie es alle schon vergessen oder verdrängt. Wenn ich sie daran erinnerte, hielten sie mich für verrückt und lachten über mich. Es war gespenstisch. Und dann tauchten auch noch Sie auf und wollten von mir etwas über einen Toten erfahren, der schon seit Jahren vor unserem Haus vergraben war. Ich habe zugemacht, um nicht verrückt zu werden. Noch ein Gespräch über diesen verdammten Umzug, und ich wäre zusammengebrochen.«

»Es war kein Umzug, es war ein Abschied. Konnten Sie das nicht verhindern? Was ist passiert?«, fragte Lüthje.

»Angeblich sind wir unrentabel geworden. Die Gerio hat ungefähr sechzig Altenpflegeheime, verteilt über Europa. Wir waren uninteressant. Nicht einmal die Presse hat sich für uns interessiert. Es hieß: ›Ach, in Dodensand gibt es noch ein Altenheim? Das ist ja komisch.‹ Es interessierte keinen, verstehen Sie? Die Gerio hatte eine Pressemitteilung parat, in der sie damit prahlte, wie gut die Heimbewohner zukünftig untergebracht seien. Ich war diejenige, die das organisieren musste.«

»Wo sind Straußburgers Audiokassetten?«

»Warten Sie einen Moment, ich hole sie.«

Lüthje war perplex. Er hatte sie schon abgeschrieben. Und da stand diese Frau einfach auf und sagte, sie hole sie.

Er ging ein paar Meter weiter in den Garten und rief Husvogt an. Husvogt sollte sofort alles Notwendige für eine Obduktion von Straußburger veranlassen. Durch Dr. Brotmann natürlich. Danach sollte er so schnell wie möglich die Privatnummer von Frerksen, dem Computerspezialisten des LKA, herausfinden. Auf keinen Fall sollte er im LKA danach fragen.

Als Lüthje auflegte, war Schwester Ursula mit zwei Kartons unter den Armen zurückgekehrt. »Der Kassettenrekorder und das Mikro liegen in dem größeren Karton obenauf«, sagte sie und setzte die Kartons auf dem Tisch ab. »Die Hörbücher habe ich schon an die Firma zurückgeschickt. Das hier waren seine privaten Kassetten. Ich hoffe, Sie finden da etwas, was Ihnen weiterhilft, er hat …«

Wie sie so mit Tränen in den Augen dastand, auf die Kartons hinabschaute, hilflos mit den Händen gestikulierend, die Ränder unter den Augen noch tiefer gegraben als gestern, da konnte Lüthje nicht anders und umarmte sie. Sie schluchzte auf, und er ließ sie weinen. Wahrscheinlich war es die erste Umarmung seit langer Zeit für sie. Ein paar alte Damen auf einer Bank am Haus reckten ihre Hälse.

»Entschuldigen Sie bitte.« Sie löste sich von ihm, schnäuzte sich die Nase und tupfte sich die Augen trocken.

»Was wird aus seiner restlichen Habe, ich habe heute gesehen, dass alles noch in seiner Zimmer ist?«, fragte Lüthje.

»Das Rote Kreuz wird die Kleidungsstücke abholen.«

»Wieso haben Sie in all dem Stress an die Kassetten denken können?«

»Es war so eine Schwingung in der Luft. Als ich Sie gestern in Herrn Straußburgers Zimmer antraf, haben Sie so interessiert in den Schrank gesehen, auf die Kartons mit den Kassetten. Erinnern Sie sich? Als ich die Kartons abends in meinem Auto verstaute, hatte dieser Dahl gelacht und gesagt, ich soll mir lieber einen MP3-Player kaufen. Er würde ihn mir bespielen. Das dazu.«

»Ich hatte schon das zweifelhafte Vergnügen, den Projektentwickler Dahl kennenzulernen. Wenn Sie Schwingungen wahrnehmen, können Sie mir sicher sagen, warum Herr Straußburger einen Herzinfarkt bekommen hat«, sagte Lüthje.

»Er hatte es nicht vergessen, ich meine den Umzug. Er sprach nur nicht darüber. Er nahm die Unruhe im Haus deutlicher wahr, als die, die sehen konnten«, sagte Schwester Ursula.

»Was hat er Ihrer Meinung nach mit diesen Kassetten aufgenommen?«, fragte Lüthje.

»Er hatte sich immer Hörbücher für Blinde schicken lassen, auf Kassetten, keine CDs. Irgendwann hat er sich ein paar unbespielte Kassetten kaufen lassen. Dann wurden es immer mehr. Er saß stundenlang am halb geöffneten Mansardenfenster und machte eine Aufnahme nach der anderen. Er nahm wohl die Geräusche von draußen auf. Im Winter hörte er die Sommerkassetten und umgekehrt. Und wenn ihm im Frühling nach Herbst war, legte er den Sturm am Strand ein. Ich habe einmal zugehört. Er war dann völlig in einer eigenen Welt und nicht ansprechbar. Er hatte sich die Jahreszeiten als Geräusch konserviert. Es sind vielleicht vierzig oder fünfzig. Vielleicht ist da ja was Interessantes für Sie drauf. Es wird Wochen dauern, das alles abzuhören!« Sie sah ihn fragend an.

»Ich habe da schon eine Idee«, sagte Lüthje.

»Übrigens: Es wird eine Feuerbestattung, anonym, keine Trauerfeier«, sagte sie.

»Zunächst wird er obduziert«, sagte Lüthje.

Sie schüttelte heftig den Kopf.

»Beruhigen Sie sich«, sagte Lüthje. »Das ist Routine. Und wie geht es jetzt für Sie weiter, Schwester Ursula? Wie lange waren Sie in Dodensand?«

»Fünfzehn Jahre. Man hat mir von der Gerio diese Stelle hier finanziert, auf Druck des Amtes, damit mich meine Alten hier als etwas Vertrautes haben, jedenfalls für eine Übergangszeit. Danach kann ich im Luther-Krankenhaus in Schleswig anfangen. Aber das ist nicht dasselbe. Verstehen Sie?«

»Sie haben doch sicherlich früher auch schon im Krankenhaus gearbeitet.«

»Ja, das wäre das Normale.« Sie sah Lüthje gequält an. Als sei ihr etwas peinlich. »Aber ich konnte das nicht lange aushalten. Ich bin dann sehr schnell in den Altenpflegebereich gewechselt.«

»Was konnten Sie nicht aushalten?«

»Entschuldigen Sie, ich rede eigentlich nie darüber.« Sie kniff die Lippen zusammen und sah in den dunstigen Himmel.

»Wenn Sie mit mir darüber reden wollen, dann tun Sie es. Ich kann zuhören«, sagte Lüthje.

»Also, ich … ich konnte das nicht ertragen, in den jungen Gesichtern immer das Alte zu sehen.«

»Wie meinen Sie das?«

»Ich sehe den Menschen ihr Altersgesicht an. Wie es später nach vielen Jahren aussehen wird. Bei alten Menschen ist da der Unterschied nicht so groß, das kann ich aushalten. Im Altenpflegeheim.«

»Und wenn sie früher sterben?« fragte Lüthje.

»Ja, ich wusste, Sie würden mich verstehen. Dann sehe ich nur das junge Gesicht.« Sie sah ihn ängstlich an.

»Das heißt, Sie sehen es einem Menschen an, ob er alt wird oder nicht?«, fragte Lüthje.

Sie nickte.

»Und wann haben Sie diese Fähigkeit erworben?«

»Es ist keine Fähigkeit, es ist eine Macke, alles nur Einbildung, ich weiß. Es fing an, als ich klein war. Als meine Eltern starben.«

»Ich verstehe.« Lüthje drückte ihre verkrampften Hände. Er fühlte sich hilflos, wie so oft. »Und … was sehen Sie in meinem Gesicht?«

»Bei Ihnen geht das nicht.«

»Das sagen Sie jetzt nur, weil Sie sich nicht trauen, es mir zu sagen!«

»Zu Ihrem Beruf gehört es, das Leben von Toten wachzurufen. Das verändert so sehr, dass es alles andere überdeckt.«

Sie erhoben sich schweigend. Er nahm die Kartons an sich.

»Ich wünsche Ihnen, dass Sie alle Mörder der Welt finden«, sagte sie, als sie ihn umarmte, und ging mit gesenktem Kopf in den langen Gang zum Haus »Zedernholz«. Sie schien zu spüren, dass er ihr immer noch nachsah, und winkte ihm mit erhobenem Kopf zum Abschied zu.

9.

Lüthje drehte den Rückspiegel zu sich und betrachtete sein Gesicht. Die Haare leicht angegraut, aber noch dicht. Keine Pickel. Nach dem Gefühl war sein Gesicht von tiefen Falten durchschnitten. Zu sehen war davon nichts. Was war da überdeckt? Was hatte der Beruf mit ihm gemacht? Er würde Hilly fragen. Sie war eine zu jeder Tages- und Nachtzeit aussagebereite Zeugin, was sein Erscheinungsbild betraf. Aber nicht am Telefon. Dann würde sie wahrscheinlich sagen, da sei wirklich was, aber das sei ihr erst jetzt, in dem Moment wieder eingefallen, in dem er davon rede. Aber sie müsste sich das mal heute Abend genau ansehen. Und er würde dann den ganzen Tag überlegen, was sie damit wohl gemeint hätte.

Sein Magen meldete sich unüberhörbar. Eigentlich hatte er akuten Hunger auf eine garantiert frische Scholle in einem starken Restaurant am Kappelner Hafen. Aber Lüthje hatte eine Witterung aufgenommen. Er setzte sich in den Dienstwagen, platzierte das Neuron so auf dem Armaturenbrett, dass es ihn ansah, wobei er sich nicht ganz klar darüber war, ob es überhaupt ein Gesicht hatte, und genoss ein Brötchen mit Matjes. Nachdem er den letzten Bissen mit einem Becher Earl Grey hinuntergespült hatte und sich dabei sehr englisch vorkam, konnte er sich leichter von den Gedanken an die Kappelner Scholle trennen. Er würde mit Hilly im Urlaub dorthin pilgern. Ihm fiel ein, dass sie doch einen Ermittlungsauftrag von ihm bekommen hatte, und er rief sie an.

»Hilly, was macht die Jacht?«

»Eric, wann kommst du nach Haus, oder soll ich zu dir kommen?«

»Gleich sprechen wir darüber, gleich, sag mir erst, was du rausgefunden hast.«

»Ich habe die Hafenverwaltung in Kiel angerufen. Ein sehr freundlicher Herr versicherte mir, dass es kein noch so exklusives Kreuzfahrtschiff gibt, das auf einen Liegeplatz in Kiel wartet. Einen Internetlink für die Liste der Kreuzfahrer hat er mir freundlicherweise auch gegeben. Ich habe mir die Schiffe angesehen, aber keines hatte auch nur entfernte Ähnlichkeit mit dem auf dem Foto. Ich habe übrigens versucht, den Schiffsnamen auf dem Foto zu lesen. Es ging nicht. Vielleicht liegt das ja nur an unserem Computer. Kannst du deinen Polizeifotografen nicht mal fragen?«

»Okay, danke, Mrs Peel, ich übernehme. Es wird heute Abend sehr spät, eine Observation, es kann auch die ganze Nacht dauern, ich ruf dich an. Der Earl Grey nach dem Matjes war übrigens erfrischend, köstlich, ich fühle mich fit wie ein Turnschuh. Oh, Husvogt ruft mich gerade zurück. Tschüss, ich ruf dich heute Abend an.«

»Aber …«

Lüthje hatte aufgelegt. Er rief Husvogt an, der ihm sagte, dass er schöne Grüße von Brotmann bestellen solle, er würde es morgen Vormittag »einschieben«, so geschmackvoll habe er sich ausgedrückt. Aber das mit der privaten Telefonnummer von Frerksen sei noch in Arbeit. Lüthje bat ihn, Blumfuchs zu bestellen, dass er sich die nächsten sechsunddreißig Stunden freihalten solle, es käme was auf ihn zu. Husvogt gluckste vor Freude.

Die vor dem Amtsgebäude in Steinbergkirche herumliegenden Findlinge sahen aus wie Trümmerreste. Sie sollten dem Bürger offensichtlich signalisieren, dass an diesem Ort schon seit Jahrtausenden verlustreiche Auseinandersetzungen stattfanden.

Zuständig für Bauordnung war Herr Griesbach, Zimmer einhundertdreizehn. Er hatte schon von dem Leichenfund in Dodensand gehört. Lüthjes Dienstmarke reichte ihm nicht. Er verlangte die Vorlage seines Dienstausweises. Sein Zimmernachbar unterbrach sein Aktenstudium und sah interessiert zu. Griesbach stellte ihn Lüthje vor, es war Herr Dose.

Lüthje fragte Herrn Griesbach nach dem Bauvorhaben Dodensand und nannte den Namen Dahl. Daraufhin holte Griesbach wortlos einen Schlüssel aus dem Nachbarraum und bat Lüthje in den Keller. Er erklärte, die Kellerräume würden als Archiv benutzt. Auf einem Tisch stand neben einem ausrangierten Fotokopierer ein Pappmodell.

»Das wird das neue Dodensand«, sagte Griesbach. »Herr Dahl nennt das ›Wohnpark Strandkorb‹. Wir hatten zweimal eine Bürgeranhörung angesetzt, aber da ist keiner gekommen. Falls das jetzt noch jemand sehen will, schicken wir ihn hier in den Keller. Aber irgendwelche Einwände können jetzt nicht mehr geltend gemacht werden. Die Anhörungsphase ist vorbei. Der Bauausschuss hat schon grünes Licht gegeben.«

»Was heißt das?« Lüthje ging in die Hocke, um sich das Modell näher anzusehen. Die Wände waren aus dünner Spanplatte zusammengeklebt, Decken und Dächer aus verbogener Wellpappe. Dahl war ein Dilettant.

»Wir warten jetzt auf den Bauantrag. Gutachterliche Hürden wird es wohl nicht mehr geben. Das Schallschutzgutachten, das der Kreis gefordert hat, war positiv. Na ja, ist ja auch eine einsame Gegend.«

»Schallschutz?« Lüthje fotografierte das Modell aus verschiedenen Seiten mit dem Privathandy. Mit dem Ergebnis war er zufrieden. Sophie hatte ihm das Modell mit fünf Megapixeln und integriertem Blitz empfohlen.

»Die Tiefgarage ist für hundert Stellplätze konzipiert. Dann noch der Jachthafen, klein, aber fein. Restaurationsbetriebe. Viel Freizeitlärm.«

»Und Naturschutz?«

»Das Gelände hat keinen Biotopcharakter. Es gibt da nichts Einmaliges, wirklich Schützenswertes. Dem Kreis liegt auch darüber ein entsprechendes Gutachten vor.«

Lüthje streckte sich, die Gelenke taten ihm weh. »Herr Griesbach, haben Sie sich das sogenannte Modell hier mal genau angesehen? Jede Kindergartengruppe würde das besser zusammenkleistern.«

Griesbach lächelte. »Dieses Modell spielt im planungs- und bauordnungsrechtlichen Verfahren keine Rolle. Herr Dahl hat das von sich aus zum Anhörungstermin mitgebracht, um den Bürgern einen Eindruck vom Projekt zu verschaffen.«

»Wahrscheinlich wusste er, dass niemand kommt. Mit diesem Modell kann sich doch kein Mensch vorstellen, wie das in Dodensand einmal konkret aussehen soll. Kein Maßstab, nichts. Auf der Website habe ich mir auch nichts drunter vorstellen können. Sie haben doch bestimmt einen Bebauungsplan oder so was?«

Griesbach führte ihn wieder in sein Dienstzimmer, Herr Dose sah neugierig von seiner Akte auf. Griesbach öffnete einen Schrank und suchte.

»Peter, weißt du, wo die Planzeichnung Dodensand abgelegt ist?«

Herr Dose wies mit dem Bleistift zur offenen Tür zum Nebenzimmer. »Aufm Tisch.«

»Darf ich Sie einmal hier rüberbitten, Herr Lüthje?« Auf einem Tisch im unbesetzten Nebenzimmer lag eine Art Messtischblatt von etwa einem Quadratmeter, das mit schraffierten Flächen und gedeckten Farben Straßen, bebaute und unbebaute Flächen darstellte. »Das ist die Planzeichnung des Bebauungsplanes für Dodensand. Darunter die textliche Erläuterung. Circa zehntausend Quadratmeter, Eigentumswohnungen, teils als Penthouse mit Pultdach, teils in giebelständiger Bauweise gestaltet. Die Giebeldächer sind als Interpretation von Bäderarchitektur gedacht. Tiefgaragen mit über hundert Stellplätzen. Bei Gebäudehöhe und Bebauungsdichte waren einige Nachbesserungen nötig.«

Lüthje schüttelte den Kopf. »Ich beginne zu begreifen, dass das Gebäude des alten Kurhotels beziehungsweise der Seniorenpension abgerissen werden soll. In welcher Ausdehnung kann man sich das Gebäude auf diesem Plan in etwa denken?«

»Hier ungefähr.« Griesbach umkreiste mir dem Zeigefinger eine Fläche, die im linken Bereich des Plans lag.

»Dann müssten hier die Häuser Dodensand 3 und 5 gelegen sein.« Lüthje wedelte mit der Hand über den rechten Bereich des Planes.

»Richtig!« Griesbach freute sich, dass Lüthje sich in den komplizierten Plan hineindenken konnte.

»Heißt das, dass diese Häuser Dodensand Nummer 3 und 5 auch abgerissen werden sollen?«

»Richtig!«, freute sich Griesbach wieder.

»Aber da wohnen noch Menschen in den Häusern, Herr Griesbach. Wissen diese Menschen, dass ihre Häuser abgerissen werden sollen?«

»Na ja, das Verfahren läuft ja schon länger, und der Investor hat mit den Grundstückseigentümern schon seit Längerem Vertragsverhandlungen aufgenommen. Dem Abriss steht nichts mehr im Wege, sagte Herr Dahl. Wenn die Baugenehmigung da ist, kann die ganze Altbebauung an der Straße beseitigt werden. Die Seniorenpension soll ja auch schon geräumt sein.«

»Ja, das kann ich bestätigen. Allerdings hat dabei ein Mensch sein Leben verloren.«

»Oh, das tut mir leid. Was ist denn passiert?«

»Rufen Sie doch Herrn Dahl an. Welches Grundbuchamt ist für Dodensand zuständig?«

»Seit das Amtsgericht Kappeln dichtgemacht wurde, ist das jetzt Flensburg.«

»Gibt es Zweifel an der Seriosität des Bauvorhabens?«, fragte Griesbach, als Lüthje sich verabschiedete.

Herrn Doses Kopf hob sich langsam von der Akte, als habe er nicht die ganze Zeit gelauscht, was im Nebenzimmer gesprochen worden war.

»Für das baurechtliche Verfahren in Dodensand bin ich nicht zuständig«, antwortete Lüthje. »Nur für das Ermittlungsverfahren wegen Mordes. Vielen Dank für Ihre Ausführungen. Sie haben mir sehr geholfen. Schönen Tag noch!«

10.

Lüthje stand an einem der Fenster in Straußburgers Mansarde und trank den letzten Schluck Earl Grey direkt aus der Thermoskanne. Husvogt hatte ihm wie gewünscht Frerksens Privathandynummer durchgegeben. Husvogt hatte sie von einem Kollegen in Kiel bekommen, »der ihm noch etwas schuldete«.

In Gelting hatte Lüthje vergeblich nach seiner Lieblingsspeise gesucht. Das letzte Fischbrötchen, das mit geräuchertem Heilbutt, hatte er schon nach der Abfahrt aus Steinbergkirche gegessen. Die Saison habe noch nicht begonnen, hieß es an Kiosken und in Supermärkten. Fangfrischen Fisch vom Kutter gab es nur noch im Eckernförder Hafen, und das auch nur am frühen Vormittag. Fischgeschäfte waren in Schleswig-Holstein schon seit Jahren so selten geworden wie Bernsteinfunde am Strand.

Vor Lüthje breitete sich die Geltinger Bucht aus. Nach Osten zog sich die Küste des Naturschutzgebietes Geltinger Birk in der dunstigen Abendluft wie ein sanfter Bleistiftstrich bis zum Horizont.

Er hatte seinen Dienstwagen ein paar hundert Meter vor dem Ortseingang in der Einfahrt zu einem Rapsfeld geparkt. Gegenüber stand eine verfallene Scheune. Man würde denken, dass sich jemand das Gebäude oder den Raps ansah, der die ersten gelben Blüten austrieb. Der Rapsduft zeigte an, dass die Pollen schon in der Luft waren. Lüthje dankte Gott, dass er kein Allergiker war.

Er war sich sicher, dass sie ihn beobachtet hatten, als er die verlassene Seniorenpension betrat, Frauke Frahm verstohlen am Fenster durch den Vorhang im Wohnzimmer, ihr Enkel Wolfram Gondersen vom Fensterbrett in seinem Zimmer im ersten Stock und Erich Wiedenhus, im Kabinenhaus seiner »Smienke«, mit einem Fernglas. Sie vermuteten sicher, dass er hier im leeren Gebäude eine heiße Spur untersuchte. Aber wenn es dunkel war, würden sie nicht sehen, ob und wann er das Gebäude verlassen hatte. Und sie würden ins Grübeln kommen. Gut so.

Das Fiat-Cabriolet der Witwe Gondersen war verschwunden. Im Haus von Frauke Frahm gingen die Lichter an. Mit zunehmender Dämmerung wurde der Vorgarten in das warme Licht getaucht, das durch die Vorhänge aus dem großen Wohnzimmerfenster drang. Dodensand am Abend. Die Straße war durch eine einzige Laterne erleuchtet, die vor Wiedenhus' Haus stand. Der Strand war leer. Auf der »Smienke« gingen die Positionslichter an, so als wolle sie in See stechen. Lüthje öffnete die Fenster einen kleinen Spalt, sodass er die Wellen hören konnte, die auf den Strand liefen. Eine Möwe kreiste über dem Strand und stieß heisere Schreie aus. Feuchte Kühle drang durch die Fensterspalte und verbreitete den Geruch von Sand, Salzwasser und nassem Seetang.

Lüthje hatte die Haustür vorsorglich wieder verschlossen und sich dort, wo es notwendig war, mit seiner Taschenlampe den Weg durch das Haus gesucht. Die halb volle Mondsichel stand drei Handbreit über dem Horizont und würde wegen der großen Luftfeuchtigkeit mit zunehmender Dunkelheit einen Lichthof ausbilden.

Würde er schon bald in einer Seniorenpension aus dem Fenster seines letzten Zimmers auf den Horizont starren, bis er ihm vor den Augen für immer verschwamm? Am Ende verzweifeln und böse werden? Da sei Hilly davor, dachte Lüthje, atmete tief durch und machte sich an die Arbeit.

Im Kassettenrekorder befand sich eine Kassette. Er steckte den Stecker des Gerätes in die Steckdose und drückte die abgenutzte Taste »Start«. Er hörte ein Rauschen, dumpfe Stimmen, dann wieder Rauschen, wie starker Wind am halb geöffneten Fenster.

Er machte noch mit anderen Bändern ein paar Hörproben, aber es blieb dabei. Nur dumpfe Stimmen und Wind, manchmal Möwengekreische. Das Hupen eines Autos. Ein Band hakte, er tauschte es gegen ein anderes aus, aber auch hier war es die gleiche Geräuschkulisse. Der Wind schien Straußburger fasziniert zu haben. Aber es gab keine Schreie, kein Fluchen. Lüthje hatte auch nicht daran geglaubt. Und trotzdem. Er begann im Tigerkäfiggang im Zimmer umherzulaufen. Irgendetwas Unerwartetes, Ungewöhnliches hatte er sich erhofft. Es waren insgesamt einundsiebzig Bänder, sechsundvierzig mit je sechzig Minuten Laufzeit und fünfundzwanzig mit je neunzig Minuten. Sechsundvierzig plus siebenunddreißig Stunden ergaben dreiundachtzig Stunden. Selbst wenn man acht Stunden pro Tag ohne Pause hörte, waren es über zehn Arbeitstage für Blumfuchs. Die vielleicht ohne brauchbares Ergebnis blieben. Frerksen musste helfen.

Am Horizont glaubte er einen verwaschenen Lichtfleck zu erkennen. Vielleicht nur eine Spiegelung. Er kippte das Fenster ganz auf. Im Fernglas sah er die Jacht am Horizont. Er konnte die

Form nur ahnen, aber die Lichterkette an der Takelage leuchtete. Vielleicht wurde dort gefeiert. Eine Sehnsucht überkam ihn. Fernweh? Oder eine frühe vergessene Erinnerung aus seiner Kindheit an der Kieler Förde?

Ein stotterndes Motorengeräusch kam vom Bootssteg. Wiedenhus schien abzulegen. Lüthje fragte sich, wohin er bei Einbruch der Dunkelheit fahren wollte, moderne Navigationsgeräte hatte Lüthje nicht an Bord gesehen. Der Bootsmotor lief jetzt runder. Er wanderte mit dem Blickfeld des Fernglases etwas nach links unten bis zur »Smienke«. Das kleine Boot zerrte an den Tauen, die noch am Steg festgezurrt waren. Vielleicht machte Wiedenhus nur einen Probelauf nach einer kleinen Reparatur. Wiedenhus stand neben dem Steuerhaus und sah mit einem Fernglas in Richtung der Jacht. Was spürte er jetzt als Seemann? Auch eine ferne, unbestimmte Sehnsucht?

Lüthje wählte die Handynummer von Frerksen, die Husvogt ihm durchgegeben hatte.

»Sie sind nicht zu Hause, Frerksen, störe ich?« Lüthje hörte im Hintergrund Stimmengewirr.

»Hallo, Lüthje! Ihr Anruf ist mir schon avisiert worden. Ich bin mit meiner Freundin und meinem Sohn shoppen, im Sophienhof.«

»Oh, Sie haben ein Privatleben?«

»Ich hab meinen Sohn für ein paar Tage während seiner Osterferien bei mir. Wir sind im Kinocenter und sind uns noch nicht einig geworden, in welchen Film wir gehen.«

»Darf ich Sie morgen mal zu Hause besuchen? Ich meine, in unmittelbarer Nähe Ihrer Computer, aber privat? Es muss unter uns bleiben.«

»Verstehe. Okay. Ich werde Ihnen meine Adresse jetzt nicht nennen. Ist das Ihre private Handynummer, die ich jetzt im Display sehe?«

»Ja.«

»Ich sende Ihnen einen Code, den Sie unter der ebenfalls angegeben Internetadresse als Passwort eingeben. Es ist eine Internetadresse, die nur aus Zahlen und Zeichen besteht. Von dort können Sie sich eine Bilddatei auf Ihr Handy senden lassen. Darauf können Sie meine Adresse erkennen. Löschen Sie danach das Bild auf

Ihrem Handy. Die Internetadresse wird automatisch gelöscht, spätestens aber nach fünf Minuten.«

»Ich hab hier keinen Internetzugang.«

»Rufen Sie jemanden an, dem Sie vertrauen können, und schreiben Sie mir dann eine SMS mit nur einem Punkt als Okay.«

»Ich mache nachher SIM-Kartenwechsel. Ich sage das nur, damit Sie sich nicht über die unbekannte Nummer wundern. Danke für Ihr Vertrauen, Frerksen.«

»Schon gut. Ich erzähl Ihnen morgen, warum. Tschüss, bis dann.«

Lüthje beendete das Gespräch, holte eine neue SIM-Karte aus dem Rucksack und rief Hilly an.

»Hallo, Mrs Peel! Hast du den PC an?«

»Ja, wo bist du, Steed? Geht es dir gut?«

»Ja, es geht mir gut. Ich erzähl dir morgen, wo ich bin. Mach jetzt genau, was ich dir sage, schreib am besten mit.«

Er erklärte ihr, dass er ihr gleich eine Internetadresse und ein Passwort durchgeben würde und dass sie danach dort eine Handynummer eingeben solle. Sie wiederholte die Anweisungen, er sagte ihr, dass sie nur fünf Minuten Zeit für die Prozedur hatte. Sie schmatzten sich einen Kuss zu und beendeten das Telefonat.

Eine Sekunde später rief Hilly wieder an. »Eric, wie denkst du dir das eigentlich mit Gerson, seid ihr jetzt Feinde bis in alle Ewigkeit? Jette hat mir erzählt, dass Gerson sich völlig zurückgezogen hat. Er lebt nur noch in seinem Wohnmobil auf dem Polizeiparkplatz in Kiel, stell dir das bitte vor! Das ist doch richtig sonderlich, oder? Ich habe einfach Angst, dass du jetzt auch damit anfängst. Wo bist du? Auf einer Parkbank?«

»Liebste Hilly, ich bin hier im Seniorenheim in Dodensand und arbeite sehr konzentriert. Wenn ich hier über Nacht bleibe, mache ich das nicht, weil ich Spaß daran habe, sondern weil es mein Beruf so verlangt. Sobald ich kann, fliege ich in deine Arme. Leg jetzt bitte auf, damit ich weitermachen kann.«

»Sofort. Aber denk daran, einer von euch Dickköpfen muss doch den ersten Schritt tun, und weil du der Ältere bist, ist das deine Aufgabe. Tschüss.«

Es klappte. Nach ein paar Minuten hatte Lüthje einen Kartenausschnitt von Kiel auf dem Handy. Darunter stand der Text: »Bei Benedikt zweimal klingeln, morgen ab zehn Uhr.« Ein Pfeil schien in einen Hinterhof in der Nähe der Universität zu weisen, in der Nähe der Olshausenstraße. Eindeutig war das nicht, aber das war sicher Absicht. Er würde etwas suchen müssen.

Lüthje sah hinunter auf die Fundstelle. Oder vielmehr versuchte er, sie zu finden. Ohne die Orientierung am Seezeichen wäre es schwierig. Brotmann hatte nach der Obduktion betont, dass Leichenfundort und Tatort nicht identisch seien. Das hieß nur, dass die Tat nicht an der Stelle ausgeführt worden war, an der die Leiche begraben worden war. Jeder Ort zwischen Dodensand und Schleswig könnte in Frage kommen, so hatte Brotmann gesagt. Aber wer würde aus einem anderen Ort ausgerechnet nach Dodensand fahren, um eine Leiche zu begraben? Jedes Waldstück auf dem Weg von Schleswig nach Dodensand war da geeigneter. Der Strand von Dodensand entfaltete seine Vorteile als Versteck für den Mörder nur dann, wenn der Mörder hier in Dodensand gemordet hatte und lange Transportwege vermeiden wollte.

Wenn der Mord im Freien an einer versteckten Stelle stattgefunden hatte, vielleicht auf der Rückseite eines Hauses, würde man den Tatort nie finden. Jahrelang hatten sich die Jahreszeiten mit Regen, Sturm, Schnee, Hitze alle Mühe gegeben, die Spuren zu beseitigen. Und man wusste nicht im Geringsten, wo man mit der Suche anfangen sollte.

Wenn der Mord in einem Raum dieser Häuser stattgefunden hatte, musste das Blut überall in diesem Raum gewesen sein.

Was macht man in dem Raum, um die Spuren zu beseitigen? Selbst wenn man ihn vollständig renovierte, würde man die Blutspritzer, ob mit oder ohne Tapete oder Teppichboden, nicht spurlos beseitigen können. Das Blut wäre in den Boden, in die Wände, in die Decke, ins Mauerwerk eingedrungen, in winzigen, kaum sichtbaren, aber für die Spurensicherung auffindbaren Mengen, nachdem der Täter die Tapeten und den Teppichboden herausgerissen und die nackten Wände abgewaschen, ja vielleicht sogar den Wandputz über dem Mauerwerk ausgetauscht hatte. Das

Ganze wäre in umfangreiche Renovierungsarbeiten ausgeartet, die im Haus und in der Nachbarschaft nicht unbemerkt geblieben wären. Aber nach den Jahren ... Lüthje hörte ein Fahrzeug den Dodensand entlangfahren. Als er durch das halb geöffnete Fenster sah, wusste er, warum ihm das Motorengeräusch so bekannt vorkam.

Es war Malbek mit seinem Wohnmobil.

Malbek fuhr an Wiedenhus' Haus vorbei. Lüthje sah, wie er sich aus dem geöffneten Fenster vorbeugte und das Muschelhaus bestaunte.

Er fuhr bis zum Ende der Straße, wo sie in einen Feldweg überging, der schon nach ein paar Metern unter einem meterhohen Hagebuttenstrauch endete.

Lüthje lehnte sich weit aus dem Fenster. Der Motor des Wohnmobils wurde abgestellt, die Lichter erloschen. Ein Schatten stieg aus. Eindeutig Malbek. Dieser federnde Sprung beim Aussteigen, ein wenig übertrieben drahtig, hatte Lüthje schon immer genervt.

Malbek ging zum Strand hinunter, sah sich die Häuser und den Bootssteg von der Wasserlinie aus an. Er ging weiter nach rechts, bis dort, wo der Strand endete und in felsiges Ufer überging. Auch er musste eine Witterung aufgenommen haben. Malbek musste erfahren haben, dass es Gondersens Sohn war, der in Dodensand eine Leiche im Strand gefunden hatte. Malbek ging zielstrebig zum Parkplatz der Seniorenpension und verschwand aus Lüthjes Sichtfeld. Es klingelte im Erdgeschoss. Natürlich, die gesamte Elektrik funktionierte ja noch. Warum machte er das? Malbek musste doch sehen, dass das Haus leer stand, kein Fenster war erleuchtet. Oder stellte er sich so ein Altersheim vor, »Licht aus« um einundzwanzig Uhr? Malbek konnte doch nicht wissen, dass er, Lüthje, hier in einer unbeleuchteten Mansarde hockte, im vierten Stock der leeren Seniorenpension »Nordlicht«, und ihm aus einem Fenster zusah. Aber es sollte wohl so sein. High Noon. Lüthje fuhr mit dem Fahrstuhl nach unten. Es dauerte eine Ewigkeit. Er schloss die Tür auf. Malbek starrte ihn entgeistert an.

11.

»Du bist ein Geist, warum verfolgst du mich? Ich dachte, du wolltest nur in Urlaub gehen. Aber gleich ins Altersheim?« fragte Malbek.

Ein Zucken in Malbeks Mundwinkeln verriet Lüthje die Wahrheit.

»Woher wusstest du, dass ich hier bin?«

»Der hölzerne Degen auf der Hutablage.«

Das konnte nur die halbe Wahrheit sein.

»Ein dummer Fehler«, sagte Lüthje.

»Darf ich trotzdem reinkommen?«, fragte Malbek.

»Wenn du schon mal hier bist. Ich kann dir aber nichts anbieten. Der Kühlschrank ist leer.« Malbek ging an ihm vorbei, Lüthje schloss die Tür hinter ihm ab. Malbek sah ihm wichtig nickend zu. »Sieht aus, als hättest du Nachtwache. Und keine knackige Pflegerin dabei?«

Am liebsten hätte Lüthje dem frechen Rotzlöffel eine schallende Ohrfeige verpasst.

»Was ist das hier?«, fragte Malbek.

»Das steht doch über der Tür.«

»Ja, da stand: ›Seniorenpension Nordlicht‹. Schlafen die alle schon?«

»Schau dich doch einfach um.«

Malbek sah in die Küche, den Speisesaal, spielte ein paar Akkorde auf dem Klavier und hob andächtig den Kopf, als die verstimmten Töne schaurig im ganzen Gebäude widerhallten. Lüthje entschied sich, den Aufzug nicht zu benutzen. Womöglich hätte er Malbek bei einer dummen Bemerkung in kurzer Distanz doch eine gescheuert.

Sie gingen durch die Flure und sahen in die leeren Zimmer. Ein Infusionsständer stand mit ausgehängter Kanüle im zweiten Stock direkt vor dem Treppenabsatz.

Malbek begann zu summen. Lüthje erkannte die Melodie von »It seems so long ago, Nancy …« Aus dem Summen wurden Worte.

And now you look around you,
see her everywhere,
many use her body,
many comb her hair.
In the hollow of the night
when you are cold and numb
but none of us would meet her in
the House of Mystery,
the House of Mystery.

Typisch Malbek, dachte Lüthje. Wir haben noch mit keinem Ton über unseren Krach gesprochen, aber er singt.

»Genauso hab ich mir das vorgestellt, ›the House of Mystery‹«, sagte Malbek und sah sich geradezu genüsslich um. »Weißt du, der Text ist ein Rätsel. Hast du das schon bemerkt, Lüthje? Ich hab eben ein paar Zeilen aus verschiedenen Strophen vermischt. Schon das Original bringt das Geschehen nicht chronologisch. Und wenn man es noch einmal durchmischt und wieder und wieder, sagt es immer etwas Neues aus, ohne die Lösung, die Wahrheit zu verraten. So wie du immer sagst: ›Alles nur eine Frage der Perspektive.‹ Der Song ist das perfekte Rätsel. Die Zeitebenen, Lüthje, es hat etwas mit diesem Fall zu tun, das ist mir heute Nachmittag klar geworden. Wir müssen uns von der Chronologie lösen. Verstehst du?« Malbek war aufgeregt wie ein Wissenschaftler, der sich dem Nobelpreis nahe fühlte.

»Der Gedanke ist nicht neu«, sagte Lüthje reserviert. »Ich habe gerade gelesen, dass Tatsachen nicht alles sind, mindestens die halbe Arbeit liegt darin, wie man mit den Tatsachen umgeht. Aber du willst wahrscheinlich sagen, dass wir es mit einer ganz speziellen Mischung aus Spökenkiekerei und Lupenkiekerei versuchen sollten.« Lüthje versuchte, seiner Miene eine ganz spezielle Art von Zweifel zu geben.

»Danke, Lüthje, schöner hätte ich es nicht sagen können. Aber egal, wie wir den Text neu anordnen, er verliert seinen Sinn nicht, seine melancholische Stimmung nicht, die Motivationslage der Beteiligten bleibt erhalten, und die dahinterliegende wirkliche Chronologie der Ereignisse geht auch nicht verloren. Nur so können wir unseren Fall lösen.«

»Sagtest du, *unseren* Fall?«

»Lüthje, ob wir es wollen oder nicht, Gondersen und der Tote von Dodensand, das gehört zusammen, das ist doch alles kein Zufall.«

»Komm, noch ein Stockwerk höher. Ich zeig dir, mit wie vielen Zeitebenen wir es zu tun haben.«

In Straußburgers Mansarde erklärte Lüthje Malbek, was es mit den einundsiebzig Kompaktkassetten auf sich hatte, warum die Seniorenpension leer war und der Bewohner der Mansarde und Eigentümer der Kassetten nicht mehr lebte.

»Dr. Brotmann wird ihn obduzieren. Und vor dem Seezeichen da unten haben wir mit Brotmann und dem Archäologen Dr. Aner gestern eine fachgerechte Blockbergung gemacht. Hier ein Erinnerungsfoto.« Er holte das Foto aus dem Rücksack und reichte es Malbek. »Hinten am Horizont siehst du ein schönes, elegantes Schiff, eine Privatjacht vermutlich. Heute ist sie schon wieder da.« Lüthje reichte Malbek das Fernglas.

»Ich glaube, wir haben viel zu bereden«, sagte Malbek nachdenklich und gab Lüthje das Foto zurück. »Aber ich weiß nicht, womit wir anfangen sollen. Am besten, wir essen erst mal. Ich hab was in meiner Kombüse.«

Lüthje erzählte, dass ihm die Fischbrötchen ausgegangen waren.

»Ich wusste nicht, dass es dir so schlecht geht. Komm, mach den Laden dicht.«

Sie packten die Kassetten und den Rekorder in die Kartons und fuhren mit dem Fahrstuhl nach unten. Lüthje schloss ab, und sie gingen zusammen an den Häusern vorbei zum Wohnmobil. In Wolframs Zimmer flackerte ein Fernseher oder Computerbildschirm. Im Wohnzimmer waren die Vorhänge zugezogen. Auf der »Smienke« war es dunkel.

»Warum bist du heute Abend hierhergekommen?«, fragte Lüthje.

»Ich habe gestern eine Dummheit gemacht und Angst bekommen. Da konnte ich mir plötzlich ungefähr vorstellen, wie du dich gefühlt hast. Jedenfalls fühlte ich mich dir da plötzlich wieder näher als in den letzten Tagen. Und überhaupt … es war eben der richtige Zeitpunkt.«

Lüthje sah ihn fragend an, als würde er kein Wort verstehen.

»Warum hast du denn deine Kanone dabei?« Malbek griff Lüthje auf die Schulter, dort, wo sich das Schulterholster unter dem Jackett abzeichnete.

»Und du? Wo ist *deine* Kanone?«, fragte Lüthje.

»Ich habe keine Angst vor einem Killer.«

»Dann kann es sich nur um eine Frau handeln. Und wie kommst du überhaupt darauf, dass ich Angst vor Lentus habe?«

»In der Akte von damals habe ich einen Vermerk der Staatsanwaltschaft gefunden. Der Verurteilte hätte sich bei Verlassen des Gerichtssaales in deine Richtung verbeugt. Das hast du mir verschwiegen.«

»Ja?«

»Ich hätte dich nicht auf den Einsatz ›Bogart‹ mitgenommen, wenn ich das gewusst hätte.«

»Deshalb hatte ich es dir ja verschwiegen.«

Malbek schloss den Wohnwagen auf, machte Licht und begann, in der kleinen Küchennische zu hantieren und zu klappern. Lüthje stellte die Kartons unter den Tisch und quetschte sich auf die Sitzbank.

»Es wird immer enger bei dir. Kann ich bitte die Speisekarte haben?«

»Heute wird gegessen, was auf den Tisch kommt.«

Es gab Malbeks Lieblingsessen. In Traubenkernöl gebratene Hähnchenkeulen in Zwiebelsauce mit Kapern. Eine halbwegs gefüllte Kiste Fördepils hatte Malbek sowieso immer im Wohnmobil. Appetitanregende Bratdünste schlichen sich durch die geöffneten Wagentüren in die laue Dodensander Nacht.

Sie aßen und tranken eine Weile schweigend.

»Ich hatte eine Scheißangst«, sagte Lüthje plötzlich mit vollem Mund, »und wollte es mit einer mutigen Tat kompensieren. Aug' in Aug' mit dem Killer. Ha!«

Er erzählte von seiner ständigen Angst vor Lentus. Von dem, was Brotmann zu dem Namen sagte. Malbek entschuldigte sich dafür, dass ihm der Kragen ausgerechnet vor Schackhaven geplatzt war. Und erzählte von den dünnen Ermittlungsergebnissen.

»Heute gab es dann noch eine winzige Spur, einen Fingerabdruck von Lentus, stell dir das vor, ein ganzer Fingerabdruck. In einer Wohnung in Kiel-Mettenhof, im siebzehnten Stock des ›weißen Riesen‹. Du kennst das Wohnsilo bestimmt aus deiner Kieler Zeit. Nachbarn hatten gemeldet, dass in eine Wohnung eingebrochen worden war, die Tür stand offen. Die Kollegen stellten fest, dass die offizielle Mieterin der Wohnung schon vor Tagen ausgezogen war. Wir konnten ermitteln, dass sie in einer Supermarktkette arbeitete, als Fachkraft für Sortiments- und Lagerpflege, also als Regalbestückerin. Leiharbeitnehmerin der ›Viva Projektentwicklung Flex‹. Ihr Name war Judita Mostowska. Die Kaution und drei Monatsmieten hatte sie bar im Voraus bezahlt. Sie hatte sich also mit einem akzeptablen, nachprüfbaren sozialen Hintergrund getarnt, um die Wohnung anzumieten. Die Wohnung war mit allem ausgestattet, was einem Mann wie Lentus gefällt, vor allen Dingen der große Flachbildfernseher. Die Lage war perfekt, die Stadtautobahn, die Anonymität des ›weißen Riesen‹, des ganzen Stadtteils, den man ja auch ›Manhattanhof‹ nennt. Typische Terroristenwohnung, hieß das in den Siebzigern. Im Übrigen ist er buchstäblich vom Erdboden verschwunden. Es wird jetzt europaweit nach ihm gefahndet. Ist ja nicht das erste Mal.«

»Malbek, du hast noch eine Keule auf dem Teller, vergiss das Essen nicht«, sagte Lüthje.

Malbek schob ihm den Teller rüber.

Lüthje griff erfreut zu. »Und dieses Drogenballett auf dem Bahnhof?«

»Ich habe wenig Unterstützung oder Informationen von den Kollegen bekommen. Vielleicht halten sie ihre Informationen zurück, oder sie haben wirklich nichts. Ich habe meine eigene Theorie darüber entwickelt. Willst du es hören?«

Lüthje nickte nur.

»Ich glaube, es sollte so etwas wie eine Generalprobe werden. Wir haben denen die Saison vermasselt. Lentus war von höchster Stelle als Regisseur eingesetzt worden. Er war auch der Autor des Drogenballetts. Und hatte Gondersens Ermordung wie einen Regieeinfall in das Libretto eingebaut, seinem Auftraggeber hat das sicherlich gefallen. Lentus muss es als Höhepunkt seiner bisherigen Karriere empfunden haben. Alles war von höherer Stelle abgesegnet, denn Lentus hat nie auf eigene Rechnung gearbeitet. Der oder die Bosse haben sich gesagt, dass man nicht mehr die stümperhafte Arbeit der Dealer vor Ort haben wollte. Der Absatz der Drogen sollte straffer und unauffälliger ablaufen, mit Leuten, die direkt der Führung unterstellt sind, eine spezielle Ausbildung haben und als geschlossenes Einsatzkommando von einem Hauptbahnhof zum anderen kutschiert werden. Effiziente Absatzstrategie nennt man das im Managerdeutsch. Das waren die ausgeschriebenen Rahmenbedingungen, und Lentus hat für seine Idee den Zuschlag bekommen. Nur haben wir das Theater durchschaut, und Lentus wird im Moment keinen einfachen Stand haben. Einen Teil des Auftrags hat er aber erfüllt. Die Ermordung Gondersens.«

Lüthje ließ die Hähnchenkeule sinken. »Global denken, regional lenken!«

»Passt erschreckend gut!«, sagte Malbek. Es war der Wahlspruch von Malbeks verstorbenem Bruder Harald Malbek, der vor Jahr und Tag mit diesem Wahlspruch sein Glück irgendwo zwischen provinzieller Vetternwirtschaft und organisierter Kriminalität gesucht und dabei sein Leben verloren hatte.

»Vielleicht ist das Motto nicht auf seinem Mist gewachsen, wie er immer behauptete, sondern er hatte es von jemand anders. Vielleicht vom Boss persönlich. Bist du endlich mit dem Essen fertig?«

»Deine Schuld, es war sehr gut.«

»Mal was anderes als immer nur Fischbrötchen. Aber jetzt schnall dich an.«

Malbek zog einen dünnen Stapel großformatigen weißen Zeichenkartons unter dem Bett hervor und holte einen dicken Stapel mehrfarbiger Karten und einen Filzstift aus einer Schublade. Für jede der Personen, die ihnen in diesem Fall begegnet war, wurde eine Karte beschriftet. Dann wurde auf dem Zeichenkarton ein Netz der Beziehungen entworfen, und mehrere Alternativen wurden diskutiert. Mehrere Zeitebenen entstanden dadurch, dass manche Personen oder Gegenstände mehrere Karten bekamen, die an unterschiedlichen Stellen des Beziehungsnetzes auftauchten. Marlene Gondersens Informationen über Proschkes Telefonat mit ihrem Mann, Wolframs Spaten, der Schiffsname »Smienke«, das Pollerloch und vieles mehr. Es wurden verschiedene Möglichkeiten des Beziehungsgeflechtes sichtbar. Manches verwarfen sie, vieles entstand neu und war dann schlüssiger, als sie es für möglich gehalten hatten. Es entstanden »weiße Löcher«, in die noch unbekannte Personen und Handlungen eingesetzt werden mussten. Missing Links. Dies würden die Ansatzpunkte für ihre neuen Ermittlungen sein.

Sie besprachen weitere mögliche Verästelungen, legten fest, wer sich um welche Ermittlungsschritte bemühte und wie sie ihre Zusammenarbeit geheim halten konnten, außerhalb und innerhalb des Polizeiapparates. Denn sie waren sich darüber einig, dass sie den Streit hätten erfinden müssen, wenn er nicht wirklich stattgefunden hätte. Er war eine hervorragende Tarnung für ihr weiteres gemeinsames Vorgehen.

Sie sahen das Ergebnis ihrer Diskussion eine Weile schweigend an. Es waren inzwischen drei Zeichenkartons geworden, die, verteilt auf Wandschrank, Tischplatte und Kühlschrank, vor ihnen lagen.

»Es ist ein bisschen atemberaubend«, sagte Lüthje. »Aber nicht unwahrscheinlich. Man sieht, wie viel wir übersehen haben könnten, ohne zu wissen, was es konkret ist. Ich bin gespannt, mit welchen Namen wir die leeren Flecken in der Mitte ausfüllen werden.«

Sie setzten sich draußen auf zwei Klappstühle und sahen lange schweigend auf das Meer, das silbern im Lichthof des dunstigen Mondes schimmerte.

»Da läuft jemand auf dem Steg«, sagte Malbek plötzlich und erhob sich von Klappstuhl. »Zum Boot?«

»Frauke Frahm. Zeit, ins Bett zu gehen.« Lüthje kraulte sich nachdenklich das Kinn.

8. Tag

1.

Malbek und Lüthje duschten sich in den Personalräumen der Seniorenpension. Der Himmel war von einer hochnebelartigen Wolkendecke verhüllt. Der Wind hatte auf Nordost gedreht und drückte das Wasser in die Bucht.

Zum Frühstück gab es Rührei mit Schinken und Schnittlauch, sogar ein paar Brötchen waren noch da. Und Kaffee, der nach gutem Kaffee schmeckte und stark genug war, um Lüthjes Lebensgeister zu wecken, denn er hatte schlecht geschlafen.

Malbek trug sein Lieblings-T-Shirt mit dem Schriftzug ABBA im Heavy-Metal-Design. Ein Geschenk von Jette.

»Du hast dein Nachthemd noch an«, sagte Lüthje.

»Du ja auch.«

»Mein Lieber, das hier ist mein Oberhemd, und das kann ich so auch im Büro tragen. Warst du mit deinem T-Shirt schon mal im Büro?«

»Ja. Mein Ruf ist sowieso schon hin. Übrigens hat Dittrich mich gestern angerufen. Das Gerede der Frauensleute wegen des Streites gehe ihm gehörig auf den Senkel. Kotzt euch mal richtig an, das muss auch mal sein, hat er zu mir gesagt.«

»Weise Worte«, sagte Lüthje schmunzelnd.

»Hab ich die Erdbeer-Chili-Marmelade im Kühlschrank vergessen?« Malbek sah suchend auf dem übervollen Tisch herum.

Lüthje griff neben sich. Er hatte das Marmeladenglas in seiner Griffweite auf die Sitzbank gestellt.

»Die Saison läuft im Mühlencafé gut an. Wahrscheinlich wegen des milden Aprils«, erzählte Malbek weiter. »Es gab ein Treffen des Mühlenvereins, kein offizielles, weil wir beide ja nicht dabei waren. Die waren deshalb sowieso nicht beschlussfähig. Husvogt mit Frau und Kind und Blumfuchs waren auch da. Jette ist zusammen mit Hilly gekommen. Hilly hat einen Aufnahmeantrag abgegeben.«

»Davon hat sie mir kein Wort erzählt! Warum nicht?« Lüthje war empört.

»Maren und Sophie waren auch da. Maren soll sich angeregt mit Blumfuchs unterhalten haben. Zwischen den beiden läuft was, Elena meinte das auch, und wenn die das meint, dann stimmt das auch, sagte Dittrich.«

»Davon hat Hilly mir auch nichts gesagt!« Lüthje schüttelte den Kopf. »Ich weiß noch nicht, wie Sophie damit klarkommen würde. Ich kenne Blumfuchs, er ist wirklich nicht einfach. Aber sie ist ja bald achtzehn. Vielleicht zieht sie dann zu Jette. Wäre durchaus möglich«, sagte Lüthje, griff nach der Söruper Leberwurst und strich sie dick auf eine Brötchenhälfte. »Wenn du dann wieder auf deinem Grundstück neben Jette wohnst, hat Sophie ihren Papa gleich nebenan. Dann wäre doch alles in Butter. Übrigens, die gerösteten Zwiebeln in der Wurst sind genial.« Lüthje verdrehte die Augen beim Kauen.

»Einen Strang haben wir gestern vor Müdigkeit nicht mehr zu Ende denken können«, sagt Malbek.

»Proschke.«

»Richtig.«

»Wie kommen wir an ihn ran?«, fragte Lüthje.

»Wir könnten ihn uns beiseitenehmen«, schlug Malbek vor. »Bist du endlich satt?«

Lüthje nickte. »Und dann verkloppen? Dann erzählt er uns was vom Pferd.«

Malbek räumte den Tisch ab. »Ich meine ja nur, wir sollten rauskriegen, wo er verletzbar ist. Wenn wir das wissen, dann erst können wir ihn uns richtig zur Brust nehmen. Ich bin sicher, dass Proschke Dreck am Stecken hat. Denk an seinen prüfungsfreien Aufstieg. Er hat Leute, die ihn decken. Kalk zum Beispiel. Der vertritt seine Abteilung organisierte Kriminalität nur pro forma. Eigentlich nur Tarnung für Proschke. Ich habe das schon ein paarmal bei anderen Besprechungen beobachtet. Erinnerst du dich, in der Nachbesprechung zu ›Bogart‹ haben die beiden sich nicht einmal begrüßt, so getan, als ob sie noch nie etwas miteinander zu tun gehabt hätten. Ich hab dir gestern Abend von Marlene Gondersens Beobachtung erzählt, dem heimlichen Telefonat ihres Mannes mit Proschke.«

Malbek legte einen der Zeichenkartons auf den leer geräumten Tisch und zog ein paar Verbindungslinien. »Da ist eine Spur, da liegt etwas quer, etwas Sperriges, das müssen wir herauszerren und dann genau betrachten, wo es in die übrigen Dinge hineinpasst. Oder auch nicht. Proschke ist dumm, aber schlau und falsch. Er hat uns bei der Besprechung der Videosequenz beobachtet. Warum? Wir müssen ihn mit seinen eigenen Waffen schlagen.«

»Schwierig. Jemand aus seiner Umgebung, ich kenne da niemanden, bei dem wir ansetzen könnten.«

»Oh doch! Denk mal nach«, sagte Malbek schmunzelnd und machte mit einer stummen Gebärde einen Sänger nach.

»Ein Sänger?«

»Quatsch. Mit ist es gestern Abend eingefallen, als ich auf deine Hutablage sah. Dein Parkplatz am Rapsfeld.«

»Hutablage? Der hölzerne Degen?«

»Ja. Richtig. Na, klingelt es immer noch nicht? Hier, guck mal auf das Blatt zwei. Der hölzerne Degen, mit dem du mich besiegt hast? Wo war das?«

»Auf dem Friedhof Eichhof. Wir haben da ein Lied angestimmt, äh … *sie müssen ja nicht wissen, wie viel wir wissen*, oder so ähnlich.

»Richtig! Weiter!«

»Da war diese … du meinst diese Frau, wie hieß sie noch, die uns applaudiert hat! Du sagtest doch, das wäre …«

»Frau Finkenstein vom K 3, Staatsschutz, Proschkes Abteilung!«

»Donnerwetter!«

»Ich hab sie vom Wohnmobil aus beobachtet. Sie geht in jeder Mittagspause und nach Feierabend zum Grab.«

»Lass das bloß nicht Jette spitzkriegen, dass du fremde Frauen beobachtest! Übrigens, welche Frau war das, von der du gestern gesprochen hast?«

»Ich hab von keiner Frau gesprochen, nur du.« Er hielt einen Moment inne und sah, wie Lüthje grinste. »Also gut, ja, ich verschweige dir also etwas. Jetzt sind wir quitt. Ab an die Arbeit … Moment. Was passiert denn da?« Malbek starrte aus dem Fenster hinter Lüthje und kniff ungläubig die Augen zusammen.

Lüthje dreht sich in der Sitzbank um. »Ich glaub, ich spinne. Das ist Wolfram!«

Der Junge grub mit einem Kinderspaten nahe der Wasserlinie im Sand und sah ab und zu verstohlen zum Wohnmobil.

»Es ist besser, du checkst die Lage mal, Lüthje. Dich kennt er schon. Ich bleib hier.«

Lüthje drückte sich aus der Sitzbank. »Ob seine Oma noch auf dem Boot ist?«

»Moin, Wolfram, hast du einen neuen Spaten bekommen?«, rief Lüthje dem Jungen locker zu, als er sich näherte.

»Ja. Gestern«, schnaufte er angestrengt und schaufelte weiter.

Lüthje sah ihm zu. »Wie tief gräbst du denn immer so?«

»Bis das Wasser hochsteigt.« Er schlug mit den Spaten heftig zu. Lüthje sah erschrocken ins Loch. »Stopp mal, Wolfram, da ist was.«

Wolfram stützte sich wie ein Bauarbeiter auf den Spaten und wischte sich den Schweiß aus dem Gesicht.

Lüthje kniete sich hin und fasste mit der Hand vorsichtig an die Wurzel, die sich wie eine sandige Schlange im Sandloch krümmte. Lüthje atmete auf.

»Nur eine Wurzel. Mann, Wolfram, da hast du mir aber einen Schreck eingejagt.«

Wolfram lächelte stolz. »Eigentlich wollte ich schon immer mehr am Wasser graben. Ich will das Wasser im Loch steigen sehen. Bis das Loch voll ist und zusammenbricht. Aber meine Oma meinte, es könnte sein, dass die Leute, die am Strand spazieren gingen, sich den Fuß brechen in dem matschigen Loch. Das habe ich nicht verstanden, weil hier doch kaum Leute spazieren gehen. Aber sie meinte, es könnte schon vorkommen. Und ich soll es doch da oben an der Stelle versuchen, ob das auch etwas höher geht. Früher waren da an der Stelle nämlich alte Poller.«

»Was für Poller?«

»Da war eine alte Anlegestelle, hat sie gesagt. Da ist der Strand weich, wo ein Poller drin war. Da komme ich deshalb auch leicht bis zum Wasser, hat sie gesagt.«

»Sie hat dir also vorgestern gesagt, wo du graben sollst?«

»Aber Sie dürfen ihr nicht sagen, dass Sie es von mir haben. Sie sagt immer, dass ich lüge. Aber ich hab keine Schuld. Ich war das eigentlich gar nicht.«

»Ich glaube dir, Wolfram.«

Wolfram stieß den Spaten mit einer Hand in den Sand. »Wie wird man Gerichtsmediziner, Herr Kommissar?«

»Wie kommst du denn darauf?«

»Meine Mutter und meine Oma haben davon geredet. Ich hab sie belauscht.« Er sah Lüthje verschwörerisch an.

»Okay, okay, ich sag nix.« Lüthje hob beschwichtigend die Hände. »Ja, wie wird man Gerichtsmediziner … man muss das studieren. Vorher Abitur machen.«

Wolfram nickte nachdenklich. »Mit wem sind Sie da in dem Wohnmobil?«

»Mit einem Freund aus Kiel.« Lüthje biss sich auf die Lippe. Das Wort Kiel war auch schon zu viel.

»Ist der auch Kommissar?«

Lüthje sah Frauke Frahm vom Boot auf den Steg steigen. »Da kommt deine Oma.«

Wolfram sah sich zum Steg um. »Ist der Kommissar auch ein Freund von meinem Vater?«

Lüthje hatte doch nichts von einem Kommissar im Wohnmobil gesagt! Frauke Frahm lief jetzt auf den Strand zu.

»Ja, das war er.« Die Lüge fiel ihm leichter, als er noch einen Satz hinterherschob. »Wir finden den Mörder. Wolfram, versprich mir, dass du deiner Oma nicht verrätst, dass ich mit jemandem aus Kiel hier bin.«

Wolfram hob ihm eine Faust mit ausgestrecktem Daumen entgegen. »Gebongt!«

»Wolfram, Wolfram!« Frauke Frahm war jetzt auf dem Strand und lief auf sie zu. »Was machst du denn so früh in der Kälte hier? Du hast ja gar keine Jacke an! Guten Tag, Herr Lüthje. Entschuldigen Sie uns!«

Sie nahm Wolfram die Schaufel aus der Hand, warf einen Blick in das Sandloch und schob Wolfram vor sich her zum Haus.

2.

Lüthje fand Frerksens Wohnung nach einigem Suchen in einem Gewerbehof in der Hansastraße. Auf einem der Klingelknöpfe stand: »Benedikt 2 x klingeln«.

»War früher mal meine Studentenbude. Wir hatten hier eine WG. Ich bin übrig geblieben«, sagte Frerksen zur Begrüßung.

»Ich wusste nicht, dass Sie Zigarre rauchen«, sagte Lüthje erstaunt und setzte die Kartons ab.

Frerksen paffte ein paar Wolken, griff nach einem kleinen Tischstaubsauger mit USB-Anschluss und begann, die trotz mehrerer Aschenbecher herumliegende Asche von Tischen, Tastaturen und seiner Hose aufzusaugen.

»Sind Ihre Norwegerpullover in der Wäsche?« Lüthje spielte auf das dünne, kurzärmelige T-Shirt an, das Frerksen trug.

»Die Norweger trage ich nur im Büro, als Rüstung. Es schafft Abstand. Dann ätzt mich alles nicht so an.«

»Muss ich vielleicht auch mal in Erwägung ziehen. Wo ist Ihr Sohn?«

»Ich habe zusammen mit meiner Freundin eine Wohnung in Kiel-Wellingdorf. Dies ist mein Labor.« Überall standen Computertürme und Monitore auf Tischen und am Boden, in Gruppen von drei oder vier, als würden sie mit leisem Lüfterrauschen über etwas Wichtiges nachdenken.

Frerksen schien Lüthjes Gedanken zu ahnen. »Das sind Arbeitsgruppen, die jeweils an einem bestimmten Problem arbeiten. Mac, Windows und ein bisschen Linux. Offline und Online. Was kann ich für Sie tun, Lüthje?«

»Erst noch mal danke, dass ich Sie in Ihrem Allerheiligsten aufsuchen darf. Ich muss mich bei meinen Ermittlungen ein bisschen außerhalb des Apparates bewegen.«

»Also gehört der Apparat zu Ihrem Untersuchungsobjekt. Sehr schön. Sie wissen gar nicht, wie gern ich Ihnen dabei helfe. Und zu danken brauchen Sie mir nicht. Seitdem ich hörte, dass Sie vor Schackhaven und Brockhaus ausgerastet sind, halte ich Sie für einen Gutmenschen im Apparat. Malbek sowieso.« Er schnipste mit einer kleinen Schere an einem Ende einer neuen Zigarre eine

Kerbe und zündete sie genussvoll schmauchend an. »Die Lüftung ist sehr wirkungsvoll.« Er wies zu einem großen Ventilator, der in eins der Fenster eingebaut war, die zum Hof gingen.

»Wobei kann ich Ihnen helfen?« Frerksen sah neugierig auf die Kartons, die Lüthje auf dem einzig leeren Tisch im Raum abgestellt hatte.

»Das sind einundsiebzig Kompaktkassetten, sechsundvierzig mit je sechzig Minuten Laufzeit und fünfundzwanzig mit je neunzig Minuten. Und der Kassettenrekorder, der dazugehört. Auf den Bändern ist viel Wind. Sie sind wohl überwiegend am offenen Fenster aufgenommen worden. Kann man mit Hilfe eines Computers die Bänder nach Sequenzen mit menschlicher Sprache absuchen und in Dateien sammeln?«

»Faszinierend. Aber kein Problem.« Frerksen zog einen rollbaren Tisch heran, auf dem ein schwarzes Gerät stand, das Lüthje wie ein böser Würfel ansah. »Das ist ein Nakamichi Dragon aus den Achtzigern. High-End-Kassettendeck. Viertausend Mark hat das damals gekostet. Für eintausendfünfhundert Euro habe ich es vor ein paar Jahren im Internet ersteigert. Eigentlich hat es nur die Normabspielzeit von 4,7 Zentimetern pro Sekunde. Aber nachdem ich es getunt habe, hat es jetzt eine zusätzliche zwanzigfache Abspielgeschwindigkeit. Na ja, bei der Technik und den göttlichen Antriebsriemen kein Problem. Es dreht die Kassette beim Seitenwechsel automatisch und komplett, sodass die Präzision der Spurlage ohne Zeitverlust erhalten bleibt. Trotzdem behandelt das Gerät die Kassetten mit Samthandschuhen. Über den Audioausgang schließe ich einen Encoder an, der die analogen Signale in MP3-Dateien von zweihundertsechsundfünfzig Kilobits pro Sekunde digitalisiert. Diese Dateien werden dann mit einer von mir optimierten Software auf stimmtypische Frequenzprofile gescannt, diese werden isoliert und nach einem gewünschten Parameter geordnet. Wie hätten Sie es denn gern, Herr Lüthje?«

»Äh, was …?«

»Wie ich die fertigen Sprachdateien ordnen soll? Nach Lautstärke, geschlechtsspezifischen Profilen, chronologisch …«

»Ach so, ich verstehe! Am liebsten chronologisch, aber das

geht ja nicht, weil wir keine Aufzeichnungen darüber haben, wann die Kassetten aufgenommen worden sind.«

»Dem Ingeniör ist nichts zu schwör, aber da sind auch meine Grenzen erreicht. Ich schlage vor, chronologisch auf die einzelne Kassette bezogen.«

»Okay, wie lange brauchen Sie?«

»Circa sechs bis acht Stunden. Wohin soll ich die Dateien schicken?«

Lüthje schrieb ihm Hillys Mailadresse auf. »Vor dort werden die Dateien an meinen Mitarbeiter Kommissar Blumfuchs weitergeleitet. Der wird sich das dann anhören. Vielleicht sind nur fünf Minuten Sprache drauf, vielleicht mehrere Stunden. Wenn Sie mich kontaktieren wollen, rufen Sie mich einfach unter der Nummer an, die Sie kennen. Vergessen Sie nicht, für jeden Anruf bei mir eine neue SIM-Karte zu benutzen.«

»Sie sehen so aus, als wenn Sie noch was auf dem Herzen hätten, Lüthje.«

»Stimmt auffallend. Ich möchte alles über ein Schiff, eine Jacht wissen, die ich mehrfach in der Geltinger Bucht gesehen habe.«

»Was wissen Sie über das Schiff? Name?«

»Hier ist eine Fotovergrößerung. Mehr weiß ich nicht.« Lüthje zeigte ihm den Abzug von Strupps.

»Sieht nach Geld aus. Kreuzfahrer für Millionäre?«

»Hat meine Frau schon gecheckt. Sieht im Moment nicht so aus.«

»Geltinger Bucht? Dann schaun wir doch mal nach.« Frerksen setzte sich an einen Bildschirm im Breitwandformat. Er klapperte auf der Tastatur, und es erschien eine Karte der Geltinger Bucht.

»Das ist das Automatic Identification System, abgekürzt AIS. Hier oben sehen Sie die Webadresse. Na ja, könnte man auch als SADU, bezeichnen, selbstorganisierender Austausch von Datenpaketen über Ultrakurzwelle. Von fähigen Kollegen in Griechenland entwickelt. Sieht auf den ersten Blick etwas verwirrend aus. Die Symbole für jedes Schiff sind wie die Metallfeder eines Füllhalters gestaltet. So sieht man auf einen Blick den ungefähren Kurs und die Geschwindigkeit. Wenn man es genau wissen will, klickt man das Schiff mit der Maus an. Die Schiffssymbole haben verschiedene Farben, je nach Schiffstyp. Frachter sind grün, Passagierschiffe und Fähren blau und so weiter. Interessant wird es bei Grau und Lila. Das können Militärschiffe, Küstenwache oder Privatjachten sein. Schiffe, die länger als zwanzig Meter sind oder mehr als fünfzig Passagiere haben, müssen eine AIS-Anlage an Bord haben. In ein paar Jahren läuft das über Satellit, dann ist jede Ecke des Erdballs damit einsehbar. Na ja, über Satellit könnte ich jetzt auch schon alles sehen, aber das ist etwas mehr Aufwand, sehr viel mehr Risiko. Sie verstehen, Lüthje. Aber da die Geltinger Bucht mit AIS gut überschaubar ist, belassen wir es dabei.« Frerksen sah Lüthje an, als erwarte er Widerspruch.

Ihm juckt es in den Fingern, mir was vorzuhacken, dachte Lüthje.

»Sieht ziemlich aufgeräumt aus. Hier ist ein Frachtschiff aus Danzig, die ›Solveig‹ mit Zielhafen Flensburg. In Langballigau liegt das Ausflugsschiff ›Feodora‹, die Küstenwache ist mit der ›Scharhörn‹ unterwegs zur Kieler Bucht, und vor der Schleimündung ist das dänische Baggerschiff ›Kronos‹ bei der Arbeit. Und siehe da, hier ist ein lila Symbol. Das Schiff heißt ›Maria‹. Einmal hier klicken, und wir sehen den Kurs. Mh … mit Datenlöchern, das bedeutet, dass das AIS zwischendurch ausgeschaltet war. Die Küste ist nämlich zu nah, als dass der UKW-Empfang zeitweise unterbrochen sein könnte. Trotzdem können wir erkennen, dass das Schiff in der Geltinger mehrere Achten gefahren ist. Jetzt mache ich hier einen Doppelklick, und wir können weitere Daten ablesen. Fährt unter der Flagge der Kaimaninseln. Steuerparadies, stimmt's? Geschwindigkeit 0,3 Knoten, das ist nicht das Schiff, sondern die Meeresströmung, muss etwas windig sein in der Geltinger Bucht. Länge achtundneunzig Meter, Breite elf Meter. Tiefgang 4,5 Meter. Zielhafen ›Various‹. Man gibt sich also bedeckt. Schiffstyp ›Pleasure Craft‹. Fotos vom Schiff nicht abrufbar. Das war's.«

»›Pleasure Craft‹? Klingt wie Spielzeug.«

»Heißt aber übersetzt ›Sportboot‹.«

»Ein achtundneunzig Meter langes Sportboot?«

»Der Kapitän muss das in seine AIS-Anlage eingeben, was der

Schiffseigner verlangt«, sagte Frerksen und klopfte über dem Aschenbecher sorgfältig die Asche von der Zigarre.

»So was liegt sonst nur in Monaco oder Nizza vor Anker«, sagte Lüthje.

3.

Malbek machte sich gleich nach seiner Rückkehr nach Kiel auf die Suche nach dem Grab auf dem Friedhof Eichhof. Wieder stand ein Leichenwagen vor der Friedhofskapelle, die Ränder der Auffahrt waren mit Autos zugeparkt.

Er erinnerte sich daran, dass er mit Lüthje vom Eingang des Friedhofs Eichhof eine Weile nach Westen gegangen war und dann in einem großen Bogen wieder nach Osten. Sie hatten, vertieft in das Gespräch, den richtigen Weg zum Ausgang intuitiv gefunden. So wie Malbek eine Ermittlung am liebsten vorantrieb.

Den Ermittlungsweg hatten sie gestern Abend spielerisch entworfen. Lüthje war manchmal nur bockig gefolgt, wie es sich für einen eingefleischten Lupenkieker gehörte, hatte sich aber darauf eingelassen. Möglicherweise weil ihn die Stimmung des Songs überzeugt hatte.

Hier, zwischen den endlosen Gräberreihen, fühlte Malbek noch deutlicher als gestern Abend, dass sie auf der richtigen Spur waren. *It seems so long ago, Nancy was alone …*

Zuerst erkannte er den steinzeitlichen Findling wieder, an den der winzige Terrier gepinkelt hatte. Er drehte sich um und erkannte die Lücke zwischen Baum und Strauch, durch die Frau Finkenstein ihnen verzückt herüberapplaudiert hatte.

Er ging quer über den Rasen und stand schließlich vor einem kniehohen Granitstein. Dicht an den Stein war ein Rosenstrauch gepflanzt, offensichtlich seit Jahren immer wieder gestutzt, mit dicken, stummelartigen Ästen, aber gesund, wie die vielen Knospen zeigten. In einer Steckvase leuchteten frische sonnenfarbene Tulpen. Die Inschrift war schlicht.

Reinhard Höhnel
geb. 28 9. 1950 gest. 30. 4. 1999

Er notierte sich die Inschrift und ging zur Friedhofsverwaltung neben dem Haupteingang des Friedhofs. Das Gebäude schien wie ausgestorben. Am Ende eines Flures fand er einen Büroraum, in dem ein Mann mit kindlichen Gesichtszügen und grauen Haaren hinter einem fast leeren Schreibtisch saß. Er sah Malbek kummervoll und stumm an. Malbek hielt seine Dienstmarke hin und sagte, er müsse eine Grabinschrift überprüfen, und fragte nach einem Grabplan des Friedhofs.

Der Mann erhob sich und bat Malbek in einen anderen Raum, in dem Karten des Friedhofs in mehreren Maßstäben hingen. Malbek orientierte sich kurz und tippte auf den Plan.

»Hier, das meine ich.«

Der Mann trat näher an die Karte und murmelte: »Das ist ein Sargwahlgrabfeld und Grabnummer 02RR/05/18.«

»Ich möchte wissen, wer das Nutzungsrecht an dem Grab hat.«

Der Mann setzte sich vor einen der Bildschirme in seinem Büro. Er tippte auf die Tastatur, schüttelte den Kopf, tippte noch mal. »Ja, hier ist es. Ida Finkenstein, seit 30.4.1999.«

Malbek dankte für die Bemühungen. Als er den Raum schon verlassen hatte, hörte er den Mann mit schwacher Stimme in den Flur rufen: »Sie wissen, dass das ein Vorkaufsgrab ist?«

Malbek drehte sich auf dem Absatz um. »Nein. Was ist das?«

»Sie können für eine ermäßigte Gebühr ein Sargwahlgrab für zum Beispiel eine Nutzungsdauer von zunächst zehn Jahren erwerben und es sich nach Ihren Wünschen herrichten und pflegen lassen oder selbst pflegen.«

»Wieso heißt das Vorkaufsgrab?«

»Weil Sie den Grabplatz vor Ihrem Tod erwerben.«

Der Mann lächelte. Das Kindliche in seinem Gesicht verlieh dem Gesagten einen unheimlichen Ausdruck. Malbek spürte ein Kribbeln im Nacken.

»Sie meinen, dass sich Ida Finkenstein ihr Grab zu Lebzeiten gekauft hat und jetzt nach ihren Wünschen pflegt?«

Der Mann zuckte so heftig mit den Schultern, dass seine zu große Anzugjacke etwas nach oben verrutschte. »Vermutlich ja.«

»Also auch einen Grabstein mit Inschrift aufgestellt hat, Blumen gepflanzt hat …?« Malbek unterdrückte die Frage, warum auf dem Grabstein nicht der Name Ida Finkenstein stand, sondern ein Reinhard Höhnel mit Geburtsdatum und Sterbetag. Möglicherweise verstieß das nicht gegen die Friedhofssatzung. Grabsteine haben eben Inschriften. Außerdem würde diese Frage in diese stillen Amtsräume sehr viel Lärm bringen, den Malbek und Lüthje nicht brauchen konnten.

Der Mann nickte ernst, als würden ihn Malbeks Worte rühren.

»Eine Frage noch. Wieso ist hier niemand außer Ihnen?«

»Wir haben einen Sterbefall. Ein Arbeitskollege.« Er lächelte wieder.

Malbek rief Lüthje mit einer frischen SIM-Karte an und beriet sich mit ihm über das weitere Vorgehen. Danach vertiefte sich Malbek in die Einwohnermeldedateien und telefonierte mit dem Bereitschaftsrichter, der ihn zu einer Besprechung in das Amtsgerichtsgebäude bat. Die Herausgabe von Datensätzen von Behörden, die eine Rekonstruktion kompletter Lebensläufe ermöglichte, wie zum Beispiel aus Auskünften der Rentenversicherungsträger, stand für Malbek als Kriminalpolizisten nach dem Gesetz unter dem sogenannten Richtervorbehalt. Malbek brauchte keine langen Vorträge zu halten, nach dreißig Minuten war der Richter von der Notwendigkeit der Auskünfte für das Ermittlungsverfahren überzeugt. Malbek hatte die vom Richter unterschriebenen Beschlüsse in der Hand, die er mit der Bitte um umgehende Auskunft an die Rentenversicherungsträger faxte. Die Antworten kamen schon nach dreißig Minuten.

4.

Lüthje hatte Günther Kaufhold im September 1990 in Eggesin kennengelernt. Eggesin war ein kleines Städtchen in der Nähe des Stettiner Haffs. Zehn Monate nach der Wende fand dort in den ehemaligen Kasernen der NVA eine mehrtägige »Fortbildung« statt. Dahinter verbarg sich eine Schulungsveranstaltung für die Kollegen aus den zukünftigen Bundesländern, in »bundesrepublikanischer Polizeidenke«, wie sie es selbst alle nannten. Lüthje war einer der Dozenten, die über die rechtlichen Voraussetzungen für eine vorläufige Verhaftung sprachen. Kaufhold war ihm durch seine Ironie aufgefallen, die sich manchmal bis zum Sarkasmus steigerte. Eine für Lüthje verständliche Reaktion eines ausgebildeten und erfahrenen Polizisten, der alles das, was er in der DDR für seinen Beruf gelernt hatte, vergessen und im neuen westlichen Licht sehen sollte. Das konnte nicht eine zu Ehren der Wende aufgesetzte Attitüde gewesen sein, sondern musste ein Wesenszug sein. Lüthje hatte nie gewagt zu fragen, wie Kaufhold das wohl verborgen hatte, in den Jahren davor. Es war zu früh, die Verletzungen auf beiden Seiten waren zu tief, um solche Fragen zu stellen.

Nach Unterrichtsschluss fuhren die »Ostler«, die in der Nähe wohnten, nach Hause. Die »Westler« blieben in ihren Unterkünften oder machten sich auf die Suche nach einer Gastwirtschaft. Kaufhold zeigte Lüthje eine Kneipe, in der die Zeit bei ungefähr 1955 stehen geblieben war. Nach ein paar Flaschen Rostocker Hafenbräu redeten sie über die Arbeit, Familie, Frauen, und beim fünften Bier wurde es grundsätzlich. Kaufhold war nicht verheiratet und kinderlos, wie Lüthje. Sie wussten, dass sie darüber noch viele Nächte hätten reden können, ohne auch nur einen Millimeter voranzukommen bei der Frage nach dem »Warum«.

Nach den Tagen in Eggesin hatten sie noch ein paar Jahre Kontakt gehalten, Kaufhold kam zur Kieler Woche, Lüthjes damalige Freundin Dagmar und Kaufhold mit seiner Freundin machten mit der Fähre gemeinsam einen Kurzurlaub in Oslo. Ende der Neunziger schlief der Kontakt ein. Die Zeiten hatten sich wieder geändert.

Von den Kneipengesprächen mit Günther Kaufhold hatte Lüthje Malbek erzählt, als sie das weitere Vorgehen besprachen. Günther Kaufhold hatte damals in der durchzechten Nacht durchblicken lassen, dass er für das Ministerium für Staatssicherheit gearbeitet hatte und dort einen hohen Rang hatte. Nach der Wende hätte ihn der BND um Mitarbeit gebeten, und er hätte diese persönliche Wende mitgemacht, sonst hätte man ihn nicht zu dieser Fortbildung geschickt. Als Beobachter. Es schien ein Problem für ihn zu sein, es bereitete ihm merkwürdigerweise mehr Skrupel als die frühere Arbeit bei der Stasi. Günther Kaufhold brauchte seinen Sarkasmus, um zu überleben, seine Welt war zusammengebrochen, und er hatte niemanden, mit dem er darüber reden konnte. Und Lüthje konnte zuhören.

Kaufhold hatte vom »Bullenkloster«, der Schule der Hauptverwaltung Aufklärung in Belzig, erzählt, von den als »Pflaumenfälle« bezeichneten Einsätzen, bei denen die Kundschafter des Sozialismus auf Frauen angesetzt wurden. Einsätze, die unter dem Thema »operative Regimeverhältnisse« abgehandelt wurden.

Danach hatten sie nie mehr darüber gesprochen, und Lüthje war sich inzwischen nicht mehr sicher, ob Günther sich an sein »Geständnis« im Rausch überhaupt je erinnert hatte.

Jetzt war Kaufhold für Lüthje bei diesem Thema die erste Adresse für Antworten aus sachverständiger Quelle. Es war jedenfalls einen Versuch wert.

Nachdem Lüthje mit Malbek über den weiteren Ermittlungsgang einig war, hatte er Günther Kaufhold sofort unter seiner alten Telefonnummer erreicht und ihm ohne Umschweife gesagt, dass er Informationen brauche und dabei an den langen Abend mit Rostocker Hafenbräu denke. Kaufhold hatte nur geantwortet, dass er eigentlich schon früher mit seinem Anruf gerechnet habe. Was immer er damit gemeint hatte.

Die Straße hieß Klüschenberg, benannt nach dem Hügel, auf den sie hinaufführte. Früher war es immerhin das winzige Villenviertel am Rande des kleinen Erholungsortes gewesen, jetzt gab es nur noch die Allee, die zum einem Wellnesshotel auf dem »Gipfel« des Klüschenberges in Plau am See führte. Günther Kaufhold wohnte immer noch allein in einer Villa mit Mauern, die doppelt so dick wie jede andere Hausmauer waren, die Lüthje je gesehen hatte. Darauf hatte Günther damals mehrfach mit ironischem Augenzwinkern hingewiesen.

Sie begrüßten sich herzlich. Kaufhold schien nach vorn zusammengesunken zu sein. Er schien in seiner großen Gestalt von damals nur noch zu hängen, so als würde er jeden Moment aus ihr herausfallen.

Günther hatte nichts an der Einrichtung geändert. »Willst du einen Kaffee oder Rostocker Pils? Das Hafenbräu gibt's leider nicht mehr.«

»Na, für Bier wär's noch zu früh. Und eigentlich versucht mich meine Frau auf englischen Tee umzupolen. Aber Kaffee trink ich trotzdem noch.«

»Du bist verheiratet?« Günther machte sich an der alten Kaffeemaschine zu schaffen.

Damals war Lüthje mit Dagmar zusammen, aber nicht verheiratet. Und dass er mit Hilly zwar noch nicht verheiratet war, aber er sie trotzdem als seine Frau bezeichnete, hatte seine eigene, lange Geschichte, die er aber nicht vor Günther ausbreiten wollte.

»Ja, zu guter Letzt hat es mich doch noch erwischt. Und du? Hast du immer noch die Freundin aus Berlin?«

»Nein, meine jetzige wohnt in Stuttgart.« Er lachte verlegen.

»Kannst du dich noch an die Modenschau erinnern, zu der du mich geschleift hast, als ich nach Eggesin bei dir Station machte?«

Es war wichtig, ihn bei Laune zu halten. Günther hatte irgendetwas Depressives an sich.

»Nimm mal zwei Tassen aus dem Schrank«, sagte Günther. Er trug die Glaskanne mit dem Kaffee sowie Milch und Zucker auf einem Tablett in den Wintergarten.

Sie setzten sich in zwei Cocktailsessel aus den Siebzigern. So bequem hatte Lüthje sie nicht in Erinnerung.

»Ja, natürlich, Eric, wie könnte ich das vergessen. Das war im Ferienheim des VEB Bau- und Montagebaukombinats Ingenieurhochbau Berlin, unten am See. Mein Gott, wie diese Namen heute klingen. Da schwingt so viel aufgeblasener Stolz mit, dass man denkt, die Buchstaben müssten zerplatzen. Zuerst wolltest du ja nicht mit, aber als wir da waren, hat es dir doch gefallen. Das war eine Modegruppe aus … Schwerin-Mues, glaube ich. Süß waren die, ›Tradition und Mode‹ nannten sie die Show, erinnerst du dich?«

Sie speisten damals »Modische Soljanka«, »Broiler mit Kartoffelrosetten und Rohkostvariationen« und tranken »süffigen Balatontropfen«. Zwischen den Tischreihen flanierten Modeschülerinnen mit aufreizenden Blicken. Die zu den Männern gehörenden Damen an den Tischen gaben sich modisch sachverständig. Die ersten zwanzig Minuten wurden Kleider, Röcke und Hosen präsentiert. Für den Rest des Abends gab es nur noch Reizwäsche und hochhackige Schuhe. Die Saalbeleuchtung wurde heruntergedimmt, und ein paar rote Spots glitten an den halb nackten Körpern der Modeschülerinnen auf und ab. Günther hatte ihm erklärt, dass das nicht etwa extra für Wessis inszeniert wurde, sondern das sei seit Anfang der Siebziger der Ersatz für westliche Aufklärungsfilmchen. Es war die kostengünstigere Alternative, die sich außerdem nach außen gut getarnt verpacken ließ.

»Zwanzig Jahre ist das alles her. Eine Ewigkeit.« Kaufhold sah mit wehmütigem Blick in seinen verwilderten Garten und schloss die offen stehende Glastür. »Eine komische Zeit war das damals. Mit den Kartoffeln haben wir noch jahrelang geaast. Der Zeitungsladen am Markt hat noch zwei Jahre lang für die Westwährung eine provisorische Zigarrenkiste gehabt. Kerwath hieß der Besitzer damals, der sagte immer, vielleicht kommt gleich die zweite Wende, marsch, marsch, zurück. Wir wurden überschwemmt von einer Flut von bundesrepublikanischen Missionaren, die alle das Gleiche sagten, wir meinen es gut mit euch, wir zeigen euch, wie wir es seit vielen Jahren machen. Seht uns an und unser Land, ist das kein Beweis? Unternehmensberater, Verwaltungsspezialisten, Konzernchefs und Parteibonzen, Spezialisten über Spezialisten. Und wir konnten uns nicht wehren.« Er setzte sich wieder seufzend in den knarrenden Cocktailsessel.

Lüthje beschloss, darauf nicht einzugehen. Schließlich war er damals in Eggesin auch als belehrender Spezialist aufgetreten. »Der Kaffee ist super, Günther, mein Kompliment. Du sagtest mir am Telefon, dass du nicht mehr im Staatsdienst bist?«

»Ich bin in die Privatwirtschaft gewechselt. Leiter eines Sicherheitsunternehmens. Aber jetzt erzähl, wo drückt dich der Schuh?«

»Beide Schuhe. Ich sagte dir ja schon, dass ich aus persönlichen Gründen nach Flensburg gewechselt bin. Ich habe zwei Fälle, die auf merkwürdige Weise miteinander in Verbindung stehen.« Lüthje zog ein Blatt Papier aus der Innentasche seines Jacketts. »Also, wir haben festgestellt, dass auf dem Grabstein eines sogenannten Vorkaufsgrabes …«, Kaufhold nickte verstehend, »… der Name eines Tauchlehrers steht, der 1990 in die USA gezogen ist, genauer gesagt nach Florida zu seiner Freundin in Miami, um mit ihr eine Tauchschule zu betreiben. Er hieß Reinhard Höhnel. Er ist am 1. März 2001 bei einem Tauchunfall ums Leben gekommen und ist auf dem Southern Memorial Park in North Miami begraben worden. Der Todestag auf dem Grabstein in Kiel ist der 30. April 1999.«

»Wer hat das Grab in Kiel gekauft und wann?«, fragte Kaufhold.

»Eine Sekretärin der Abteilung Staatsschutz beim Landeskriminalamt Schleswig-Holstein. Sie hat es an dem Todestag gekauft, der auf dem Grabstein steht.«

»Bei welchen Behörden hat die Frau noch gearbeitet?«

»Bis 1997 als Sekretärin beim Bundesnachrichtendienst in Pullach bei München, die längste Zeit in der Abteilung für Terrorismus und internationale organisierte Kriminalität. Nach dem Tod ihrer Mutter hatte sie 1996 eine Versetzung nach Kiel beantragt und bekam 1997 die Stelle als Chefsekretärin beim Staatsschutz im Landeskriminalamt Schleswig-Holstein in Kiel.«

»Ein leeres Grab, ein Mann, den es nie gab, eine Sekretärin im Staatsdienst in sensiblen Sicherheitsbereichen. Schön.« Kaufhold legte die Hände an den Fingerspitzen zusammen. »Aber du sprachst von zwei Fällen. Also weiter, Eric!«

»Ungefähr hundert Meter vor dem Haus einer ehemaligen Sekretärin des Kieler Innenministeriums wurde vor ein paar Tagen eine Leiche gefunden. Ihr Enkel hat sie beim Graben nach Wasser gefunden. Sie lag dort schon ein paar Jahre lang.«

»Hat die ehemalige Sekretärin dem Jungen gesagt, wo er graben soll?«

»Sie hat ihm gesagt, dass er beim Graben an dieser Stelle niemanden stören würde, und der Boden sei locker und deshalb leicht aufzugraben.«

»Und? War der Boden locker genug?«

»Immerhin locker genug, um den Jungen buchstäblich auf eine skelettierte Hand stoßen zu lassen, die er zunächst für eine Wurzel hielt.«

»Ich vermute, da hing der Rest der Leiche dran.«

»Ist es deiner Meinung nach möglich, dass es sich bei diesem falschen Reinhard Höhnel um einen ehemaligen DDR-Agenten handelt? Wenn ja, war die Stasi wirklich so schlampig, dass sie die Identität eines Bundesbürgers kopierte? Ich kann mir das nicht vorstellen.«

»Die Hauptverwaltung Aufklärung, die HVA, war tatsächlich ziemlich perfekt. Ich habe neulich in einem Interview mit einem hohen BND-Beamten gelesen, dass man die Stasi noch heute um ihre geheimdienstliche Arbeit, ihren skrupellosen Ideenreichtum beneidet. Der Mann sagte, dass man auf die Idee mit den Liebeskommandos einfach nicht gekommen sei. Ich nehme ihm das nicht ab. Aber um auf deine Frage zurückzukommen, wir können davon ausgehen, dass es sich hier um einen der vielen ehemaligen Romeos handelt, die nicht enttarnt wurden. Im offiziellen Jargon hießen die übrigens ›Kundschafter des Sozialismus‹. Sie sollten sich in die Seelenlage von einsamen Sekretärinnen einschleichen und die so vorbereitete Quelle abschöpfen. Das ging seit den fünfziger Jahren gut, und man wurde unter Markus Wolf immer perfekter. Bis es Mitte der siebziger Jahre, ich glaube, es war 1977, eine Katastrophe gab. Man hatte einem vierzigjährigen Romeo die Identität eines Siebzigjährigen gegeben. Und das in der Zeit, in der in der BRD die Rasterfahndung eingeführt wurde. Bei einer Routinekontrolle des vierzigjährigen Romeo im Straßenverkehr fiel auf, dass es noch einen älteren Mann mit dem Namen gab. Jemand hakte nach, und der Romeo wurde enttarnt. Die Fahndungsbehörden fanden Spaß an dem Datenabgleich, innerhalb von ein paar Monaten hatte man achtunddreißig Romeos enttarnt. Und die dazugehörigen Frauen, ausnahmslos Sekretärinnen in den politischen Machtzentren der Bundesrepublik und ihren Botschaften im Ausland. Aber die HVA lernte aus der Schlappe und machte weiter mit den Romeos. Der Bundesnachrichtendienst geht bis heute davon aus, dass die Dunkelziffer der nicht enttarnten Romeos sehr hoch ist, es gab sicherlich über hundert.«

»Auch in Schleswig-Holstein?«

»Woher soll ich das wissen?«

»Günther, ich habe unsere Kneipengespräche in Eggesin nicht vergessen.«

»Ich weiß nicht, wovon du redest.« Günther schüttelte nachdenklich den Kopf, antwortete aber trotzdem auf Lüthjes Frage. »Zwei wurden enttarnt. Aber ich wusste von weiteren drei.«

»Was wurde aus den Nichtenttarnten?«

»Wenn sie nicht gestorben sind, dann leben sie noch heute.«

»Was meinst du damit?«

»Der falsche Reinhard Höhnel ist sicher ein Musterbeispiel. Die Romeos haben das weitergemacht, was sie gelernt hatten. Frauen kennenlernen und abschöpfen. Am liebsten gleich zwei Frauen nebeneinander, ohne dass die Frauen voneinander wussten. Die Romeos waren intensiv geschult und brachten eine Begabung für ihren Auftrag mit. So wurden sie ausgesucht. Die Frauen nannte man in den Unterlagen übrigens einfach Zielpersonen. Die Romeos wurden natürlich älter, einer, der bei der Wende noch knackige vierzig Jahre alt war, ist jetzt längst im Pensionsalter. Gut, ich gebe zu, manche Frauen bevorzugen dieses Alter sogar, nicht wahr, Eric?«

»Woher soll ich das wissen?«, antwortete Lüthje. Woher konnte Günther von seinem aktuellen Liebesleben wissen? Gar nicht. Aber er hatte so eine Art, als wolle er zeigen, dass er noch mehr über Lüthje wusste, als der ahnte. Alte Berufskrankheit wahrscheinlich.

»Ich will das jetzt nicht vertiefen, Eric.« Er grinste über das ganze Gesicht. Lüthje empfand ihn zunehmend unerträglich. »Wer von den Romeos sich nicht in den Griff bekam und den Absprung schaffte, der machte Fehler und endete vielleicht so wie der falsche Höhnel. Tief unten.«

»Was war für den Fall vorgesehen, dass ein Romeo die Zielperson schwängerte?«

»Das durfte einfach nicht passieren! Es gab eine ausdrückliche Anweisung, dass der Kundschafter seine Fähigkeiten einsetzen musste, die Frau zur Abtreibung zu zwingen. Auch da war man sehr phantasiereich. Aber auch das will ich hier nicht vertiefen.«

»Dann müssen wir davon ausgehen, dass der Tote im Sand der Höhnel ist.«

»Habt ihr nichts, womit ihr das verifizieren könnt?«

»Wir werden eine Falle stellen müssen. Eins verstehe ich noch nicht. Warum hat niemand den falschen Höhnel als vermisst gemeldet?«

»Weil ihn niemand vermisst hat, Eric. Du sagtest am Telefon, dass der Mann zuletzt in Rostock gemeldet war. Wenn man hier von jemandem weiß oder auch nur glaubt, dass er hauptamtlicher Mitarbeiter der Stasi war, dann meldet man ihn nicht als vermisst, nur weil er spurlos verschwunden ist.«

»Verstehe. Du hast mir noch gar nicht gesagt, was du jetzt machst?«

»Doch, das hab ich. Du bist ganz schön getrieben, Eric.« Günther grinste wieder auf die unverschämte Art. »Verlängerten Osterurlaub. Morgen geht's wieder los. Wie ich schon sagte, ich arbeite seit ein paar Jahren für ein großes Unternehmen als Sicherheitsberater.«

»Was musst du sichern?«

»Immobilien.«

»Dann weißt du vielleicht, was ein Projektentwickler ist?«

Günther sah Lüthje einen Moment misstrauisch an. »Arme Würstchen sind das. So ein Investor hat oft mehrere Projektentwickler gleichzeitig nebeneinander laufen. An einem oder an verschiedenen Projekten. Der, der ihm ein Projekt fertig für den Baubeginn mit Baugenehmigung vor die Füße legt, hat gewonnen. Scheinbar. Geld sieht er erst, wenn der Investor die ersten Quadratmeter Wohnungs- oder geschäftliche Nutzfläche verkauft hat. Da sitzt nämlich auch immer noch eine Bank im Boot. Dort muss der Projektentwickler auch ständig Männchen machen. Wenn man sich auf höherer Ebene kennt, hilft die Bank manchmal auch noch ein bisschen nach. Reicht dir das, Eric?«

Ja, es reichte. Sie verabschiedeten sich an der Tür und versprachen sich, den Kontakt nicht wieder abreißen zu lassen. Man hatte ja Telefon.

Sie wussten beide, dass es nur Gerede war.

Als Lüthje im Wagen den Zündschlüssel drehen wollte, klopfte jemand an das Seitenfenster. Er ließ es herunterfahren und starrte auf einen Dienstausweis. Kriminalhauptkommissar Peter Karschowski aus Schwerin. Lüthje fingerte nach seinen Papieren.

»Lassen Sie Ihren Dienstausweis stecken, und zeigen Sie mir irgendwas auf Ihrer Straßenkarte.« Karschowski sah suchend um sich, während er mit Lüthje sprach.

»Ich habe keine Straßenkarte, Herr Kollege. Nur ein Navigationsgerät«, sagte Lüthje.

Karschowski beugte sich zu ihm herunter. »Warum misstrauen Sie uns? Man ruft seine Kollegen an und stimmt das ab. Bitte fahren Sie jetzt.«

Als Lüthje hinter Parchim in einer Allee von nachdenklichen Bäumen Richtung Heimat fuhr, summte er:

»It seems so long ago ...«

5.

In der Glasfront des neuen Gebäudes der Meerbank in Kiel hingen meterlange Plakate wie tibetische Gebetsfahnen von der Decke, schrien nach Kundschaft. »Wir umschiffen jedes Hindernis«, »Ihr Lotse in jedem Fahrwasser«, »Zusammen finden wir immer den richtigen Kurs« und so weiter. Die Fotomontagen zeigten sympathische Bankangestellte in feinem Zwirn inmitten maritimer Symbolik, wie zum Beispiel Leuchtturm, Kompass, Steuerrad und so fort. Für den Millionär Malbek war allein das ein Grund, sich zu überlegen, ob er seine Konten woanders führen sollte. Vielleicht in Hamburg, wo man anonymer war. Da sollte es ja so viele Millionäre geben. Aber die Banken waren alle miteinander verwandt, zumindest im Grad der Verschwägerung.

Malbek hatte seinen Besuch nicht angemeldet, obwohl er heute nicht als Kunde, sondern als Ermittler mit ein paar richterlichen Beschlüssen in einem schlichten Pappordner kam. Die Namen der in Frage kommenden Hausbanken hatte er sehr schnell im Grundbuchamt erfahren. Aber Grundbuchakten waren nur Szenenfotos, Kontoauszüge dagegen der ganze Film.

Vor ein paar Monaten hatte die Staatsanwaltschaft ein paar Kubikmeter Aktenordner aus der Meerbank abtransportiert, die die Fusion mit der Holmer Bank betrafen. Die war nach ein paar riskanten Kreditgeschäften während der stürmischen Weltwirtschaftskrise erst ins Schlingern geraten und dann gekentert. Dank der Fusion brauchte Malbek jetzt nur *eine* Bank zu suchen, die Auskunft über alle ermittlungsrelevanten Konten geben konnten.

Die Schalterhalle war seit seinem letzten Besuch neu durchgestylt worden. Von oben mühte sich das trübe Licht eines bewölkten Aprilhimmels durch das verglaste Dach. Der Bodenbelag bestand aus Marmorplatten, auf denen man Millionen Jahre alte Versteinerungen von Muscheln und Ammoniten mit den Füßen trat. Auf den Marmorplatten waren schwungvoll gebogene Leuchtkörper platziert worden, die kleine Bistrotische mit Computermonitoren »umarmten«. Das waren die Service-Counter.

»Hallo, Herr Malbek, was kann ich heute für Sie tun?« Vom Service-Counter zwei lächelte ihm Frau Deusch zu. Sie hatte wieder diesen grau schimmernden Hosenanzug an, den er so hasste. Wahrscheinlich hatte sie einen ganzen Schrank davon.

Malbek sagte ihr, dass er Ermittlungen wegen Mordes führe, und legte die entsprechenden richterlichen Beschlüsse wegen verschiedener Kontoauskünfte vor. Ihr Lächeln gefror. Frau Deusch verschwand in einem der Büros. Nach ein paar Minuten erschien ein Mann, der sichtlich genervt auf Malbek zukam. Malbek hielt ihm Marke und Dienstausweis entgegen.

»Danke. Guten Tag, Herr Malbek, mein Name ist Stolt. Zuständig für diese Dinge ist unsere Rechtsabteilung, Sie müssten das dort schriftlich einreichen. Wir sind im Moment wegen der Fusion auch etwas unterbesetzt.«

»Mh, ich sollte wirklich überlegen, ob ich meine Konten bei Ihnen nicht auflöse, wenn Sie sich kein Personal mehr leisten können. War denn die Fusion so teuer?«

»Es gab Umschichtungen, dann die Softwareumstellung, die Großkunden müssen beraten werden ...«

»Ich kann Ihnen mit Personal aushelfen. In einer Stunde bin ich mit zwanzig Beamten hier, dann holen wir uns die Aktenordner und ein paar Festplatten allein aus Ihren Büros. Wie vor ein paar Monaten, erinnern Sie sich? Inzwischen müssten Sie doch mit derartigen Abläufen etwas Erfahrung haben!« Malbek hob seine Stimme. Erfreut bemerkte er, dass einige Bankkunden und Angestellte bereits herübersahen. »Verstehen Sie nicht, Herr Stolt? Ich will mich mit jemand Kompetentem diskret über ein paar Konten unterhalten. Vielleicht wollen Sie aber Ihren Kunden hier in der Halle wieder etwas bieten ... Sie haben jetzt die Wahl. Sie haben …« Er sah auf die Uhr. »… noch drei Minuten. Die Zeit läuft.« Er nickte Herrn Stolt ermunternd zu.

»Einen Moment. Ich versuche, Herrn Soldern zu erreichen.« Herr Stolt verschwand wieder in seinem Büro. Nach dreißig Sekunden erschien er wieder. Herr Soldern hätte etwas Zeit.

»Wer ist Herr Soldern?«, fragte Malbek, als sie mit dem Fahrstuhl bei gefälligem Geigenspiel in den ersten Stock fuhren.

»Herr Soldern ist Bereichsleiter der Kreditbetreuung«, flüsterte er ihm zu. Herr Stolt öffnete ihm die Tür zu einem Besprechungszimmer, ein schwarzer Tisch, sechs Stühle, ein Laptop und ein Telefon auf dem Tisch, Lamellenjalousie, reinweiße Tapeten ohne störende Bilder, dunkler Teppichboden. »Wenn Sie hier bitte einen Moment warten wollen.«

»Nein, ich warte lieber draußen auf dem Flur.« Malbek sah sich unternehmungslustig um. Stolt wirkte irritiert und rang nach Fassung. Malbek widmete sich dem Studium der Türschilder.

»Nicht wahr, Herr Stolt, ich bringe Sie ganz schön in Verlegenheit. In dem Besprechungsraum hätten Sie mich allein lassen dürfen, aber hier auf dem Flur dürfen Sie das nicht. Sie müssen auf mich aufpassen. Und Sie wissen nicht, was Sie mit einem so unbequemen Kripobeamten machen sollen. Sagen Sie, was verbirgt sich eigentlich hinter dieser Tür hier? Es ist eine Stahltür und keine Holztür. Das kann doch nicht der Tresor sein. Denn der befindet sich ja normalerweise im zweiten Untergeschoss. Oder etwa nicht?«

Stolt schnappte nach Luft. In diesem Moment nahte vom anderen Ende des Flurs Rettung, und seine Mimik glättete sich.

»Da kommt Herr Soldern«, sagte er salbungsvoll. Stolt deutete eine leichte Verbeugung vor Herrn Soldern an, der ihn jedoch ignorierte.

Soldern bat Malbek in den Besprechungsraum.

»Bitte sehr, Herr Malbek, nehmen Sie doch Platz.« Sie setzten sich einander gegenüber. »Wir können in aller Ruhe darüber reden. Zusammen finden wir immer den richtigen Kurs. Inwiefern gefallen Ihnen unsere Konditionen nicht mehr?«

Malbek legte ihm seine Dienstmarke, Dienstausweis und die Gerichtsbeschlüsse über die Kontoauskünfte vor.

»Hat Ihnen Herr Stolt davon nichts gesagt? Von Konditionen war nicht die Rede.«

Soldern rückte seine randlose Brille etwas zur Nasenspitze und las schweigend in den vier Beschlüssen.

»Ich habe Herrn Stolt wohl nicht richtig verstanden«, murmelte er hüstelnd und schob Malbek die Papiere über den Tisch zurück.

»Er machte auf mich einen sehr geordneten Eindruck«, sagte Malbek.

Er hielt es für möglich, dass Stolt dem Bereichsleiter der Kreditbetreuung tatsächlich den wahren Grund für Malbeks Besuch verschwiegen hatte, um ihn jetzt unvorbereitet ins offene Messer rennen zu lassen. Malbek schätzte Herrn Soldern nahe der Pensionsgrenze. Stolt war etwa Mitte vierzig. Die Meerbank war ein Schlachtfeld. Wahrscheinlich nicht erst seit der Fusion. Aber für Mitleid war hier nicht der richtige Ort.

»Herr Soldern, rufen Sie bitte auf dem Laptop die Konten auf, und beantworten Sie meine Fragen.«

»Aber …«

»Denken Sie einfach daran, dass ich aus beruflichen Gründen weiß, was an so einem Terminal wie diesem hier abzurufen ist. Das Programm analysiert jedes Konto nach jedem gewünschten Parameter. Oder müssen Sie erst Herrn Stolt dazubitten?«

Soldern ignorierte die Frage. Er sah Malbek nicht einmal böse an. Er sah nur gequält aus.

»Herr Soldern, diese Sache hat doch einen kleineren Rahmen als die Fusion. Oder nicht?«

Soldern antwortete wieder nicht. Er wirkte nicht aggressiv, nur müde. Malbek schien es, als ob ihm alles egal wäre. Soldern rutschte zwei Stühle weiter, schaltete den Laptop an und gab eine Zeichenfolge ein. Dann bat er noch einmal um die Beschlüsse und las die Namen ab.

»Ida Finkenstein. Sie ist vor Jahren von unserer bayrischen Partnerbank gekommen … einen Moment …« Er tippte ein paarmal auf die Returntaste. »… nein, völlig normal, keine Auffälligkeiten, Barabhebungen, keine Bareinzahlungen, nie im Soll, Einkünfte aus Vermietung, ach ja, das geerbte Haus. Gute Wohnlage.« Er sah Malbek abwartend an.

»Den Wert des Grundstückes brauche ich nicht. Machen Sie mit Gondersen weiter. Sind das mehrere Konten?«

»Nur zwei. Die Eheleute führten seit Jahren getrennte Konten.«

»Auffälligkeiten?«

»Nur bei Herrn Gondersen. Vor zehn Jahren gab es Unregelmäßigkeiten bei den Hypothekenraten. Hat sich dann aber normalisiert. Danach fast nie Barabhebungen. Das ist außergewöhnlich. Er war selten im Soll.«

»Ich mache Sie vorsorglich darauf aufmerksam, dass Sie diese Auskünfte auf Anforderung in den nächsten Tagen an meine Dienststelle zu meinen Händen in Papierform schicken müssen. Jetzt bitte weiter mit Frauke Frahm.«

»Bei Frau Frahm kam es bis zur Kreditkündigung immer öfter zu Stundungen. Mehrere Raten wurden in bar eingezahlt. Aber dann ...« Er rückte wieder an seiner Brille, nickte mit einem leisen Brummeln. Tippte etwas in die Tastatur. »Äh, ja richtig, da ... Ich glaube, es wäre am besten, wenn wir gleich das Konto Erich Wiedenhus in die Betrachtung mit einbeziehen. Bei Frau Frahm und Herrn Wiedenhus läuft beim zuständigen Amtsgericht ein Antrag auf Zwangsversteigerung der beiden Einfamilienhäuser.«

»Welche Häuser konkret, ich meine die Adressen?«

»Dodensand 3 und 5.«

»Wie ist es dazu gekommen?

»Frau Frahm und Herr Wiedenhus waren ja zunächst Kunden bei der Holmer Bank. Die Hypotheken auf den Grundstücken und die sonstigen Verbindlichkeiten wurden zunächst vertragsgemäß bedient. Die Schwierigkeiten begannen vor elf Jahren, Rückstände liefen auf, es wurde öfter gestundet, wie ich schon erwähnte. Dann kam die Fusion der Holmer Bank mit unserem Haus, das heißt, faktisch wurde die Holmer Bank mit allen ihren Kunden im Interesse des Steuerzahlers von uns mit allen Verpflichtungen übernommen. So wurden auch Herr Wiedenhus und Frau Frahm unsere Kunden.«

»Sie wurden Ihre Schuldner.«

»Als wir sahen, dass es notleidende Kredite waren, haben wir schließlich eine Umschuldung über eine Partnerbank, die Hythekplan, empfohlen. Im Interesse unserer solventen Bankkunden sind wir gehalten, solche Risiken zu verlagern.«

»Hythekplan. Ich verstehe. Damit Sie Ihr Geld von der Hythekplan im Rahmen der Umschuldung bekommen, die von dem Umgang mit dem Risiko komischerweise gut lebt. Und Herr Wiedenhus und Frau Frahm zu schlechteren Konditionen an diese Bank gebunden wurden.«

Soldern wiegte den Kopf.

»Ich entnehme Ihrer stummen Äußerung, dass das der Wahrheit entspricht«, sagte Malbek. »Sie haben Ihre Kunden falsch beraten! Wenn Sie Ihren Kunden das als Ausweg präsentieren, dann ist das zumindest fahrlässig. Wer entscheidet eigentlich darüber, welche Umschuldungs- beziehungsweise Hypothekenbank den Kunden empfohlen wird?«

»Der Vorstand …«, er hielt inne. »Ich denke, ich sollte jetzt doch die Rechtsabteilung hinzuziehen.« Aber er erhob sich nicht, er verließ das Zimmer nicht, griff nicht zum Telefon. Er sah Malbek nur hilflos an.

»Wenn Sie wollen«, sagte Malbek. »Aber dann wird sich das hier auch für Sie lange hinziehen, Tage, Wochen, und nicht nur ich werde Ihnen dann weitere unangenehme Fragen stellen, sondern Ihre eigene Rechtsabteilung, der gesamte Vorstand und noch ein oder zwei Anwälte. Und vergessen Sie die Presse nicht. Und Sie wissen es genauso wie ich: Keiner von denen denkt auch nur im Traum daran, Ihnen zu helfen. Man würde sich auf Sie stürzen als willkommenes Bauernopfer, nach dem man die ganze Zeit bei dieser sogenannten Fusion im Interesse des Steuerzahlers schon gesucht hat. Wenn wir uns hier nur noch ein paar Minuten allein unterhalten können, können Sie sich viel ersparen.«

»Vielleicht haben Sie recht.«

Malbek lachte auf und sah sich im Raum um. »Sind hier keine Mikros versteckt?«

»Nein, natürlich nicht. Und wenn, dann ist es sowieso schon zu spät.«

»Sie möchten den ganzen Kram hinschmeißen. Sie sind es leid, hab ich recht?«

Soldern schwieg. Seine Mimik sagte alles.

»Okay. Können Sie mir in kurzen Worten sagen, was das Problem bei der Übernahme der Holmer Bank war?«, fragte Malbek.

»Wir wussten, dass die Holmer Bank in Schieflage geraten war. Aber wie schief die Lage war, bekamen wir erst heraus, als die Übernahme gelaufen und der Vorstand der Holmer Bank mit einer ordentlichen Abfindung freiwillig gegangen war. Das war unangenehm, aber rechtlich die sauberste Lösung. Und was viel wichtiger war, es hatte den Segen der Politik im Lande.«

»Na ja …«, murmelte Malbek.

»Wir konnten endlich den wirklichen Status der Holmer Bank ermitteln.«

»Und?«

»Wir dachten zunächst, dass die Schieflage durch mehrere völlig verschiedene Finanzierungen zustande gekommen ist. Das hätte die Schadensbegrenzung erleichtert. Aber dann fanden wir heraus, dass es für zahlreiche größere Finanzierungen zwar unterschiedliche Adressen gab, aber die Sicherheiten aufgrund geschäftlicher Verbindungen an einer Stelle zusammenliefen. Es geht um über zweihundert Millionen Euro.«

»Und das hieß?«

»Es gab im Wesentlichen nur einen Schuldner. Der alte Vorstand der Holmer Bank hatte alles verschwiegen. Unser, *mein* Schadensbegrenzungsplan war zusammengefallen. Das Schlimmste an der Sache war, dass ich es vorhergesehen und ich im Vorstand vor der Fusion mit der Holmer Bank gewarnt hatte.«

»Dann wären Sie tatsächlich das richtige Bauernopfer. Dem ja sowieso keiner mehr glaubt. Wie heißt der Schuldner?«

»Es ist die Marekplan.com.«

»Aber das …«

»Das ist der Investor, der das Projekt in Dodensand über den Projektentwickler Dahl betreibt. Und noch weitere Projekte an der Ostsee. Der Vorstand hat in seiner Sitzung vor drei Wochen mehrheitlich der Finanzierungsanfrage der Marekplan.com für das Projekt ›Strandkorb‹ in Dodensand und drei weiteren Finanzierungsanfragen zugestimmt.«

»Die Meerbank finanziert die Projekte der Marekplan.com?« Malbek ließ seinen Gefühlen freien Lauf. »Obwohl diese Firma für eine ungefähr zweihundert Millionen teure Fusion verantwortlich ist, die die Meerbank und der Steuerzahler jetzt in den Ostseewind schreiben können? Ich verstehe jetzt. Lassen Sie mich die Geschichte weitererzählen. Vom Grundbuchamt habe ich erfahren, dass sich ein Vertreter der Firma Marekplan.com nach dem Versteigerungstermin erkundigt hat. Die Firma Marekplan hat bereits das Grundstück Dodensand Nummer 1, das Seniorenheim ›Nordlicht‹, erworben. Der Kaufpreis war so etwas wie ein Freundschaftspreis. Kein Wunder. Die Marekplan.com ist nämlich verflochten mit der Firma Gerio Care Service Ltd., der Verkäuferin des Grundstückes. Die Bank treibt der Firma Marekplan.com also durch die Zwangsversteigerungen die Grundstücke für einen Appel und ein Ei in die Arme. Die Meerbank, die Bank an der Seite der Marekplan.com. Respekt, Respekt, eine perfekte Zusammenarbeit. Ich wette, das wird der Öffentlichkeit als wirtschaftliche Notwendigkeit verkauft. Und ich wette, dass die Namensähnlichkeit zwischen dem Investor Marekplan und der Hypothekenbank Hythekplan auch kein Zufall ist.«

»Sie haben gewonnen, Herr Malbek. Auf derselben Vorstandssitzung wurde vorsorglich eine Pressemitteilung vorbereitet. Falls kritische Stimmen laut werden, wird der Vorstandssprecher betonen, dass es im Interesse unserer Kunden und Anleger sei, dass wir einem im Grunde zutiefst soliden Geschäftspartner wie der Marekplan dabei helfen, sich für die Zukunft nachhaltig zu konsolidieren und im Markt neu aufzustellen. Das käme allen Kunden des Hause zugute.«

»Wie viel kriegen denn Herr Wiedenhus und Frau Frahm von dem neuen Millionensegen ab?«

»Unsere Rechtsabteilung hat zu den Schadenersatzansprüchen von Kunden ein vorsorgliches Gutachten erstellen müssen. Da habe ich gelesen, dass Risiko nun mal zum Geschäft bei einer Bank gehört. Deshalb sei eine Pflichtverletzung schwer zu beweisen. Sollte eine Person einen Vermögensschaden erlitten haben, sei das nur sehr schwer verantwortlichen Einzelpersonen zuzuordnen.«

»Der Vorstand ist also raus. Und Sie?«

»Ich habe mich soeben entschlossen, in den Ruhestand zu gehen. Gegen eine angemessene Entschädigung selbstverständlich.«

Malbek sah ihn das erste Mal lächeln.

»Rette sich, wer kann, Herr Soldern.«

Als Malbek die Bank verließ, war Stolt an einem Service-Counter im Gespräch mit einem jungen Paar und sah Malbek mit kaltem Blick nach.

6.

Malbek versuchte, Lüthje anzurufen. Der Anrufbeantworter meldete sich. Wahrscheinlich saß Lüthje um diese Zeit im Haus seines alten Bekannten in Plau am See und hatte kein Netz. Malbek sprach ein paar Sätze auf den Anrufbeantworter und legte auf. Er stellte das Anrufprofil auf leisen Summton. Es konnte ja sein, dass Lüthje gerade in dem Moment zurückrief, wenn Malbek im Gespräch mit Ida Finkenstein war.

Malbek und Lüthje hatten gestern Abend festgelegt, was jeder zu tun hatte, und sie würden sich heute Abend austauschen. Auch nach dem Gespräch in der Bank gab es keinen Grund, von dem vereinbarten Ermittlungsweg abzuweichen. Trotzdem wünschte sich Malbek, dass Lüthje ihm etwas von dem Gespräch in Plau am See berichten könnte, bevor er selbst mit Ida Finkenstein sprechen würde. Im besten Falle hatte Günther Kaufhold ihre Vermutungen bestätigt. Im schlimmsten Fall könnte sich eine völlig andere Perspektive ergeben, die sich auf den Kern der Ermittlungen auswirken würde. In diesem Fall bestände die Gefahr, dass Malbek in Unkenntnis über unerwartete Informationen im geplanten Gesprächsverlauf mit Ida Finkenstein Fehler machen würde. Sie könnte ihn an der Nase herumführen, und er würde nichts davon merken.

Es war kurz nach halb drei. Meistens ging Ida Finkenstein zweimal am Tag zum Grab, nämlich in der Mittagspause und nach Feierabend.

Wenn aus irgendeinem Grund im Sekretariat des Staatsschutzes Überstunden zu machen waren, würde er noch bis zur Schließung des Friedhofs bei einbrechender Dämmerung warten müssen und es morgen in der Mittagspause wieder versuchen.

Er parkte sein Wohnmobil in der Eckernförder Straße, tauschte Hemd und Jackett gegen das ABBA-T-Shirt, griff zur Gitarre und zum Buch »Schuld und Sühne«, das er sich bei Lüthje ausgeliehen hatte. Die Tarnung als Spätfreak auf dem Friedhof erschien ihm angebracht.

Malbek suchte sich eine Parkbank zwischen einem öffentlichen Wasserhahn für Gießkannen und einem großen Abfallkorb für verwelkte Blumen. Von hier würde er sehen können, wenn sie vom Hauptweg in die Grabreihe einbog. Der Friedhof war so schwach besucht wie immer an einem Werktag. Er sah zwischen Baumreihen und Sträuchern ein paar Frauen mit Gießkannen zu den Gräbern ihrer Lieben gehen, die Vögel zwitscherten aufgeregt dem Frühling entgegen, und irgendwo saß in den Baumwipfeln ein Kuckuck und rief seinen Namen.

Er hatte eigentlich vorgehabt, ein wenig »Schuld und Sühne« hier auf einer Parkbank zu lesen, während er auf Ida Finkenstein wartete. Aber jetzt wusste er, dass er es nicht aushalten würde, auch nur den Bruchteil einer Sekunde nicht den Weg und das Grab im Blick zu haben. Und deshalb legte er das Buch neben sich auf die Bank. Er improvisierte leise auf der Gitarre.

It seems so long ago,
none of us were strong;
Nancy wore green stockings
and she slept with everyone.
She never said she'd wait for us
although she was alone,
you hear her talking freely then,
she's happy that you've come,
she's happy that you've come.

Er hielt inne und sah zum Weg hinüber. Es würde nicht einfach werden. Malbek kannte Ida Finkenstein eigentlich überhaupt nicht und wusste nicht, wie sie im entscheidenden Moment reagieren würde. Sie könnte sofort ins LKA laufen und den geheimen Herren etwas von versuchter Erpressung erzählen. Während er diesen Satz dachte, sah er zwischen den Bäumen eine Frau näher kommen. Eine Frau mit dunklen, widerspenstigen Haaren, die zu einer »rationellen« Frisur mühsam zusammengeschnitten waren, so würde Jette diesen Haarschnitt mit spöttischem Unterton beschreiben. Ida Finkenstein. Malbeks Handy summte. Es war Lüthje.

»Ich sehe sie grade zum Grab kommen. Schnell, was gab's?«, flüsterte Malbek ins Handy.

»Danke für deine SMS. Ich fahr gleich weiter nach Dodensand. Wir sind auf dem richtigen Kurs. Die Hauptverwaltung Aufklärung hat tatsächlich manchmal geschlampt. Viel Glück.« Malbek schaltete das Handy aus, steckte es in die Hosentasche, nahm die Gitarre und ging langsam auf das Grab zu.

Ida Finkenstein machte Picknick. Sie saß auf einem Handtuch, das sie auf dem Rasen vor dem Grab ausgebreitet hatte, neben ihr stand eine Tasche. Sie aß irgendeinen Müsliriegel und redete. Nicht mit sich selbst, sondern mit dem Grabstein. Sie sah ihn nicht an, war ihm aber irgendwie zugewandt, als lausche sie zwischen ihren Sätzen auf Antworten. Sie schimpfte leise, kicherte wie ein kleines Mädchen, hob hilflos eine Schulter, schmollte und senkte die Stimme bis zum Flüstern.

Malbek ging langsam an ihr vorbei, grüßte, ging weiter, blieb plötzlich stehen, sah sich zu ihr um und kam zu ihr zurück.

»Ich glaube, wir kennen uns«, sagte er.

Sie musterte ihn erschrocken. »Ja, Sie kommen mir auch bekannt vor …«

Er brachte sich in Positur und sang leise, schüchtern. »… denn sie können nicht wissen, was wir alles wissen … sie können nicht …«

»Die beiden Tenöre! Das T-Shirt haben Sie aber nicht angehabt.« Sie erhob sich.

»Es gefällt Ihnen nicht, oder?«

Sie lachte verlegen. »Na ja, es passt zu einer Gitarre. Ihr Duett war wirklich gekonnt. Ja, wo ist Ihr Kollege mit dem herrlichen Brummelbass denn heute?«

»Er ist in Mecklenburg unterwegs. Wissen Sie, was mir bei Ihnen so gefiel? Die meisten Leute gucken böse, wenn man auf dem Friedhof singt, aber Sie haben sich gefreut.«

»Ja, natürlich. Ich bin gern hier und finde hier immer zu mir selbst. Warum dann nicht auch dabei singen und sich auf besondere Weise besinnen.« Sie legte den Kopf schräg, presste die Lippen etwas zusammen. Irgendetwas hatte ihr Misstrauen geweckt. Vielleicht ausgerechnet das T-Shirt, das er doch als Tarnung trug. Bisher hatte sie es nur mit einem Blick gestreift, jetzt musterte sie es genauer, betrachtete die Gitarre prüfend. Es hatte keinen Zweck mehr, noch länger Konversation zu machen, bis ihr Misstrauen endgültig in Ärger und Ablehnung umschlug.

»Entschuldigen Sie meine Frage, ist das ein Verwandter?« Er wies zum Grabstein.

Sie schluckte ein paarmal. »Ja, nein, es ist, war ein guter Freund. Er ist bei einem Verkehrsunfall ums Leben gekommen.« Sie hob das Handtuch auf und begann, es sehr sorgfältig zusammenzufalten, immer kleiner, bis es nicht mehr ging. Sie versuchte, ihre Hände darum zu schließen, als wollte sie das Handtuch wie ein Geheimnis möglichst unauffällig verschwinden lassen, bevor der Fremde mit der Gitarre es wahrnahm. Sie klammerte sich an die Hoffnung, dass der Fremde nicht mehr wollte als nur eine nette Unterhaltung. Obwohl sie vielleicht schon ahnte, dass es der schreckliche Augenblick war, den sie am meisten gefürchtet hatte, dass ein Fremder in ihre Welt eindrang und sie zerstören wollte. Malbek spürte Mitleid aufsteigen, aber er hatte viel Übung darin, es im richtigen Moment wegzuwischen wie einen lästigen Schweißtropfen.

»Diese unsichtbare Zahnlücke muss er aber schon vor dem Unfall gehabt haben«, sagte Malbek kalt, während er auf den Schriftzug auf dem Grabstein sah.

Sie erstarrte, als habe sie ein Schuss getroffen. Die Spannung löste sich in einem spitzen Schrei, den sie mit dem vor den Mund gepressten Handtuch zu ersticken versuchte.

»Aber es hat keinen Unfall gegeben«, fuhr Malbek fort. »Sie wissen überhaupt nicht, was mit ihm passiert ist.«

»Er ist tot, nicht wahr? Ich weiß es! Wo ist er? Wer … jetzt erkenne ich Sie. Sie sind dieser Malbek! Gerson Malbek von der Mordkommission!«

»Ja, genau, der Malbek, über den sich alle bei der Polizei das Maul zerreißen, aber kaum jemand hat ihn gesehen, geschweige denn einmal mit ihm geredet. Sehen Sie, Frau Finkenstein, auch ich habe Wunden, die nicht verheilt sind.«

»Sie wissen, was mit Reinhard passiert ist! Sagen Sie es mir, bitte!«

»Wir haben einen Leichnam gefunden, von dem wir glauben, dass es ein Mann ist, der sich Reinhard Höhnel nannte. Jedenfalls spricht einiges dafür.«

»Wo haben Sie ihn gefunden?«

»Am Strand von Dodensand.«

»Diese Leiche, die der kleine Junge gefunden hat … ich habe es gehört. Aber da sind Sie doch gar nicht zuständig. Das gehört zur Bezirkskriminalinspektion Flensburg.«

»Aber der Junge, der die Leiche in Dodensand gefunden hat, war der Sohn von Kriminalhauptkommissar Klaus Gondersen. Und ich bin der zuständige Ermittler, der seinen Mörder sucht.«

»Hier an diesem Grab?«, fragte sie in einem Anflug von Ärger.

»Es ist nicht nur die Zahnlücke der Leiche von Dodensand, die Gondersens Sohn gefunden hat …«

»Reinhard hatte eine Zahnlücke im Unterkiefer rechts hinten …«

Malbek nickte.

»Ich habe Reinhard so oft gesagt, er soll sie machen lassen, ich wollte ihm das Geld dafür geben.« Sie sah auf den Grabstein, als würde sie wieder mit ihm sprechen. »Er sagte immer nur, dass man es ja gar nicht sieht, und außerdem hasste er Zahnärzte. Ach, was soll das, als ob das etwas geändert hätte. Kommen Sie, man darf uns hier nicht sehen.« Sie nahm ihre Schultertasche, stopfte das Handtuchknäuel hinein und zog Malbek am Arm auf den Weg. »Hängen Sie sich die Gitarre um, und klimpern Sie ab und zu ein paar Akkorde. Ich nicke dazu und tue so, als ob ich eine Melodie lernen will. Woher wissen Sie das mit dem Vorkaufsgrab?«

»Die Friedhofsverwaltung hat es mir verraten.« Malbek zupfte ein paar Akkorde des Songs über Nancy.

»Aber wieso sind Sie überhaupt auf die Idee gekommen, sich danach zu erkundigen?«, fragte sie. »Nur weil Sie mich hier vor ein paar Tagen gesehen haben? Da stimmt doch etwas nicht!«

»Sie haben recht. Ich suchte nur einen Vorwand, um mit Ihnen ins Gespräch zu kommen. Und da ich Sie vor ein paar Tagen vor einem Grab hier gesehen habe, habe ich versucht, etwas über dieses Grab herauszubekommen. In der Friedhofsverwaltung hat man mir erklärt, was ein Vorkaufsgrab ist.«

»Ein Zufall hat mich also zu Fall gebracht. Aber ich verstehe immer noch nicht, worüber Sie unbedingt mit mir sprechen wollten, als Sie noch nichts vom Geheimnis des Vorkaufgrabes wussten.«

»Proschke. Ich wollte, ich will, dass Sie mir alles über ihn erzählen.«

»Es fängt alles wieder von vorn an«, seufzte sie. »Genau wie bei Reinhard. Sie wollen also ein Tauschgeschäft. Ich erzähle alles über einen Menschen auf meiner Dienststelle. Okay, aber nur wenn Sie mir bei der Sache mit Reinhard helfen.«

»Wie haben Sie ihn kennengelernt?«

»An einem meiner einsamen Wochenenden in München klingelte es, und er stand vor der Wohnungstür. Mit einem großen Strauß Rosen. Ob hier eine Frau Müller wohne, wollte er wissen. Er hätte sie vor einigen Tagen im Zug kennengelernt, und sie hätte ihn für heute Abend eingeladen. Er hat mir sogar einen handgeschriebenen Zettel gezeigt, wo meine Adresse draufstand. Ich habe ihn hereingebeten und bekam den Blumenstrauß. Damit fing es an. Später habe ich gelesen, dass es der Standardtrick war, um sich ›den Zielobjekten zu nähern, bevor man sie abschöpfte‹.«

»Wann wussten Sie, dass er DDR-Agent war?«

»Sehr bald. Und zwar als er mir erzählte, dass er für eine internationale Friedensorganisation arbeitete. und fragte, ob ich die Sache nicht auch unterstützen wollte, indem ich ihm Informationen aus dem Büro lieferte. Damit würde ich einen Beitrag zur Sicherung des internationalen Friedens leisten. Obwohl er mir sogar Briefe von dieser Friedensorganisation mit Briefkopf zeigte, wusste ich sofort, dass alles gelogen war.«

»Sie haben damals als Sekretärin beim Bundesnachrichtendienst in Pullach gearbeitet.«

Sie sah ihn spöttisch an. »Meine Hochachtung, Herr Malbek. Das haben Sie aber schnell ausgegraben.«

»Wie ging es weiter?«

»Ich lieferte Informationen. Weil ich ihn liebte. Und er belohnte mich mit seiner Liebe. Ich glaube sogar, dass er mich wirklich geliebt hat, obwohl er das ja nicht durfte. Ich war also so etwas wie ein Betriebsunfall für ihn. Zwischendurch verschwand er monatelang, aber er kam immer wieder. Dann kam die Wende. Er hätte mir alles erklären können, wie man ihn gezwungen hat, er hätte sich aussprechen können, ich hätte ihn doch nie verraten. Aber er schwieg. Und ich wollte es eigentlich auch gar nicht wissen. Wahrscheinlich, weil ich glaubte, ihn zu verlieren, wenn er darüber spräche. Er sagte, er habe einen neuen Job im Ausland. Es war wie vor der Wende, er verschwand immer wieder für Monate. Das war ich gewohnt und akzeptierte es. Ich hatte mich damit abgefunden, dass ich nie eine ›normale‹ Beziehung führen würde. Er versprach, mich zu heiraten. Dann kam er einfach nicht mehr wieder. 1996 habe ich ihn zuletzt gesehen. Ich wartete und wartete, wie immer. Dann gab ich auf. Als ich das Haus meiner Mutter in Kiel erbte, beantragte ich meine Versetzung und bekam diese Stelle hier.«

»Nach all dem, was er Ihnen angetan hat, haben Sie weiter zu ihm gehalten und getan, was er von Ihnen verlangte? Warum?«

»Weil ich ihn liebte. Ich liebe ihn immer noch. Können Sie sich das vorstellen, nach alldem?« Sie sah ihn mit verzweifeltem Ausdruck an. »Ich kann es mir selbst nicht vorstellen, aber es ist so und wird immer so sein. Ja, ich liebe ihn immer noch, und wenn er dort hinten hinter der Abzweigung auftauchen würde, wäre ich die glücklichste Frau der Welt und würde ihm folgen, wenn er es von mir verlangt. Ist das Hörigkeit? Es ist mir egal, wie Sie das nennen wollen. Ich hatte nie einen Mann, der so zärtlich war. Wenn er da war. Als er plötzlich weg war, habe ich auf ihn gewartet. Ja, in dem Bewusstsein, dass er mich die vielen Jahre wahrscheinlich mehrfach betrogen hatte. Dann wusste ich irgendwann, dass er nicht wiederkommen würde. Ich wusste es einfach. Nennen Sie es eine Ahnung. Die Depressionen überfielen mich wie ein Keulenschlag. Ich habe mich einem Therapeuten geöffnet, und er hat mir gesagt, dass ich einen Ort brauche, einen fiktiven Treffpunkt, und wenn es nur eine Parkbank ist. Ich bin auf diesen Friedhof gegangen und habe mich auf eine Bank gesetzt. Vor mir war ein Grab mit einem Grabstein. Da wusste ich, was ich tun muss, und bin sofort in die Friedhofsverwaltung gelaufen und habe gefragt, ob man für sich selbst ein Grab kaufen und pflegen kann. Natürlich konnte man das. Ich habe an demselben Tag das Grab und den Stein gekauft und dem Steinmetz gesagt, welche Inschrift er eingravieren soll. Das hat mir das Leben gerettet. Und jetzt kommen Sie und wollen alles wieder aufrollen. Alles war umsonst.«

»Nein, das will ich nicht. Ich werde Ihnen den Ärger vom Hals halten. Vielleicht kann ich noch mehr tun. Aber das erkläre ich Ihnen später.«

»Wie kamen Sie auf Proschke?«

»Ich weiß, dass er einen geheimen Draht zu Gondersen hatte. Was wissen Sie darüber?«

»Wieso sollte ich Ihnen trauen?«

»Weil ich Gerson Malbek bin.«

Sie lachte, und er konnte in diesem Moment ahnen, wie sie aussah, wenn sie glücklich war. Es ist merkwürdig, einen Menschen das erste Mal lachen zu sehen, dachte Malbek. Noch merkwürdiger ist es, ihn in so einer Situation zum Lachen zu bringen.

Sie waren an einer Weggabelung angekommen.

»Wir gehen da lang«, sagte sie mit fester Stimme. »Wir gehen zur Gedenkstätte für die Revolutionsopfer Kiels 1919/20. Da ist nie jemand. Und wenn uns jemand sehen sollte, sind wir da mit der Gitarre und Ihrem T-Shirt genau richtig. Und Sie vergessen jetzt bitte nicht wieder das Gitarrespielen, während ich dazu die Ballade vom braven Polizisten Proschke erzähle. Ich kann nämlich nicht singen.«

7.

Hinter Lübeck war Lüthje Richtung Norden bis Eutin und dann auf der B 76 gefahren. Er hatte sich daran erinnert, dass es zwischen Plön und Preetz auf dem Parkplatz »Alte Schmiede« einen Imbissstand gab, der in Sachen Fischbrötchen immer gut sortiert war.

Er hatte Glück, der Imbiss war noch da, und der Chef belegte die frischen Brötchen mit frischem Matjes wie damals vor den

Augen des Kunden. Lüthje kaufte sich zwei und eine Flasche Eistee. Das war kein Earl Grey, aber besser als Cola.

Er setzte sich in seinen Wagen, aß genussvoll, trank etwas und spürte, wie die Müdigkeit ihm die Augenlider immer schwerer machte. Er hatte vergangene Nacht im Wohnmobil schlecht geschlafen. Die hintere Koje war einfach zu kurz für ihn, und die Möwen waren schon um halb sechs Uhr morgens aufgewacht.

Im Rückspiegel sah er den hölzernen Degen auf der Hutablage. Schief und krumm, trocken und brüchig wie die Ermittlungsarbeit. Hilly hatte ihn mit ein paar Nadeln befestigt. Vorher war er beim Bremsen ein paarmal auf die hintere Sitzbank geflogen. Das Buch »Schuld und Sühne« hatte er Malbek geliehen. Er war auch zu müde zum Lesen. Während er darüber nachdachte, ob die Möwen in Dodensand lauter schrien als anderswo, schlief er ein.

Er träumte von der einsamen Möwe, die im Kieler Hauptbahnhof schweigend zwischen den Pfeilern ihre Runde zog. Der Bahnhof war menschenleer, und es war Nacht. Plötzlich fuhr eine alte Dampflokomotive mit leeren Waggons in den Bahnhof und pfiff laut. Lüthje hielt sich die Ohren zu. In diesem Moment stürzte sich die Möwe auf ihn. Er schlug mit einem Arm nach ihr, während er mit dem anderen nach der Pistole griff. Aber das Schulterholster war leer.

Er wachte auf und fasste zum Schulterholster. Die Pistole war da. Sein Diensthandy piepte. Er schaltete die Freisprechanlage ein und suchte nach der Fischbrötchentüte.

»Hallo, Blumfuchs, haben dich die Sprachdateien erreicht?«

»Haben sie. Eine Mrs Peel hat mich angerufen und die Übermittlung an mich angekündigt. Machst du dich zusammen mit deiner Hilly jetzt selbstständig?«

»Ich weiß nicht so recht. Ich habe vorhin einen ehemaligen Kollegen getroffen, der in die sogenannte Privatwirtschaft gewechselt ist. Einen zufriedenen Eindruck hat der nicht auf mich gemacht.«

»Ich soll dich von Hilly daran erinnern, dass morgen dein Urlaub anfängt. Du seist manchmal so vergesslich.«

»Ich hatte es nicht vergessen, nur verdrängt. Ich rufe sie nachher an.«

»Darf man erfahren, von wo diese Dateien stammen?«

»Ja, aber nur wenn du mir verrätst, was zwischen dir und Maren läuft!«

»Mein Gott, hat man hier denn gar kein Privatleben mehr?«

»Blumfuchs, darf ich dich daran erinnern, dass Maren meine Exfreundin ist. Deshalb interessiert es mich.«

»Und? Hast du noch Interesse an ihr?« Er klang gelangweilt. So als ob er sagen wollte: Das wäre mir so was von egal.

»Ich möchte, dass es ihr gut geht damit. Und Sophie vor allen Dingen. Sie ist immer noch irgendwie meine Stieftochter. Und vergiss auch nicht, dass Maren Malbeks Exehefrau ist. Ihre gemeinsame Tochter ist Sophie, und die waren sogar verheiratet. Ich hoffe dir ist klar, was für eine Verantwortung auf dir lastet!« Er hätte jetzt gern Blumfuchs' Gesicht gesehen. Natürlich würde der das Maren erzählen, und die würde sofort einen Wutanfall kriegen. Blumfuchs bestritt nichts. Also lief da wirklich was. Komisch, dass Maren sich immer Polizisten aussuchte.

»Können wir jetzt zum Dienstlichen kommen?«, fragte Blumfuchs genervt.

»Okay, also jetzt zu den wirklich wichtigen Dingen des Lebens. Hast du schon in die Dateien reingehört?«

»Moment, Chef! Du wolltest mir als Gegenleistung für dieses Verhör sagen, woher die Dateien stammen!«, protestierte Blumfuchs.

»Wieso interessiert dich das so sehr?«

»Weil ich sie durchgehört habe. Es war eine Stunde harter Arbeit. Ich kann dir sagen, ich hab vielleicht rote Ohren gekriegt. Husvogt ist nach ein paar Minuten kopfschüttelnd rausgegangen. Grinsend.«

»Die Tonaufnahmen hat ein blinder Pianist mit seinem Kassettenrekorder in der Seniorenpension in Dodensand gemacht. Was ist drauf?«

»Straußburger! Dabei fällt mir der Anruf von Brotmann ein. Er konnte dich nicht erreichen. Ich soll dir sagen, dass die Todesursache bei Straußburger zweifelsfrei ein klassischer Herzinfarkt mit schwerer Vorschädigung der Gefäße war. Tja, gern hat er die Frau'n geküsst, das hört man auf den Bändern und noch mehr.

Der Pianist hat seine Schäferstündchen mitgeschnitten. Und wer hat das digitalisiert?«

»Ein Fachmann. Ich meine, ein Computerfachmann. War denn außer Liebesgeflüster nichts drauf?«

»Ein Fitzel von 24,7 Sekunden, der etwas aus dem Rahmen fällt. Wenn ich dir das am Telefon vorspiele, verstehst du kein Wort. Ich habe es transkribiert, wie man so schön sagt, hat zwanzig Minuten gedauert. Es war nämlich etwas vernuschelt.«

»Ja, nun lies schon vor!«

»›Oskar, guck mal da unten … der Sonnenschirm … nachts … bei dem Regen … Verrückte Jugend. … Ach, Oskar, du bist auch verrückt‹ … Hallo, Lüthje, bist du noch da?«

»Ja, ich hab das nur reflektiert«, sagte Lüthje.

»Tut mir leid, Chef, wenn ich mir überlege, was wir für einen Aufwand getrieben haben, und jetzt nur das Liebesgeflüster …«

»Du siehst das verkehrt, Blumfuchs. Fliegenbeinzählen gehört zu unserem Kerngeschäft, und du hast das wieder ganz hervorragend gemacht. Vielleicht gammelt dieser Sonnenschirm irgendwo in einem Schuppen oder Keller vergessen vor sich hin. Der Spurensicherung könnte er sicher noch sehr viel erzählen. Also kein Grund, in Depressionen zu verfallen, Blumfuchs! Bitte ruf Mrs Peel an und sag ihr, dass ich heute Abend wieder zu Hause bin. Ich muss jetzt weiter nach Dodensand. Ich melde mich!«

Er entdeckte die Fischbrötchentüte unter dem Gaspedal und hob sie vorsichtig auf. Er sah auf die Uhr. Nur eine Viertelstunde Schlaf konnte sehr viel bringen. »Powernapping« nannte Hilly das. Lüthje stellte den Sitz nach hinten, klappte die Sonnenblende herunter und war sofort eingeschlafen.

Im Traum stand er vor Kaufholds Haus am Klüschenberg. Ein Mann mit Fischgesicht öffnet die Tür. Lüthje kniff die Augen ganz fest zusammen und wachte auf. Ihm stand der Schweiß auf der Stirn. Mit dem Powernapping wurde es also nichts. Er griff zum Handy, um Malbek noch einmal anzurufen, als die Freisprechanlage des Diensthandys sich piepend einmischte. Es war Hilly.

»Hallo, geliebter Mr Steed, Auftrag ausgeführt. Ich möchte dich daran erinnern, dass morgen dein lang ersehnter erster Urlaubstag ist. Ich hoffe, dass dein Blumfuchs meine Erinnerung weitergegeben hat. Er bestätigte mir, dass du manchmal ein bisschen vergesslich bist.«

Der kann was erleben! »Ja, danke, Mrs Peel, ich denke ständig daran und hoffe, mit diesem Fall eine Punktlandung zu machen. Ich muss jetzt Malbek anrufen.«

»Ach ja? Habt ihr euch wieder vertragen?«

So etwas Blödes, er hatte sich verraten. Das war die Müdigkeit. Und die Nerven. Und überhaupt alles.

»Nein, das war ein Freud'scher Versprecher, ich meine natürlich Husvogt …«

»Natürlich. Klingt ja auch so ähnlich.«

»So wie es aussieht, bin ich heute Abend wieder bei dir.«

»Ich spüre, dass du einen verspannten Rücken hast. Ich massiere ihn dir. Wann ist ›heute Abend‹?«

»Gegen Sonnenuntergang. Ich muss auflegen!«

Malbek rief an und legte sofort los.

»Na endlich, Lüthje. Wie war's im Osten?«

»Später. Ich bin auf dem Weg nach Dodensand. Erzähl, wie ist dein Friedhofsbesuch ausgegangen?«

»Frau Finkenstein ist eine begnadete Agentin, und das Vorkaufsgrab war ihre Therapeutencouch.«

»Sie hat also ausgepackt. Hat sie was über Proschke erzählt?«, fragte Lüthje ungeduldig.

»Sie hat herausgefunden, dass bei unserem sogenannten Staatsschutz etwas gehörig aus dem Ruder gelaufen ist. Als sie da anfing, war sie beim BND in Pullach und bei Reinhard Höhnel schon ein paar Jahre in eine gute Schule gegangen. Bei unserem Staatsschutz war damals, als sie dann ihre Stelle in Kiel antrat, die Bildung einer ›internen Revision‹ im Gespräch, also einer Einsatzgruppe gegen Kriminalität innerhalb des schleswig-holsteinischen Polizeiapparates. Was wir ja bis heute de facto nicht haben. Man brachte einen Entwurf für die Bildung einer geheimen Abteilung mit den Namen ›Varro‹ ins Gespräch. Die politische Ebene lehnte ab.«

»Was heißt ›Varro‹?«

»›Varro‹ hieß ein berühmter Arzt im Römischen Reich, der als Begründer der Hygiene gilt.«

»Ha! Wie sinnig! Weiter!«

»Daraufhin begann der Kreis, aus dem die Idee stammte, das heimlich in Eigenregie zu organisieren. Die Sache hieß jetzt ›S‹.«

»Ergreifend schlicht. Und warum?«

»Ida Finkenstein meint, einer der Leute war Fan dieser englischen Polizeiserie ›Department S‹, die er in seiner Jugendzeit immer gesehen hat. ›S‹ steht für ›Secret‹.«

»Ein Kindergarten also.«

»Nur dass sie statt Schaufel und Eimer eine Walther P 88 und Abhörelektronik mit sich herumtrugen. Also: Es bildete sich quasi ein Staat im Staate ›Staatsschutz‹. Es fanden sich übrigens auch beim BND Gleichgesinnte, die Ida Finkenstein aus ihrer Zeit in Pullach kannte. Man wollte ein bundesweites Netzwerk aufbauen. Von der praktischen Arbeitsweise konnte Ida Finkenstein auch etwas erzählen. Man begann, Dienstgrade ab Kommissar stichprobenartig unter die Lupe zu nehmen, hinauf bis zum Polizeidirektor und leitenden Kriminaldirektor. Mit dem geheimdienstlichen Werkzeug. Ida hat mir Namen genannt. Abteilung ›S‹ fragt nicht nach dem Richtervorbehalt, die schieben sich überall in die Tür und haben alle Passwörter für jede Datenbank. Man dachte sich neue Aufgaben für Abteilung ›S‹ aus. Jemand kam auf die Idee, solche Polizisten, die in finanziellen Schwierigkeiten waren, in die organisierte Kriminalität einzuschleusen, aber nicht unten, sondern ganz oben, in die ›Paten-Ebene‹. Die sollten sich Informationen über polizeiliche Interna, grundsätzliche Taktiken, aber auch Razzien gegen Geld bezahlen lassen. Die Informationen waren natürlich manchmal vorsichtig ›verformt‹, wie man da sagt. Gleichzeitig sollte der Informant der Abteilung ›S‹ Informationen über den Gegner liefern. Das klassische Prinzip des Doppelagenten. Rate, auf wessen Mist das gewachsen war!«

»Proschke.«

»Die Idee hat ihm den prüfungsfreien Aufstieg zum Kommissar beschert. So wurde Klaus Gondersen viele Jahre benutzt. Proschke und seine Geheimabteilung wussten, dass er seinen Lohn aus der Szene an seine Mutter weitergab, damit sie ihre Hypotheken weiterbezahlen konnte. Es reichte nicht, sie musste umschulden. Ida Finkenstein sagt, dass die Abteilung über die Umschuldung schon informiert war, bevor sie überhaupt von der Bank vorgeschlagen wurde. Gondersen soll in der Zeit begonnen haben, Spielschulden zu machen.

»Davon wussten wir nichts«, sagte Lüthje überrascht.

»Aber Ida Finkenstein. Dann kam das Ballett der Drogendealer im Kieler Bahnhof. Die Vorstellung, die Lentus für seinen Auftritt als Killer inszenierte. Ida Finkenstein erinnerte sich daran, dass Proschke nach der Videobesprechung im Nebenzimmer des Sekretariates sinngemäß zu Kalk sagte: ›Sie wollen ihn loswerden. Er ist dran, uns soll's recht sein.‹ Dann hat er leider die Tür zugemacht. Es war denen also klar, dass Gondersen Lentus' Ziel war. Nicht du.«

»Warum hat Ida Finkenstein sich nie jemandem anvertraut?«

»Weil sie im Geheimdienst gearbeitet hat, fast ihr ganzes Berufsleben. Sie wusste, wie diese Welt funktionierte. Und sie wollte ihre Geschichte mit Reinhard nicht in den Schmutz, in die Öffentlichkeit ziehen lassen. Sie hat mir gesagt, dass sie ihn immer noch liebt. Sie hatte ständig Angst, dass ihr jemand wegen des Landesverrats an dem Stasi-Romeo mit dem Tarnnamen Reinhard Höhnel auf die Schliche kommen und sie damit erpressen könnte.«

»Haben wir dann ja auch«, sagte Lüthje. »Die feine englische Art war das nicht.«

»Ja, aber nur um die Wahrheit über Proschke herauszubekommen und zwei Morde aufzuklären. Außerdem habe ich ihr meine und damit auch deine Hilfe angeboten, wenn es um die Geschichte mit Reinhard Höhnel geht. Ida Finkenstein hat übrigens ein richtiges Dossier über Proschke und die Abteilung ›S‹ in den letzten Jahren zusammengestellt. Erinnerungsprotokolle, Fotokopien, ein paar Fotos, Datensticks.«

»Wo ist das Zeug versteckt?«

»In einem Bankschließfach … Weißt du, Lüthje, mir ist gerade eingefallen, dass ich ein altes Attest vom Gefängnisarzt habe, in dem mir massive Ornithophobie bestätigt wird, die in eine akustische Sinistrophobie übergegangen ist, weißt du noch? Das ist dieses Problem, dass mein linker Arm manchmal unkontrolliert und heftig ausschlägt. Kannst du dich erinnern, damit hab ich doch mal im Schleswiger Dom eine russische Agentin ausgeschaltet!«

»Nein, Malbek! Lass das! Mach dir an dem Schwein Proschke nicht die Finger schmutzig!« Lüthje schlug vor Wut auf die Hupe. Der Imbissverkäufer lehnte sich über den Verkaufstresen und sah neugierig herüber.

»Ich könnte doch dem Proschkeschwein damit aus Versehen den Rüssel platt hauen. Mit Attest!«, sagte Malbek mit genüsslichem Unterton.

»Ich sehe förmlich, wie dir der Speichel aus den Mundwinkeln tropft! Nein, du lässt das! Setz dich mit dem Generalstaatsanwalt persönlich in Verbindung und schildere ihm den Tatkomplex ›Proschke‹. Der soll das jetzt übernehmen.«

»Reingefallen, Lüthje. In diesem Moment ist Ida Finkenstein mit der Mappe aus ihrem Bankschließfach schon in einem Dienstwagen des Generalstaatsanwalts nach Schleswig unterwegs.« Malbek lachte wie ein kleiner Junge, der seinem Lehrer einen Streich gespielt hat.

»Blödkopp. Weiß sie etwas über die Hintermänner bei der Oberwelt der organisierten Kriminalität?«, fragte Lüthje.

»Sie weiß von Kontakten, die waren wohl nie telefonisch. Proschke und Kalk waren dann ein oder zwei Tage verschwunden. Nicht erreichbar. Was hat Günther Kaufhold eigentlich gesagt, gibt es heute noch Möglichkeiten, Höhnels Klarnamen herauszubekommen, in alten Stasiakten?«

»Die Akten der Hauptverwaltung Aufklärung wurden von ihren Akteuren und Gegnern gründlich vernichtet. Er hat in seinem Leben sicherlich viele Namen gehabt. Ich glaube, ich habe jetzt genug Gesprächsstoff für Frauke und mich.«

»Willst du nicht vorher anrufen, ob sie überhaupt zu Hause ist?«

»Wenn nicht, schlaf ich eine Runde vor ihrer Haustür.«

8.

»Frau Frahm, es sind noch ein paar Unklarheiten aufgetaucht. Ich müsste mich jetzt noch einmal mit Ihnen unterhalten.«

Frauke Frahm stand in der geöffneten Haustür und sah Lüthje an, als könne sie sich nicht an ihn erinnern.

»Hab ich Sie geweckt?«, fragte Lüthje. »Das tut mir leid, aber es ist wichtig.«

»Ja, ja, ist schon gut. Kommen Sie rein.« Sie führte ihn ins Wohnzimmer und bot ihm einen Platz auf einem abgewetzten Ledersofa an.

»Wollen Sie verreisen?« Im Flur hatte Lüthje ein paar Taschen und Kartons gesehen.

»Ja, meine Hausärztin meinte, ich brauche dringend etwas Luftveränderung.«

»Ist Ihr Enkel zu Hause?«

»Nein, seine Mutter hat ausnahmsweise etwas Zeit für ihn.« Lüthje hatte dieses Thema eigentlich zunächst nicht anschneiden wollen, aber ihr mühsam unterdrückter Gefühlsausbruch schien ihm ein guter Einstieg zu sein. Er stand wieder auf und ging zu der kleinen Anrichte, auf der sich der »Altar« befand.

»Ist das Ihr Vater?« Er deutete auf das Foto eines Mannes in Kapitänsuniform, die Mütze etwas keck nach vorn gezogen, amüsiert, aber voller Stolz in die Kamera blickend, im Hintergrund eine auf Stoff gemalte Hafenkulisse.

»Möchten Sie einen Tee?«, fragte sie und ignorierte seine Frage.

»Ja, gern.«

Sie stand auf und ging aus dem Zimmer. Er griff zum Fotoalbum auf dem Altar und blätterte darin herum. Er sah Augenblicke aus Frauke Frahms glücklicher Kindheit und Jugend in diesem Haus. Er erkannte das Ledersofa, den Ohrensessel, die Anrichte, auf der ein großer Blumenstrauß stand. Frauke Frahm mit Eltern, Spielkameraden, am Strand. Ein glücklich strahlendes Mädchen. Meist waren in Sütterlinschrift kleine Kommentare unter die Fotos gesetzt. Auf einem Foto sah er Frauke Frahm als Mädchen von drei oder vier Jahren, mit den Fingern sich weiße Creme ins Gesicht schmierend. Darunter stand: »Min Smienke«. Der Name von Wiedenhus' Boot, angeblich nach seiner Großmutter benannt.

Frauke Frahm kam zurück ins Zimmer und sah Lüthje mit dem Album.

»Der Tee muss noch etwas ziehen.«

»Hat Ihr Vater das geschrieben, ›Min Smienke‹?«

»Das war mein Kosename. Ich hab mir als kleines Kind gern das Gesicht eingecremt oder besser gesagt: eingeschmiert. Erste Schminkversuche.«

»Ihr Vater war Kapitän?« Er legte das Album wieder auf die Anrichte.

»Zuerst auf einem Tanker, dann auf einem Stückgutfrachter.« Sie deutete auf die Modelle. »Der Frachter verschwand mit ihm auf dem Atlantik. Heute macht man für so etwas Superwellen verantwortlich. Es gab kein Geld, weder von der Reederei noch von der Versicherung. Ich habe das alles nicht verstanden. Ich bekam einen Tremor in den Händen. Hier, sehen Sie?« Sie hielt ihm beide Hände hin. Ein leises Zittern. Er hatte es für eine normale Alterserscheinung gehalten.

»Er wurde behandelt. Ich konnte danach sogar Maschine schreiben und meinen Beruf als Sekretärin im Ministerium ausüben. Aber im Alter meldet es sich wieder. Gerade in dieser Situation.«

»Sie haben dann mit Ihrer Mutter hier allein gelebt?«

»Ja, aber sie ist kurz danach gestorben. Sie hat es nicht überwunden. Kommen Sie, der Tee hat lange genug gezogen. Wenn Sie weiter mit mir plaudern wollen, müssen Sie mit in die Küche kommen.«

Aus einem Küchenschrank entnahm sie einem Tablettendöschen zwei kleine Tabletten und schluckte sie mit etwas Tee. »Keine Sorge, ich habe mir von meiner Hausärztin etwas Homöopathisches verschreiben lassen. Keine Psychopharmaka.«

»Ich glaube, an Ihrem Enkel eine gewisse Suchtgefährdung festgestellt zu haben«, sagte Lüthje und trank einen kleinen Schluck des heißen Tees. Er war leider zu schwach, um seine Müdigkeit zu vertreiben.

»Ich habe es meiner Schwiegertochter gesagt. Aber die Wartezeiten für ein Gespräch mit ihr sind immer sehr lang. Alles, was ihr dazu einfällt, ist, Wolfram in ein Internat zu stecken. Da wird es doch nur noch schlimmer!«

Lüthje stand auf und sah aus dem Fenster in den Hof. Nur ein paar Meter vor dem Fenster ragte die Steilküste auf, dazwischen lag, wie eingeklemmt, der Hof.

»Sie haben ihm schon wieder einen Spaten gekauft.«

»Sie haben ja Wolframs Spaten als Beweisstück beschlagnahmt!«

»Interessiert Sie nicht, worüber er mit mir geredet hat, als Sie uns heute Morgen am Strand angetroffen haben?«

»Er wird Ihnen gesagt haben, dass er einen neuen Spaten hat. Und weiter nach Leichen suchen will«, sagte sie verbissen.

»Nein. Er hat mir gesagt, dass Sie …« Er zog einen Zettel aus dem Jackett. »… Ich habe es mir kurz danach notiert … Er behauptet, Sie hätten ihm gesagt, dass sich die Leute, die am Strand spazieren gehen, den Fuß in seinen Löchern brechen würden. Er sollte es doch da oben an der Stelle versuchen. Früher war da an der Stelle nämlich ein alter Poller. Da ist der Sand weicher. Und dann wörtlich: ›Aber Sie dürfen ihr nicht sagen, dass Sie es von mir haben. Sie sagt immer, dass ich lüge. Aber ich hab keine Schuld. Ich war das eigentlich gar nicht.‹ Das waren seine Worte.«

»Er lügt.« Ihre Stimme klang verzweifelt.

»Warum sollte er das tun?«

»Weil er die Ereignisse noch nicht verarbeitet hat. Er fühlt sich verantwortlich und will die Verantwortung jemand anderem geben. Das wird Ihnen jeder Psychologe bestätigen. Wolfram ist nämlich sehr sensibel. Als er klein war, hat er immer die Antenne an den kleinen Radios abgeschnitten.« Sie hatte plötzlich eine weiche, von Erinnerung verklärte Stimme.

»Was hat er …?«, fragte Lüthje.

»Sie kennen das doch an diesen kleinen, billigen Radios, die man im Supermarkt oder als Prämiengeschenk bekommt. Da guckt so ein Draht raus aus dem Gehäuse. Wie sollte er wissen, dass das die Antenne ist? Ganz stolz kam er immer mit dem Radio in der einen Hand und dem Draht in der anderen an. Die Schere zeigte er auch. Er war stolz, das Radio war kaputt, hat er immer gesagt, jetzt sei es wieder heile. Ich hab es ihm immer versucht zu erklären, dass die Antenne doch wichtig ist, für den Empfang und so, aber erklären Sie das mal einem kleinen Kind. Es ging ihm darum, etwas zu reparieren, verstehen Sie?« Sie zuckte mit den Schultern. »Möchten Sie noch einen Tee?«

»Sie haben Wolfram gesagt, wo er zu graben hat. Sie wussten also, wo die Leiche begraben war.«

»Er lügt, er lügt, weil er Probleme hat, wollen Sie das nicht verstehen?« Sie schaffte es nur mit Mühe, die Teekanne mit den zitternden Händen abzustellen.

»Beruhigen Sie sich. Ich glaube, es wird nicht nötig sein, Wolfram mit weiteren Fragen zu belasten. Frau Frahm, sagt Ihnen der Name Reinhard Höhnel etwas?«

»Reinhard Höhn…?«

»Höhnel. Reinhard Höhnel.«

Sie überlegte. »Nein. Gar nichts, nie gehört. Wer soll das sein?«

»Vergessen Sie es einfach wieder. Ich möchte jetzt ein bisschen über Ihre familiären Verhältnisse wissen.« Er hatte schon die von Malbek ermittelten standesamtlichen Daten, aber er wollte es von ihr persönlich hören. »Sie waren nie verheiratet. Ist das richtig?«

»Wenn Sie darauf hinauswollen, dass Klaus ein uneheliches Kind war, dann ist das ja nichts Besonderes.«

»Ja, aber wieso hat er bei der Heirat den Familiennamen seiner Frau, also ›Gondersen‹, angenommen?«

»Sie hat es von ihm verlangt. Sie wollte nicht Frahm heißen, das ginge nicht, wenn man Schauspielerin werden will. Sie hatte damals schon einen Künstlernamen, wie man das so nennt, aber wenn jemand herauskriegt, dass sie in Wirklichkeit Frahm heißt, das wäre ja eine Katastrophe. Und Gondersen klingt ja viel besser, finden Sie nicht auch?«

Sie nahm sich noch einen Löffel Zucker in ihren Tee und rührte so heftig, dass er überschwappte. Sie stand auf und holte ein Küchenkrepptuch.

»Ich höre immer wieder heraus, dass Sie Probleme mit Ihrer Schwiegertochter haben. Könnte man sagen, dass Sie sich nicht mögen?«

»Wenn Wolfram nicht wäre …«

»Was dann?«

»Es ist der einzige Grund dafür, dass ich zu ihr noch Kontakt habe. Sie ist heute mit ihm zu einem Internat gefahren. Sie hat jetzt genug Geld und einen neuen Vertrag, eine wichtige Rolle, sagte sie mir heute. Sie will ihn mir jetzt wegnehmen.«

»Frau Frahm, nach den standesamtlichen Unterlagen ist ein Mann mit dem Namen Rolf Siegert Vater Ihres Sohnes Klaus. Da es unehelich geboren war, trug das Kind automatisch Ihren Familiennamen und nicht den des Vaters. Also hieß das Kind Klaus Frahm. Meine Frage ist zunächst: Was können Sie mir über Rolf Siegert, den Vater Ihres Sohnes Klaus, erzählen?«

»Er ist irgendwann verschwunden. Ich weiß nicht, wo er ist.«

»Wann haben Sie ihn denn das letzte Mal gesehen?«

»Lassen Sie mich überlegen. Ja, das war gleich nach der Geburt. Als ich noch im Krankenhaus war. Er kam nach dem Termin im Amtsgericht mit einem großen Blumenstrauß auf die Entbindungsstation und hat stolz verkündet, dass er die Vaterschaft anerkannt hat. Und hat sich beschwert, dass Klaus meinen Familiennamen, Frahm, bekommt.« Sie sah Lüthje an, abwartend, ob ihm das als Antwort reichen würde.

»Erzählen Sie weiter.«

»Danach hat er sich zwei- bis dreimal im Jahr gemeldet und mit Klaus Ausflüge gemacht. Er hat manchmal auch etwas Geld mitgebracht, nicht immer. Ich habe darauf bestanden, dass er es mir bar gibt, weil mein Konto oft so im Minus war, dass es von der Bank einfach als Kontoausgleich verwendet wurde. Zwei- bis dreimal im Jahr ein paar Hunderter. Das war alles.«

»Wann haben Sie ihn das letzte Mal gesehen?«

»Nachdem Klaus geheiratet hatte und Marlene schon schwanger war. Er hatte sich mit Klaus irgendwo getroffen. Klaus wollte ihn fragen, ob er ihm etwas Geld dazugeben könnte, für die Wohnungseinrichtung. Es muss einen fürchterlichen Krach gegeben haben. Klaus wollte nicht davon sprechen.«

»Ich fragte nicht, wann *Klaus* ihn zuletzt gesehen hat, sondern wann *Sie* Rolf Siegert das letzte Mal gesehen haben.«

»Er kam nach dem Treffen mit Klaus hier kurz vorbei und hat sich über Klaus' Verhalten beschwert.«

»Was hat Rolf Siegert damals beruflich gemacht?«

»Er sagte, dass er in einer Sicherheitsfirma in Schwerin arbeitete, als Abteilungsleiter. War wohl aufgestiegen, nach der Wende.«

»Wenn er Geld hatte, dann hätte er sich doch diese Zahnlücke machen lassen können.«

Sie lachte auf. »Man sah sie ja nicht … er hatte sich sogar …« Sie sah Lüthje entsetzt an. »Wo ist er?«

»Machen Sie jetzt endlich reinen Tisch, Frau Frahm. Sie haben Wolfram nach ihm graben lassen, weil Sie es nicht mehr ausgehalten haben. Wie viele Jahre hat er da gelegen? Jedes Mal, wenn Sie aus dem Fenster zum Strand sahen, jedes Mal, wenn Sie vor die Haustür gingen, und jedes Mal, wenn Sie nach Hause kamen, sahen Sie ihn da liegen. Wer hat ihn dort vergraben? Wer hat ihn getötet? Erzählen Sie mir, was passiert ist.«

Sie faltete die Hände, sah starr auf die Tischplatte, atmete zweimal stoßweise aus. Sie sah Lüthje gequält an.

Er nickte so aufmunternd, wie er nur konnte. Sie schloss die Augen, öffnete sie wieder, öffnete die Hände und legte sie flach auf die Tischplatte.

»Erich habe ich es schon einmal alles erzählt. Vor einigen Jahren. Ich habe geschrien und nach ihm geschlagen. Er hat so viel Geduld gehabt. Ich hoffe für Sie, das es diesmal besser abgeht, Herr Lüthje.«

»Ich bin sicher. Die Leiche im Strand ist nicht mehr da.«

Sie stand auf, ging zur Tür, hielt inne und presste ihren Rücken und die Hände an den Türrahmen.

»Wir hatten uns eines Abends wegen der Beerdigungskosten für meine Mutter gestritten. Klaus hatte ihn angerufen, ob wir uns nicht hier treffen könnten, um darüber zu sprechen. Wir hatten in ihren Unterlagen einen handschriftlichen Zettel gefunden, in dem sie sich ausdrücklich eine Erdbestattung wünschte. Sie wolle nach ihrem Tod in den Sarg gelegt werden, so hatte sie es formuliert. Auf gar keinen Fall eine Seebestattung. Aber wir hatten nur Geld für eine Urnenbestattung. Klaus und Marlene hatten sich mit dem Kauf eines Reihenhauses völlig übernommen. Marlene war damals mit Wolfram schwanger.

Wir waren nicht in der Lage, den letzten Wunsch meiner Mutter zu erfüllen, keiner von uns konnte sich noch bei der Bank Geld leihen. Rolf wollte nichts dazugeben. ›Verkauf doch das Haus, Sminkenpikkel!‹, hat er gesagt und gelacht. ›Sminkenpikkel‹. Er wusste, dass mein Vater mich immer ›Smienke‹ genannt hat. Das Haus meiner Eltern, meiner Kindheit, meiner Jugend, Klaus' Jugend, und Wolframs Zukunft sollte es eigentlich auch werden. Rolf bot uns an, er würde für eine Erdbestattung und einen entsprechenden Stein sorgen. Aber nur wenn wir *ihm* das Haus verkaufen. Zu einem Vorzugspreis. Er holte seinen Taschenrechner raus und begann, Zahlen zu schreiben und vorzurechnen, dass es sich lohne, Eigentumswohnungen aus dem Haus zu machen, eigentlich sollte man alles abreißen und etwas Neues bauen. Er hätte gute Beziehungen, und wir würden den Schnitt unseres Lebens machen. Er hatte irgendeinen bulgarischen Wein mitgebracht, und wir haben alle getrunken. Immer mehr. Marlene und ich haben gar nichts gesagt, ich habe geweint. Klaus war außer sich und stritt sich mit Rolf. Der sagte, er solle sich nicht so anstellen, er könne ihm sogar einen Job als Makler vermitteln, da würde er zehnmal so viel verdienen wie bei der Polizei. Dann meinte er, es würde mehr bringen, das Haus gleich an jemand anderen zu verkaufen. Klaus könnte sicherlich schon bald Kaufinteressenten durch das Haus führen. Durch sein Elternhaus. Das könnte sein erstes Projekt sein, es wäre auch eine gute Courtage für ihn drin. Als Rolf wieder seinen Taschenrechner nahm und Klaus vorrechnete, wie viel denn für ihn dabei herausspringen würde, ist Klaus plötzlich ganz ruhig geworden. Er sah Rolf so komisch an. Ich denke heute, dass ihm vielleicht in einer Sekunde das Leid, dass er durch seinen Vater erfahren hatte, durch den Kopf ging. Das soll es ja geben, Jahrzehnte in einer Sekunde. Rolf hat wahrscheinlich nur gedacht, Klaus würde in dem Moment begreifen, was für ein gutes Geschäft es wäre.«

Sie löste sich vom Türrahmen und setzte sich wieder an den Küchentisch, trank eine Tasse Tee, hustete. Lüthje stand regungslos mit dem Rücken zum Fenster.

»Klaus sagte ganz ruhig zu Rolf, dass er ihm einen Riss im Fundament zeigen wollte, ob das den Wert des Hauses mindern würde oder ob man das zuspachteln solle. ›Ihr kommt nach‹, sagte er zu Marlene und mir. ›Ihr kommt nach.‹ Das klang so sinnlos. Ich habe es nicht verstanden. Marlene stieß mich plötzlich mit dem Ellenbogen an, als ich noch darüber nachdachte. Sie stand auf, und ich ging hinterher. Als wir unten waren, war überall Blut, und Rolf lag am Boden. Klaus hielt uns den Spaten hin.«

Sie schwieg abrupt, hatte plötzlich tiefe Augenränder und starrte ins Nichts.

»Und dann? Was passierte dann?«, fragte Lüthje.

Frauke Frahm sah Lüthje an, als ob sie seine Frage nicht verstanden hätte. »Klaus hat uns nicht gesagt, wohin er ihn bringt«, sagte sie. »Marlene und ich hatten uns ins obere Stockwerk verkrochen, wir tranken weiter und sind irgendwann eingeschlafen. Klaus weckte uns, als er zurückkam, und sagte, er hätte ihn gleich hier am Strand vergraben. Im alten Pollerloch. Da war der Sand locker, und es ging schnell. Alles, was er sagte, klang so logisch und klar. Wenn Klaus ihn weit weg, in irgendeinem Waldstück vergraben hätte, dann würden wir uns jeden Tag fragen, ob man ihn gefunden hätte. So brauchte ich nur jeden Tag aus dem Fenster zu schauen. Wenn uns das nicht passte, könnten wir ihn ja wieder ausbuddeln und woandershin bringen. Ja, so hat er uns das erklärt. Vielleicht wollte Klaus uns alle nur stärker an das Geheimnis binden.«

»Wissen Sie, wer Ihren Sohn getötet hat?«

»Das waren Rolfs alte Seilschaften, die haben sich gerächt an meinem Sohn!«

Jemand anders würde ihr irgendwann die Wahrheit erzählen. Lüthje wollte es nicht tun.

»Ich verstehe immer noch nicht, warum musste Ihr Enkel ihn ausgraben? Warum kein anonymer Tipp an die Polizei oder Presse? Das hätte doch auch gereicht!«

»Ein anonymer Tipp hätte gar nichts verändert. Wann hätte die Polizei darauf reagiert? Wie lange hätte ich darauf warten müssen? Jeden Tag den Strand beobachten, nicht nur die Leiche sehen ... Es war der Tag, an dem ich alles verloren hatte. Am Morgen nach Klaus' Ermordung wurde mir bewusst, dass ich alles verloren hatte. Mein Sohn war tot, mein Haus wird zwangsversteigert, mein Enkel würde in einem Internat verschwinden. Plötzlich dachte ich, dass die Angst aufhörte, wenn die Leiche gefunden wird. Ich dachte, ich könnte etwas tun, die Dinge aufhalten, die so über mich und Wolfram hinwegrollten, uns wegrissen aus unserem gewohnten Leben. Ich habe mir gesagt, wenn jemand die Leiche findet, wird alles aufgehalten, niemand wird an diesen Strand kommen wollen, niemand würde diese Häuser hier haben wollen. Wir werden hier weiterleben können. Es musste wie ein Zufall aussehen. ›Kleiner Junge findet beim Spielen Leiche im Sand‹, so stellte ich mir das vor. Es klang so einfach. Ein unbekannter Toter, der nie identifiziert wird. Ich war mir sicher, dass niemand Rolf als vermisst gemeldet hatte. Außerdem war doch klar, dass Wolfram nicht die ganze Leiche ausgraben würde, er hat eine Spur davon gefunden, eine Hand. Damit hatte er gewissermaßen seinen Beitrag zu unserer Rettung geleistet. Es war das kleinere Übel für ihn, kleiner als das Leid, das ihm jetzt im Internat angetan wird. Meinen Sie nicht auch?«

»Ich weiß es nicht. Frau Frahm, zeigen Sie mir jetzt bitte den Raum, in dem der Mord geschah.«

Es war der erste Raum rechts neben der Kellertreppe. Frauke Frahm öffnete ihn mit einem Schlüssel, der zu allen Kellerräumen passte, ein alter langer Schlüssel, der sich mit hässlichem Quietschen im ungeölten Schloss drehte. Die Deckenlampe war kaputt, aber das Licht, das von draußen durch das quadratische Fenster fiel, reichte aus, um die kahlen geweißten Flächen der Decke und der Wände, den staubigen, aber sauberen Zementboden und einen in der rechten Ecke neben der Tür abgestellten, zusammengefalteten Sonnenschirm zu erkennen. Hier würde die Spurensicherung wahrscheinlich ein paar Tage zu tun haben, eventuelle Blutspuren auf dem Sonnenschirm ließen sich schnell finden, aber die Wandfarbe und darunter der Putz an der Decke und auf den Wänden mussten sorgfältig entfernt werden, das würde Zeit kosten. Und der Estrich müsste auch überprüft werden, wahrscheinlich war er auch erneuert worden. Lüthje hatte gehofft, den Spaten, die Tatwaffe, hier zu finden. Vielleicht würde er sich im Niedrigwasser nach ablandigem tagelangem Sturm in den nächsten zwei, drei oder hundert Jahren im Schlick abzeichnen. Wenn ihn dort überhaupt jemals jemand bemerken würde.

Frauke Frahm war nach dem Öffnen der Tür wieder nach oben in die Küche gelaufen. Sie saß am Tisch, knetete ihre Hände und sah Lüthje angstvoll an, als er im Türrahmen stand.

»Falls ich es noch nicht erwähnt habe, Klaus wusste, dass sein Vater früher ein Stasiagent war, dass er mich mit dem Tippertrick geangelt hatte.«

»Was für ein Trick?«

»Ich hatte in Kleinanzeigen in der Zeitung einen Nebenjob gesucht, irgendeine Schreibarbeit, die ich abends und am Wochenende zu Hause erledigen konnte. Da fand ich jemanden, der handschriftliche Manuskripte gegen gutes Seitenhonorar abtippen lassen wollte. Das war Rolf. Es ging um Landschaftsbeschreibungen und Reiseberichte über das Schwarze Meer und Russland. So fing alles an.«

»Sie wussten also, dass er ein DDR-Agent war, ein sogenannter Romeo, der Sie als geheimdienstliche Quelle aufbauen und abschöpfen wollte?«

»Werden Sie mich jetzt verhaften und mitnehmen?«

»Nein, der Landesverrat ist verjährt, ich glaube nicht, dass Sie deshalb noch Schwierigkeiten bekommen werden. Im Übrigen sehe ich keinen Grund, an Ihrer Aussage zu zweifeln. Sie müssen morgen früh um neun in meinem Büro erscheinen und Ihre Aussage protokollieren lassen. Und einen Hausschlüssel für die Spurensicherung mitbringen.«

»Ich weiß, dass es nicht so einfach ist, wie ich es jetzt sage. Aber wir haben doch nur jemanden verschwinden lassen, den es sowieso nie gegeben hat. Es ist doch alles schon so lange her!«

»Sie haben ihn alle gehasst, nicht wahr?«, fragte Lüthje.

Sie straffte sich, drückte die Handflächen flach aneinander wie zu einem Gebet und nickte wieder und wieder.

Wie ein Ritual.

So wie sie alle zugeschlagen hatten. Immer wieder.

Sie alle.

9.

Wiedenhus saß draußen auf der Eingangstreppe. Er stand auf, als Lüthje aus der Haustür trat.

»Ich habe Ihren Wagen in der Einfahrt gesehen. Sie nehmen sie nicht mit?«

»Nein. Sie muss morgen nach Flensburg kommen und ihre Aussage protokollieren lassen. Vielleicht ist es besser, wenn Sie sie begleiten. Sie müssen auch noch ein paar Fragen beantworten. Aber das ist Routine. Um Punkt neun Uhr erwarte ich Sie beide in Flensburg. Jetzt machen Sie, dass Sie ins Haus kommen, sie sitzt in der Küche.«

Lüthje ließ sich erschöpft in den Fahrersitz fallen. Bis Flensburg war es nicht weit. Nur vierzig Kilometer auf der B 199.

Er schob die CD ein und hörte wieder der Geschichte von Nancy zu. Er hoffte, dass ihn das wach halten würde.

Reinhard Höhnel alias Rolf Siegert. Zuerst hatte er Frauke verführt, dann Ida, führte beide Beziehungen seit den Siebzigern nebeneinanderher, so wie es ihm von der Hauptabteilung Aufklärung und ihrem Chef Markus Wolf befohlen wurde. Dann kam die Wende, die Hauptverwaltung A gab es nicht mehr, aber da man den Romeo nicht enttarnt hatte, versuchte er, sich mit der neuen bundesrepublikanischen Wirklichkeit und den beiden Frauen zu arrangieren. Es klappte nicht. Mit Frauke hatte er schon vor der Wende ein Kind bekommen, das war ein schwerer Verstoß gegen Befehle, er hatte es wahrscheinlich geheim gehalten. Er hätte sie zur Abtreibung überreden müssen. Frauke hatte sich aber schon zu weit von ihm entfernt und sich seinem Einfluss entzogen. Mit der Rolle als Vater hatte er nie etwas anfangen können, wie er überhaupt sich in Menschen nur hineindenken konnte, wenn es darum ging, sie zu instrumentalisieren.

Ein paar Jahre nachdem er Ida verlassen hatte und nicht wusste, dass sie nur ein paar Kilometer weiter in Kiel lebte, kam er von Mecklenburg das letzte Mal in seinem Leben nach Dodensand.

Ida liebte ihn, egal, was er ihr antat, das Warten war sie gewohnt. Was wäre passiert, wenn er Ida in Kiel begegnet wäre, mit Frauke am Arm? Aber es ist nicht passiert. Stattdessen wurde er von seiner Familie ermordet.

Ida hielt die Ungewissheit eines Tages nicht mehr aus und gab der Ahnung nach, dass der geliebte Mann nicht mehr lebte. Seitdem führte sie die Beziehung zu ihm in Grabgesprächen weiter.

Rolf Siegerts Mörder war selbst ermordet worden. Den Mord an Klaus Gondersen sah Lüthje als Folge von Verstrickungen an, die Gondersen immer tiefer gezogen hatten, bis er zum Problem für Proschke und Co. wurde und jemand den Killer Lentus beauftragte, ihn zu beseitigen. Die Hilflosigkeit, mit der Klaus Gondersen durchs Leben geirrt war, fand ihre fatale Entsprechung in der Gefühlskälte seines Vaters, Reinhard Höhnel alias Rolf Siegert. Es war alles eine Frage der Perspektive, aber so sah Lüthje die Geschichte jetzt nun mal.

Ihm wurde bewusst, dass er schon ein paar Minuten nicht mehr fuhr. Er hatte ein paar hundert Meter vor dem Ortseingang in der Einfahrt zu dem Rapsfeld geparkt, gegenüber der Scheune, dort, wo er gestern seinen Wagen verborgen hatte. Nachdenken und gleichzeitiges Fahren funktionierte in seinem übermüdeten Zustand nicht mehr. Vielleicht war es auch nur die Schwere der Gedanken, die ihn jetzt buchstäblich zum Abschalten zwang. Er fuhr die Seitenfenster ein wenig herunter, sog entspannt die frische Abendluft ein, schloss die Augen und schlief innerhalb von Sekunden ein.

Er stand als Achtjähriger auf der Schulbühne, im Saal saßen Eltern, Freunde und die gesamte Lehrerschaft. Seine Klasse führte das Märchen »Vom Fischer und seiner Frau« auf. Vor ihm tauchte aus den Pappwellen die Pappmaske des Butts auf. Lüthje war der Fischer und musste jetzt nur den Satz sagen: »Mine Fru de Ilsebill, de will nicht so, wi ick wohl will.« Aber er bekam den Satz nicht heraus. Seine Stimme war tonlos. Jemand trat von hinten an ihn heran und schüttelte ihn und schüttelte ihn …

Lüthje hörte eine Stimme in sein Ohr flüstern: »Ihr Auftritt, Herr Lüthje!«, und er war hellwach.

Aber es war zu spät. Seine Hände waren mit einem Kabelbinder gefesselt. Eine Kapuze war über seinen Kopf gestülpt, die bis zu den Schultern ging. Lentus riss ihn aus dem Sitz und führte ihn irgendwohin. Ein Schlag traf ihn an der Schulter, er fiel nach rechts. Er hörte Wagentüren zuschlagen. Wurde er jetzt zu seiner Hinrichtung gefahren? Aber das war nicht Lentus' Stil. Er schoss immer ohne Vorwarnung. Bis jetzt war dies nur eine Entführung, und die Kapuze über seinem Kopf bedeutete, dass Lentus ihn im Unklaren darüber lassen wollte, wo sie waren. Denn sonst hätte er Lüthje wie Gondersen getötet, mit einem Schuss durch das Seitenfenster des Wagens. Mit dem Unterschied, dass Gondersen gefahren war und Lüthje schlief. Der Tod während eines Traumes von einer Schulaufführung.

Welch dramatische Gelegenheit für Lentus. Er hätte sie sicher gern genutzt, wenn er es gewusst hätte. Vielleicht führte ja Lentus jetzt nicht seine eigene Inszenierung durch, sondern die Regie hatte jemand anderes. Jemand, der sich für Lüthje etwas Besonderes ausgedacht hatte. Für diese Theorie sprach, dass Lentus gegen seine Gewohnheit schwieg, abgesehen von den vier Begrüßungsworten.

Der Wagen hielt. Lüthje wurde wieder an der Schulter aus dem Wagen gezerrt. Ein sandiger Weg führte erst etwas aufwärts, dann abwärts, dann waren sie offensichtlich an einem Strand. Er hörte Wellen und Möwengekreisch. Lentus stieß ihn nach rechts, wieder fiel Lüthje, rollte, bis er gegen einen Widerstand stieß. Es roch nach Wasser, Plastik, Öl. Etwas schnappte zu. Sie waren in einem Raum. Lentus zog ihn etwas zur Seite und riss ihm die Kapuze vom Kopf. Sie waren im Steuerhaus eines Bootes. Er sah Lentus in einem komfortablen Pilotensessel sitzen, ein elegantes Cockpit mit Steuerrad vor sich. Er würde ihm von hier in die Augen sehen können, aber es war überflüssig geworden. Er hatte keinen Zweifel, dass Lentus es jetzt auf ihn abgesehen hatte.

Ein Motor begann wimmernd zu singen. Das Boot fuhr mit großem Tempo, immer wieder schlug es gegen die durch die Geschwindigkeit brettharten Wellen. Der Geräuschpegel hielt sich in Grenzen, offensichtlich war die Pilotenkanzel wirksam gegen Außengeräusche gedämmt.

Aus einer Seitentasche des Pilotensessels sah eine Zwille heraus, eine Hightech-Schleuder mit ergonomisch geformtem Griff, mattschwarz schimmernd wie Karbon. Lentus als Fährmann ins Totenreich.

Nichts ist gefährlicher als ein schweigender Feind. Also versuchte Lüthje ein Gespräch in Gang zu bringen. Lentus hatte ihn so »abgelegt«, dass er das Cockpit in seinem Sichtfeld hatte.

»Warum haben Sie Klaus Gondersen ermordet?«, fragte Lüthje. Vielleicht war es die letzte Frage, die er stellen konnte.

Lentus zuckte gleichgültig mit den Schultern und sah weiter in Fahrtrichtung, als hielte er die Frage für völlig belanglos. Aber plötzlich redete er. Nein, er *sprach*!

»Bin ich Lentus? Bin ich's, der diesen Arm hebt, oder wer ist's? Selbst die Sonne läuft nur als Magd der Himmlischen ihre Bahn und nicht aus freiem Willen. Nicht ein einziger Stern vermag sich zu drehen, wenn ihn die unsichtbare Kraft nicht treibt. Und dieses winzige Herz sollte schlagen, dies winzige Hirn einen Gedanken lenken aus sich selbst?«

Es war noch schwieriger als damals im Gerichtssaal, ihm zu folgen. Aber Lüthje musste versuchen, ihn bei Laune zu halten, denn genau darauf kam es bei einem Histrioniker an, hatte der Gutachter damals gesagt. Er hatte ja sonst fast niemanden, der mit ihm redete, weil ihn fast nie jemand verstand.

»Mir kommen die Tränen, Lentus. Wer hätte das gedacht, Sie sind ein ferngelenkter Auftragskiller. Sie machen es nicht wegen des Geldes, sondern einfach, weil Sie nicht anders können. Das hätte Ihnen damals vor Gericht einfallen sollen. Aber dann säßen Sie jetzt wahrscheinlich für immer in der Klapsmühle. Was ich schon immer wissen wollte … was fühlen Sie in dem Moment, wenn Sie das Opfer im Zielkreuz haben, in diesem winzigen Augenblick, in dem Sie, Sie ganz allein, über Leben und Tod entscheiden können? Sind Sie süchtig nach diesem einen süßen Moment und denken an nichts anderes?«

»Nein, der Tückische befiehlt, und wider alle Liebe und Sehnsucht in meiner Brust treib ich ohne Unterlass mich selber vorwärts, dränge, stoße und achte alles für nichts um einer Tat willen, die mir mein eigenes Herz auch nur auszudenken verbietet.«

»Sie wollen es eigentlich gar nicht tun? Geben Sie zu, dass Sie vom Teufel besessen sind?«

»Begreifen Sie endlich, Gott führt den Schlag, Gott denkt den Gedanken. Gott lebt mein Leben, nicht ich. Wie das Spill werden wir gedreht in dieser Welt«, sagte er in vorwurfsvollem Ton und sah für einen Augenblick zu Lüthje herunter. Er genoss es, Lüthje gefesselt am Boden zu sehen. Er sah wieder in Fahrtrichtung und änderte den Kurs um wenige Grad.

Lüthje wusste, dass er noch provozierender werden musste. Es fiel ihm nicht leicht, aber nur solange Lentus seinen Spaß hatte, konnte Lüthje sich einigermaßen sicher fühlen. So sicher wie eine Maus, die die Katze zum Straßenrand lockte.

»Wenn Gott das Böse durch Sie in dieser Welt macht, ändert es nichts daran, dass Sie für den Mord an Klaus Gondersen bestraft werden müssen. Sie sind das Werkzeug des Bösen, und Sie wissen, was Sie tun!«

»Der Mörder kommt in die Hölle, meinen Sie? Wer sollte ihn denn verdammen, wenn der Richter doch selbst vor die Schranken muss?«

Nicht er, Lentus, sondern Gott sollte vor Gericht. Lentus kam also gleich nach Gott. Du lieber Himmel!

Lentus drosselte die Geschwindigkeit.

»Doch seht, es geht ein weicher Wind, und milde blickt der Himmel, und jetzt duftet es, als wehte der Wind von fernen Wiesen her.« Er schaltete den Rückwärtsgang ein. »Ach, so sehr wir uns plagen, am Ende schlafen wir alle auf dem Feld, schlafen und vergehen wie die Sichel, die der Schnitter im letzten Sommer bei der Arbeit zu Boden warf und vergessen hat. Des Menschen Tage sind wie Gras, er blüht wie die Blume des Feldes. Fährt der Wind darüber, ist sie dahin. Der Ort, wo sie stand, weiß von ihr nichts mehr.«

Amen. Das hörte sich in Lüthjes Ohren gar nicht gut an.

Eine weiße Wand schob sich langsam vor die Fenster der Pilotenkanzel. Sie gingen längsseits der weißen Jacht »Maria«.

10.

Lentus zerschnitt den Kabelbinder mit einer Zange und machte ein Zeichen zum Schiff. Eine große Luke öffnete sich langsam in der Schiffswand. Eine Gangway fuhr automatisch herunter. Lentus bedeutet ihm, diese hinaufzusteigen, und blieb dicht hinter ihm.

Im Schiff wartete ein Kleiderschrank mit schwarzem Anzug, Sonnenbrille und Headset. Die Ladeluke schloss sich mit leisem Schnalzen. Sie befanden sich in einem hohen, schwach beleuchteten Raum, von dem drei geschlossene Aufzugtüren abgingen.

Eine der Türen öffnete sich. Der Kleiderschrank bedeutete Lüthje mit einem Kopfnicken, dass er in die offen stehende Kabine zu gehen habe. Die Tür schloss sich lautlos hinter Lüthje. Lentus blieb zurück. Der Aufzug fuhr so sanft, dass Lüthje sich nicht sicher war, ob es nach oben oder unten ging. Er tastete nach seiner Waffe und seinen Handys. Lentus hatte sie ihm offensichtlich abgenommen, als er ihn im Schlaf überrascht hatte. Die Wände des Aufzugs schienen aus geschwärztem Glas zu sein. Dahinter konnten sich tausend Augen verbergen.

Nach ein paar Sekunden öffnete sich die gegenüberliegende Wand des Fahrstuhls, und Lüthje sah in einen großen, elegant möblierten Salon der Jacht, in dem es nur schwarze Polster und edle Hölzer gab. Der Fahrstuhl schloss sich hinter ihm und sah jetzt aus wie ein großer, stahlgebürsteter Wandkühlschrank.

»Bravo, Herr Lüthje. Bravo. Sie haben Lentus überzeugt.« In der Mitte des Raumes stand ein mittelgroßer Mann und klatschte lautlos Beifall.

»Inwiefern?«

»Sie haben mit ihm geplaudert, und er fühlte sich von Ihnen verstanden.«

»Einen frommen Killer hatte ich noch nicht in meiner Sammlung«, sagte Lüthje. »Er scheint mir ein sensibles Bürschchen zu sein. Was wäre passiert, wenn er sich unverstanden gefühlt hätte?«

»Ich hatte ihm strikte Anweisung gegeben, Ihnen in diesem Fall nur ein bisschen Angst zu machen. Aber ich hörte bereits, dass das nicht notwendig war.«

Wie das wohl war, wenn Lentus einem »nur ein bisschen Angst« machte?

Der Mann war schwer bestimmbaren Alters, vielleicht Mitte dreißig oder vierzig, mit einem Ansatz von Geheimratsecken und streng nach hinten gekämmten Haaren, gekleidet wie auf dem Golfplatz, mit einem altmodischen gemusterten Krawattenschal und einem pastellfarbenen Pullover mit V-Ausschnitt. Er trug ein winziges Headset im rechten Ohr. Lüthje war, als ob er das Gesicht schon irgendwo gesehen hatte. Trotz des lockeren Outfits wirkte der Mann wie eine lächelnde Festung.

»Wir sollten draußen am Heck Platz nehmen. Da redet es sich leichter.«

Das Heck war elegant gerundet wie auf alten Segelschiffen. Für ein Schiff dieser Größe ungewöhnlich. Ein Segeltuch war als Wind-

und Sonnenschutz über das Heck gespannt. Der größte Teil des Heckdecks war als Tanzfläche gestaltet, die mit einem Mosaik im Stil einer antiken Darstellung ausgelegt war. Ein Mann, der nur mit einem weißen Handtuch über der Schulter bekleidet war, hatte einen tobenden Stier mit den Händen bei einem Horn und den schnaubenden Nüstern gepackt.

Sie setzten sich nebeneinander auf die üppig gepolsterten Sitzbänke an der Heckreling.

»Ein schönes Schiff«, sagte Lüthje neidlos.

»Ein griechischer Reeder hat in den Fünfzigern in Kiel eine kanadische Fregatte in eine Jacht umbauen lassen. Ihn hatte der außergewöhnlich dicke Stahl des Kriegsschiffes beeindruckt. Wegen des Umbaus der Heckpartie zum sogenannten Kanuheck, wie es bei klassischen Seglern zu der Zeit üblich war, ist es übrigens fast zehn Meter länger geworden. Den Namen dieses ursprünglichen Reeders sollte man an Bord nie aussprechen. Es bringt Unglück. Ich habe die Jacht halb verrostet in einem libyschen Hafen gefunden und mich sofort in die Formen verliebt.«

Das klang wie die Geschichte des Wiedenhus senior von der Entdeckung seines Motorrettungsbootes.

»Es gibt im modernen Schiffbau inzwischen leichtere Materialien, aber ich bin altmodisch, und etwas Stil sollte uns das doch wert sein, das Gefühl, dass einen der Stahl einer kanadische Fregatte umgibt. Für heutige Schiffsantriebe ist das Gewicht kein Problem. Ich hoffe, ich langweile Sie nicht.«

»Wie oft im Jahr sind Sie auf der Jacht?«

Der Mann lächelte. »Heutzutage muss man nicht am Schreibtisch sitzen, um ein Unternehmen zu führen. Ich kann das von jedem Punkt der Welt machen. Auf diesem Schiff ist alles, was moderne Nachrichtentechnologie kann, und noch mehr. Das Schiff ist mein Lebensmittelpunkt. Ich bin nie an Land. Diejenigen Großunternehmer, die die Zeichen der Zeit nicht erkannt hatten und sich weiter auf dem Festland aufhielten, obwohl sie politisch nicht ganz auf der genehmen Linie waren, bekamen zum Bespiel Plutonium ins Essen oder wurden wegen fragwürdiger Vorwürfe steuerlicher Art aus den Wohnungen gezerrt und auf unbestimmte Zeit ins Gefängnis geworfen. Immer mehr Unternehmer schließen sich mir an und machen damit deutlich, dass wir alle zu einer verfolgten Spezies gehören, die versucht, sich vor der Ausrottung zu retten.«

»Eine verfolgte Spezies. So hatte ich mir Lentus' Arbeitgeber nicht vorgestellt.«

»Lentus ist kein Angestellter, sondern freier Mitarbeiter. Manchmal etwas zu frei. Darauf habe ich keinen Einfluss.«

»Und Proschke? Wie würden Sie seine Mitarbeit einstufen?«

»Proschke? Der Mann hat sich abgenutzt. Er gehört Ihnen.«

»Wer sind Sie?«, fragte Lüthje und sah sein Gegenüber prüfend an.

»Ich möchte nicht unhöflich sein, deshalb zunächst eine Gegenfrage: Was darf ich Ihnen anbieten?«

»Einen starken Earl Grey könnte ich gebrauchen. Aber eine ganze Kanne.«

Der Mann lächelte wieder, sprach ein paar englische Worte in sein Headset. Er öffnete eine Klappe in der Ablagefläche zwischen ihnen und drückte einen Knopf. Lautlos begann die Tanzfläche, mit Mann und Stier nach unten zu sinken. Nach ungefähr einem Meter blieb sie stehen, und aus den Wänden floss Wasser. Die Tanzfläche hatte sich in einen Pool verwandelt. Mann und Stier schienen sich im Wasser zu bewegen.

»Das Wasser ist sauberer als Trinkwasser. Aber nun zu Ihrer Frage. Gestatten, mein Name ist Sven Wiedenhus.« Er sah Lüthje mit einem spöttischen Zucken in den Mundwinkeln an.

»Wiedenhus?«

»Um Ihre nächste Frage vorwegzunehmen: Wiedenhus junior.«

»Sie sind Erich Wiedenhus' Sohn.« Lüthje war nicht überrascht. Wenn Sven Wiedenhus wüsste, wie ähnlich er seinem Vater war. Auch seine Hände waren ständig in Bewegung, als würden sie etwas modellieren.

»Ihr Vater erzählte mir von einem Sohn, zu dem er den Kontakt verloren hat.«

»Hat er Ihnen auch erzählt, dass er das mit dem Vatersein nicht hingekriegt hat, ich Heimkind wurde und mich allein durchs Leben schlagen musste?«

»Ich hatte nicht den Eindruck, dass er das mit dem Heim wusste, aber den Rest, ja, das hörte sich so an, dass er das mit dem Vatersein nicht richtig gemacht hat. Weiß Ihr Vater, dass Ihnen dieses Schiff gehört? Dass Sie seit Tagen in dieser Bucht herumfahren? Wissen Sie, in welcher Situation er steckt?«

»Unser Kontakt ist eher still.«

»Wie soll ich das verstehen?«

»Ich habe ihn einmal vor ein paar Jahren auf seinem Rettungsboot besucht. Oh ja, ich war da, in Dodensand. Er hat mich von Bord gejagt. Hat er Ihnen erzählt, dass er mit seiner ›Smienke‹ noch nie auch nur einen Zentimeter gefahren ist? Sogar als der Steg verlegt wurde, hat er das Schiff mit Hand und Festmacherleine an den neuen Liegeplatz verholt. Das ist doch zum Totlachen, dieser alte Seemann hat Angst vor dem Meer!« Ein unerwarteter Gefühlsausbruch. Sven Wiedenhus hatte einen roten Kopf bekommen. Dann lächelte er wieder, als wäre nichts gewesen. »Lassen wir das Thema jetzt, es führt zu nichts. Vielleicht lernt er das Schwimmen ja wieder, wenn ich ihn dort rausgeworfen habe. Entschuldigen Sie, dass ich mich so echauffiere.« Er wies mit der Hand in Richtung Küste. »Sehen Sie dahinten, in dieser Richtung ist Dodensand. Ein kleines Stück Strich am großen Horizont. *So* müssen Sie das sehen.«

Also wieder nur eine Frage der Perspektive. »Sie stecken also nicht nur hinter Lentus, sondern auch hinter der Firma Marekplan.com, die Firma, die die Häuser dort platt walzen will, und hinter der Bank Hythekplan, die die Bewohner mit allen Mitteln aus ihren Häusern treibt? Und einer der Bewohner ist so ganz nebenbei Ihr Vater.«

»Damit wir uns richtig verstehen, ich habe mir Dodensand als Investitionsobjekt nicht ausgesucht, weil mein Vater dort wohnt, sondern Dodensand ist nur eines von vielen Filetstücken in Sahnelage. Aber jetzt ist es so weit. Ich tue ihm nur einen Gefallen, seine letzte Chance, wieder lebensfähig zu werden.«

»Vielleicht hat seine Unfähigkeit, die Vaterrolle zu übernehmen, Sie erst zu dem gemacht, was Sie jetzt sind?«

»Wenn ich Sie nicht ein bisschen kennen würde, Herr Lüthje, hätte ich eben den ironischen Unterton in Ihrer Stimme überhört. Im Übrigen ist Ihre Bemerkung völlig irrelevant.« Er wandte sich von Lüthje ab und sah mit großen Augen zur offen stehenden Tür des Achterdecks. Eine Dame mit hochhackigen Schuhen, schulterfreiem Schlauchkleid und einer hüftlangen, strohblonden Mähne bis zum wackelnden Po balancierte auf einem Tablett eine gläserne Teekanne und zwei Tassen. Diese Augen, die ihn etwas ängstlich ansahen, als sie ihm den Tee servierte, hatte Lüthje irgendwo schon einmal so angesehen.

»Maria Pawletko!«, rief er aus, als sie den Tee eingegossen hatte. »Sie sind Maria Pawletko.«

Sie klatschte begeistert in die Hände und sah Sven Wiedenhus erwartungsvoll an.

»Er hat mich erkannt!«

Lüthje hatte sie im letzten Jahr als Zeugin in einem Mordfall vernommen und dabei herausgefunden, dass sie für die polnische Pflegemafia arbeitete. Sie hatte immer wieder von einem Marek geredet. Als eine zweite Vernehmung stattfinden sollte, war sie verschwunden.

»Sie haben sich verbessert«, sagt Lüthje und roch am Tee.

Sven Wiedenhus schüttelte den Kopf. »Mit ihrer Vergangenheit habe ich nichts zu tun, ich habe Maria da rausgeholt.«

»Natürlich. Wo haben Sie sie kennengelernt, brauchten Sie eine Krankenpflegerin?« Und zu Maria gewandt: »Wissen Sie noch, was ich Sie damals gefragt hatte? Ich hatte Sie gefragt, was ein ›Einfädler‹ ist. Jetzt haben Sie einen der größten Einfädler, den es gibt. Herzlichen Glückwunsch.«

Sie lachte wieder, ging zum Pool und begann, den Stoffschlauch vom Körper zu rollen. Sven Wiedenhus gab einen unartikulierten Laut von sich, und sie zuckte enttäuscht mit den Schultern. Sie rollte den Schlauch wieder hoch, lief zu ihm, gab ihm einen Kuss auf die Stirn, er gab ihr einen Klaps auf den Po, und sie verließ das Achterdeck.

»Ich habe das Schiff wegen ihr umbenannt«, sagte er kopfschüttelnd und sah ihr mit glänzenden Augen nach.

»Erzählen Sie mir mehr von diesen Geschäften mit den Filetstücken am Ostseestrand«, sagte Lüthje.

»Die Menschen wollen heutzutage Kreuzfahrtschiffe und Ferienzentren. Das ist die Industrie der Zukunft. Die Ostsee ist dabei lange übersehen worden von den Globalplayern in diesem

Geschäft. Die ganz großen Projekte sind out. Für künstliche Inseln à la Dubai gibt's hier kein Publikum. Man muss die Ostseeküste, Stück für Stück, aufrollen. Global denken, regional lenken. Wenn man den großen Braten nicht auf einmal bekommen kann, kauft man nur die Filetstücke. In Sahnelage. Wenn man nur lange genug dranbleibt, hat man nach ein paar Jahren plötzlich doch den Braten zusammen. Und alle sagen, oh wie konnte das passieren, wir haben doch so aufgepasst. Wer sieht schon die Verflechtungen? Da steckt jahrelange Arbeit drin, große Investitionen, die sich irgendwann realisieren müssen. Alles ist Teil eines viel größeren Plans, langfristig, sehr langfristig. Aber ich will Sie nicht langweilen.«

»Sie meinen, ich verstehe das nicht?«

»Es ist ein Puzzle, und eines Tages werden wir es komplett haben. Denn das Ganze, Komplette, ist mehr als nur die Summe der einzelnen Filetstücke. Einen Moment bitte.« Er hielt die Hand ans Headset und wandte sich von Lüthje ab. »Ja?« Er lauschte schweigend dem Anrufer. Dann sagte er nur: »Eine schlichte Seebestattung«, und beendete das Gespräch.

»Eine unangenehme Nachricht?«, fragte Lüthje. Das Herz klopfte ihm bis zum Hals.

»Lentus hat sich beim Sturz von der Treppe zum Maschinenraum das Genick gebrochen. Mehrere Besatzungsmitglieder haben gesehen, wie er gestolpert ist. Der Schiffsarzt hat die Leichenschau vorgenommen und einen Totenschein ausgestellt. Wir werden seine sterblichen Überreste in internationalen Gewässern dem Meer übergeben.«

Glück gehabt, Lüthje. Die Seebestattung wurde nicht für dich in Auftrag gegeben. Klaus Gondersens Mörder war soeben ermordet worden.

»Was wollte Lentus denn im Maschinenraum?«

»Wir werden es leider nie erfahren. Ich sehe die Betroffenheit in Ihrem Gesicht, Herr Lüthje. Mir geht es genauso. Aber ich muss Ihnen sagen, dass ich mich sowieso von Lentus trennen wollte. Er soll sich anderen Mitarbeitern gegenüber dahingehend geäußert haben, dass er mit Ihnen eine private Rechnung offen hätte. Das hat er mir verschwiegen. Das ist völlig unprofessionell. Und,

Herr Lüthje, unter uns gesagt«, er beugte sich zu Lüthje vor und senkte die Stimme. »Sie trauern dem Mann doch sicherlich auch nicht nach.«

»Was mich an eine wichtige Frage erinnert, die ich stellen wollte, bevor mich die Eindrücke hier an Bord überwältigten. Warum haben Sie mich eigentlich an Bord schleifen lassen? Um mir Maria als Schiff und als Frau vorzuführen? Um mir etwas über Ihren Vater vorzujammern? Oder über Ihre aussterbende Spezies?«

»Ihr Zynismus gefällt mir. Ich beobachte Ihre Arbeit schon seit einiger Zeit. Ich halte Sie für einen außerordentlich guten Mann. Ich möchte, dass Sie für mich arbeiten. Sie und Ihr Kollege Malbek.«

»Wünschen Sie sich das lieber nicht!«

»Der Loyalitätsvorrat ist immer abhängig von der Position im Unternehmen. Deshalb möchte ich Sie ganz oben in meiner Nähe haben. Sie sollen meine Sicherheitsabteilung leiten. Weltweit. Sie können es neu gestalten. Sie bekommen eine Jacht, nicht so groß wie diese, aber immerhin. Von der Dotierung der Position brauchen wir nicht zu reden, weil es Ihre Erwartungen weit übersteigt. Sie sind nur mir gegenüber verantwortlich.«

»Sie möchten, dass ich die Seiten wechsle?«

»Diese Schwarz-Weiß-Malerei müssen Sie sich natürlich abgewöhnen!«

Lüthje trank den ersten Schluck Tee. Wenn er jetzt und hier entschieden ablehnen würde, wäre er für Sven Wiedenhus abgenutzt und kontraproduktiv wie Gondersen, Lentus und Proschke. Jetzt und hier wäre die beste Gelegenheit, ihn, Lüthje, verschwinden zu lassen, seinen Wagen würde man am Feldrand finden, aber keine Spuren, die zu diesem Schiff führten. Und dann würde es ohnehin zu spät sein, seine schlichte Seebestattung in einer wasserlöslichen Urne hätte schon stattgefunden. Schuld und Sühne, Strafe und Gerechtigkeit? Je mehr Geld du hast, desto leichter kommst du davon.

»Die Pensionsansprüche würden mir irgendwie fehlen«, sagte Lüthje mit bitterernster Miene.

Sven Wiedenhus lachte auf. »Das glaube ich Ihnen sogar. Daran soll es nicht scheitern. Aber jetzt rufen mich die Geschäfte. Ich akzeptiere, dass Sie darüber nachdenken müssen. Eine glänzende

Idee, wir werden es tatsächlich Pensionsanspruch nennen. Ein guter Anfang.« Er klopfte Lüthje auf die Schulter und begleitete ihn zum Fahrstuhl.

Als sich die Fahrstuhltür öffnete, sagte Sven Wiedenhus: »Wenn jemand wider Erwarten von unserem Treffen erfahren sollte und Sie nach Themen unserer Unterhaltung fragt und Sie irgendetwas sagen müssen, dann gilt folgende Sprachregelung: Ich habe von gewissen Vorgängen in Kiel und Dodensand gehört und bin beunruhigt. Aber ich habe damit nichts zu tun.« Die Tür schloss sich.

Unten im Schiffsbauch wurde Lüthje wieder von einem Kleiderschrank mit schwarzem Anzug, Sonnenbrille und Headset empfangen, der ihn schweigend mit demselben Boot zurückbrachte. An einem versteckten Strandabschnitt, der ungefähr einen halben Kilometer neben Dodensand lag, fuhr das Boot wie ein Landungsboot auf den Strand. Der Kleiderschrank gab Lüthje seine Waffe und seine Handys zurück.

Nach einer knappen halben Stunde fand Lüthje seinen Parkplatz am Feldrand. Die Fahrertür stand immer noch offen.

Irgendwie hatte Lüthje das Gefühl, dass er jetzt Lentus los war, aber an dessen Stelle Sven Wiedenhus lauerte.

Epilog

»Ich wusste nicht, dass Männer wie Mona Lisa gucken können«, sagte Hilly, nachdem sie Lüthje abends gefragt hatte, ob er schon wieder Überstunden gemacht habe.

In dieser Nacht schlief Lüthje nach langer Zeit endlich wieder traumlos. Stattdessen wachte er an seinem ersten Urlaubstag mit dem kompletten Text des vorläufigen Ermittlungsberichtes im Kopf auf.

Mit einer Stimme, die keinen Widerspruch duldete, sagte er Hilly beim Frühstück, dass für ihn keine Kreuzfahrt in Frage käme, mochte das Schiff auch noch so luxuriös sein. Er hätte sich jetzt für einen Ferienhausurlaub in Dänemark entschieden, nicht zu einsam und in der Nähe einer großen Stadt.

Hilly machte sich im Internet auf die Suche.

Lüthje ging ins Büro. Er rief Malbek an, der gerade dabei war, den Bericht in Sachen Gondersen und Proschke zu schreiben, und stimmte sich kurz mit ihm ab. Den Zwangsbesuch auf der Jacht und die Begleitumstände wollte Lüthje weglassen. Malbek stimmte ihm zu. Für den Tod von Lentus gab es keinerlei glaubhafte Hinweise.

Hilly fand ein dänisches Ferienhaus auf der Halbinsel Mols, nicht weit von Århus. Es war noch frei, weil es in die absolute Luxuskategorie mit Swimmingpool gehörte, was Lüthje stirnrunzelnd hinnahm. Sie verlebten drei wundervolle Wochen, in denen Lüthje fast seinen Tigerkäfiggang verlernte.

Die Fahndung nach Lentus lief zunächst weiter. Nach Lüthjes Rückkehr aus dem Urlaub teilte eine renommierte Anwaltskanzlei aus Genf mit, dass auf einem Schiff ihrer Mandantin, der Firma Marekplan.com, registriert im Schiffsregister der Kaimaninseln, der Matrose Bruno Ofendikker einen tödlichen Arbeitsunfall im Maschinenraum erlitten habe. Man habe nachträglich erfahren, dass der Mann zur Fahndung ausgeschrieben war. Lüthjes Aufenthalt auf der Jacht wurde nicht erwähnt.

Die Staatsanwaltschaft Flensburg hatte etwas an den Meldefristen herumzumäkeln, aber die vorgelegten Dokumente, einschließlich Totenschein, ausgestellt vom Schiffsarzt Dr. Giesecke, und die eidesstattlichen Versicherungen mehrerer Besatzungsmitglieder waren schlüssig und vollständig. Die Fahndung wurde eingestellt und die Ermittlungsakte wegen Mordes zum Nachteil Klaus Gondersens geschlossen.

Die Spurensicherung hatte die Auswertung der im Kellerraum des Hauses Dodensand 3 im Stoff des Sonnenschirmes und unter dem Putz und den Farbschichten gefundenen Blutspuren beendet. Man hatte die DNA des »Sandmännchens« identifizieren können.

Der Tote von Dodensand, Reinhard Höhnel alias Rolf Siegert, wurde im leeren Vorkaufsgrab der Ida Finkenstein begraben, so wie sie es sich gewünscht hatte.

Der Landesverrat der Frauke Frahm und der Ida Finkenstein war verjährt, die Ermittlungen wegen eines Anfangsverdachtes wurden eingestellt. Lüthje und Malbek hatten erfolgreich verhindern können, dass, wie es in gleich gelagerten Fällen früher geschehen war, ehemalige Stasioffiziere in einem Prozess als Zeugen gegen die Frauen aussagten, die von ihnen nur als Mittel zum Zweck der Informationsbeschaffung ausgesucht worden waren. Die Agententätigkeit dieser Männer war nach einem Urteil des Bundesverfassungsgerichtes nicht strafbar, da sie auf dem Boden eines anderen Staates stattfand, nämlich der DDR.

Proschke wurde in Untersuchungshaft genommen. Es gab weitere Verdächtige in seinem Umfeld. Das Ermittlungsverfahren wurde ausgeweitet und weitergeführt, ohne dass die Öffentlichkeit davon erfuhr.

Erich Wiedenhus schaffte es mit Frauke Frahm an Bord, wieder in See zu stechen. Sie wollten zukünftig auf dem Boot wohnen und ihre Liegeplätze an der Ostseeküste zwischen Schleswig-Holstein und der dänischen Inselwelt suchen.

Wolfram schrieb eine Geburtstagseinladung, die an »Kommissar Lüthje, Flensburg« adressiert war. Die Geburtstagsfeier fand im Internat an der Schlei im Kreis von Mitschülern, Lehrern und seiner Mutter statt. Marlene Gondersen bat Lüthje, Kommissar Malbek zu grüßen, sie danke ihm für alles. Lüthje drückte Wolfram in einem unbeobachteten Moment beim Abschied seine Visitenkarte in die Hand, »für alle Fälle«.

Nach zwei Monaten hatte ein Abrissunternehmen die drei Häuser in Dodensand dem Erdboden gleichgemacht. Nachdem der Schutt abtransportiert war, ruhte die Baustelle. Als auch nach einem halben Jahr die Bauarbeiten noch immer nicht begonnen hatten, fragte Lüthje beim Amt in Steinbergkirche nach. Herr Griesbach sagte ihm, dass der Investor abgesprungen sei, mehr wisse man nicht. Der Projektentwickler Dahl faxte Lüthje auf Anfrage eine Presseerklärung zu. Die verkaufbare Wohnfläche rechne sich bei der gegenwärtigen Grundstücksgröße und der Marktlage noch nicht, und die Rendite würde unter dem Strich weit hinter den ursprünglichen Erwartungen zurückbleiben. Man würde abwarten, wie sich die Konjunktur entwickle. Auf jeden Fall sei das Grundstück für die gegenwärtige Investorin, aber auch für jeden anderen Interessenten dank der vom Projektentwickler Dahl geleisteten Vorarbeit ein gut bestellter Acker.

Nachwort

Die Dialoge mit Lentus sind unter Verwendung von Texten von William Shakespeare, Herman Melville und dem Neuen Testament entstanden.

Den Song »It seems so long ago, Nancy«, live gesungen von CV Jørgensen und Steen Jørgensen in einer Aufnahme von Danmarks Radio, gibt es als Video bei YouTube zu sehen und zu hören.

Dank an

Jörg, Morten, Regina, Rita, Ronja, Thomas und alle, die ungenannt bleiben wollen.

Und an meine Muse, die während der Entstehung des Romans über zwei Kilogramm erfrischenden Tee für mich zubereitet hat.

Stephanie Grace Whitson

Wie ein leuchtender Stern

Roman

Christel Baum